ullstein

TESSA COLLINS

Die Blumen-töchter

Roman

Ullstein

Besuchen Sie uns im Internet:
www.ullstein.de

Originalausgabe im Ullstein Taschenbuch
1. Auflage Mai 2024
4. Auflage 2026

Bei Fragen zur Produktsicherheit wenden Sie sich bitte an
produktsicherheit@ullstein.de
Umschlaggestaltung: buerosued.de, München
Titelabbildung: © bürosüd° GmbH, München
Gesetzt aus der Scala powered by *pepyrus*
Druck und Bindearbeiten: GGP Media GmbH, Pößneck
ISBN 978-3-548-06884-8

Für meine Kinder

Stammbaum

Rose (*1938) und
Albert Carter (*1937)

Camellia (*1973), und Ricardo	**Lilian** (*1972), und Gunnar	**Sage** (*1968), und Isha	**Cedar** (*1960), und Maia	**Nara** (*1988), und Amadou
Dalia (*1996)	Soley (*1997)	Lali (*2000)	Magnolia (*1990)	Welwitschie (*2013)

»Blumen sind die schönsten Worte der Natur.«
Johann Wolfgang von Goethe

Prolog

Cornwall

Rose blinzelte gegen die blendende Sonne. Den ganzen Vormittag hatte es unentwegt genieselt, und ein feuchter Schleier hatte schwer über der Landschaft gelegen, doch pünktlich zum Nachmittagstee hatte das Wetter endlich Erbarmen gezeigt. Der grau verhangene Augusthimmel war einem wolkenlosen Blau gewichen, das die Blütenpracht der Gärtnerei von Blooming Hall zum Leuchten brachte.

Lilian und Nara, die älteste und die jüngste Tochter, hatten sich den ganzen Vormittag in der Küche eingesperrt, um ihrer Mutter Rose zum fünfundachtzigsten Geburtstag ein exquisites Festmahl aufzutischen. Den zarten Lammbraten mit gedünsteten Karotten und Rosenkohl hatten sie im Salon des alten Herrenhauses gegessen, danach waren sie auf die Terrasse gewechselt. Die Festtafel hätte einem Fünf-Sterne-Restaurant jede Ehre gemacht.

Lilian hatte zur Feier des Tages die weiße Tischdecke von Alberts Mutter aus dem Schrank geholt. Filigrane Stickereien umrahmten den edlen Stoff aus dickem Leinen. Das elegante Stück war älter als Rose selbst, doch wer wusste schon, wie viele Geburtstage ihr noch vergönnt sein würden. Man musste die Feste feiern, wie sie fielen, gerade in ihrem Alter.

Wehmut stieg in Rose auf, denn es war ihr erster Geburtstag ohne ihren geliebten Mann Albert. Wochenlang hatte sie sich vor dem heutigen Aufwachen gefürchtet. Sie hatte sich vorgestellt, wie es sein würde, wenn er ihr nicht das Geburtstagsfrühstück ans Bett brachte, wie er es jahrzehntelang getan hatte, und wenn sie zum ersten Mal diesen besonderen Tag ohne seine zärtliche Umarmung beginnen musste. Albert fehlte ihr unendlich. Jeden Tag, jede Stunde, jede Minute, jede einzelne Sekunde.

Rose wusste, dass sie großes Glück gehabt hatte, schon vor so vielen Jahrzehnten den Mann ihrer Träume getroffen und lieben gelernt zu haben. Und sie wusste, dass sie etwas hatte erleben dürfen, was vielen anderen Menschen ihr Leben lang nicht vergönnt war. Umso schmerzvoller hatte sie sein plötzlicher Tod im letzten Jahr getroffen. Sie waren abends gemeinsam zu Bett gegangen, und er hatte ihr wie jeden Tag in den letzten sechzig Jahren einen Kuss auf die Lippen gehaucht. »Gute Nacht, meine wunderschöne Rose.« Das waren seine letzten Worte an sie gewesen.

Irgendwann in den darauffolgenden Nachtstunden hatte sein Herz aufgehört zu schlagen. Albert war friedlich im Schlaf gestorben. Ohne Schmerzen, ohne endloses Dahinsiechen. Mit einem wachen Geist, der ihn bis zu seinem Ende ausgezeichnet hatte. Genau so hätte er es sich gewünscht. Dennoch war Rose untröstlich gewesen, als sie am nächsten Morgen bemerkte, dass Albert sie für immer verlassen hatte. Sie hatte sich gefragt, wie sie ihr Leben weiterführen sollte, das stets von bedingungslosem Vertrauen und wundervollen Momenten mit ihrem Ehemann geprägt gewesen war. Es war ihr wie eine Ewigkeit vorgekommen, bis sie wieder etwas Freude hatte empfinden können.

Nachdenklich ließ sie nun ihren Blick über die Terrasse schweifen. In der Zeit nach Alberts Tod hatte ihre Familie sie aufgefangen. Sie alle waren für sie da gewesen. Ihre Kinder und Enkelinnen hatten keine Mühen gescheut, um in Rose wieder neuen Lebensmut zu wecken. Sie hatten sie bekocht und zu Ausflügen überredet, auf die Rose erst gar keine Lust gehabt hatte. Im Nachhinein war sie froh, dass sie mitgekommen war, denn es waren lauter kleine Schritte zurück ins Leben gewesen. Ihre Enkelin Soley hatte ihr ein Lied gewidmet, und ihre andere Enkelin Dalia hatte heute früh sogar Alberts Aufgabe übernommen und Rose ein fürstliches Geburtstagsfrühstück ans Bett gebracht.

Gerade im Rückblick empfand Rose große Dankbarkeit. In ihrer Kindheit und Jugend hatte sie es wahrlich nicht leicht gehabt. Sie hatte kämpfen, Widerstände überstehen und mehrmals neu anfangen müssen. Erst als sie Albert traf, hatte sich mit einem Schlag alles zum Guten gewendet, und ihnen war das große Glück beschert worden, fünf ganz wunderbare Kinder zu bekommen.

Beim Gedanken an ihre verstorbene Tochter Camellia wischte sich Rose verstohlen eine Träne aus dem Augenwinkel. Kein Kind sollte vor seinen Eltern sterben müssen, und doch hatten sie die Tragödie nicht verhindern können. Obwohl der Tod ihrer Tochter achtundzwanzig Jahre zurücklag, saß der Schmerz über den furchtbaren Verlust tief in ihrem Herzen.

»Na, Granny, wie schmeckt dir dein Geburtstagskuchen?«, fragte Dalia und zwinkerte ihr zu.

Rose bemühte sich um ein Lächeln. »Ganz fantastisch. Du bist eine großartige Bäckerin.«

»Danke, das freut mich«, sagte Dalia und unterhielt sich weiter mit ihrer jüngsten Cousine, der elfjährigen Welwitschie, Naras Tochter.

»Mum, möchtest du noch etwas Tee?« Lilian stand mit der weißen Porzellankanne in der Hand neben ihr und blickte sie fragend an.

Rose sah auf. »Wenn es nicht zu früh dafür ist, hätte ich lieber einen Cider.«

Cedar, ihr ältester Sohn, der direkt neben ihr saß, bedachte seine Schwester mit einem breiten Grinsen. »Mum wird nur einmal fünfundachtzig. Tee kann sie doch jeden Tag trinken.«

Lilian verdrehte die Augen, rief aber über die Schulter

Richtung Terrassentür: »Gunnar, bringst du bitte zwei Flaschen Cider mit, wenn du zurückkommst?«

Aus dem Inneren des Hauses erklang ein undeutliches Grummeln.

»Das soll wohl Ja bedeuten«, erklärte Lilian lachend und setzte sich wieder neben ihre Tochter Soley.

Nachdenklich betrachtete Rose ihre hellblonde Enkelin mit dem zarten Teint. Soley hatte schon ungewöhnlich früh großen Erfolg als Sängerin gehabt, und auch wenn Rose wenig mit ihrer Musik anfangen konnte, so erkannte sie doch den Zauber in der Stimme ihrer Enkelin. Heute allerdings wirkte sie fahrig und nervös, während sie sich leise mit ihrer Mutter unterhielt.

Rose hatte den Eindruck, dass Soley ähnlich wie ihre Cousinen Dalia und Lali ihre eigentliche Bestimmung, den für sie passenden Weg noch nicht gefunden hatte. Anders als Magnolia, die genau zu wissen schien, was wichtig in ihrem Leben war, wirkten ihre drei jüngeren Enkelinnen unsicher, rastlos, suchend.

Während Rose ihren Blick über das Anwesen mit den schier endlos langen Beeten, den Blumenfeldern, den leuchtend grünen Wiesen und dem bunt blühenden Garten schweifen ließ, kam sie mehr und mehr ins Grübeln. War es möglicherweise ihre Schuld, dass die jungen Frauen noch nicht ihr großes Glück gefunden hatten? Natürlich, Soley genoss den Ruhm, die Aufmerksamkeit, die Privilegien, die sie als »Star« erfuhr. Wer würde das nicht tun in ihrem jungen Alter? Und auch Dalia war mit Herz und Seele bei der Sache, wenn sie neue Werbekampagnen für die Gärtnerei austüftelte. Lali hingegen konnte sich stundenlang mit den Kräutern und Düften der Heilpflanzen beschäftigen, die in Blooming Hall angebaut und verkauft wurden. Rose hatte sie öfter dabei beobachtet, wenn sie zwischen den Beeten und Gewächshäusern herumstreifte. Und doch schienen die drei sich noch zu suchen. Immer wieder meinte Rose aus den Gesprächen mit den jungen Frauen eine unterschwellige Unzufriedenheit herauszuhören. Zu gern würde Rose sie noch bei ihren weiteren Schritten begleiten.

Sie sah zu Maia, Cedars Frau. Wie verletzlich und unsicher sie gestern Abend gewirkt hatte, als sie alle gemeinsam einen kleinen Spaziergang um das weitläufige Grundstück herum unternommen hatten. Und wie selbstbewusst dagegen ihre Tochter Magnolia auftrat. Was würde Albert sagen, wenn er die vergangenen Tage mit der ganzen Familie verbracht hätte? Rose presste die Lippen aufeinander. Sie wusste genau, was er ihr raten würde, nämlich das, was er ihr schon lange gepredigt hatte. Sie solle endlich mit der Geheimniskrämerei aufhören. Albert hatte Lügen, Täuschung und Betrug abgrundtief gehasst. Ihm waren insbesondere innerhalb der Familie Offenheit und Transparenz sehr wichtig gewesen.

Doch war Rose wirklich eine Lügnerin? Sie schloss kurz die Augen, als die Erinnerungen auf sie einprasselten. All die Jahre hatte sie ihre Familie nur schützen wollen. Ihre Kinder, ihre Schwiegerkinder, ihre Enkelinnen. Sie hatte manches verschwiegen, um Leid von ihren Liebsten abzuwenden. Dabei hatte sie nie etwas Böses gewollt. In manchen Fällen war die Wahrheit einfach nicht der richtige Weg, denn die Menschen mussten sie auch ertragen und aushalten können. Rose hatte nicht gelogen, und sie hatte auch nicht betrogen. Niemals. Vor allem Albert gegenüber war sie immer ehrlich gewesen. Ihr Mann war der Einzige gewesen, der alles von ihr wusste. Zwischen ihnen hatte es keinerlei Geheimnisse gegeben. Bis zum letzten Tag nicht.

»Mum, ist es nicht ein schöner Tag heute?«

Sie öffnete die Augen. Nara sah sie aufmunternd an.

»Es ist ein wunderbarer Tag, Nara. Ihr habt diesen Geburtstag zu etwas ganz Besonderem gemacht. Ich danke euch allen von Herzen dafür.« Sie räusperte sich, als sie bemerkte, dass auch die anderen ihre Gespräche eingestellt hatten und sie ansahen. »Wenn ihr schon alle zuhört, möchte ich euch sagen, dass ich sehr glücklich bin, dass ihr alle gekommen seid.« Rose suchte Cedars Blick. »Ich weiß es sehr zu schätzen, dass ihr extra die weite Reise aus Kalifornien auf euch genommen habt.« Sie reckte die rechte Hand gen Himmel. »Albert sieht uns mit Sicherheit von dort oben zu. Und er hat uns zum Nachmittag sogar bestes kornisches Wetter geschenkt. Möglicherweise seine Art, mir zu gratulieren.« Rose lächelte. »Er fehlt mir jeden Tag, aber ich bin sehr froh, euch heute um mich zu wissen.« Sie hob das mit Cider gefüllte Glas, das Gunnar ihr hingestellt hatte, und ihre Verwandten prosteten ihr zu.

»Auf dich, Mum!«

»Auf die beste Granny der Welt!«

»Auf dich, Grandma!«

In diesem Moment empfand Rose nichts als tiefe Dankbarkeit. Ihre Familie war gesund, ihre Enkelinnen auf dem besten Weg, ein eigenes Leben zu führen. Außerdem lebte sie in einem wahren Paradies.

Rose liebte ihre Gärtnerei, sie liebte Blooming Hall, das alte Herrenhaus. Ihr Leben lang hatte sie tun dürfen, was ihr die meiste Freude bereitete. Die Aufzucht neuer Pflanzen, das Hegen und Pflegen der sensiblen Gewächse, all die Aufgaben, die mit der Gärtnerei verbunden waren, lösten in ihr eine tiefe Befriedigung aus. Sie hatte ihren Platz gefunden. Bis heute.

Versonnen betrachtete sie das Beet, auf dem sie die Blumen für ihre Familie angepflanzt hatte. Kräuter, Blumen, Bäume, Pflanzen jeglicher Art hatten ihr schon immer in den schwierigsten Lebenslagen Trost gespendet. Ihr betörender Duft, ihre ruhige Ausstrahlung begleiteten Rose seit frühester Kindheit. Die Blumen und sie bildeten von jeher eine wunderbare Symbiose.

»Granny, du wolltest noch mit mir die Blumen für die Schule heraussuchen.« Welwitschie beugte sich über den Tisch und sah sie auffordernd an.

»Nicht heute, Schatz«, mahnte Nara ihre Tochter sanft. »Heute hat Granny ihren Ehrentag.«

»Lass nur, Nara.« Rose nickte ihrer jüngsten Enkelin zu. »Was hältst du davon, wenn wir später gemeinsam mit Lali und Soley nachsehen, welche der Blumen für euer Fest am besten geeignet sind?«

»Ich komme auch mit«, verkündete Dalia. »Immerhin soll ich ein Werbeschild für die Feier entwerfen.«

Rose nickte. »Natürlich.«

»Ist das nicht zu viel für dich, Mum?« Lilians Gesicht nahm einen besorgten Ausdruck an.

»Noch bin ich nicht tot«, gab Rose trocken zurück.

Lilian seufzte. »Wie du meinst.«

Rose nickte bekräftigend. »Und wie ich das meine!« Dann zwinkerte sie in Welwitschies Richtung. »Später«, raunte sie verschwörerisch.

Als die Gespräche um sie herum wieder Fahrt aufnahmen, versank Rose erneut in Gedanken. Wie viel Zeit ihr wohl noch blieb? Bei Albert hatte sie gesehen, wie plötzlich es gehen konnte. In einem Moment hatte sie mit ihm die Anpflanzungen der nächsten Saison besprochen, und einen Tag später war er nicht mehr am Leben gewesen.

Hör endlich mit der ewigen Geheimniskrämerei auf, meinte sie Alberts Stimme zu hören. Hatte er vielleicht recht? Rose musterte ihre Familie unauffällig. Lilian und Gunnar, die seit Jahren in der Gärtnerei mitarbeiteten und den Betrieb am Laufen hielten, und ihre Tochter Soley, die sich in die Herzen so unglaublich vieler Menschen gesungen hatte. Daneben die temperamentvolle Dalia, die Rose und Albert nach Camellias Tod wie ihre eigene Tochter angenommen hatten. Die schüchterne Lali, die nach all den Jahren noch immer unter dem plötzlichen Weggang ihrer Mutter litt, auch wenn ihr Vater Sage seine Tochter über alles liebte. Rose sah zu ihrem Sohn Cedar, der sich gerade mit Maia unterhielt. Ganz in ihrer Nähe saß ihre gemeinsame Tochter Magnolia, die im Gespräch mit Nara war, während sich Rose' jüngster Schatz Welwitschie, ihr Sonnenschein, wie sie die Kleine gern nannte, mit hoch konzentrierter Miene an einem Geduldsspiel versuchte.

Rose liebte jeden Einzelnen von ihnen mit allen Ecken und Kanten, Schwächen und Stärken. Sie waren so unterschiedlich wie die Blüten der unzähligen Pflanzen, die sie züchteten. Nicht nur äußerlich, nein, auch von ihrem Wesen her. Rose liebte die Menschen in ihrer Andersartigkeit und Vielfalt. Jeder war auf seine Art eine Bereicherung. Nicht immer waren sie einer Meinung, doch machten nicht diese unterschiedlichen Ansichten, die verschiedenen Blickwinkel das Leben erst aus?

Ihr wurde bewusst, dass sie ihren Liebsten etliche dieser Blickwinkel versagt hatte. Warum hatte sie nicht längst alle Karten auf den Tisch gelegt? Mit Albert an ihrer Seite wäre ihr das so viel leichter gefallen. Doch wollte sie all ihre Geheimnisse mit ins Grab nehmen? Wem würden sie dort nützen? Rose fühlte sich hin- und hergerissen. Ihre Gedanken waren wahrlich nicht passend für diesen Tag, und es ärgerte sie ein wenig, dass sich ausgerechnet an ihrem Geburtstag ihr schlechtes Gewissen meldete.

»Du siehst so nachdenklich aus, Mum«, bemerkte Nara. »Denkst du an Dad?«

Rose zögerte. Nervös fuhr sie mit der Zunge über die Unterlippe. War vielleicht jetzt der richtige Moment gekommen? Sie waren alle hier versammelt, und es wäre ein Leichtes, ihre Kinder und Enkelinnen nach und nach zu einem persönlichen Gespräch zu bitten und ihnen zu erzählen, was sie schon so viele Jahre mit sich herumtrug. Doch wie würde ihre Familie darauf reagieren? War es nicht schon viel zu spät für die ganze Wahrheit?

Rose schluckte.

»Mum?« Auch Lilian wirkte ein wenig besorgt. »Was ist mit dir?«

Jetzt. Oder niemals. Oder irgendwann. Rose nickte bedächtig. »Ja, es ist … Ich musste gerade an Albert denken.«

Nara legte eine Hand auf ihren Unterarm und drückte ihn sanft. »Ach, Mum. Er ist immer bei uns.« Sie legte die freie Hand auf ihr eigenes Herz. »Hier drinnen.«

Rose nickte wieder. »Du hast recht, Schatz.« Was war sie nur für ein erbärmlicher Feigling! »Es gibt keinen Grund, an diesem wundervollen Tag Trübsal zu blasen.« Sie zwang sich zu einem Lächeln.

»Du hast Dad sehr geliebt.« Auch Lilian berührte Rose leicht an der Schulter. »Ein ganzes Leben zu zweit kann man nicht einfach so hinter sich lassen.«

Wieder überkam Rose ein schlechtes Gewissen, weil sie Albert vorschob, um nicht über die Vergangenheit reden zu müssen. »Es geht gleich wieder«, erklärte sie mit erstickter Stimme.

Sie hatte viel zu lange gewartet, und ihr wurde klar, dass sie es nicht schaffen würde, ihren Kindern zu offenbaren, was sie ihnen all die Jahre verheimlicht hatte. Sie musste einen anderen Weg finden, um ihr Wissen mit ihnen zu teilen. Ach, wäre Albert nur bei ihr! Er wüsste mit Sicherheit Rat. Doch Rose hatte seine Warnung viel zu lange ignoriert, hatte zu lange verdrängt, dass sie nicht unsterblich war. Und nun saß sie hier mit den Menschen, die sie über alles liebte, und brachte es nicht übers Herz, ehrlich zu sein. Ehrlich zu sich selbst und ehrlich zu denen, die ihr am nächsten standen. Sie musste einen Ausweg finden. Nicht heute und nicht morgen, aber vielleicht nächste Woche oder übernächste oder …

I

Sechs Monate später

»Ich kann es noch immer nicht glauben.« Mrs Cones schüttelte den Kopf. »Ich kenne Rose seit …« Sie legte den Kopf schief und überlegte. » … fünfzig Jahren? Seit ich nach St. Ives gezogen bin. Ja, es müssen an die fünfzig Jahre sein. Ich weiß noch genau, wie deine Granny mich kontaktierte, um zu fragen, ob ich meine Blumen von Albert und ihr beziehen wolle.« Sie seufzte. »Ach je, ich meine, es sei gestern gewesen, und doch …«

Dalia konnte sich nicht annähernd vorstellen, wie sich fünfzig Jahre anfühlen mussten, ein halbes Jahrhundert. Sie selbst würde den restlichen Lebensweg ohne ihre Granny beschreiten müssen. Nur mit Mühe konnte sie die Tränen zurückhalten. »Granny war … der herzlichste Mensch, den ich kenne.« Sie schluckte.

Greta Cones bedachte sie mit einem mitfühlenden

Blick. »Vor zwei Wochen habe ich sie noch im *Three Horses* getroffen. Wir haben ein wenig geplaudert. Über diesen verfluchten Nebel, der schon seit Wochen über Cornwall liegt, und über die nächste Pflanzsaison.« Sie wischte sich über die Augen. »Ich werde sie sehr vermissen.«

»Ich auch«, gab Dalia voller Wehmut zurück. Ihre Großmutter war vor einer Woche gestorben, doch noch immer konnte Dalia sich kaum vorstellen, wie sie es schaffen sollte ohne ihre geliebte Granny. Erst Grandpa und jetzt, nur wenige Monate später, auch ihre Oma. Ihr Lebensmittelpunkt war innerhalb kürzester Zeit komplett weggebrochen. Sie fühlte sich so leer und hoffnungslos wie noch nie.

»Wenigstens hatte sie einen schönen Tod, wenn man das so nennen kann«, fuhr Greta Cones fort. »Sich zum Mittagsschläfchen hinzulegen und nicht mehr aufzuwachen ... Besser kann man es sich doch nicht wünschen. Ein Trost ist das natürlich nicht, aber ...«

Dalia nickte. Sie war dankbar für Grannys friedlichen Tod. Wie viele Großeltern von Dalias Bekannten und Freundinnen saßen in überfüllten Pflegeheimen und fristeten dort tagein, tagaus ein trauriges Dasein? Viele wussten nicht mehr, welcher Wochentag überhaupt war, oder erkannten die eigene Familie nicht.

Granny hingegen hatte bis zum Schluss in ihrem geliebten Haus bleiben können. Bis zu ihrem letzten Tag war sie noch zwischen den Beeten entlanggeschlendert, hatte sich bei Lilian und Gunnar nach dem Stand der Aufträge und bei Nara nach neuen Pflanzungen erkundigt. Sie hatte ihren ganz persönlichen Bereich, wo sie die Blumen ihrer Kinder und Enkelinnen gepflanzt hatte, gehegt und gepflegt und sich an der Farbenpracht und den vielfältigen Düften erfreut. Dalia wusste, dass Blumen für ihre Oma alles bedeutet hatten. Die Liebe erhellt dein Herz, doch Blumen erhellen dein Leben, hatte Granny gern gesagt.

Dass diese geliebte Person nicht mehr auf der Welt war, zerriss Dalia beinahe das Herz. Nie wieder würde sie die leckeren selbst gebackenen Scones von Granny essen, nie wieder würde sie deren geliebten Cornish Cream Tea mit ihr zusammen im Salon oder auf der Terrasse einnehmen.

»Sie passt weiterhin auf dich auf«, versuchte Greta Cones, sie zu trösten. »Die Familie ging Rose über alles. Ihr wart ihr Leben, ihre allergrößte Freude. Ihr Glück.«

In Dalias Kehle bildete sich ein dicker Kloß. »Sie war die Beste«, brachte sie mühsam hervor.

Mrs Cones trat wieder hinter den Tresen ihres Blumenladens und griff nach einem Stapel von Entwürfen, den Dalia ihr ausgedruckt und vorbeigebracht hatte, weil die alte Dame mit dem Internet und allem Digitalen wenig am Hut hatte.

»Das ist sehr gute Arbeit, Dalia.« Lächelnd fuhr Mrs Cones mit einem Zeigefinger über den obersten Ausdruck. »Ich kenne mich mit so was ja überhaupt nicht aus, aber mein Sohn meinte, ich müsse endlich mit der Zeit gehen.«

»Dein Sohn hat recht. Ein Internetauftritt ist heutzutage Grundvoraussetzung für jedes Geschäft.«

Mrs Cones seufzte. »Viele meiner Kunden sind in meinem Alter. Sie wissen doch, welche Qualität sie bei mir bekommen. Ich verstehe nicht so ganz, welchen Sinn es haben soll, nun dieses neumodische Zeug einzuführen.«

Dalia musste schmunzeln. »Das neumodische Zeug, wie du es nennst, kann dir eine Menge neuer Kunden bescheren. Jüngere Leute zum Beispiel, die sich ebenfalls für Blumen interessieren.«

Greta Cones blätterte in den Entwürfen. »Es gefällt mir ja. Diese Internetseite wird bestimmt sehr hübsch. Und schaden kann es ja nicht.«

»Auf keinen Fall«, stimmte Dalia ihr im Brustton der Überzeugung zu.

»Gut, dann machen wir das.«

Nachdem sie den weiteren Ablauf besprochen hatten, verabschiedete Dalia sich von der älteren Dame und verließ den Blumenladen.

Als sie auf der Straße stand, schrieb sie eine Nachricht an Nara, dass sie fertig war. Die beiden waren zusammen nach St. Ives gefahren, in das bekannte Künstlerstädtchen mit den vielen Galerien und Töpfereien an der nördlichen Atlantikküste Cornwalls. Nara hatte noch drei Palmen ausliefern müssen, und Dalia hatte die Chance genutzt, um endlich mit Mrs Cones über ihren neuen Internetauftritt zu sprechen. Sie hatten vereinbart, sich nach getaner Arbeit am Porthminster Beach zu treffen.

Als Dalia den Strand erreichte, erkannte sie ihre Tante schon von Weitem. Der dicke Nebel, der am Morgen noch über dem Land gelegen hatte, lichtete sich zusehends. Hier und da konnte man kleine Fetzen blauen Himmels über dem tosenden Meer erkennen. Es herrschte Flut, und hohe Wellen rollten über den Sand. Schaum tanzte auf der Wasseroberfläche.

Nara musterte Dalia. »Und? Erfolgreich gewesen?«

»Mrs Cones hat sich für den neumodischen Kram entschieden.« Dalia grinste schwach.

»Neumodischer Kram?« Nara schüttelte den Kopf. »Internetseiten sind doch schon lange Standard.«

»Na ja, Mrs Cones ist auch schon über siebzig.«

Nara hakte sich bei Dalia unter. »Lass uns noch ein paar Schritte gehen. In der Gärtnerei wartet so viel Arbeit auf mich. Ich brauche noch ein wenig Meer um mich herum und Salz in der Nase.«

Dalia unterdrückte ein Glucksen. »Meer und Salz? Wohl eher Nebel und Sand in den Augen.«

»Ach du. Genieß lieber das kornische Wetter.«

Dalia atmete tief durch. »Granny hat diesen Nebel geliebt. Sie meinte immer, er verleihe der Landschaft eine mystische Atmosphäre.«

»Und Grandpa hat ihn gehasst«, ergänzte Nara, während sie am fast menschenleeren Strand entlangliefen und gegen den Wind blinzelten, der ihnen Tränen in die Augen trieb. »Obwohl er ein echter Cornwaller war. Schon komisch, oder?«

Dalia zuckte mit den Achseln. »Grandpa mochte eben

die Sonne, während es Granny schon bei fünfundzwanzig Grad zu heiß war. Das kann ich gar nicht nachvollziehen. Von mir aus dürfen es im Sommer gern über dreißig Grad sein.«

»Die beiden waren so unterschiedlich«, sinnierte Nara und blieb stehen. »Und doch hat man ihnen immer angemerkt, wie sehr sie sich geliebt haben. Wie sehr sie sich verbunden fühlten. Zwei Hälften eines Ganzen. Zwischen ihnen gab es so gut wie nie ein böses Wort.«

»Weißt du noch, wie Granny sich das Bein gebrochen hat? Als sie die Obstbäume schneiden wollte und von der Leiter gestürzt ist.«

»Ich erinnere mich. Das ist sicher mehr als zehn Jahre her.«

Dalia nickte. »Ich war damals noch in der Schule. Das muss ewig her sein. Wochenlang hat Grandpa sie jeden Abend nach oben getragen, weil er nicht wollte, dass sie allein unten schlafen musste.«

»Und Granny hat geschimpft, dass er gefälligst an sein Alter denken solle. Er sei doch kein Teenager mehr.« Nara kicherte. »Das war ein Bild für die Götter.«

Auch Dalia musste lachen, als sie sich Grannys Gezeter ins Gedächtnis rief. »Sie waren so toll zusammen.«

»Ein glückliches Paar«, erklärte Nara leise.

Als Dalia zu ihr hinübersah, entdeckte sie Tränen in Naras Augen. Sie fasste nach der Hand ihrer Tante und drückte sie.

»Ob wir auch irgendwann etwas Ähnliches erleben dürfen?«, meinte Dalia und blickte aufs Meer hinaus. Der

Wind peitschte die Gischt mit aller Kraft auf den Strand, und winzige Wassertröpfchen bedeckten Dalias Gesicht. Das Tosen und Brausen des Ozeans übertönte alles.

»Ich sicher nicht«, verkündete Nara mit Grabesstimme.

Dalia strich ihr über den Arm. »Auch du hast Glück verdient. Gerade du!«

»Ach was, ich bin zu alt«, widersprach Nara, zog ein Taschentuch aus ihrer Jackentasche und trocknete sich ihre Augen.

»Zu alt.« Dalia verzog missbilligend die Lippen. »Die paar Jahre.«

Nara winkte ab. »Ich habe Welwitschie. Und sie ist mein ganzes Glück.«

»Da hast du recht«, bekräftigte Dalia. »Welwitschie ist die liebste und süßeste Tochter, die man sich nur vorstellen kann.« Das zierliche Mädchen mit den langen krausen Locken war mindestens so hübsch wie seine Mutter. Und auch genauso intelligent.

»Wie sieht es aus, Schatz? Lust auf einen Cornish Cream Tea?« Nara nahm Dalias Hand und sah sie fragend an.

»Aber immer doch.«

Als die beiden am Nachmittag nach Blooming Hall zurückkehrten, hatte sich wieder dichter Nebel über das Anwesen gelegt. Schon vor einiger Zeit hatte Dalia mit Nara besprochen, dass das Innere des Geschäfts eine neue Optik vertragen könne, und sich bereit erklärt, mit ihrem

Grafikprogramm ein paar Bilder für die Wandgestaltung zu kreieren. Um auf andere Gedanken zu kommen, beschloss sie nun, sich in eines der Gewächshäuser zurückzuziehen und sich ein paar Gedanken über mögliche Motive zu machen. Während sie drinnen im Warmen saß, fiel ihr Blick auf den Baumfarn aus Neuseeland, der vor dem Gewächshaus stand und Wind, Regen und Feuchtigkeit trotzte. Bei besserem Licht würde sie ein Foto von der Pflanze machen und es dann bearbeiten. Das wäre bestimmt ein geeignetes Motiv.

Gedankenverloren blickte sie in die Scheibe, in der sie ihr eigenes Spiegelbild erkannte. Sie betrachtete ihr langes schwarzes Haar, ihren olivfarbenen Teint, die Gesichtszüge, die sie ihrem mexikanischen Vater verdankte. Und wieder einmal dachte sie daran, wie sehr sich ihr Aussehen vom Rest ihrer englischen Familie unterschied.

»Hier hast du dich also versteckt«, ertönte in diesem Moment die Stimme ihrer Cousine Magnolia und riss Dalia aus ihren Überlegungen. »Wir haben dich schon gesucht.«

Dalia seufzte.

»Gib's zu, du bist vor der Familie geflüchtet!«, rief Soley, die hinter Magnolia aufgetaucht war.

Dalia strich sich eine Strähne aus dem Gesicht. »Stimmt. So viele Menschen waren zuletzt hier im Herrenhaus, als Granny ihren fünfundachtzigsten Geburtstag feierte. Es fühlt sich wie gestern an.«

»Ich bin so unglaublich froh, dass ich zu Weihnachten noch mal hier war«, erwiderte Soley nachdenklich.

»Wann geht es eigentlich mit deinen Konzerten weiter?«, wollte Dalia wissen.

»In ein paar Tagen. Ein Auftritt in London, dann Edinburgh, Glasgow und Liverpool.« Soley zögerte. »Und danach mache ich erst mal Pause. Ich bin seit ...« Sie runzelte die Stirn. »... drei Monaten unterwegs. Ihr könnt euch gar nicht vorstellen, wie sehr ich Hotelzimmer mittlerweile verabscheue.«

Magnolia nickte. »Es geht eben nichts über das eigene Bett.«

Dalia erhob sich von ihrem Hocker. »Vermisst ihr sie auch so sehr wie ich?« Ihre Stimme begann zu zittern.

Magnolia legte einen Arm um ihre Schultern und zog sie an sich. Sie zeigte auf die Gänge, die zwischen all den Pflanzen im Inneren des Gewächshauses verliefen. »Ich kann es noch gar nicht glauben, dass sie nie wieder mit ihrer roten Schürze hier entlanggehen wird. Erinnert ihr euch, wie sie die Blätter immer zwischen Daumen und Zeigefinger genommen und gerieben hat? Ihr Gesicht sah dann immer irgendwie entrückt aus. Als ob sie sich aus ihrem eigenen Körper gelöst hätte. Als ob sie in einer anderen Welt wäre.« Magnolia schüttelte den Kopf. »Klingt blöd, ich weiß. Aber ich kann es nicht anders beschreiben.«

»Ich weiß, was du meinst«, entgegnete Dalia. »Ich muss auch ständig daran denken, wie wir unsere Sommer hier gemeinsam verbracht haben. Wenn Granny mir erzählt hat, wann ihr hier ankommt, das war für mich ...«

Sie schluckte. »Das war für mich wie Weihnachten und Geburtstag an einem Tag.«

»Wir hatten so viel Spaß zusammen«, stimmte Magnolia zu. »Obwohl ich das Wetter in Cornwall als Kind immer gehasst habe ...« Sie lächelte schwach. »Meine Freundinnen haben nach den Sommerferien immer von ihrem Urlaub auf Hawaii, in Las Vegas, Mexiko und was weiß ich, wo, erzählt. Und ich konnte nur jedes Mal sagen, ich war bei meinen Großeltern im guten alten England.« Sie seufzte. »Im Nachhinein möchte ich keinen dieser Tage mit euch hier bei Granny und Grandpa missen. Wenn es Mum wieder einmal nicht gut ging, war die Reise nach Cornwall für mich ... meine Rettung.« Ihre Stimme klang belegt.

»Wie geht es ihr?«, erkundigte sich Dalia voller Mitgefühl.

Magnolia zögerte. »Es ist ein ewiges Auf und Ab. Ich wünschte, ich könnte ihr helfen. Wisst ihr, dass ich vor vielen Jahren eigentlich Psychologie studieren wollte? Nur um Mum endlich heilen zu können. Jedes Mal, wenn sie wieder in diesem dunklen Loch versinkt, fühle ich mich irgendwie schuldig, weil es mir selbst gut geht. Manchmal möchte ich sie einfach nur schütteln und ihr sagen, sie soll endlich die Augen öffnen und sich der Schönheit um sich herum bewusst werden. Kalifornien ist so traumhaft.« Sie machte eine Pause. »Und sie hat eine tolle Stellung an der Universität. Ich verstehe es einfach nicht.« Magnolia kratzte sich am Kinn. »Aber genug von dem Gejammer.«

»Wir sehen uns viel zu selten«, meinte Dalia leise. »Früher wussten wir alles voneinander. Aber jetzt …«

»Das ist das Leben«, erwiderte Soley. »Dieses wundervolle verfluchte Leben.« Sie zog eine Grimasse.

»Was ist los?« Magnolia betrachtete ihre jüngere Cousine.

Soley zuckte mit den Achseln. »Nichts. Es ist alles in Ordnung. Die Hallen sind voll, die Fans lieben mich. Die Kasse klingelt.«

»Und trotzdem bist du unzufrieden«, stellte Magnolia fest.

»Vielleicht bin ich einfach undankbar«, meinte Soley.

»Das glaube ich nicht«, sagte Dalia. »Ich kann dich sogar verstehen. Mir geht es ähnlich. Ich habe Aufträge ohne Ende, könnte rund um die Uhr Websites entwerfen, aber …« Sie verstummte.

»Aber?«, hakte Magnolia nach.

»Ich weiß nicht, ob ich glücklich bin. Ob es das ist, was ich mein Leben lang machen möchte«, erklärte Dalia leise. »Wenn ich dich dagegen sehe! Du bist so überzeugt von dem, was du tust. Steckst so viel Energie in eure Projekte.«

»Beim Umweltschutz können wir uns keine Pause erlauben«, erwiderte Magnolia ernst. »Es ist sowieso schon fünf nach zwölf. Diese Aufgabe ist die größte, die die Menschheit je bewältigen musste. Und die Mehrheit hat es immer noch nicht verstanden.«

»Siehst du. Das meine ich«, antwortete Dalia. »Du brennst regelrecht für deine Sache.«

»Es ist nicht meine Sache«, widersprach Magnolia. »Der Klimaschutz geht uns alle an.«

»Da hast du recht«, sagte Dalia. »Aber weißt du, ich fühle mich innerlich irgendwie leer. Wenn ich in mich hineinhöre, dann ist da … nichts. Das war schon vor Grannys Tod so. Ich hätte so gerne mit ihr darüber gesprochen, aber jetzt ist es endgültig zu spät.«

»Über was wolltest du denn mit ihr reden?«, fragte Magnolia.

»Über meine Mum und so vieles, was mit ihr zu tun hatte. Ich fühle mich so … unendlich allein.« Dalia begann zu schluchzen.

Soley trat näher und zog sie an sich. »Ach, Süße.«

Magnolia nahm Dalias Hand und drückte sie. »Du bist nicht allein.« Sie deutete zum Herrenhaus. »Da drüben befinden sich gerade ganz viele Menschen, denen du sehr wichtig bist. Wir sind doch deine Familie. Wir alle. Deine Cousinen, aber auch unsere Eltern.«

Dalia nickte unter Tränen, während Soley und Magnolia beruhigend auf sie einredeten.

Nach einer gefühlten Ewigkeit versiegten ihre Tränen, und sie putzte sich die Nase. »Danke.«

»Ach, das ist doch selbstverständlich«, meinte Magnolia und hakte sich bei Dalia unter. »Was meinst du? Willst du hier bleiben, oder hast du Lust auf eine Runde Scrabble? So wie früher? Wir fragen Lali und Nara und stellen uns vor, wir seien mindestens … fünfzehn Jahre jünger. Zurück in die Vergangenheit.«

»Zurück in die Vergangenheit«, wiederholte Soley entschlossen. »Das klingt richtig gut, finde ich. Damals war das Leben noch so einfach.«

Dalia bemühte sich um ein Lächeln. »Ich bin so froh, dass ich euch habe.«

Dreieinhalb Stunden und zwei Scrabble-Runden später rauchte Dalia der Kopf. Sie verließ das Herrenhaus und trat in den dichten Nebel hinaus. In der Zwischenzeit war die Dunkelheit hereingebrochen, die Luft war feucht und klamm. Sie zog den Kragen ihrer Jacke enger und steuerte auf Grannys Familienbeet zu, das zwischen den beiden größten Gewächshäusern von Blooming Hall lag.

Soley und Magnolia wollten mit ihren Eltern zum Abendessen ins nächstgelegene Dorf fahren. Der bloße Gedanke, sich allein den Familien anzuschließen, hatte Dalia die Kehle zugeschnürt. Als fünftes Rad am Wagen. War sie je in ihrem Leben einsamer gewesen? Granny und Grandpa waren *ihre* Eltern gewesen. Und nun war Dalia ganz allein. Natürlich fühlte sie sich ihren Cousinen und Nara nach wie vor sehr verbunden, doch diese besondere Beziehung zwischen Eltern und Kind, die war für Dalia mit Grannys Tod unwiderruflich verloren.

Sie trat an das Beet und betrachtete die ordentlich arrangierten Blumen und Pflanzen der Familie: Lilien für ihre Tante Lilian, die Kamelien für Dalias verstorbene Mutter Camellia, Salbei für ihren Onkel Sage und die Zeder daneben für dessen Bruder Cedar. Davor hatte Granny mexikanische Dahlien für Dalia gepflanzt, neben einer neuseeländischen Magnolie für Magnolia. Die Nelken für

Lali befanden sich wie die anderen Frühjahrsblüher noch im Winterschlaf, ebenso wie die Butterblumen für Soley. An der linken Seite hatte Granny die beiden endemischen Pflanzen aus Namibia angeordnet, die Nara und die Welwitschie für ihre Adoptivtochter und deren Kind.

Es war eine wunderbare Idee, die Granny damals gehabt hatte. Ein Beet für ihre Nachfahren, umrahmt von einer mittlerweile prächtigen Rosenhecke. Außenstehende konnten sicher nicht nachvollziehen, warum Rose all ihren Kindern Namen von Blumen und anderen Pflanzen gegeben hatte, doch Dalia wusste, dass Granny und Grandpa zeit ihres Lebens sehr naturverbunden und geerdet gewesen waren. Die Namen passten perfekt zur Familie Carter. Und dass die Kinder von Rose und Albert Jahre später diesen schönen Gedanken bei der Namensgebung ihrer eigenen Kinder aufgegriffen hatten, zeugte einmal mehr von dem Zusammenhalt und der Verbundenheit innerhalb der Familie.

»Was machst du denn hier, Dalia?«, erklang Lalis Stimme.

Dalia zuckte zusammen.

»Entschuldige, ich wollte dich nicht erschrecken.« Ihre jüngere Cousine stellte sich neben sie und folgte Dalias Blick. »Das Familienbeet. Ich liebe diesen Ort.«

Dalia nickte. »Ich brauchte etwas Ruhe. Abstand.«

»Wo du sonst eigentlich nicht genug Trubel um dich haben kannst«, bemerkte Lali lächelnd.

»Im Moment ist mir eben nicht so nach Geselligkeit

und Gesprächen. Wie geht es dir? Was macht dein Praktikum?«

»Frag nicht«, erwiderte Lali leise. »Anfangs dachte ich wirklich, die Arbeit bei einer Zeitung könnte mir Spaß machen, aber einer der Journalisten ...« Sie brach ab.

»Was ist mit dem Journalisten?«

Lali winkte ab. »Er hat ... Erst hat er immer wieder blöde Bemerkungen gemacht. Und letzte Woche hat er ...« Sie wandte ihren Blick ab.

»Was war letzte Woche?« Dalia befiel eine böse Vorahnung.

»Er hat mich begrapscht.« Lalis Schultern sackten herab.

»Wie bitte?« Wut kochte in Dalia hoch. »Das hast du hoffentlich deinem Vorgesetzten mitgeteilt!«

Lali schüttelte den Kopf. »Dieser Journalist *war* mein Vorgesetzter. Ich war ihm zugeordnet. Er sollte mich mit zu seinen Recherchen nehmen. Einen Tag nach dem Vorfall habe ich ihnen gesagt, dass ich nicht mehr komme. Dass Journalismus nichts für mich ist.«

»Hat denn keiner von ihnen nachgefragt?« Dalia wollte es nicht glauben.

»Nein, ich denke, sie waren froh, dass ich aufgehört habe. Letztlich bedeutet eine Praktikantin ja doch nur zusätzliche Arbeit.«

»Du solltest diesen Dreckskerl anzeigen.«

»Und dann?« Lali schniefte. »Es würde Aussage gegen Aussage stehen. Und es ist ja nicht wirklich etwas passiert.«

»Es ist nicht wirklich etwas passiert?«, wiederholte Dalia fassungslos. »Dieses Schwein hat dich angefasst, obwohl du es nicht wolltest. Also ist sehr wohl etwas passiert. Und du kannst sicher sein, dass er das auch bei seiner nächsten Schutzbefohlenen versuchen wird.«

Lali nickte. »Wahrscheinlich hast du recht, aber ich bin nicht wie du, Dalia. Ich ... ich kann das nicht. Ich wollte einfach nur weg. Diesen Typen nie wiedersehen. Ich habe kaum noch ruhig schlafen können.«

Lali war schon immer sehr schüchtern gewesen, und auch jetzt, mit über zwanzig, wirkte sie noch oft verloren und sehr verletzlich. Dalia hatte ihr von Herzen gewünscht, dass das Praktikum in der Zeitungsredaktion ihr endlich einen passenden Berufsweg aufzeigen würde.

»Warum fragst du nicht Nara, ob du in der Gärtnerei helfen kannst?« Dalia zeigte auf das Gewächshaus. »Du liebst doch Kräuter und Heilpflanzen. Vielleicht könntest du ...«

»Nein«, fiel Lali ihr ins Wort. »Das ist ...« Sie schüttelte den Kopf. »Ich habe bei einem Tierarzt angefragt, ob ich bei ihm ein Praktikum machen kann.«

Vom Verlag zum Tierarzt, dachte Dalia skeptisch. Lali schien tatsächlich noch gar nicht zu wissen, wie ihre berufliche Zukunft aussehen könnte. »Und?«

»Er hat mir vor zwei Tagen zugesagt. Nächste Woche kann ich bei ihm anfangen. Und ich liebe Tiere.«

»Das heißt, du könntest dir vorstellen, selbst Tierärztin zu werden?«, hakte Dalia nach.

»Ja, vielleicht.«

Dalia bezweifelte, dass das eine gute Idee war. Sie konnte sich kaum vorstellen, dass ihre sensible Cousine es schaffen würde, ein Tier zu operieren, geschweige denn einzuschläfern, wenn es von seinem Leiden erlöst werden musste. Doch sie behielt ihre Gedanken für sich, da sie Lali nicht noch mehr verunsichern wollte.

»Ich bin nicht wie du, Dalia«, unterbrach Lali die Stille. »Du weißt immer genau, was du willst. Du hast Talent, kannst wunderschöne Bilder entwerfen und fantastische Grafiken erstellen. Für dich war es nie eine Frage, in welche Richtung es geht.«

»Da täuschst du dich, Lali«, gab Dalia zurück. »Ja, ich wusste sehr schnell, dass ich etwas Kreatives machen will. Aber in letzter Zeit, in den vergangenen Tagen, überkommt mich mehr und mehr das Gefühl, in einer Sackgasse gelandet zu sein.«

Lali musterte sie aufmerksam. »Wie meinst du das?«

Dalia kaute auf ihrer Unterlippe. »Ich weiß es nicht genau. Ich fühle mich … leer. Antriebslos.« Sie schloss kurz die Augen. »Allein. Ich fühle mich allein.«

»Ich verstehe, was du meinst«, bekannte Lali mit belegter Stimme. »So geht es mir seit Jahren. Meine Mutter … sie fehlt mir so sehr. Und wenn ich mit Dad über sie reden möchte, blockt er nur ab.«

»Das tut mir leid, Lali. Wirklich.« Dalia legte einen Arm um die schmalen Schultern ihrer Cousine. »Es muss schwer für dich sein.«

»Für dich doch auch. Du kennst deinen Dad ja nicht einmal.«

»Ich frage mich in letzter Zeit häufig, wie mein Leben verlaufen wäre, wenn Mum nicht bei meiner Geburt gestorben wäre. Wenn sie mit mir nach Mexiko zu meinem Dad gegangen wäre.« Dalia hielt kurz inne. »Ich weiß nicht, woher ich komme. Was ich von meinem Vater habe und was von meiner Mutter. Granny und Grandpa waren die besten Ersatzeltern, die ich mir überhaupt hätte wünschen können, aber dieses Vakuum in mir konnten auch sie nicht füllen. Mum hat mich geboren, doch ich hatte nie die Möglichkeit, eine Bindung zu ihr aufzubauen.«

»Die eigene Mutter kann niemand ersetzen«, bemerkte Lali traurig.

»Den Vater auch nicht«, setzte Dalia nach, während tiefe Trauer in ihr aufstieg. Trauer um ihre verstorbenen Großeltern, Trauer um ihre tote Mum, aber auch Trauer um einen unbekannten Vater, den sie nie hatte kennenlernen dürfen.

2

Noch immer meinte Dalia, die Stimmen von Simon and Garfunkel in ihren Ohren zu hören. Es war Grannys Wunsch gewesen, dass auf ihrer Beerdigung »The Sound of Silence« gespielt werden sollte, seit vielen Jahrzehnten ihr absolutes Lieblingslied. Wenigstens hatte das kornische Wetter heute ein Einsehen gehabt. Pünktlich zur Beisetzung riss der Himmel auf und zeigte sich von seiner strahlendsten Seite. Die Februarsonne hüllte die Trauergesellschaft auf dem kleinen Friedhof in gleißendes Licht.

Es schien, als hätte Granny ihrer Familie einen liebevollen Abschiedsgruß schicken wollen, auch wenn ihr der Nebel der letzten Tage sicher lieber gewesen wäre für eine mystische Stimmung bei ihrem letzten Gang. Sie würde neben ihrem Mann und ihrer Tochter Camellia beigesetzt werden.

Dalia sah von ihrem Platz zu Maia und Cedar, die leise miteinander diskutierten. Cedars Miene drückte Missfallen aus, während Maia den Kopf gesenkt hielt und mit den Händen immer wieder fahrig über ihre Schläfen fuhr. Solange Dalia zurückdenken konnte, kämpfte ihre Tante mit psychischen Problemen. Bisher hatte leider keine der zahlreichen Therapien geholfen, die Maia in Anspruch genommen hatte. Granny und Grandpa hatten sich immer große Sorgen um ihre Schwiegertochter gemacht, und wenn Maia sich in Blooming Hall aufhielt, hatte sich Granny stets bemüht, ihr jeden Wunsch von den Augen abzulesen.

Cedar war schon vor vielen Jahren mit seiner Familie nach Kalifornien gezogen, da er und Maia Erfolg versprechende Angebote von der University of California erhalten hatten. Es hatte Granny fast das Herz zerrissen, zu erfahren, dass ihr Sohn Tausende Kilometer weit weg ziehen würde. Doch letztlich war sie stolz auf ihren intelligenten Sohn gewesen, der sich über die Jahre eine herausragende Reputation in seinem Bereich erarbeitet hatte. Auch Maia arbeitete seit Jahren in Los Angeles als Professorin, doch selbst diese anspruchsvolle Tätigkeit konnte sie offenbar nicht von ihren inneren Dämonen befreien.

»Ja, ich werde singen«, erklärte Soley gerade trotzig in Richtung ihrer Mutter. Was sie danach mit genervtem Gesichtsausdruck hinzufügte, konnte Dalia von ihrem Platz aus nicht verstehen. Es war nicht zu übersehen, dass ihre Cousine mit ihrem Leben und ihrer Karriere haderte.

Probleme über Probleme, dachte Dalia beklommen.

Ihre Großeltern fehlten als beratende und tröstende Instanzen an jeder Ecke. Wie würde es nun weitergehen? Granny und Grandpa waren stets der Mittelpunkt der Familie gewesen. In regelmäßigen Abständen hatten sie ihre Kinder nach Blooming Hall eingeladen und um sich versammelt. Würde es eines der Kinder übernehmen, von Zeit zu Zeit alle zusammenzurufen? Lilian und Gunnar vielleicht, da sie gemeinsam mit Nara die Gärtnerei weiterführten? Dalia wusste es nicht. Und sie konnte sich in diesem Moment auch nicht vorstellen, wie sich solche Familientreffen anfühlen würden – ohne Granny, ohne Grandpa, ohne die Gründer dieser Familie.

Neben Dalia saß Nara, die sich leise mit ihrer Tochter unterhielt. Welwitschie hatte den ganzen Tag bitterlich um ihre Granny geweint. Trotz ihrer jungen Jahre verstand sie schon sehr genau, dass der heutige Tag ein Abschied für immer war, auch wenn sie wahrscheinlich kaum ermessen konnte, was für immer in diesem Fall bedeutete.

Am Ende der langen Tafel saßen einige Bekannte, Nachbarn und Freunde ihrer Großeltern. Auch Greta Cones befand sich unter ihnen, und Dalia nahm sich vor, später zu ihr zu gehen und sich ein wenig mit ihr zu unterhalten.

Lali saß Dalia gegenüber und starrte seit Minuten regungslos auf ihren leeren Teller. Dalias Onkel Sage schien mit sich zu ringen, wie er zu seiner Tochter vordringen konnte. Das Verhältnis zwischen den beiden war seit Jahren nicht das beste, und Dalia konnte sehr gut nachvollziehen, dass Lali ihre Mutter noch immer schmerzlich vermisste.

Als sie Naras Hand auf ihrer Schulter spürte, wandte Dalia den Kopf und sah sie an.

»Lust auf etwas frische Luft?«

»Jetzt?« Dalia deutete mit der rechten Hand einen Kreis an, der die gesamte Tafel einbezog.

Nara zuckte mit den Achseln. »Warum nicht? Das Essen ist vorbei und die Stimmung auf einem neuen Tiefpunkt.« Sie drehte sich zu ihrer Tochter und fragte sie, ob sie mit nach draußen kommen wolle. Welwitschie schüttelte den Kopf und erklärte einer älteren Dame neben ihr, dass sie in Englisch gerade ein Theaterstück von Shakespeare lesen würden, welches sie einfach nur schrecklich finde. Dalia musste schmunzeln und erhob sich.

»Ihr entschuldigt uns«, erklärte Nara in Richtung ihrer Geschwister und schob Dalia vor sich her aus dem Salon.

Als sie vor das große hölzerne Tor des Haupteingangs traten, atmete Dalia unwillkürlich tief durch. Sie hatte während der Trauerfeier gar nicht bemerkt, wie sehr ihr die angespannte Stimmung aufs Gemüt geschlagen war.

»Besser, oder?« Nara schob ihre Hand unter Dalias rechten Arm und zog sie vom Gebäude weg.

»Viel besser«, gab Dalia erleichtert zurück. »Es ist alles so … bedrückend.«

Nara nickte. »Ich habe große Angst, dass die Familie auseinanderbricht. Jetzt, wo Mum nicht mehr da ist, um alles zusammenzuhalten.«

»Der gleiche Gedanke ist mir auch gerade durch den Kopf gegangen«, gestand Dalia leise. Nara und sie waren schon immer auf einer Wellenlänge gewesen. Da sie mehr oder weniger miteinander aufgewachsen waren, sah sie Nara eher als Schwester denn als Tante, was sie ja faktisch für Dalia war.

»Jeder ist nur mit seinen eigenen Problemen beschäftigt«, fuhr Nara fort, während sie ein paar Schritte durch den Garten gingen, vorbei an dem großen Platz mit den Palmen, den Rhododendronbüschen und den breitgewachsenen Rosenstöcken.

»Vielleicht haben wir uns die letzten Jahre auch etwas vorgemacht«, erwiderte Dalia nachdenklich. »Granny war immer darauf bedacht, die Harmonie innerhalb der Familie zu bewahren. Nun, da sie nicht mehr unter uns weilt, kommt möglicherweise zum Vorschein, was wir vorher nicht sehen wollten. Oder nicht sehen konnten.«

Nara schwieg und schien über Dalias Worte nachzudenken. »Du könntest recht haben«, sagte sie schließlich und seufzte. »Ich hoffe, dass wir es schaffen, uns neu zu finden. Ohne Mum und Dad ist Blooming Hall nicht mehr dasselbe, aber es wäre sicher in ihrem Sinne, wenn wir das Anwesen auf unsere Art mit einem neuen Geist erfüllen würden. Ein Neuanfang kann ja auch eine Chance sein. Für uns alle.«

»Das wäre schön«, gab Dalia zurück, während sie an die Gesprächsfetzen dachte, die sie in den letzten zwei Stunden beim Essen aufgeschnappt hatte. Alle schienen in ihren eigenen Sorgen gefangen zu sein, auch wenn sie miteinander sprachen und versuchten, sich gegenseitig Halt zu geben. Dalia erging es ja ähnlich. »Du hast recht. Granny würde nicht wollen, dass Blooming Hall vernachlässigt wird. Und bestimmt wäre es in ihrem Sinne, wenn wir weiterhin als Familie zusammenhalten.«

Nara nickte nachdrücklich. »Ich werde alles tun, um ihr Vermächtnis fortzuführen. In Blooming Hall steckt so viel Herzblut von Mum und Dad. Irgendwie muss es mit dem großen Anwesen weitergehen, von der Gärtnerei mal abgesehen. Wir müssen in Ruhe überlegen.«

Als Dalia und Nara ins Herrenhaus zurückkehrten, hörten sie laute Stimmen aus dem Salon.

»Was ist denn jetzt los?« Dalia warf Nara einen beunruhigten Blick zu, doch die zuckte nur mit den Achseln und ging weiter.

Als sie eintraten, funkelte Magnolia die anderen gerade wütend an und rief: »Merkt ihr denn gar nicht, was vor eurer Nase passiert?«

Die Tafel hatte sich geleert, die Freunde ihrer Großeltern hatten sich offensichtlich während Dalias und Naras Spaziergang verabschiedet. Nur die engste Familie saß noch um den Tisch herum. Die Stimmung war spürbar aufgeheizt.

»Nehmt euch doch lieber ein Beispiel am Eden Project.« Magnolia lehnte sich auf ihrem Stuhl zurück und verschränkte die Arme vor dem Oberkörper.

Dalia war erst ein Mal in dem Botanischen Garten gewesen, den Magnolia erwähnt hatte. Er lag in der Nähe von St. Austell und existierte seit etwas mehr als zwanzig

Jahren. Das Eden Project war ein wahrer Besuchermagnet und zählte zu den bedeutendsten Sehenswürdigkeiten Cornwalls. Das Ansinnen der Betreiber war unter anderem das Ausstellen und Bewahren alter und teilweise vom Aussterben bedrohter Pflanzen. Die Hauptattraktion bestand aus zwei riesigen Gewächshäusern, von denen das eine Pflanzen der tropisch-feuchten Klimazone beherbergte, während das andere sich der mediterranen Flora widmete. Dalia konnte sich nur zu gut daran erinnern, wie die vielen unterschiedlichen Arten sie fasziniert hatten.

»Das Eden Project!« Lilian warf die Hände in die Luft. »Magnolia, du vergleichst Äpfel mit Birnen.«

Magnolia schüttelte den Kopf. »Das ist doch nur ein Beispiel. Natürlich hat Blooming Hall nicht die gleichen Dimensionen, aber auch für euch sollten Nachhaltigkeit und Klimaneutralität die wichtigsten Ziele sein!«

»Magnolia, dein Idealismus in allen Ehren …«, setzte Gunnar an, wurde aber sofort von seiner Nichte unterbrochen.

»Das hat doch nichts mit Idealismus zu tun!« Magnolia sprang wütend auf.

Dalia setzte sich leise. Was war hier nur geschehen, dass die Gemüter sich derart erhitzt hatten? Natürlich wusste sie, dass ihre Cousine seit Jahren gegen die Ignoranz der Politik in Sachen Klimaschutz ankämpfte, oft auch mit Mitteln, die am Rande der Legalität angesiedelt waren.

»Seht ihr überhaupt Nachrichten? Informiert ihr euch

ab und zu mal über den aktuellen Zustand unseres Planeten?« Magnolias Stimme triefte vor Sarkasmus. »Wir fahren diese Welt voll an die Wand. So ignorant könnt ihr doch einfach nicht sein.«

»Vielleicht sollten wir uns alle erst mal etwas beruhigen«, warf Cedar ein.

Seine Tochter lief vor der breiten Fensterfront, die auf die Terrasse hinausging, rastlos auf und ab und fuhr sich durchs Haar. »Beruhigen!« Sie lachte verächtlich. »Du hast auch nichts verstanden, Dad.« Ihre Stimme klang frustriert.

»Magnolia«, setzte Lilian vorsichtig an. »Investitionen, wie du sie dir vorstellst, verschlingen eine Menge Geld. Hast du eine Vorstellung davon, was der Unterhalt eines Anwesens wie Blooming Hall kostet? Wir sind jeden Monat froh, wenn uns keine Aufträge wegbrechen, damit wir alles so erhalten können, wie es im Sinne eurer Großeltern wäre.«

Magnolia schüttelte den Kopf und murmelte etwas Unverständliches vor sich hin.

Maia flüsterte ihrem Mann etwas ins Ohr. Cedars Miene nahm einen besorgten Ausdruck an. Er erwiderte etwas, woraufhin sich Maia erhob und ohne ein weiteres Wort den Raum verließ. Ihr Mann blickte ihr nach, bis sie im Foyer verschwunden war.

»Ich denke, Lilian und Gunnar arbeiten lange genug in der Gärtnerei, um abschätzen zu können, wie Mums und Dads Lebenswerk in Zukunft weitergeführt werden kann«, mischte sich Sage in die Diskussion ein. Lali saß schweigend neben ihm und knetete ihre Finger.

Magnolia hielt abrupt inne in ihrer Bewegung und sah sämtliche Familienmitglieder der Reihe nach an. »In Afrika versandet mehr und mehr Land. Den Einheimischen dort wird ihre Lebensgrundlage entzogen, ohne dass es irgendjemanden interessiert. Millionen Menschen wissen nicht, ob sie heute Abend eine Mahlzeit auf dem Tisch haben werden oder ob sie hungern müssen.« Sie nickte. »Aber gut. Das Einzige, was für euch zählt, ist natürlich, dass die Gärtnerei kurzfristig genug Profit abwirft.«

»Das ist unfair, Magnolia«, merkte Nara in ruhigem Ton an. »Wir tun hier schon sehr viel, um vom reinen Schnittblumengeschäft wegzukommen. Der Verkauf eingetopfter Pflanzen hat sich in den letzten zehn Jahren mehr als verdoppelt.«

»Und es ist immer noch zu wenig«, gab Magnolia patzig zurück.

»Denkst du ernsthaft, Blooming Hall kann die Welt retten?«, wetterte Gunnar in die Richtung seiner Nichte. »Wir sind *eine* Gärtnerei, Magnolia, eine. Selbst wenn ganz England nachhaltiger würde, was würde es im Großen tatsächlich bewirken?«

Magnolia verdrehte die Augen. »Klar, das Totschlagargument schlechthin. Was kann ich als einzelner kleiner Mensch schon verändern, wenn die anderen sich nicht anschließen?« Sie ließ sich kraftlos auf einen Stuhl fallen. »Wer soll denn anfangen?« Wieder sah sie allen nacheinander ins Gesicht. »Nicht wir, schon klar. Aber wer dann? Unsere Nachbarn, die Schotten, die Europäer, die Amerikaner? Oder die Chinesen? Die Russen? Wer soll derjenige sein, der das erste Zeichen setzt? Wir alle diskutieren und diskutieren, aber es passiert rein gar nichts.« Sie machte eine Pause. »Oder zumindest viel zu wenig.«

»Wenn Mum sagt, dass sie nicht die Mittel für so weitreichende Investitionen haben«, meinte Soley, »solltest du das respektieren.«

Magnolia lachte hämisch. »Klar, unsere Vielfliegerin, die jeden Monat einmal um die Welt jettet, macht sich natürlich keine Gedanken über Klimaschutz oder ihren CO_2-Fußabdruck. Warum auch? Hauptsache, die Konzerttickets verkaufen sich.«

»Magnolia, das ist jetzt echt blöd ...« Wütend funkelte Soley ihre ältere Cousine an.

»Blöd?«, wiederholte Magnolia. »Blöd ist, dass alles den Bach heruntergeht, es aber anscheinend niemanden interessiert.« Sie seufzte und winkte ab. Sämtliche Kraft schien aus ihrem Körper entwichen zu sein.

»Natürlich ist Umweltschutz wichtig«, erwiderte Gunnar sanft. »Und auf Dauer kann es nicht so weitergehen wie bisher. Aber grundlegende Veränderungen brauchen doch auch Zeit.«

»Die haben wir aber nicht«, widersprach Magnolia.

»Wir müssen sie uns nehmen«, versuchte Lilian, ihre Nichte zu beschwichtigen.

Magnolia erwiderte nichts mehr und wandte sich Welwitschie zu, die neben ihr am Tisch saß und malte.

Dalia seufzte und erinnerte sich daran, wie Cedar und Sage sich einmal über anstehende Renovierungsarbeiten dermaßen in die Haare bekommen hatten, dass sie tagelang nicht mehr miteinander sprachen. Doch Grannys unermüdliches Vermitteln und Beschwichtigen hatte letztlich dazu geführt, dass sie sich wieder vertrugen. Nichts hatte Dalias Großmutter so verabscheut wie dicke Luft innerhalb der Familie. Umso mehr fehlte sie jetzt als ausgleichende Kraft.

»Ich verstehe Magnolias Standpunkt ja, aber Lilian und Gunnar machen einen super Job«, sagte Nara leise zu ihr. »Man kann nicht einfach alles, was man aufgebaut hat, über den Haufen werfen. Wer soll das bezahlen?«

»Magnolia brannte schon immer für das, was ihr wichtig ist. Manchmal mehr, als gut für sie ist.« Insgeheim bewunderte Dalia ihre Cousine für ihre Standfestigkeit. Die Überzeugung, mit der Magnolia ihre Meinung vertrat, fehlte Dalia, jetzt mehr denn je. Seit Grannys Tod fühlte sie sich entwurzelt und unsicher. Was war eigentlich ihr langfristiges Ziel? Wo wollte sie hin? Sie war noch keine dreißig. Ihre letzte Beziehung lag mehr als zwei Jahre zurück. Ihr damaliger Freund war zu dem Schluss gekommen, er müsse sich noch mal ausleben, bevor der Ernst des Lebens begann. Die Trennung hatte sie eiskalt erwischt. Dalia war am Boden zerstört gewesen und hatte Monate gebraucht, um über ihn hinwegzukommen.

Einige Freundinnen von Dalia hatten bereits Kinder, waren verheiratet, kauften ein Haus. Sie hingegen lebte noch immer auf dem Anwesen ihrer Großeltern. Obwohl sie als Grafikdesignerin durchaus erfolgreich war, spürte sie eine immer größere innere Leere. Ihr wurde klar, dass sie dringend etwas ändern musste. Sie wusste noch nicht, was, und sie wusste noch nicht, wie. Aber so wollte, so konnte sie nicht weitermachen.

3

Dalia saß gerade an ihrem Schreibtisch, als Lilian und Gunnar in ihr Zimmer traten.

»Hast du einen Moment Zeit?«, fragte Lilian.

»Na klar. Um was geht es denn?«

Lilian schob sich einen Stuhl neben Dalias Schreibtisch zurecht und setzte sich. Gunnar stellte sich neben sie. »Wir wollten noch mal kurz mit dir sprechen wegen der Umgestaltung des Verkaufsraums.«

»Ich bin gerade dabei, ein paar Fotos in meinem Grafikprogramm zu bearbeiten«, berichtete Dalia und spürte erneut, dass ihr die Arbeit kaum noch etwas bedeutete. »Momentan sitze ich an einem Baumfarn, ich habe auch noch an Rosen und Nelken gedacht.«

Ihre Tante nickte begeistert. »Ich weiß, Nara hat mir

davon erzählt. Möchtest du es uns mal zeigen? Ich bin schon so gespannt.«

»Gern, kein Problem.« Sie drehte den Bildschirm um, damit die anderen etwas sehen konnten.

»Das sieht toll aus!«, rief Lilian begeistert. »Ich freue mich schon auf die weiteren Motive. Der Verkaufsraum wird ganz anders wirken durch die großformatigen Bilder.«

»Wir haben noch ein Anliegen«, meinte Gunnar. »Wir wollten fragen, ob du Lust hättest, für Blooming Hall ein schickes Logo zu entwerfen.«

Dalia sah stirnrunzelnd von Lilian zu Gunnar. »Wie meint ihr das?«

»Na ja, ein einheitliches Design«, sagte Lilian. »Dann könnten wir auch die Website entsprechend umgestalten, wir könnten das Logo auf unser Firmenschild draußen drucken und natürlich auf unser Briefpapier und auf alle Rechnungen und die Preisschilder …«

Lilian war in ihrer Begeisterung kaum zu bremsen.

»Ich verstehe«, gab Dalia emotionslos zurück.

»Was hältst du von der Idee?« Lilian musterte sie fragend.

Dalia zuckte mit den Achseln. »Wenn ihr denkt, dass der Aufwand sich lohnt?«

»Du findest den Vorschlag doof«, stellte Gunnar ernüchtert fest.

»Nein, das ist es nicht. Es …«

»Was ist los, Dalia?« Lilian beugte sich vor und griff nach ihrer Hand. »Mir ist schon aufgefallen, dass du in letzter Zeit so in dich gekehrt bist. Ist es noch wegen Grannys Tod? Wir sind alle sehr traurig darüber. Aber meine Mutter war fünfundachtzig. Mit dieser Tatsache müssen wir uns irgendwie trösten. Viele Menschen erreichen dieses Alter überhaupt nicht. Und Mum war immerhin fit bis zum letzten Tag. Sie hatte ein überaus erfülltes Leben.« Behutsam strich sie über Dalias Finger.

Dalia zögerte. »Natürlich bin ich sehr traurig. Granny war alles für mich. Sie und Grandpa waren meine Familie.« Sie blickte Lilian ins Gesicht. »So wie ihr auch.«

Ihre Tante nickte. »Aber da ist noch etwas anderes, stimmt's?«

»Ich weiß nicht, ob mich meine Arbeit noch erfüllt«, erklärte Dalia leise. »Ich ... fühle mich ausgebrannt, leer ... Ich frage mich, was für einen Sinn das alles hat.«

»Eine Krise«, stellte Gunnar fest. »Das geht wieder vorüber. Ich muss wieder auf die Baustelle, Liebes. Kann ich euch beide allein lassen?«

Lilian nickte ihm aufmunternd zu. »Na klar, bis später.«

Nachdem ihr Onkel aus dem Raum gegangen war, senkte Dalia den Kopf. »Meine Mum fehlt mir so.«

»Ach, Dalia.« Lilian strich ihr übers Haar. »Mir fehlt Camellia auch. Unendlich. Sogar nach all den Jahren noch.«

»Ich habe das Gefühl, überhaupt nicht mehr zu wissen, wo ich hingehöre«, versuchte Dalia, ihre Gefühle in Worte zu fassen. »Granny und Grandpa waren immer mein Ankerpunkt. Wenn sie bei mir waren, wusste ich, dass alles gut war. In den letzten Wochen habe ich mir immer wieder vorgenommen, mit Granny über Mum zu reden, aber …« Sie schluckte. »Aber dann habe ich mich doch nicht getraut. Ich dachte, vielleicht würde sie traurig werden, wenn ich sie an den Tod ihrer Tochter erinnere.«

Lilian lächelte schwach. »Sie hat mit Sicherheit sowieso jeden Tag an Camellia gedacht. Der Tod eines Kindes brennt sich tief in deine Seele ein. Vielleicht hat sie sich nichts anmerken lassen, wollte stark sein für uns alle. Aber wenn dein Kind stirbt, wird das Leben nie wieder, wie es einmal war. Es fehlt immer etwas. Bis zu deinem Lebensende.« Sie sah versonnen aus dem Fenster. »Granny hätte sicher gern mit dir über deine Mum gesprochen. Wahrscheinlich hat sie sogar dasselbe gedacht wie du. Sie wollte dich nicht traurig stimmen.« Lilians Blick wanderte zurück zu Dalia. »Wenn du über sie reden möchtest, bin ich jederzeit für dich da. Sie war meine Schwester. Und sie war auch meine beste Freundin.« Sie machte eine kurze Pause. »Wie wäre es, wenn du dir ein paar Tage freinehmen würdest? Um zu dir zu finden? Zu überlegen, was du möchtest.«

Dalia schwieg eine Weile. »Im Mai gibt es in London eine Wanderausstellung zum Werk von Frida Kahlo«, sagte sie schließlich.

»Die mexikanische Malerin?«

Dalia nickte. »Ich liebe ihre Bilder sehr. Vielleicht könnte ich hinfahren und mir die Ausstellung ansehen.«

»Ja, tu das«, bekräftigte Lilian sie. »Sicher ist es gut, wenn du mal rauskommst. Außer Küste, Schafen, Wiesen und viel Wind ist hier ja nichts. In London bekommst du möglicherweise einen neuen Impuls. Die Großstadtluft wird dir guttun.«

»Ich würde gern so malen können wie sie«, gab Dalia nachdenklich zu.

»Wie Frida Kahlo?« Lilian verzog die Lippen. »Ich denke, am Talent mangelt es dir nicht. Du hast doch früher ganz viel gemalt.«

»Das ist lange her.« Dalia legte den Kopf in den Nacken und starrte an die Decke. »Sehr lange. Vielleicht hätte ich das mit der Malerei weiterverfolgen sollen, statt Grafikdesign zu studieren …«

»Wenn du einen Tapetenwechsel brauchst, kann ich das nur zu gut verstehen, Dalia. Nimm dir Zeit und überleg dir in Ruhe, was du zukünftig machen möchtest.« Sie schwieg und schien mit den Gedanken abzuschweifen.

»Was ist?«, fragte Dalia nach einer Weile.

»Ich glaube, Soley treiben momentan ähnliche Gedanken wie dich um. Sie wirkt immer wieder völlig in sich versunken, seit sie hier ist.«

»Was ist eigentlich mit Greg?«, wollte Dalia von Lilian wissen. Greg Fairchild war ein bekannter britischer Schauspieler, mit dem Soley seit etwas über einem Jahr zusammen war. Dalia hatte sich nicht getraut, ihre Cousine direkt auf ihn anzusprechen, da sie befürchtete, die Beziehung könnte schon wieder zu Ende sein. »Ich hätte gedacht, er kommt vielleicht auch zur Trauerfeier.«

»Er ist momentan in Südafrika und dreht.« Lilian seufzte. »Die beiden haben es wahrlich nicht leicht. Wenn

Soley nicht gerade selbst durch die halbe Welt jettet, ist Greg bei irgendwelchen Dreharbeiten.«

»Solange sie glücklich zusammen sind.«

»Das hoffe ich. Mit mir als ihrer Mutter spricht Soley natürlich nicht über ihr Liebesleben.«

»Ich sehe sie später noch, bevor sie abreist.«

Lilian griff erneut nach Dalias Hand. »Ihr seid noch so jung, habt euer ganzes Leben noch vor euch. Und euch steht die Welt offen. Soley hat in den letzten Jahren viel gesehen und erlebt. Ich glaube, es wird ihr langsam alles etwas zu stressig. Du hingegen hast dein gesamtes Leben hier in der Einöde verbracht. Warum hängst du nicht noch ein paar Tage dran und bleibst eine Weile in der Hauptstadt? Vielleicht hat Nara ja Lust, dich zu begleiten.«

Dalia gefiel Lilians Vorschlag. »Ich denke darüber nach und rede mit ihr.«

Ihre Tante erhob sich. »Dann wäre erst mal alles klar. Das mit dem Logo eilt ja nicht. Sicher hast du noch genug andere Aufträge abzuarbeiten.« Sie verdrehte die Augen. »Jetzt mache ich mich aber erst mal auf die Suche nach meiner Tochter. Sie wollte noch zwei Songs einüben. Vielleicht bekomme ich sogar eine kleine Kostprobe.«

»Wann sehen wir uns wieder?« Dalia umarmte Soley und hielt sie für einen langen Moment eng an sich gedrückt.

»Bald«, erwiderte ihre Cousine lächelnd. »Versprochen.«

»Ich wünsche dir ausverkaufte Hallen auf deinen nächsten Konzerten und Tausende begeisterter Fans außer Rand und Band.« Dalia löste sich wieder von ihr und sah ihr ins Gesicht.

»Danke, du Liebe.« Soley zögerte.

»Alles okay?«

Sie nickte. »Wir reden das nächste Mal, wenn wir uns sehen, in Ordnung?«

»Unbedingt«, stimmte Dalia zu. »Dein Aufenthalt hier war mal wieder viel zu kurz.« Wie vertraut waren sie in den Sommern ihrer Kindheit miteinander gewesen? Wochenlang waren die fünf Mädchen durch die Blumenfelder der Gärtnerei gestreift, durch die Räume von Blooming Hall getobt, hatten das Haus immer mit Gelächter und Gekicher erfüllt. Dalia sehnte sich nach ihrer Kindheit zurück.

»Ich habe vor, demnächst eine längere Pause einzulegen«, erzählte Soley und hauchte Dalia einen flüchtigen Kuss auf die rechte Wange. »Und dann komme ich auf jeden Fall für etwas länger her. Ich brauche unbedingt eine Auszeit.«

Nachdem Soley ins Taxi gestiegen war, kehrte Dalia ins Foyer zurück. Lilian und Nara hatten einen wichtigen Kundentermin und sich daher schon vor einer Stunde von Soley verabschiedet. Cedar und Maia hatte Dalia heute noch gar nicht gesehen. Und Magnolia wollte sich mit einem Bekannten treffen.

Dalia betrachtete die breite Marmortreppe, die in die oberen Räume von Blooming Hall führte, und die Erinnerungen brachen wie tosende Wellen auf sie ein. Soley, deren glockenhelle Stimme durch diese Mauern gehallt hatte. Lali, die sich schon immer hinter die anderen gestellt hatte, die nie auffallen wollte, aber immer zur Stelle war, wenn man sie brauchte. Und Magnolia, die stets den Ton hatte angeben wollen, sich aber auch immer um alle gekümmert hatte, wenn es jemandem schlecht ging. Die die besten Vorschläge gehabt hatte, wenn sie nicht mehr wussten, was sie mit sich anfangen sollten. Nara hingegen war die Pragmatischste von ihnen gewesen. Immer ruhig, immer sachlich. Dalia konnte sich nicht erinnern, Nara jemals aufbrausend erlebt zu haben.

Und sie, Dalia? Wie wurde sie von den anderen wahrgenommen? Was würden sie wohl sagen, wenn sie Dalias Charakter beschreiben müssten? Manchmal zu temperamentvoll? Manchmal zu unüberlegt, zu direkt, zu undiplomatisch? Dalia wusste es nicht.

Als sie die Sonnenstrahlen registrierte, die durch die Flurfenster auf den glatten hellen Marmorboden fielen, kam ihr eine Idee. Sie trat an eines der bodentiefen Fenster und sah zum Himmel. Einige blaue Lücken zeigten sich im Einheitsgrau. Entschlossen verließ Dalia das Gebäude und steuerte auf ihren Kleinwagen zu.

Porthcurno Beach lag knappe zwanzig Minuten von Blooming Hall entfernt und war für Dalia der schönste Strand, den sie kannte. Immer, wenn sie nachdenken musste, fuhr sie die wenigen Meilen an die Südküste Cornwalls, um ganz für sich zu sein. Der Weg führte sie durch mehrere kleine Dörfer, über enge einspurige Straßen vorbei an dichten Hecken und dicken Steinmauern, die die ganze Region durchzogen, bis sie schließlich am

Parkplatz unterhalb des Minack Theatre ankam, des Freilufttheaters an den Klippen, wo sie ihren Wagen abstellte. Hier war sie im Sommer oft mit Granny gewesen und hatte sich die stets wechselnden Aufführungen angesehen.

Der Weg zum Strand führte über eine lange Treppe und einen sandigen schmalen Weg. Während des Abstiegs warf Dalia ab und an einen Blick auf das aufgewühlte Wasser vor den grauen Granitfelsen. Als sie unten ankam, lag der Strand in der von Felsen umrahmten Bucht menschenleer vor ihr. Gemächlich überquerte sie die sandige Fläche und trat ans Wasser. Mittlerweile hatte der Himmel weiter aufgeklart und spannte sich strahlend über die Küstenregion. Dalia schloss die Augen und genoss den sanften Wind an ihren Wangen. Sie sog die salzige Luft ein, die schwach nach Algen und Tang roch, und genoss die grenzenlose Ruhe um sich herum. Nur die Brandung war zu hören, hohe Wellen rollten in gleichmäßigem Rhythmus auf den Strand. Das Wasser toste und brauste.

Sie öffnete die Augen wieder und ließ ihren Blick über die Weite des Meeres wandern. Im Sommer schimmerte das Wasser von Porthcurno Beach fast türkis. Wenn man es nicht besser wüsste, hätte man meinen können, man befände sich irgendwo in der Karibik. Doch in der Hauptsaison mied Dalia den Strand, da er ihr dann zu laut und zu überlaufen war. Jetzt im Winter hingegen liebte sie diesen Ort.

Sie reckte die Arme in die Höhe und atmete tief durch.

Die steile Felsküste rechts und links von ihr wurde von der Sonne angestrahlt und leuchtete mit der glitzernden Wasseroberfläche um die Wette. Dalia schlenderte langsam am Wasser entlang und lauschte dem Rauschen der Wellen. Auf der anderen Seite erkannte sie eine Frau, an den Felsen kletterten zwei Jugendliche über größere Steine. Dalia spürte, wie sich ihr Inneres langsam entspannte. Die anhaltende Leere wich einer leisen Zuversicht. Vielleicht war sie tatsächlich undankbar und hatte einfach nur verlernt, zu erkennen, wie viel Schönes das Leben für sie bereithielt. Wie konnte es einem bei diesem phänomenalen Anblick schlecht gehen? Die Steilküste dehnte sich zu beiden Seiten entlang der Küste aus. Das Meer schien endlos vor Dalia zu liegen. Fühlte sich so nicht echte Freiheit an? Ohne Grübeln, ohne Bedenken, ohne Ängste?

»Dalia?«

Überrascht drehte sie sich um und erkannte Maia in einiger Entfernung. »Maia, was machst du denn hier?«

Ihre Tante lächelte schwach. »Ich habe etwas ... Ruhe gesucht.«

Dalia musste lachen. »Und da bist du hierhergekommen?«

Maia nickte.

»Woher kennst du diesen Strand?«

»Cedar hat ihn mir vor vielen Jahren einmal gezeigt. Kurz nachdem wir uns kennengelernt hatten.«

Dalia wusste, dass Cedar und Maia sich zum ersten

Mal in London begegnet waren. »Es ist mein Lieblingsstrand«, erklärte sie fast mit etwas Stolz in der Stimme.

»Meiner auch«, erwiderte Maia. »Immer wenn wir zu Besuch in Cornwall sind, komme ich mindestens einmal hierher. Er erinnert mich stets an die Zeit, als ich jung war. Als ich Cedar noch nicht so lange kannte.« Wehmut klang aus ihren Worten heraus.

»Mich erinnert er auch an meine Kindheit. Grandpa war hier oft mit uns. In den Sommern, wenn wir Mädchen alle zusammen auf Blooming Hall waren.«

»Das war sicher wunderschön«, gab Maia zurück und fuhr sich über die Stirn. »Magnolia hat danach immer wochenlang von ihren Aufenthalten in Cornwall geschwärmt.«

»Es war wirklich schön«, bestätigte Dalia gedankenversunken. »Ich liebe es, hier zu sein. Die Ruhe zu genießen, das Gefühl zu haben, ganz allein auf der Welt zu sein.«

»Das kann ich sehr gut verstehen. Mir geht es ähnlich.« Maia blieb stehen. »Dabei dachte ich immer, dir kann es nicht trubelig genug sein.« Wieder lächelte sie leicht.

Dalia zog die Brauen hoch. »Momentan bin ich lieber allein. Und auch sonst brauche ich ab und zu etwas Ruhe, um zu mir selbst zu kommen. Um in mich hineinzuhören.«

»Das ist wichtig.« Maia nickte. »Selbstreflexion kann sehr hilfreich sein.«

Dalia sah ihre Tante an. »Wie geht es dir eigentlich?«

Maia atmete tief aus. »Es ist ein Auf und Ab.«

»Wie lange bleibt ihr noch in Cornwall?«

»Wir fliegen übermorgen zurück. Cedar hat vorhin nach Flügen geschaut.«

»Es war schön, dass ihr hier wart. Auch wenn die Umstände … sehr traurig sind.«

»Eure Granny wird schmerzlich vermisst werden«, sagte Maia. »Rose war eine ganz besondere Frau. Sie hat mich nie verurteilt, obwohl sie wusste, wie sehr ihr Sohn und ihre Enkelin unter meiner Krankheit leiden. Sie war immer verständnisvoll, hat es nie abgetan wie so viele andere.«

»Ja, Granny hat die Menschen verstanden, hat sie gesehen. Sie hat sich für jeden interessiert, hatte für jeden ein offenes Ohr.« Dalia schluckte.

»Sie lebt in unseren Erinnerungen weiter.« Maia berührte Dalia behutsam am Arm. »Und die kann uns glücklicherweise niemand nehmen.«

Sie liefen weiter, und Dalia erzählte ihr von ihrer Unzufriedenheit, von ihrer Unsicherheit.

»Du bist achtundzwanzig. Du wirst deinen Weg noch finden«, meinte ihre Tante und legte ihr einen Arm um die Schultern.

Als Dalia wenig später ihren Wagen auf die Einfahrt von Blooming Hall lenkte, fühlte sie sich etwas entspannter und leichter. Die frische Luft am Meer hatte ihr gutgetan.

Sie stieg aus dem Fahrzeug und steuerte auf den Eingang zu, als die Tür aufgerissen wurde. »Dalia, da bist du ja endlich!«, rief Nara.

»Ist etwas passiert?« So aufgelöst hatte Dalia ihre besonnene Tante noch nie erlebt.

»Nein, oder doch, ja.«

Obwohl ihr Herz auf einmal schneller pochte, während sie die Stufen zum Eingang hinaufstieg, bemühte sich Dalia, ruhig zu bleiben. Eine undefinierbare Vorahnung überfiel sie. »Was ist denn los?«

Nara packte sie am Handgelenk und zog sie mit sich ins Foyer.

»Nara!«

»Komm.« Nara legte einen Arm um Dalias Schultern und schob sie sanft in den Salon.

»Setz dich«, sagte sie.

Irritiert von Naras Ton wagte Dalia nicht, zu widersprechen, und tat, wie ihr geheißen worden war. Nara zog sich einen Stuhl heran, platzierte ihn einen knappen Meter von Dalia entfernt und setzte sich hin.

Dalia wurde langsam nervös. »Muss ich mir Sorgen machen?«

Wortlos nahm Nara eine transparente Hülle vom Wohnzimmertisch und reichte sie Dalia. Ihr Gesicht hatte eine ernste, wenn nicht gar besorgte Miene angenommen.

Dalia wurde mehr und mehr mulmig zumute. »Was ist das?«, wollte sie wissen. Sie betrachtete die Hülle und erkannte ein Schriftstück, einen Zettel und zwei kleine bunte Gegenstände.

»Ich hatte doch heute Nachmittag einen wichtigen Termin mit einem Kunden. Zusammen mit Lilian und Gunnar«, begann Nara.

Dalia nickte.

»Danach habe ich mich in Mums Büro verzogen, um endlich ihre Unterlagen zu sichten und zu ordnen. Was kann weg? Was muss erledigt werden? Welche Versicherungen müssen benachrichtigt werden? Solche Dinge eben.«

Wieder nickte Dalia. Sie beneidete Nara weiß Gott nicht um diese Aufgabe. Niemals hätte sie es übers Herz gebracht, in Grannys Dokumenten herumzuwühlen. Doch sie wusste natürlich, dass auch diese Dinge erledigt werden mussten.

»Und dabei habe ich das da gefunden«, fuhr Nara fort.

»Und was ist das?«, wiederholte Dalia ihre Frage von eben.

Nara zögerte. »Dalia, das ist ein Brief deines Vaters.«

Ein Schauder durchfuhr Dalias Körper. Plötzlich wurde alles still um sie herum, und ihre Kehle fühlte sich mit einem Mal ganz trocken an. »Was?« Sie musste sich verhört haben.

Nara nickte. »Ich habe ihn gelesen, tut mir leid, ich wusste ja gar nicht, um was es sich handelt.«

»Aber ...« Dalias Gedanken überschlugen sich. Ihr Vater! Das konnte nicht sein. Niemand wusste, wer er war. Und nun fand Nara einen alten Brief von ihm? In Grannys Unterlagen? Sie starrte wieder auf die Hülle. Die Buchstaben waren stark verblasst, der Brief musste schon vor Jahrzehnten geschrieben worden sein. Sie nahm die Hülle genauer in Augenschein. Auf dem Briefbogen lagen Ohrringe. Kleine bunte Dahlien aus Keramik. Dalia traten Tränen in die Augen. »Das kann doch gar nicht sein.« Sie blinzelte hektisch.

»Ich verstehe es auch nicht, Süße.« Nara rutschte mit ihrem Stuhl vor und legte eine Hand auf Dalias Knie.

»Warum haben Granny und Grandpa immer behauptet, nicht zu wissen, wer er war?« Dalia verstand die Welt nicht mehr. Wie kam dieser Brief hierher?

»Lies den Brief«, erklärte Nara mit belegter Stimme. »In Ruhe.« Sie räusperte sich.

»Was ist das für eine Adresse?« Dalia deutete auf den kleinen Zettel, der den Brief zum Teil verdeckte.

»Ich weiß es nicht. Es könnte eine ehemalige Freundin von Camellia sein. Es ist auf jeden Fall eine Adresse in Mexiko-Stadt.«

»Mexiko-Stadt«, wiederholte Dalia andächtig.

»Das alles muss ein Riesenschock für dich sein«, sagte Nara leise.

»Ich weiß überhaupt nicht, was ich sagen soll.«

Nara nickte. »Natürlich nicht. Ich war auch total bestürzt.«

Dalia gingen tausend Gedanken durch den Kopf. Was hatte das alles zu bedeuten?

»Dalia, ich lasse dich jetzt allein. Und wenn du reden möchtest oder wenn du einfach jemanden brauchst, der dich in den Arm nimmt …« Nara schenkte ihr ein schwaches Lächeln. »… dann bin ich da. Du findest mich in Mums Büro. Ich bin gleich nebenan.«

Dalia nickte mechanisch. Ein Brief. Von ihrem Vater. Dessen Identität angeblich niemand kannte.

4

Nachdem Nara den Salon verlassen hatte, zog Dalia mit zitternden Händen den Briefbogen aus der Hülle. Dahinter befand sich noch ein zerknittertes Kuvert. Die Schrift war so stark verblasst, dass die Adresse des Absenders völlig unleserlich war. Als Empfängerin konnte Dalia mit viel Mühe Granny entziffern. Sie schluckte. Ihr Vater hatte ihrer Großmutter einen Brief geschrieben. Warum hatte sie Dalia nie davon erzählt? Mit einem Mal hatte sie Angst vor dem, was sie gleich erfahren würde. Sie wischte sich die Tränen weg und rang um Fassung. Nach kurzem Zögern begann sie zu lesen.

Liebe Mrs Carter,
Ihre Worte haben mich in tiefste Trauer gestürzt. Mein Herz ist zersprungen. Ich kann mir überhaupt nicht

vorstellen, jemals wieder einen glücklichen Moment empfinden zu können. Alles in mir ist nur noch leer und dunkel. Ich weiß nicht mehr, für was ich morgens aufstehe, für was ich überhaupt lebe.
Zwischen Camellia und mir war es am Ende ihres Aufenthalts hier in Mexiko nicht einfach. Die Schuld daran lag ganz eindeutig bei mir. Ich war so dumm, so blind, so furchtbar ignorant. Ich kann Ihnen gar nicht sagen, wie sehr ich mein schäbiges Verhalten bereue. Ich habe Ihre Tochter über alles geliebt.
Dass Camellia und unser gemeinsames Kind die Geburt nicht überlebt haben, kommt mir nun wie eine Bestrafung vor. Eine tragische Heimsuchung des Schicksals, weil ich nicht in der Lage war, meinen Gefühlen nachzugeben.
Ich kann es noch immer nicht fassen. Als ich Ihren Brief mit dieser furchtbaren Nachricht bekommen habe, musste ich ihn einige Male lesen, bis ich endlich verstand, was geschehen ist.
Ich möchte Ihnen mein aufrichtigstes Beileid aussprechen. Sie haben Ihre Tochter und Ihre Enkelin verloren – und ich meine große Liebe und mein ungeborenes Kind.
Es ist für mich so unendlich schwer, zu akzeptieren, dass Camellia und ich nun niemals die Chance auf eine gemeinsame Zukunft bekommen und dass ich mein Kind nicht werde aufwachsen sehen. Doch ich möchte Sie in Ihrer Trauer nicht mit meinen persönlichen Problemen behelligen.

Was bleibt mir nun, Ihnen zu schreiben? Camellia ist tot. Und das Ungeborene ebenfalls. Ein Kind, welches niemals das Licht der Welt erblicken durfte. Mir fehlen die passenden Worte. Doch gibt es die in einer solchen Situation überhaupt?
Liebe Mrs Carter, ich kann Ihnen nur von Herzen wünschen, dass Sie den Tod Ihrer wundervollen Tochter irgendwann auf irgendeine Weise verarbeiten können. Dieser Verlust wird mich bis an mein Lebensende begleiten. Camellia gehört mein Herz, sie wird immer bei mir sein.
In tiefer und trauriger Verbundenheit
Ihr Ricardo

Ricardo. Ihr Vater hieß Ricardo. Dalia murmelte den Namen immer wieder vor sich hin, in der Hoffnung, den Mann, der ihre Mutter als seine große Liebe bezeichnet hatte, greifbarer zu machen. Realer. Konkreter. Doch sie schaffte es einfach nicht, den Vornamen mit einer Person in Verbindung zu bringen. Wie sah er aus? Wie sprach er? Welchem Beruf ging er nach? War er eher ruhig oder so temperamentvoll wie Dalia? Sie konnte es nicht glauben! Hatte sie nicht gerade in der letzten Zeit ihre Mutter so sehr vermisst? Und nun hielt sie einen Brief ihres Vaters in der Hand.

Dalia trat ans Fenster und sah zu, wie die Dämmerung vor dem Fenster die Landschaft nach und nach mit undurchdringlicher Finsternis überzog. Ricardo. Ihr Dad. Und er dachte, Dalia sei tot. Wie kam er nur zu dieser

Annahme? Wenn sie den Brief richtig verstand, hatte er die Todesnachricht von Granny erhalten. Aber das konnte doch nicht sein! Warum sollte ihre Großmutter derartige Lügen verbreiten? Dalia musste die Worte ihres Vaters irgendwie falsch verstanden haben. Vielleicht hatte Granny ihn nach Erhalt des vorliegenden Schreibens darüber aufklären wollen, dass er einem Irrtum aufgesessen war. Und vielleicht war ihr Brief, aus welchem Grund auch immer, nie bei ihrem Vater angekommen.

All die Jahre war Dalia davon ausgegangen, dass sie niemals erfahren würde, wer ihr Vater war. Auch jetzt wusste sie nur, dass er Ricardo hieß. Und dass er eine wunderschöne Handschrift hatte. Dieser eigentlich unbedeutende Umstand entlockte Dalia ein Lächeln.

»Schatz, wie geht es dir?«

Dalia zuckte zusammen. Sie hatte nicht bemerkt, dass Nara wieder den Raum betreten hatte.

»Keine Ahnung«, murmelte sie. »Ich … bin total durcheinander.«

»Kein Wunder.« Nara stellte sich neben sie und folgte ihrem Blick nach draußen.

Dalia nickte. »Weißt du etwas über ihn?«

Nara seufzte. »Als deine Mum starb, war ich noch ein Kind. Die Tragödie hat die ganze Familie gelähmt. Mit einem Mal herrschte gespenstische Stille in einem Haus, in dem es sonst immer laut und sehr turbulent zugegangen war.« Sie machte eine Pause und legte Dalia einen Arm um die Schulter. »Aber Mum hat nie mit mir über deinen

Vater gesprochen. Ich habe genau wie du all die Jahre gedacht, sie wüsste nicht, wer er sei.«

»Warum hat sie mir nie etwas gesagt?« Verzweiflung stieg in Dalia auf. Verzweiflung über so viele verlorene Jahre, Verzweiflung darüber, dass sie nun wohl niemals herausfinden würde, wo ihr Vater lebte. Ihn niemals kennenlernen konnte.

»Ich weiß es nicht.« Nara klang genauso mutlos, wie Dalia sich gerade fühlte.

»Ach, da seid ihr.« Lilian trat in den Salon und stellte sich auf Dalias andere Seite. »Nara hat mir erzählt, was sie gefunden hat.«

Dalia legte aus einem Impuls heraus den Kopf an die Schulter ihrer Tante. Sie brauchte jetzt Nähe, Zuspruch, Trost, ihre Familie. Sie konnte die Tränen nicht länger zurückhalten. Ein leises Schluchzen entrang sich ihrer Kehle.

»Was hat Mum sich nur dabei gedacht?«, sagte Lilian mehr zu sich selbst.

Dalia schniefte und fuhr sich über die Augen. »Hat sie auch dir damals ... gar nichts erzählt?«

Lilian strich ihr übers Haar. »Als Camellia starb, fielen wir alle in eine Art Schockstarre. Im einen Moment hatte ich noch mit ihr über ihre Schwangerschaft gesprochen, wie sehr sie sich auf dich freute, im anderen war sie weg. Für immer. Unwiderruflich. Mum war tagelang nicht ansprechbar. Das Einzige, worum sie sich gekümmert hat, warst du. Sie hat dich versorgt, ist mit dir ins Freie gegangen, hat dich immer bei sich gehabt, aber ...« Lilians

Stimme brach. Die Erinnerungen schienen trotz des zeitlichen Abstands auch bei ihr übermächtig zu werden. »Lange Zeit konnte ich es gar nicht glauben. Meine herzensgute Schwester ... Sie war doch noch so jung.« Eine Träne rann über ihre Wange. »Sie hatte ihr ganzes Leben noch vor sich. Und dann warst da du. Ein Baby, ein kleines Mädchen, das niemals seine Mutter kennenlernen würde.« Sie zog Dalia näher an sich. »Es war schrecklich.«

»Hat Mum dir nicht erzählt, wer mein Vater war? Du bist ihre Schwester, ihr wart doch fast gleich alt.«

»Du hast recht, wir waren nur elf Monate auseinander. Und natürlich wusste ich, dass sie jemanden kennengelernt hatte.« Lilian lachte. »Als sie schwanger nach Hause kam, wusste es letztlich jeder. Aber sie hatte es mir schon vorher gesagt, als sie noch in Mexiko war. Dass es da jemanden gebe.«

»Sonst nichts?« Dalia wandte den Kopf und musterte das fein geschnittene Gesicht ihrer Tante. Von alten Fotos her wusste sie, dass Lilian und Camellia sich sehr ähnlich gesehen hatten. Ob das heute auch noch der Fall wäre? Obwohl ihre Mum mittlerweile über fünfzig wäre, hatte Dalia sie nach wie vor als junge Frau vor Augen, wie sie sie von früheren Bildern her kannte. Daran würde sich auch niemals etwas ändern.

Lilian zögerte. »Nein, sonst nichts. Sie wollte sich nie weiter dazu äußern. Kurz hatte ich den Verdacht, dass sie sich vielleicht mit einem verheirateten Mann eingelassen hatte. Aber nach dem Brief zu urteilen ... lag ich damit wohl eher falsch.«

»Warum ist sie überhaupt nach England zurückgekommen, wenn er angeblich ihre große Liebe war?«

»Sie hatte ein Stipendium für eine Studienreise nach Mexiko. So einfach wäre es wohl nicht gewesen, ohne Arbeitsstelle dort zu bleiben. Aber ich weiß es nicht genau«, gab Lilian zurück.

»Es ist so ungerecht«, brach es aus Dalia hervor. »Es ist niemand mehr da, der mir Antworten geben könnte.« Aus tränenverschleierten Augen sah sie Nara an, die schweigend Lilians Ausführungen gelauscht hatte, bevor sie wieder ins Freie starrte. »Ich möchte ihn kennenlernen. Ich möchte wissen, wer er ist. Und ich möchte ihn fragen, warum Mum ganz allein und schwanger nach England zurückgekehrt ist.«

»Wir haben nur einen Vornamen«, erinnerte Nara sie leise.

»Du sagst es«, gab Dalia mit einem Mal wild entschlossen von sich. »Wir haben einen Vornamen. Aber das ist viel mehr als das, was ich bis heute Nachmittag von ihm wusste.«

Dalia hatte ihre Worte ernst gemeint. Der Vorname war das Erste, was sie über ihren Vater erfuhr. Ricardo aus Mexiko. Ricardo, der ihre Mutter offensichtlich sehr geliebt hatte. Ricardo, der zwar von Dalia wusste, jedoch annahm, dass sie bei der Geburt gestorben sei.

Sie starrte in die Flammen, die im Kamin loderten und ihren hellen Schein verströmten. Die Wärme umhüllte sie. Ihre Wangen begannen zu glühen. Irgendwo weit weg saß Ricardo vielleicht mit einer neuen Familie beim Abendessen, vielleicht aber auch mutterseelenallein in einer kleinen Zweizimmerwohnung und dachte ebenfalls gerade daran, was hätte sein können, wenn seine große Liebe und seine Tochter nicht gestorben wären. Wer wusste das schon?

Dalia sah auf ihre Uhr. Wie spät war es in Mexiko? Ein paar Stunden früher als hier. Sechs, sieben oder acht? Das hieße, Ricardo säße eher beim Mittagessen als beim Abendbrot. Erneut nahm Dalia den Brief zur Hand und sog jedes einzelne Wort ihres Vaters in sich auf. Andächtig fuhr sie mit dem Zeigefinger über die Schrift. Die Dahlien-Ohrringe lagen auf dem kleinen Beistelltisch neben der Couch. Ob er sie ihrer Mutter geschenkt hatte? Dalia gingen unzählige Fragen durch den Kopf. Wenn sie doch nur eine einzige Antwort darauf bekäme!

»Welwitschie ist im Bett«, verkündete Nara und ließ sich neben Dalia in die weichen Polster fallen. Sie schloss kurz die Augen. Dann sah sie Dalia an. »Ich liebe diese heimelige Wärme, das Knacken des Holzes. Diese Gemütlichkeit.«

Dalia musste lächeln. »Ich auch. Weißt du noch, wie Grandpa immer mit dem Feuer gekämpft hat, wenn es mal wieder nicht so wollte wie er? Das Holz ist zu feucht«, imitierte sie grinsend die Stimme ihres Großvaters. »Der Luftdruck ist schlecht für den Rauchabzug.« Dann legte sie den Brief neben die Ohrringe und verkündete entschlossen: »Ich werde nach Mexiko fliegen. Ich werde meinen Vater suchen und ihn fragen, was damals geschehen ist. Warum er Mum allein nach England hat zurückkehren lassen. Ich möchte wissen, was damals zwischen ihnen passiert ist. Seine kryptischen Andeutungen helfen mir nicht weiter. Sicherlich kann er mir einiges von Mum erzählen. Wo sie sich das erste Mal begegnet sind. Wie sie sich kennengelernt haben. Ich möchte alles wissen, jedes noch so kleine Detail.«

Naras Blick wurde skeptisch. »Dalia, weißt du, wie viele Einwohner Mexiko hat?«

»Einige Millionen?«

»Mehr als hundertzwanzig Millionen«, korrigierte Nara sie zögernd. »Doppelt so viele wie Großbritannien.« Sie machte eine Pause. »Dein Unterfangen wäre genauso Erfolg versprechend, wenn du einen James hier auf der Insel ausfindig machen wolltest.«

Dalia spürte Verärgerung in sich aufsteigen. »Das heißt, du rätst mir, die Sache auf sich beruhen zu lassen?«

Nara seufzte. »Süße, ich weiß es nicht. Aber auf gut Glück nach Mexiko zu fliegen mit nichts als einem Vornamen, einem sehr gewöhnlichen Vornamen, den vermutlich Tausende Mexikaner tragen ... Das klingt für mich nicht besonders ... vernünftig.«

»Vernünftig«, wiederholte Dalia und verschränkte die Arme. »Irgendwo auf der anderen Seite des Ozeans lebt mein Vater. Er denkt, ich sei tot. Und ich soll hier rumsitzen und Däumchen drehen?«

»Dalia, für mich kam das heute auch alles sehr überraschend«, erklärte Nara. »Aber denkst du wirklich, dass du ihn finden könntest?«

»Ich weiß es nicht, aber wenn ich es nicht versuche, werde ich es auch niemals erfahren. Meinst du nicht, auch ihm wäre es wichtig, zu wissen, dass seine Tochter lebt? Vielleicht bin ich sein einziges Kind.«

»Bestimmt würde er sich freuen, wenn ihr euch tatsächlich begegnen würdet. Aber ich fürchte, die Chancen stehen nicht allzu gut.«

Dalia überlegte. »Ich trete auf der Stelle«, sagte sie schließlich. »Schon länger. Die Arbeit erfüllt mich nicht mehr so wie früher. Ich habe das Gefühl, mir wird hier alles zu eng. Mir fehlt die Inspiration. Lilian hat mir eine Auszeit empfohlen. Eigentlich wollte ich im Mai nach London fahren, um mir eine Wanderausstellung von Frida Kahlo anzusehen, und ein paar Wochen in der Hauptstadt dranhängen. Was spricht dagegen, wenn ich jetzt schon fahre und gleich von London nach Mexiko fliege?«

Nara fasste nach Dalias Hand. »Ich wünsche dir von Herzen, dass du findest, was du suchst. Aber Mexiko ist nicht ungefährlich. Und Mexiko-Stadt ... Du lebst hier auf dem Land. Ich hoffe, du erleidest keinen Kulturschock, wenn du dort ankommst.«

Dalia erwiderte erstaunt Naras Blick. »Das heißt, du unterstützt mich?«

Nara lachte verschmitzt. »Selbstverständlich unterstütze ich dich. Wir Carters halten doch zusammen, oder nicht?«

Dalia nickte. »Ich breche so schnell wie möglich auf.«

»Du solltest nichts überstürzen«, mahnte Nara. »Eine so weite Reise will gut vorbereitet werden.«

»Ich habe achtundzwanzig Jahre lang auf diesen Moment gewartet, Nara«, erklärte Dalia mit ernster Stimme. »Und ich habe keine Lust mehr, auch nur einen Tag länger zu warten als unbedingt nötig. Ich werde so schnell wie möglich fliegen. Noch diese Woche.«

Dalias Mutter hatte damals ein Stipendium von der Universidad Nacional Autónoma de México erhalten und war vor neunundzwanzig Jahren nach Mexiko gereist, um sich die berühmten alten Mayastätten, die sie aus dem Studium der Altamerikanistik kannte, vor Ort anzusehen und bei einer Ausgrabung mitzuhelfen. Das indigene Volk hatte seine Blütezeit etwa sechshundert bis neunhundert nach Christus erreicht, als es sich auf der gesamten Halbinsel Yucatán im Osten Mexikos ausbreitete. Soweit Dalia sich erinnerte, hatte Granny einmal erzählt, dass Camellia sich hauptsächlich in Chichén Itzá aufgehalten hatte, sicher war sie sich aber nicht.

In der Nacht saß sie im Wohnzimmer und klickte sich durch die einzelnen Seiten, die die Ruinen der bekanntesten Mayastätten beschrieben, und verharrte bei einem Foto der berühmten Pyramide des Kukulcán. Das imposante Bauwerk bestand aus neun großen Stufen und vier hohen Treppen. Dalia stellte sich vor, wie ihre Mutter vor vielen Jahren darauf herumgeklettert war und sich gedanklich in längst vergangene Zeiten zurückversetzt hatte.

Sie beschloss, mit ihrer Suche in Mexiko-Stadt zu beginnen. Vielleicht konnte ihr jemand von der Universität dort weiterhelfen. Ihre Mutter musste damals Spuren hinterlassen haben, denen Dalia folgen würde.

Sie nahm den Zettel mit dem Namen und der Adresse in der mexikanischen Hauptstadt in die Hand und musterte die einzelnen Buchstaben. Lilian hatte bestätigt, dass es sich um die Handschrift ihrer Mutter handelte. Almara Fuentes Sanchez. Mit dieser Frau musste Dalia sprechen. Möglicherweise konnte sie ihr weiterhelfen, wenn es darum ging, ihren Dad ausfindig zu machen.

»Dalia, was machst du denn hier um diese Uhrzeit?« Lilian stand in einem hellblauen langen Nachthemd im Türrahmen und blinzelte verschlafen gegen den Schein der kleinen Tischlampe.

Erst bei den Worten ihrer Tante wurde Dalia bewusst, wie müde sie war. »Ich … Wie spät ist es?«

»Halb zwei.«

Dalia schüttelte den Kopf. »Ich habe gar nicht gemerkt, wie die Zeit vergangen ist.«

Nara hatte sich gegen zehn verabschiedet und war schlafen gegangen. Saß Dalia tatsächlich seit mehr als drei Stunden vor dem Laptop und zog sich Informationen über Mexiko aus dem Netz?

Lilian trat näher und ließ sich neben Dalia auf das Sofa sinken. »Es ist gerade alles etwas viel, oder?«

Dalia schloss kurz die Augen. »Ich muss ihn kennenlernen.«

Lilian atmete tief durch. »Mexiko ist kein ungefährliches Pflaster.«

»Du kannst mich nicht umstimmen. Ich fliege übermorgen. Der Flug ist gebucht.«

»In der Hinsicht ähnelst du deiner Mutter.« Lilian lächelte. »Sie wusste auch immer, was sie wollte. Schon als Jugendliche, ach, was sage ich, als Kind schwärmte sie von den Maya und deren imposanten Bauwerken im Dschungel. Die Studienreise nach Mexiko war ihr großer Lebenstraum. Sie hat schon als Jugendliche extra Spanisch gelernt.«

»Das wusste ich gar nicht«, gab Dalia verblüfft zu.

»Camellia war regelrecht ... besessen von allem, was mit Mexiko und den Maya zu tun hatte. Wir anderen Geschwister fanden das Thema sterbenslangweilig, aber wenn es im Fernsehen wieder mal eine Dokumentation dazu gab, tauchte sie mit deinem Grandpa völlig in diese Reportagen ein. Camellia wollte schon damals unbedingt Forscherin werden, um die Rätsel dieser versunkenen Kultur zu entschlüsseln. Sie interessierte sich zwar auch für andere alte Hochkulturen, aber die Maya hatten es ihr ganz besonders angetan.«

»Wenn ich sie nur gekannt hätte ...«, murmelte Dalia traurig. »Dann hätte ich zumindest eigene Erinnerungen an sie. Außer euren Erzählungen und alten Fotos ist mir absolut nichts von ihr geblieben. Ich kenne nicht einmal ihre Stimme.«

Lilian legte einen Arm um Dalias Schultern und zog sie an sich. »Sie hat dich sehr geliebt. Schon als du in ihrem Bauch herangewachsen bist, hat sie mir von dir vorgeschwärmt. Sie hat sich auf dich gefreut und war so aufgeregt, so begeistert von dem Gedanken, Mutter zu werden. Es tut mir sehr leid, dass es ihr nicht vergönnt war, dich in ihren Armen zu halten. Dich anzusehen und stolz auf dich sein zu dürfen.«

»Sie war sehr mutig«, befand Dalia. »Allein in ein so fremdes Land zu reisen …«

»Ja, das war sie wohl.« Lilian sah Dalia von der Seite an. »Hast du dir schon eine Unterkunft gebucht?«

Dalia schüttelte den Kopf. »Mexiko-Stadt ist riesig. Es dürfte kein Problem sein, eine kleine Pension oder ein Hotel zu finden. Ich möchte mir erst mal vor Ort ein Bild machen. Außerdem weiß ich ja noch gar nicht, ob die Hauptstadt überhaupt die richtige Stelle ist, um Ricardos Spuren zu finden.«

»Bitte sei vorsichtig.«

Dalia nickte. »Ich spreche ganz gut Spanisch. So lange ist der Schulunterricht ja nun auch wieder nicht her. Außerdem können viele Mexikaner Englisch. Ich werde mich schon irgendwie durchbeißen.«

»Daran habe ich nicht den geringsten Zweifel. Wenn du nur die Hälfte deiner Gene von deiner Mum hast, schaffst du das problemlos.« Lilian strich über ihre Wange.

»Danke«, sagte Dalia berührt. »Das bedeutet mir wirklich viel.«

»Sag mir Bescheid, wann dein Flug geht. Gunnar und ich fahren dich nach London zum Flughafen.« Lilian erhob sich. »Und jetzt sollten wir ins Bett gehen. Sonst taucht gleich Welwitschie auf und meint, es sei Zeit zum Aufstehen.«

»Geh ruhig schon. Ich fahre noch den Laptop herunter und mache dann Schluss für heute. Morgen ist auch noch ein Tag.«

Dalia schloss die einzelnen Seiten und sah Lilian nach, während sie den Computer ausschaltete. War es nicht eine völlig abwegige Idee, ihren Vater finden zu wollen, von dem sie nur den Vornamen kannte? Doch sie hatte keine Alternative – sie musste einfach wissen, wo ihre Wurzeln lagen.

5

Als Dalia drei Tage später am internationalen Flughafen Benito Juárez in Mexiko-Stadt aus dem Flugzeug stieg, fühlte sie sich wie gerädert. Sie hatte knapp zwölf Stunden Flug hinter sich, war in London um sechs Uhr morgens ins Flugzeug gestiegen, und hier war es erst zwölf Uhr mittags. Ihre Beine taten ihr weh, ihr Rücken war verspannt. Während sie mit den anderen Passagieren durch die Passkontrolle gelotst wurde, zog Dalia ihre Strickjacke aus. Trotz der Klimaanlage, die in dem Gebäude lief, war es warm und stickig in der riesigen Halle. Sie war angekommen. Noch konnte sie es kaum glauben.

Am Gepäckband traf sie erneut auf ihre Sitznachbarn aus dem Flugzeug, Ellie und Peter, ein junges Paar in ihrem Alter. Die beiden stammten aus der Nähe von Liverpool und wollten in Mexiko eine alte Studienfreundin besuchen.

»Endlich die Beine ausstrecken«, seufzte Ellie lächelnd. »Ich hasse es, so lange stillsitzen zu müssen.«

Dalia nickte. »Das war ja mein allererster Flug, aber …« Sie grinste. »… ich hasse es ebenfalls. So viel kann ich schon mal feststellen.«

»Weißt du mittlerweile, wo du unterkommst?«, wollte Peter von ihr wissen, während die ersten Koffer auf dem Band an ihnen vorbeirollten.

»Ich denke, ich sehe mich erst mal ein wenig um. Am besten wäre es, wenn ich etwas möglichst nahe am Zentrum finden würde.« Sie überlegte. »Wobei die Universität, an der meine Mutter studiert hat, zwanzig Kilometer davon entfernt liegt.«

Dalia hatte den beiden während des stundenlangen Flugs vom Grund ihrer Reise erzählt. Die Stadt schien riesengroß zu sein. Sie hatte zu Hause mehrere Pläne ausgedruckt und hoffte, sich damit irgendwie in dem unübersichtlichen Großstadtdschungel zurechtzufinden.

»Wir können dich gern begleiten, Dalia«, erneuerte Ellie ihr Angebot, das sie ihr bereits im Flugzeug unterbreitet hatte. »Unsere Freundin Mandy kennt sich hier aus, sie kann dir auf jeden Fall behilflich sein. Mexiko-Stadt kann auf den ersten Blick ziemlich einschüchternd wirken.«

Dalia winkte ab. »Danke euch, wirklich, aber ich denke, ich bekomme das allein hin.«

Auch über ihr bisheriges beschauliches Leben in

Cornwall hatte Dalia mit den beiden gesprochen. Ebenso über ihren Wunsch, endlich ihren eigenen Weg zu finden, ihre Wurzeln, ihre mexikanische Familie. Die Chance, ihrer Zukunft eine neue Richtung zu geben.

In diesem Moment tauchte Dalias dunkelroter Rucksack auf dem Beförderungsband auf. »Da ist er ja schon.« Sie grinste triumphierend und trat dichter an das Band. Nachdem sie sich das schwere Ungetüm auf den Rücken gehievt hatte, umarmte sie erst Ellie, dann Peter. »Ich danke euch sehr. Es war echt nett, euch kennenzulernen.«

»Wir wünschen dir viel Erfolg, dass du deinen Dad findest«, sagte Ellie. »Wenn es jemand schafft, die Nadel im Heuhaufen ausfindig zu machen, dann du.«

»Und auch alles andere, was du dir erhoffst«, ergänzte Peter und lächelte. »Mach's gut, Dalia. Und du hast ja unsere Nummer, falls etwas sein sollte. Du kannst dich jederzeit melden.«

Als sie zehn Minuten später vor das Flughafengebäude trat, war sie von den angenehmen Temperaturen überrascht, die im Freien herrschten. Sie hatte mit einer hohen Luftfeuchtigkeit bei etwa dreißig Grad gerechnet, doch in der Sonne, die auf den Vorplatz des Flughafens schien, war ihr T-Shirt sogar fast etwas zu dünn. Der Wind war kühl, die Luft trocken. Reiseführer hatten auch nicht immer recht.

Am Straßenrand standen mehrere grün-weiße VW Käfer mit Taxischildern auf dem Dach.

Als sie auf einen davon zugehen wollte, trat ein junger

Mann mit schwarzem Haar und blitzenden Augen auf sie zu.

»English, Madam?«

Dalia nickte. »Ja.«

»Suchen Sie eine günstige Unterkunft in der Stadt?«, wollte er in gebrochenem Englisch von ihr wissen.

Wieder nickte Dalia, und ein weiterer Mann trat zu ihnen.

»Wir können Ihnen ein hübsches Zimmer anbieten. Zentral, bezahlbar«, fuhr der erste fort. »Ich bin übrigens Juan, und das ist mein Kumpel Miguel.«

»Ich suche in der Tat eine Herberge, die zentral liegt«, erklärte Dalia. »Ich wollte mir gerade ein Taxi nehmen und in die Stadtmitte fahren.«

»Ja, ja, ins Zentrum.« Juan nickte. »Kommen Sie. Vamos.« Er steuerte auf eines der zahlreichen Taxis zu und bedeutete Dalia, ihm zu folgen.

Sie zögerte nur eine Sekunde, doch die Erleichterung über die unkomplizierte Übernachtungslösung überwog, und sie folgte den beiden, nachdem sie ihre Bedenken beiseitegewischt hatte.

Juan nahm neben dem Taxifahrer Platz, während Miguel sich mit Dalia auf die Rückbank setzte. Den Rucksack schob sie auf ihre Oberschenkel.

Juan redete in schnellem Spanisch auf den Fahrer ein. Dalia verstand nur einzelne Gesprächsfetzen.

»Das erste Mal in Mexiko?«, wollte Miguel von ihr wissen, seine braunen Augen musterten sie interessiert.

»Ja.«

»Urlaub?«

Sie dachte kurz nach. Warum sollte sie zwei wildfremden Männern von ihren Plänen erzählen? »Genau. Urlaub.« Sie bemühte sich um ein Lächeln.

Als der Fahrer losfuhr, überkam sie plötzlich das ungute Gefühl, möglicherweise zu überstürzt gehandelt zu haben. Was, wenn diese Typen sie irgendwohin verschleppen würden? Sie befand sich in einem öffentlichen Taxi, beruhigte sie sich jedoch sofort wieder und konzentrierte sich auf das Verkehrschaos, das um sie herum herrschte. Autos hupten, Leute brüllten laut durcheinander, Fahrradfahrer schimpften und schrien.

Der Fahrer bog auf eine breite Allee mit gepflegten mehrstöckigen Wohnhäusern ein. Müdigkeit machte sich langsam in Dalia breit. In England müsste jetzt schon Abendbrotzeit sein, rechnete sie aus. Am liebsten hätte sie ihren Kopf zurückgelegt und die Augen geschlossen, doch das traute sie sich nicht. Sie befand sich mit drei fremden Männern neuntausend Kilometer von ihrer Heimat entfernt in einem Taxi. Sie musste auf jeden Fall wachsam bleiben und auf sich aufpassen.

»Wie lange bleiben?«, fragte Miguel, während der Fahrer und Juan weiter zu diskutieren schienen.

»Ich weiß es noch nicht«, gab sie offen zu. »Solange es mir gefällt.«

»Mexiko schön. Und mexikanische Männer auch schön.« Er grinste breit.

Die Richtung, die das Gespräch nahm, behagte Dalia ganz und gar nicht. Sie sah wieder aus dem Wagen und bemerkte, dass die Häuser hier schäbiger wirkten als noch vor wenigen Minuten. Vielleicht sollte sie Nara eine kurze Nachricht schicken, wo sie war? Doch wo genau befand sie sich überhaupt? Dalia konnte keinen einzigen Straßennamen erkennen. Und würde sie Nara nicht unnötig beunruhigen, wenn sie ihr mitteilte, dass sie in einem Taxi saß und nicht wusste, wo man sie hinbrachte? Wie hatte sie nur so unglaublich naiv sein können? Sie bemühte sich, nicht in Panik zu verfallen. Noch war gar nichts passiert.

Sobald sie ausstiegen, wollte sie den beiden erklären, dass sie sich eine andere Bleibe suchen würde. Ein Blick auf die Uhr verriet ihr, dass sie seit einer Viertelstunde unterwegs waren. Nur eine kurze Zeitspanne für Entfernungen in dieser weiträumigen Stadt.

»Hast du Mann?«

Was sollte sie darauf erwidern?

»Miguel, lass die Señorita in Ruhe«, ertönte Juans Stimme mahnend vom Vordersitz.

Erleichtert drehte Dalia ihren Kopf und sah in die Weite. Vielleicht hatte sie die Situation doch falsch eingeschätzt.

Miguel erwiderte etwas, bevor Juan ihm einen minutenlangen Monolog hielt. Beide sprachen so schnell, dass Dalia so gut wie nichts verstand, obwohl sie jahrelang Spanisch in der Schule gelernt hatte.

Als der Fahrer kurz darauf rechts an den Straßenrand fuhr und anhielt, umklammerte Dalia die Riemen ihres Rucksacks fester.

»Wir sind da«, verkündete Juan und bezahlte das Taxi.

Nachdem sie ausgestiegen waren, wollte Dalia den beiden erklären, dass sie nicht mehr an ihrem Angebot interessiert sei. Doch Juan packte sie bereits am Oberarm und schob sie unsanft vor sich her. »Da drüben.« Er zeigte mit der anderen Hand auf eines von mehreren Hochhäusern. »Da wohnen wir. Du kannst eines der ... Gästezimmer haben.« Er kniff die Augen zusammen. »Wie heißt du überhaupt?«

Dalia war sich seiner unmittelbaren Nähe nur zu bewusst, dicht hinter sich spürte sie Miguels Atem in ihrem Nacken. »Dalia«, erwiderte sie zögernd. »Aber ich ...«

»Komm. Vamos.« Juan zerrte sie zur Haustür, die nur angelehnt war, und schob sie vor sich in den stickigen Flur. An den Wänden bröckelte die einstmals weiße Farbe ab. An einer Wand hatte jemand *Roco + Matilda* geschrieben.

»Die Wohnung ist im dritten Stock.«

Wie sollte sie aus der Nummer nur wieder herauskommen? Warum hatte sie bloß nicht Ellies und Peters Hilfe angenommen? Absolut niemand wusste, wo Dalia sich aufhielt. Sie wusste es ja selbst nicht einmal.

Vor einer der Wohnungstüren im dritten Stock machte Juan halt und fummelte umständlich einen Schlüssel aus seiner Hosentasche.

Was würden die beiden tun, wenn Dalia versuchen würde zu fliehen? Sie könnte die Treppen hinunterrennen und ...

»Bienvenido. Herzlich willkommen!« Juan zeigte in

den Gang und wartete, bis sie eingetreten war. Miguel folgte ihnen als Letzter und schloss hastig die Tür hinter sich.

»Komm!« Erneut packte Juan sie am Arm und führte sie zu einem der Räume. »Sauber und günstig.« In dem Zimmer befand sich ein schmales Eisenbett mit geblümter Bettwäsche, daneben stand ein klappriger Hocker als Nachttischersatz, an der Wand gegenüber ein offenes Holzregal. Der Steinboden war fleckig, die Wände hatten ebenfalls bessere Zeiten gesehen.

»Das Bad ist dahinten.«

Dalia schloss die Augen und nickte. Als sie sie wieder öffnete, war sie allein in dem Raum. Was sollte sie jetzt tun? Auf keinen Fall würde sie ihren Rucksack in dieser Absteige auspacken. Und auf keinen Fall würde sie sich in dieses Bett legen. Die Decke schien einigermaßen sauber zu sein, doch das Kissen wirkte, als hätte gerade erst jemand darauf gelegen. Nein, niemals würde sie hier auch nur eine Minute schlafen.

Vielleicht verließen Juan und Miguel demnächst die Wohnung, dann würde Dalia die Gelegenheit nutzen, um unauffällig zu verschwinden.

Nachdem sie mehr als eine Stunde in ihrem Zimmer verbracht hatte, unruhig auf und ab getigert war und mindestens hundert Szenarien gedanklich durchgespielt hatte, wie sie aus dieser Nummer unbeschadet herauskäme, hielt sie es nicht länger aus. Sie öffnete die Tür und linste vorsichtig auf den Flur hinaus.

Juan und Miguel standen mit einem dritten, ihr unbekannten Mann in der Küche und diskutierten lautstark.

Dalia reichte es. Sie würde jetzt ihren Rucksack nehmen und verschwinden. Die Typen konnten sie schließlich nicht gegen ihren Willen hier festhalten.

Als sie jedoch im nächsten Augenblick sah, wie der Fremde ihren beiden Vermietern mehrere kleine Tütchen in die Hand drückte, wurde ihr schlagartig klar, dass sie ein größeres Problem hatte als zuerst angenommen. Juan und Miguel waren ganz offensichtlich Drogendealer. Welche Pläne sie mit Dalia verfolgten, konnte sie zwar nach wie vor nicht erkennen, doch mit Sicherheit hätten die beiden etwas dagegen, wenn sie wüssten, dass Dalia ihre vermutlich illegalen Geschäfte verfolgt hatte.

Sie musste unbedingt diese Wohnung verlassen, und zwar so schnell wie möglich. Dalia zog sich wieder ins Zimmer zurück, atmete tief durch und öffnete die Tür dann erneut mit einem lauten Geräusch. Auf dem Gang räusperte sie sich zur Sicherheit noch lautstark. Erwartungsgemäß blickten ihr die drei Männer entgegen, während sie auf sie zusteuerte. Juan schob hastig seine rechte Hand hinter den Rücken.

»Ich habe Hunger«, verkündete Dalia und bemühte sich um eine sichere Stimme. Ihre zitternden Hände versteckte sie unauffällig in den Hosentaschen. »Ich gehe mal vor die Tür und schaue, was ich finde.« Sie zeigte wie beiläufig zum Eingang.

Juan wechselte einen Blick mit Miguel und trat dann mit großen Schritten auf sie zu. »Wir kommen mit.«

Dalia schüttelte den Kopf. »Das ist absolut nicht nötig. Ich finde mich schon allein zurecht.« Sie erzwang ein Lächeln.

»Wir kommen mit«, wiederholte Juan in barscherem Tonfall. »Du kennst dich hier überhaupt nicht aus. Und du bist unser Gast. Wir passen auf dich auf.«

Seine Worte wirkten jedoch alles andere als vertrauenerweckend. Eilig kehrte sie in ihr Zimmer zurück und wollte den Rucksack aufnehmen, als Juan im Türrahmen erschien. »Den kannst du hierlassen.«

»Ich habe ihn lieber bei mir«, widersprach Dalia, während sie tausend Ängste durchstand. Wie sollte sie sich nur aus dieser misslichen Situation befreien?

»Es gibt viele Diebe hier«, erklärte Juan mit Nachsicht, als wäre Dalia ein kleines Kind. »Viele meinen es nicht gut mit jungen schönen Frauen wie dir. Der Rucksack bleibt besser hier.«

Wenn sie nicht riskieren wollte, dass diese Mistkerle sie erst gar nicht gehen ließen, musste sie wohl oder übel Juans Anweisungen gehorchen. Innerlich tobten Wut und Angst in ihr. Sie war so unfassbar dumm gewesen.

»Okay«, stimmte sie kleinmütig zu. »Aber ich kann wirklich allein gehen.«

»Kommt nicht infrage.« Juan wandte sich an Miguel und den Fremden und sagte etwas auf Spanisch, was Dalia erneut nicht verstand.

»Vamos!« Er packte Dalia am Arm und zog sie mit sich aus der Wohnung. Die beiden anderen folgten ihnen, bis sie auf der Straße vor dem Haus standen. Dort verabschiedete sich der Mann, der die Drogen gebracht hatte, und zwinkerte Dalia belustigt zu.

Angewidert wandte sie sich ab.

»Lust auf Tortillas?«, wollte Miguel von ihr wissen.

»Klingt gut«, presste sie hervor und bemühte sich fieberhaft darum, gute Miene zum bösen Spiel zu machen.

Neben dem Hochhaus befand sich ein kleiner Spielplatz mit einer kaputten Rutsche und einem instabil aussehenden Klettergerüst. Zwei junge Mexikanerinnen standen daneben und unterhielten sich lachend, während drei kleine Kinder auf der ausgetrockneten Erde saßen und mit ein paar blauen Murmeln spielten. Die Hosen der Kinder waren teils zerrissen, der Jacke des einen Mädchens fehlte ein Ärmel. Angesichts der so offensichtlichen Armut bildete sich ein dicker Kloß in Dalias Kehle. Wie wohl ihr Vater lebte? Sofort verdrängt sie den Gedanken wieder. Sie hatte momentan weiß Gott andere Sorgen.

»Da vorne ist ein Tortilla-Laden«, erklärte Juan. »Nicht weit von hier.«

Dalia nickte, verkniff sich aber jede Erwiderung, während sie stumm zwischen den Männern die Straße hinunterlief. Sie kam sich fast vor wie eine Gefangene, die abgeführt wurde.

»Hier gibt es die besten Tortillas der ganzen Stadt«, prahlte Juan, bevor er die Tür zu dem kleinen Imbiss aufstieß. Im Inneren befand sich nur ein einziger Kunde, stellte Dalia bedauernd fest. Sie hatte gehofft, hier unauffällig um Hilfe bitten zu können, doch der junge Mann, der vor der Theke stand, unterhielt sich angeregt mit dem

Verkäufer und beachtete die drei überhaupt nicht. Während Juan und Miguel an eines der Regale traten und die Getränkeauswahl inspizierten, rückte Dalia unauffällig etwas näher zu dem jungen Mann hin.

Endlich drehte er den Kopf und sah sie an. Als ihre Blicke sich sekundenlang trafen, versuchte Dalia, ihm ihre Angst, die gerade in ihr wütete, zu signalisieren.

Es schien zu funktionieren. Er betrachtete sie mit fragender Miene. Hatte er verstanden, dass sie in Schwierigkeiten steckte?

Sie nickte unauffällig und deutete mit dem Kinn leicht zu Juan und Miguel.

Nachdem er mehrmals zwischen den beiden Männern und Dalia hin- und hergeschaut hatte, nickte er grimmig.

»Gibt es ein Problem?«, fragte er so langsam auf Spanisch, dass Dalia ihn mühelos verstand. Sie nickte.

Juan wandte sich vom Regal ab und funkelte den Mann wütend an. »Hast du was gesagt, Amigo?«

»Ich bin nicht dein Amigo«, erklärte der Fremde mit fester Stimme. »Und diese Señorita scheint sich ganz offensichtlich in eurer Gegenwart nicht wohlzufühlen.« Er blickte zu Dalia. »Habe ich mit meiner Annahme recht?«

»Sag ihm, dass du unser Gast bist«, forderte Juan sie in seinem gebrochenen Englisch auf.

»Ich …«, begann Dalia unsicher. »Ich …«

»Habe ich also recht«, erwiderte der Fremde, nun in fast akzentfreiem Englisch. »Ich schlage vor, ihr lasst die Lady jetzt in Ruhe. Und damit ist die Sache hier erledigt.«

Als Miguel ohne Vorwarnung ein Messer zog, schrie Dalia erschrocken auf und wich zurück.

»Steck das Messer weg«, erklärte der Fremde auf Spanisch.

»Sofort weg mit der Waffe«, mischte sich nun auch der Verkäufer ins Gespräch. »Nicht in meinem Laden. Ich will keinen Ärger bekommen.«

»Den bekommst du nicht«, wandte sich der Fremde an ihn. »Steck das Messer weg«, wiederholte er dann in Miguels Richtung. »Augenblicklich.«

Miguels Miene verzog sich zu einem hämischen Grinsen. »Du Schnösel gibst mir gar keine Befehle. Ich werde unseren Gast mit allen Mitteln vor dir beschützen.« Er fuchtelte weiter mit dem Messer vor dem Gesicht des anderen herum.

Dalia verfolgte die Szene mit angehaltenem Atem, während sie überlegte, ob sie nicht einfach die Tür aufreißen und auf die Straße rennen sollte. Doch ihr Rucksack, ihr komplettes Gepäck, ihr Geld, ihr Pass, alles befand sich noch immer in der Wohnung der beiden Dealer. Sie musste unbedingt an ihre Sachen kommen.

Während Miguel weiter versuchte, auf den Fremden einzustechen, trat Juan neben Dalia und packte sie unsanft am Arm.

»Lass sie los!« Der junge Mann ließ seinen Blick immer wieder zwischen Juan und Miguel hin- und herwandern.

»Was, wenn nicht?«, höhnte Juan siegessicher.

Ohne zu zögern, schlug der Fremde Miguel das Messer aus der Hand, bevor er im nächsten Moment herumwirbelte und Juan seine rechte Faust ins Gesicht hämmerte. »Lasst die Lady jetzt in Ruhe! Ansonsten werdet ihr das bitter bereuen.«

Das Messer schlitterte über den Fliesenboden und rutschte unter eines der Regale. Miguel stürzte fluchend hinterher, während Juan nach dem Fausthieb endlich Dalias Arm losgelassen hatte und sich nun mit beiden Händen das Gesicht hielt. Seine Nase blutete stark.

»Mein Gepäck ...«, stammelte Dalia. »Es ist noch in der Wohnung der beiden.«

Der Fremde schien kurz zu überlegen, bevor er Juan erneut auf den rechten Arm schlug. »Wo befindet sich diese Wohnung?«

Juan plärrte vor Schmerz, während Miguel noch immer nach dem verschwundenen Messer tastete.

»Wo ist diese Wohnung?«, wiederholte der Mann seine Frage.

Juan brummte etwas, was Dalia nicht verstand.

»Wenn ihr keinen weiteren Ärger wollt, dann verzieht ihr euch jetzt irgendwohin, wo ich euch nicht mehr sehe, bis ich mit der Dame das Gepäck geholt habe.« Der junge Mann streckte die Hand aus. »Schlüssel!«

Juan schüttelte den Kopf, während er sich weiter an die Nase fasste.

»Schlüssel!«

Fluchend holte Juan ihn aus der Hosentasche und übergab ihn dem Fremden.

»In einer Stunde könnte ihr euch den Schlüssel hier

abholen«, schleuderte der Fremde ihnen entgegen. »Wenn ihr keine Probleme macht! Ansonsten landet er bei euren besten Freunden. Die wissen sicher, was sie mit euren schicken Räumlichkeiten anstellen können.«

Er bedeutete Dalia, ihm zu folgen. In der Tür blieb er noch mal stehen und wandte sich an den Tortillaverkäufer. »Wir reden ein anderes Mal, okay? Heute ist die Luft hier leider zu verpestet.« Dann wandte er sich an Dalia. »Komm, wir holen deine Sachen.«

6

»Ich bin Pablo.« Der junge Mann reichte Dalia die Hand, nachdem sie den Imbissladen verlassen hatten.

»Dalia.«

»Du bist Engländerin?«

Sie nickte.

»Wo ist diese ominöse Wohnung?«

Dalia zeigte ihm schweigend die Richtung.

»Magst du mir erzählen, was genau passiert ist? Wie du an diese beiden Typen geraten bist? Warum dein Gepäck in deren Wohnung liegt? Und was du hier in Mexiko machst?« Er hob beide Hände und lachte. »Entschuldige. Das sind vielleicht ein paar Fragen zu viel, aber diese Situation eben, die war nicht ganz ohne. Daher wüsste ich gern die komplette Geschichte.«

Dalia schämte sich für ihr naives Verhalten. War ihr

nicht schon als Kind von ihren Großeltern eingebläut worden, niemals mit unbekannten Männern mitzugehen? Und dann noch in einem völlig fremden Land? Nein, sie verstand sich selbst nicht mehr.

Sie holte tief Luft und begann zu erzählen. Vom Brief ihres unbekannten Vaters, von ihrem Entschluss, ihn endlich ausfindig zu machen, von ihrer Ankunft am Flughafen und der Begegnung mit Juan und Miguel. Dabei merkte sie selbst, wie schräg sich das alles für Außenstehende anhören musste.

»Wow!« Pablo blieb stehen und musterte sie einen Augenblick lang schweigend. »Das ist … So einen Hintergrund hätte ich jetzt nicht erwartet.«

»Es war total blöd von mir«, setzte Dalia kleinlaut nach und kam sich noch dämlicher vor. »Ich weiß überhaupt nicht mehr, was mich da am Flughafen geritten hat, mich mit den beiden in ein Taxi zu setzen. Und dann mit ihnen in diese Wohnung zu gehen.« Sie schüttelte den Kopf. »Als wir aus dem Taxi gestiegen sind, habe ich schon gemerkt, dass hier etwas gehörig schiefläuft, aber da war es zu spät. Ich hatte Angst, dass sie mich nicht gehen lassen würden. Dann wollte ich nur noch aus dieser Wohnung raus, weg von diesen beiden Kerlen.«

»Du wirst die zwei nie wiedersehen«, erklärte Pablo ruhig. »Das verspreche ich dir.« Er zeigte zum Hauseingang. »Lass uns deine Sachen holen, und dann verschwinden wir von hier. Hast du eine Idee, wo du jetzt unterkommen kannst? In einem Hotel? Oder einer kleinen Pension?«

Dalia zuckte mit den Achseln. »Ich habe absolut keine Ahnung. Ich ... bin so dumm. Ich hätte ...« Die Erkenntnis, was ihr alles hätte zustoßen können, bahnte sich unaufhaltsam ihren Weg, ein Zittern durchfuhr ihren Körper. Schließlich konnte sie die Tränen nicht länger zurückhalten. Verlegen wischte sie sich mit einer Hand über die Augen. »Tut mir leid«, stieß sie leise hervor. »Es war wohl gerade etwas viel.«

»Das muss dir nicht leidtun.« Pablo schien nicht recht zu wissen, wie er sich verhalten sollte. Erst streckte er eine Hand aus, zog sie dann aber rasch wieder zurück. »Es ist ja noch mal alles gut gegangen.«

Sie schluchzte. »Aber es hätte auch ganz anders enden können. Was ist nur los mit mir? Wenn ich dich nicht getroffen hätte ...«

Schweigend betraten sie das Hochhaus und holten Dalias Rucksack, der noch immer neben dem Bett auf dem Boden lag.

»Danke. Für alles«, sagte Dalia, als sie wieder im Freien standen. »Es tut mir unendlich leid, dass ich dich in diese Situation gebracht habe. Auf keinen Fall wollte ich, dass du ... dass ... Zum Glück haben sie dich nicht verletzt. Juan mit seinem Messer ...«

Pablo lächelte leicht, und neben seinen Mundwinkeln bildeten sich zwei Grübchen. »Mach dir wegen mir keine Sorgen«, sagte er, und seine Augen blitzten. »Ich lebe seit vielen Jahren in Mexiko-Stadt und weiß, was mich erwartet. Außerdem habe ich in meiner Jugend mehrere Jahre Kampfsport gemacht. Ich komme schon zurecht. Wir sind hier in Venustiano Carranza, das ist eines der allerübelsten Stadtviertel.« Er machte eine kurze Pause. »Aber das hast du ja nun selbst gemerkt.«

»Warum sprichst du eigentlich so gut Englisch?«

Er grinste. »Ich bin Anglist und lehre hier an der Universität.«

»Also kein Drogendealer«, stieß sie voller Erleichterung auf.

Er lachte. »Nein, definitiv nicht.« Sein Blick wurde eindringlicher. »Also, was machen wir jetzt mit dir?«

Zwei Jugendliche in blauen American-Football-Trikots fuhren mit Skateboards an ihnen vorbei und unterhielten sich lautstark. Dalia beobachtete, wie sie um die nächste Straßenecke verschwanden.

»Ich habe jahrelang Spanisch gelernt und verstehe trotzdem nur Bahnhof«, stellte sie frustriert fest. »Ich dachte, ich käme hier mit meinen Sprachkenntnissen gut durch, aber offenbar war das ein großer Irrtum.«

»Mexikaner sprechen in der Tat sehr schnell«, erwiderte Pablo in langsamem Spanisch. »Wenn ich mir aber Mühe gebe, kannst du mich sicherlich besser verstehen.«

Erstaunt riss Dalia die Augen auf. »Ich habe gerade alles verstanden. Oh Wunder.« Sie stockte. »Wie vorhin im Imbiss auch.«

Er nickte. »Siehst du.«

»Ich …«, setzte Dalia unsicher an, während sie von einem Fuß auf den anderen trat. »Ich denke, ich suche mir jetzt eine neue Bleibe. Irgendwo. Noch ist es hell und …«

»Du könntest mit zu mir kommen«, schlug Pablo hastig vor und sah sie abwartend an. »Zu uns.«

»Zu deiner Familie?«

Er lachte. »Nein. Die wohnt glücklicherweise nicht hier. Ich lebe mit zwei Doktoranden zusammen. Wir sind so eine Art Wohngemeinschaft. Estella und Ruben.« Er wiegte den Kopf. »Ich könnte es aber sehr gut verstehen, wenn du jetzt skeptisch bist und nach dieser Erfahrung lieber in ein richtiges Hotel gehen möchtest.« Er zwinkerte belustigt. »Ein eigenes Zimmer kann ich dir leider auch nicht anbieten, aber eine sehr bequeme Couch im Wohnzimmer und gutes Essen. Ruben kocht fantastisch.«

Dalia musste nicht lange überlegen. Trotz der schrecklichen Erfahrungen der letzten Stunden spürte sie instinktiv, dass von Pablo keinerlei Gefahr ausging. Der junge Mann strahlte Sicherheit aus, wirkte vertrauensvoll und intelligent. »Ich würde dein Angebot sehr gern annehmen«, sagte sie. »Danke.« Alles, nur nicht allein sein.

»Kein Problem.«

Sie gingen ein Stück die Straße entlang, bis sie auf die nächste Kreuzung stießen, an der mehr Verkehr herrschte. Pablo winkte ein Taxi heran, und sie stiegen ein. Er setzte sich mit Dalia auf die Rückbank. Schon bald übermannte sie die Müdigkeit, und sie schloss die Augen.

Offenbar war sie kurz eingenickt, denn als Pablo sie weckte, stellte sie fest, dass zwanzig Minuten vergangen waren. Das Taxi hatte vor einem gepflegten vierstöckigen Wohngebäude angehalten.

»Willkommen im Viertel Coyoacán«, erklärte Pablo

mit feierlicher Stimme und nahm Dalia den Rucksack ab. »Wir sind jetzt im Süden von Mexiko-Stadt, sehr weit weg von diesen Dreckskerlen. Hier in der Nähe befindet sich auch die Universität. Kurze Wege waren für uns drei der Hauptgrund hierherzuziehen.«

»Es ist schön hier«, sagte Dalia und betrachtete die gepflegte Fassade. Rosenstöcke blühten vor dem Wohnhaus, zwei hohe Palmen spendeten dem Vorplatz wohltuenden Schatten.

Pablo lotste sie zum Eingang und holte einen Schlüssel hervor.

»Wir haben vergessen, den Schlüssel in den Imbiss zu bringen!«, rief Dalia erschrocken und drückte sich die Hand auf den Mund.

Pablo winkte ab. »Eine Nacht im Freien wird diesen Typen sicherlich nicht schaden. Unkraut vergeht nicht. Ich gehe morgen eh noch mal zu Felipe, dann bringe ich ihm den Schlüssel vorbei.«

Pablos Wohnung lag im ersten Stock. Als er die Tür aufschloss, hörte Dalia heiteres Gelächter aus dem Inneren. Sofort fühlte sie sich willkommen und sicher. Wo Menschen lachten, herrschte keine böse Stimmung.

Pablo drehte sich zu ihr um und erklärte lächelnd: »Estella und Ruben sind daheim. So lernst du gleich die ganze Bande kennen.«

Der Boden der Wohnung war hellgrau gefliest, die Wände weiß gestrichen. Schwarze Holzmöbel setzten schicke Akzente in den hellen und freundlich wirkenden Räumlichkeiten.

»Komm, ich stelle dich vor.«

Als sie ins Wohnzimmer traten, erblickte Dalia eine junge, sehr attraktive Frau mit langem schwarzen Haar, die an einem kleinen Esszimmertisch vor einem Laptop saß. Neben ihr stand ein etwas kräftigerer Mann, der sich über ihre Schulter beugte und auf den Bildschirm deutete.

»Hallo, ihr beiden«, begrüßte Pablo sie. »Was gibt es denn so Lustiges? Ich habe Besuch mitgebracht.«

Die beiden sahen ihnen neugierig entgegen. »Estella hat mir gerade gezeigt, wie Professor García den Institutshof fegt, weil ihn der Sand gestört hat.« Wieder lachte der junge Mann. Sein Gesicht wirkte offen und freundlich.

»Das ist Dalia aus England«, stellte Pablo sie vor.

»Hola, Dalia aus England«, sagte der Mann amüsiert. »Ich bin Ruben aus Mexiko.«

»Blödmann«, meinte die Frau kopfschüttelnd und stieß Ruben scherzhaft einen Ellbogen in die Seite. »Hola, Dalia, ich bin Estella.«

»Hola«, erwiderte Dalia und bemühte sich um ein schwaches Lächeln. Der Schreck des heutigen Tages saß ihr noch immer in den Knochen. »Danke, dass ich hier sein darf.«

»Dalia ist in Mexiko, weil sie ihren Vater sucht. Sie wird für einige Tage bei uns übernachten.«

»Du suchst deinen Vater?«, wiederholte Ruben voller Neugier. »Cool. Das klingt doch mal nach einer spannenden Story.«

»Jetzt lasst sie aber bitte erst mal in Ruhe«, meinte Pablo. »Sie hat einen langen Flug hinter sich. Und morgen ist auch noch ein Tag.«

Dankbar sah Dalia ihn an. Diese Herzlichkeit, die von allen dreien ausging, weckte die leise Hoffnung in ihr, dass das unschöne Erlebnis des ersten Tages nur ein unglückseliger Ausrutscher gewesen war und sie sich von nun an ohne weitere Stolpersteine auf ihr eigentliches Ziel konzentrieren konnte.

7

Neunundzwanzig Jahre zuvor
Cornwall

Mit zittrigen Fingern fuhr Camellia wieder und wieder über den Absender des leicht zerknitterten Briefs. Was würde sie tun, wenn es eine Absage war? Sie maß die Dicke des Umschlags mit Daumen und Zeigefinger ab. Würde eine Absage nicht nur einen einzigen Briefbogen beinhalten? Andererseits hatte ihr die Universidad Nacional Autónoma de México möglicherweise gleich die gesamten Bewerbungsunterlagen zurückgeschickt.

Camellia atmete tief durch. Sie war doch sonst nicht so zögerlich. Eher im Gegenteil. Ermahnte ihre Mutter sie nicht immer wieder, nichts zu überstürzen? Wie war das vor zwei Jahren mit dem Hilfsprojekt an ihrer heimischen Universität gewesen? Gleich nachdem Camellia den Aufruf am Schwarzen Brett gelesen hatte, dass in

Westafrika Helfer für eine gemeinnützige Jugendeinrichtung gesucht wurden, hatte sie sich gemeldet. Acht Wochen etwas Sinnvolles tun, was sie sogar noch für ihr Studium als Übergreifende Kompetenzen angerechnet bekommen würde. Wie hätte Camellia da *nicht* sofort zusagen können? Ihre Mutter war wenig begeistert gewesen, was wahrscheinlich vor allem an der Kurzfristigkeit gelegen hatte. Camellia war schon drei Tage später aufgebrochen. Und hatte es nicht bereut. Von den Erfahrungen, die sie dort hatte sammeln können, würde sie bis an ihr Lebensende zehren.

Ihre Gedanken kehrten in die Gegenwart zurück, zu ihrer Bewerbung für das Reisestipendium nach Mexiko. Sie hoffte so sehr darauf, dass ihr großer Traum in Erfüllung gehen würde, die Stätten der Maya endlich mit eigenen Augen sehen und diese versunkene Hochkultur näher kennenlernen zu dürfen.

Camellia schloss die Augen und rief sich den Anblick der großen Pyramide ins Gedächtnis. Wie viele Bildbände und Sachbücher hatte sie zu dem Thema verschlungen? Wie viele Reportagen und Dokumentationen von unzähligen versierten Wissenschaftlern hatte sie angesehen? Sie wusste es nicht. Schätzungsweise Hunderte. Wie würde es sich wohl anfühlen, diese ehrwürdigen Mauern mit den eigenen Händen zu berühren? Zwischen den Ruinen zu wandeln und all diese Eindrücke in sich aufzunehmen? Und womöglich selbst an einer Ausgrabung teilzunehmen? Und wenn es richtig gut lief, würde ihr auf ihrer

Reise vielleicht sogar ein gutes Thema für ihre Abschlussarbeit einfallen.

Als sie vor drei Monaten auf einem Plakat an der Uni in London die Ausschreibung für das Stipendium entdeckt hatte, meinte sie im ersten Moment, ihren Augen nicht trauen zu können. Die Schlagworte Mexiko, Studienreise, Mayastätten, Ausgrabungen und Yucatán-Halbinsel waren ihr förmlich entgegengesprungen. Eine solche Chance würde sich ihr kein zweites Mal bieten. Auch diesmal hatte es keine achtundvierzig Stunden gedauert, bis sie ihre Bewerbung abgeschickt hatte. Nun hoffte sie inständig, dass ihre zwei wissenschaftlichen Artikel zum Thema und das Empfehlungsschreiben ihres Dozenten die Jury hatten überzeugen können.

Wieder betrachtete sie den Brief in ihrer Hand. Warum sollte sie noch länger damit warten, ihn zu öffnen? Im Falle einer Zusage war jede weitere Minute kostbar, denn dann hatte sie jede Menge Dinge zu erledigen und zu organisieren. Und wenn es eine Absage wäre? Dann könnte sie sich gleich hier und jetzt mit ihrem Frust auseinandersetzen. In einer halben Stunde, heute Abend oder morgen früh wäre die Situation keine andere.

Sie nahm den Brieföffner aus Messing zur Hand und schob ihn unter die Lasche. Ganz vorsichtig, fast andächtig zog sie ihn am Papier entlang. Der Augenblick der Wahrheit rückte näher. Als ihr bewusst wurde, welche melodramatischen Gedanken ihr gerade durch den Kopf schossen, musste Camellia lächeln. Sie befand sich schließlich nicht in einer Filmszene. Niemand außer ihr wohnte diesem nervenzerreißend spannenden Moment bei.

Sie nahm die Blätter aus dem Umschlag und begann, mit rasendem Herzen zu lesen.

Sehr geehrte Miss Carter,
wir danken Ihnen für Ihre Bewerbung und freuen uns sehr, Ihnen mitteilen zu dürfen, dass wir Ihre Studienreise nach Mexiko mit einem Stipendium unterstützen werden.

Camellia traten Tränen in die Augen. Sie hatte es tatsächlich geschafft! Sie würde nach Mexiko reisen, sie würde die Ausgrabungsstätten der Maya kennenlernen, sie würde ... Hastig sprang sie auf und stürmte mit der Zusage in der Hand aus dem Zimmer.

»Mum? Dad?«

»Wir sind hier, Schatz«, erklang die Stimme ihrer Mutter aus dem Salon.

Camellia rannte durch den Flur, hielt vor der offen stehenden Tür kurz inne und fuhr sich durchs Haar. Dann trat sie ein. Den Brief schwenkte sie wie eine Trophäe vor sich her.

»Was hast du da?« Ihr Vater sah sie mit gerunzelter Stirn über den Rand seiner Lesebrille hinweg an, während er die Zeitung sinken ließ, die er in den Händen hielt.

»Wer hat gerade eine Zusage aus Mexiko bekommen?«, platzte Camellia heraus, da sie ihre Freude nicht länger bändigen konnte.

»Du wurdest angenommen?« Dads Lippen verzogen sich zu einem stolzen Lächeln. »Sie haben also erkannt, wie klug und wissbegierig meine Tochter ist.« Er nickte anerkennend.

»Du gehst nach Mexiko?« Mum klang weniger erfreut.

Camellia nickte grinsend. »Ich werde die grandiosen Ruinenstätten erkunden. Chichén Itzá, Palenque – all das, was ich bisher nur aus dem Fernsehen kenne, werde ich nun mit eigenen Augen sehen!«

»Herzlichen Glückwunsch!« Dad erhob sich und umarmte sie.

Auch ihre Mutter stand auf und kam auf sie zu. »Ich freue mich für dich, Schatz.« Sie nahm Camellia ebenfalls in den Arm. »Aber mir wäre es trotzdem lieber, du würdest in Stonehenge forschen statt in Mexiko.« Sie schenkte ihr einen besorgten Blick.

Camellia verdrehte demonstrativ die Augen. »Stonehenge stammt aus der Jungsteinzeit, Mum. Ich studiere Archäologie mit dem Schwerpunkt Altamerikanistik, und ich interessiere mich vor allem für präkolumbische Hochkulturen.«

»Rose, lass sie. Freu dich, dass du eine so talentierte Tochter hast. Sicher vergibt die mexikanische Uni ihre Stipendien nicht an jedermann.«

»Die Plätze sind begrenzt«, pflichtete Camellia ihrem Vater bei. »Weltweit waren nur zwanzig Stipendien ausgeschrieben.«

»Zwanzig? Weltweit?« Ihre Mutter nickte nachdenklich. »Das ist in der Tat eine große Anerkennung.« Erneut umarmte sie Camellia. »Ich freue mich sehr für dich. Wirklich. Mexiko ist nur einfach kein … besonders sicheres Land. Die Drogenkartelle, die Korruption, Überfälle …«

»Rose«, tadelte Camellias Vater seine Frau erneut. »Deine Tochter reist nach Mexiko, um an Ausgrabungen teilzunehmen, nicht, um die örtliche Polizei zu unterstützen.« Er sah wieder zu Camellia. »Wie sieht denn der genaue Ablauf aus?«

Camellia hob den Brief. »Ich habe ihn noch gar nicht zu Ende gelesen.« Sie lächelte. »Als ich gesehen habe, dass es eine Zusage ist, wollte ich als Erstes euch Bescheid geben. Zunächst geht es auf jeden Fall nach Mexiko-Stadt, wo man die anderen Teilnehmer kennenlernt. Außerdem treffen wir dort auch zum ersten Mal unsere Exkursionsleiter, die uns in die einzelnen Stätten einteilen.« Sie machte eine Pause. »Ich hoffe so sehr, dass ich in Chichén Itzá lande. Bitte drückt mir ganz fest die Daumen. Aber natürlich freue ich mich auch, wenn es woanders hingeht, nach Uxmal oder Palenque zum Beispiel … Und jede Ruinenstadt hat sicher ihre ganz eigenen Geheimnisse, die es zu entdecken gibt.«

»Unsere Tochter ist wieder einmal Feuer und Flamme, wenn es um ihr Lieblingsthema geht«, stellte ihr Vater schmunzelnd fest.

»Dad, du weißt doch, wie lange ich schon davon träume«, gab Camellia zurück. »Und nun wird es Realität. Ich … bin ganz aus dem Häuschen.«

»Du träumst schon davon, seit du dieses Kinderbuch

bekommen hattest«, erinnerte sich ihre Mutter, die sich langsam mit dem Gedanken anzufreunden schien, dass ihre Tochter für einige Monate auf einen fremden Kontinent reisen würde. »Da warst du acht oder neun.«

Camellia strahlte über das ganze Gesicht. »Ich kann es kaum erwarten.«

»Was kannst du kaum erwarten?« Lilian trat in den Raum und sah von ihren Eltern zu ihrer Schwester. »Habe ich etwas verpasst?«

»Ich habe eine Zusage«, verkündete Camellia. »Ein Stipendium für eine Studienreise nach Mexiko!«

Lilians Augen wurden größer. »Sie haben dich genommen?« Sie stürzte auf Camellia zu und umarmte sie voller Überschwang. Gemeinsam tanzten sie durch den Salon und sprangen wild auf und ab. Dabei stieß Lilian immer wieder kleine Jubelschreie aus.

»Ein Irrenhaus ist nichts gegen diese Familie«, bemerkte ihre Mutter gutmütig.

Während Camellia in das Geschrei ihrer Schwester einstimmte, spürte sie instinktiv, dass diese Reise ihr Leben verändern konnte.

8

Gegenwart
Mexiko-Stadt

Als Dalia am nächsten Morgen erwachte, wusste sie im ersten Moment nicht, wo sie sich überhaupt befand. Doch als ihr Blick auf den Esszimmertisch fiel, an dem gestern Estella und Ruben gesessen hatten, waren die Erinnerungen mit einem Schlag wieder da. Der lange Flug, der Trubel auf dem Flughafen, das unschöne Erlebnis mit Juan und Miguel und zu guter Letzt Pablo, ihr Retter in der Not.

Gestern Abend hatte Ruben ihr noch die leckersten Enchiladas ihres Lebens gezaubert, bevor sie sich kaum noch auf den Beinen hatte halten können und fast im Sitzen eingeschlafen wäre. Pablo hatte Estella und Ruben aufgescheucht, sich in ihre Zimmer zu verziehen, dann hatte er Dalia eine Decke und ein Kissen gebracht und sich dann ebenfalls zurückgezogen, damit Dalia im Wohnzimmer ihre Ruhe hatte. Keine fünf Minuten später war sie eingeschlafen.

Nun fühlte sie sich ausgeruht und frisch. Pablo hatte mit seiner Ankündigung recht behalten. Die Couch war sehr bequem und eignete sich hervorragend als Nachtlager. Der Schlaf hatte Dalia gutgetan. Doch wo waren die anderen drei? In der Wohnung war kein Laut zu vernehmen. Durch ein gekipptes Fenster drangen leise Motorengeräusche von der Straße herein.

»Buenos días.«

Als Dalia sich umdrehte, erblickte sie Pablo im Türrahmen. Er trug ein langärmliges grünes Hemd zu einer dunkelblauen Jeans. »Ich muss gleich zur Uni, da ich heute früh eine wichtige Besprechung habe. Wollen wir vorher noch zusammen frühstücken?« Er trat ins Wohnzimmer und stellte sich ans Fenster.

Dalia erhob sich und sah an sich hinab. Für die Nacht hatte sie eine Leggins und irgendein T-Shirt aus ihrem Rucksack gekramt, zu mehr hatte es gestern Abend einfach nicht mehr gereicht.

Pablo lachte. »Magst du duschen?« Er deutete hinter sich. »Zweite Tür links. Handtücher sind im Schrank neben dem Waschbecken. Ich mache uns in der Zwischenzeit etwas zu essen, okay?« Wieder hatte er so langsam gesprochen, dass Dalia jedes Wort verstanden hatte.

»Danke. Sehr gern.«

Sie packte ein frisches T-Shirt und Unterwäsche aus dem Rucksack und steuerte das Badezimmer an. Unter der Dusche genoss sie das prickelnde Gefühl des warmen Wassers auf der Haut. Die dunkelblauen Fliesen an der Wand bildeten einen wunderschönen Kontrast zu dem gelben Boden. Typisch mexikanisch, schoss es Dalia amüsiert durch den Kopf. Manche Klischees hatten eben doch einen wahren Ursprung.

Als sie zurück ins Wohnzimmer kam, war der halbe Esstisch mit Tellern vollgestellt. Dalia entdeckte gekochte Eier neben Omelett und Spiegeleiern, Tortillas, ein Schälchen mit geschnittener Banane, daneben Papaya, Mangos, Käse und verschiedene Wurstsorten. Mitten auf dem Tisch stand ein Glas mit Schokoladencreme. Dalia fand, dass es zwischen den anderen leckeren Sachen ein bisschen fehl am Platz wirkte.

»Was ist?« Pablo sah sie stirnrunzelnd an.

Sie hob eine Hand und schüttelte den Kopf. »Entschuldige bitte, ich musste nur ... Aber einen so reichlich gedeckten Tisch zum Frühstück habe ich, glaube ich, noch nie gesehen. Wer soll das denn alles essen?«

»Wir beide.« Pablo deutete auf einen der Stühle. »Setz dich. Ich wusste nicht, worauf du Appetit hast, daher dachte ich, ich tische einfach alles auf, was in diesem Haushalt zu finden ist.« Er setzte sich.

Erst nachdem Dalia Platz genommen hatte, merkte sie, wie hungrig sie war.

»Greif zu.«

Und Dalia griff zu. Nachdem sie sich durch sämtliche Eierspeisen probiert hatte, füllte sie eine Tortilla mit Käse und Schinken, bevor sie sich noch einige Obststücke auf den Teller lud.

»Frauen mit einem ordentlichen Appetit – das lobe ich mir«, meinte Pablo grinsend, während er mit erhobenen Brauen verfolgte, wie sich Dalia ein Stückchen Papaya in den Mund schob.

»Superlecker«, entgegnete sie mit vollem Mund. »Wo sind denn Ruben und Estella?«

»Die beiden haben heute ein Treffen mit den anderen Doktoranden. Eigentlich sind ja momentan Semesterferien, aber Ausruhen ist bei den beiden eher nicht angesagt. Sie müssen dringend an ihren Dissertationen arbeiten.«

Dalia nickte verständnisvoll. »Und du?«

»Ich habe meine schon hinter mir.« Er lächelte.

»Dann bist du ein Doktor?«, folgerte Dalia beeindruckt.

Pablo legte den Kopf schief. »Ja, irgendwie schon.«

Sie schob sich das nächste Papayastück in den Mund. »Warum hast du dich für Anglistik entschieden?«

»Eine gute Frage, die ich dir gar nicht so richtig beantworten kann. Mich hat die englische Sprache schon immer sehr interessiert. Die Kultur, die Traditionen ... Die USA sind unser direkter Nachbar. Irgendwie hat es sich dann so ergeben.« Er betrachtete sie. »Und du? Was machst du, wenn du nicht gerade auf der Suche nach deinem Vater bist?«

»Ich bin Grafikdesignerin. Angefangen habe ich in einer Werbeagentur. Aber vor zwei Jahren bin ich dann ins kalte Wasser gesprungen und habe mich selbstständig gemacht.« Sie zog eine Grimasse. »Mit der Gärtnerei meiner Großeltern hatte ich gleich einen festen Auftraggeber. Außerdem arbeite ich mit mehreren größeren Touristikunternehmen zusammen, die Reisen nach Cornwall anbieten. Für die erstelle ich Bilder, Grafiken ... Ansonsten entwerfe ich hauptsächlich Websites und Werbematerialien für verschiedene Kunden.« Sie machte eine Pause. »Früher habe ich mal gemalt.«

Pablo zog die Brauen hoch. »Du hast gemalt?«

Sie nickte. »Blumen vor allem, aber auch Personen, Porträts ... Alles, was sich anbot. Das ist lange her.«

»Eine neue Frida Kahlo«, erklärte er lächelnd.

»Schön wär's«, entgegnete sie seufzend. »Ich liebe Frida Kahlo über alles, aber zwischen ihrem und meinem Talent liegen Welten.«

»Ganz in der Nähe gibt es ein Museum über sie.«

»Wirklich?«

Pablo nahm sich eine Tortilla und die Schokoladencreme. »Ja, wirklich. Wenn du magst, können wir irgendwann zusammen hingehen.« Als er ihren kritischen Blick bemerkte, runzelte er die Stirn. »Was ist?«

»Du schmierst jetzt nicht die Creme auf die Tortilla, oder?«

Er lachte. »Doch, genau das hatte ich vor. Hast du damit ein Problem?«

Dalia fasste sich an die Kehle. »Oh Gott!«

»Ich esse alles auf Tortillas«, erklärte er schmunzelnd. »Wirklich alles.«

Sie schüttelte den Kopf. »Das sieht aber nicht ... mexikanisch aus.«

Er brach in schallendes Gelächter aus. »Du willst mir sagen, ich sei kein echter Mexikaner, weil ich Schokocreme auf Tortilla esse?«

Dalia musste grinsen. »Na ja, du zerstörst gerade unwiderruflich mein Weltbild.«

»Das tut mir sehr leid. Wie du mir gesagt hast, fließt ja auch in deinen Adern ein nicht unerheblicher Teil mexikanisches Blut.« Er wurde wieder ernst. »Kennst du wirklich nur den Vornamen deines Vaters, sonst nichts? Keine Adresse, keinen Arbeitgeber, keinen Nachnamen?«

Dalia nickte. »Ich weiß nur, dass er Ricardo heißt.« Sie lehnte sich auf ihrem Stuhl zurück und betrachtete Pablo.

»Ricardo? Ein Name, der gefühlt ... eine Million Mal in diesem Land vorkommt. Wie willst du ihn mit diesen spärlichen Angaben finden?«

Dalia seufzte. »Keine Ahnung. Ich dachte, ich versuche erst mal, Spuren meiner Mutter zu finden. Die müssten mich doch früher oder später zu ihm führen. Irgendwo haben sich ihre Wege schließlich gekreuzt.«

»Und was weißt du von deiner Mutter? Von ihrem Aufenthalt hier?«

Dalia erzählte vom Reisestipendium der Universität in Mexiko-Stadt, von der Maya-Besessenheit ihrer Mutter, von den Ruinenstätten, wo die Exkursionen sie hingeführt hatten.

»Wahrscheinlich war es ein anderer Student«, mutmaßte Pablo nachdenklich, nachdem sie geendet hatte.

»Das vermute ich auch«, sagte Dalia. »Ach ja, und ich habe einen Zettel mit dem Namen und der Adresse einer Frau, die meine Mutter sich notiert hat. Jedenfalls ist es ihre Handschrift. Ich habe die Straße natürlich schon im Internet rausgesucht, aber wer weiß, ob die Frau dort noch wohnt. Vielleicht hat sie ja auch einen anderen Namen, weil sie inzwischen geheiratet hat?«

»In Mexiko behalten die Frauen auch nach der Heirat ihren Familiennamen«, erklärte Pablo, während er sich erhob und die Teller zusammenstellte. »Magst du mir den Zettel mal zeigen? Dann mache ich mir ein Foto davon. Vielleicht finde ich ja was heraus. Jetzt muss ich aber los.«

»Zur Uni?«, wollte Dalia von ihm wissen.

Er nickte.

»Ich komme mit. Dann kann ich dort gleich mit meiner Suche anfangen. Vielleicht wissen sie etwas über meine Mutter.«

»Wie lange ist das her?«

»Ich bin achtundzwanzig«, erklärte sie leise.

Er lachte wieder. »Willkommen im Klub, ich auch.« Er nahm die beiden Tassen auf. »Aber ich glaube ehrlich gesagt nicht, dass die Uni knapp dreißig Jahre alte Unterlagen bis heute aufgehoben hat.«

»Ich muss es zumindest versuchen«, erwiderte Dalia entschlossen. »Wo soll ich sonst ansetzen?«

»Wie du meinst.« Er brachte das Geschirr in die Küche.

Dalia folgte ihm mit dem restlichen Obst, das sie nicht

mehr geschafft hatten. Ihr fiel ein, dass sie auch von Pablo nur den Vornamen kannte.

»Wie heißt du eigentlich mit Nachnamen?«

»Hernández García. Warum fragst du?«

»Ach, nur so.«

Sie holte den kleinen Zettel mit dem Namen und der Adresse von Almara Fuentes Sanchez, den Pablo abfotografierte. Dann machten sie sich auf den Weg.

Die Universidad Nacional Autónoma de México lag im Süden der Hauptstadt. Innerhalb weniger Minuten waren Dalia und Pablo mit einer der gelborangen Metros auf dem weitläufigen Campus angelangt. In den Bahnen hatten sich die Menschen dicht an dicht gedrängt, und auch die Stationen waren übervoll. Dalia hatte nie in ihrem Leben so viele Personen in so kurzer Zeit gesehen. Die Mexikaner schienen unentwegt zu reden, es war laut und hektisch, dabei aber ohne jegliche Aggression. Trotz des Trubels fühlte Dalia sich wohl zwischen all den Menschen. Sie verstand kaum etwas, schnappte nur hier und da einen Wortfetzen auf, und doch kam sie sich nicht wie eine Fremde vor.

Als sie sich verabschiedeten, vereinbarten sie, dass Pablo sich bei ihr melden würde, sobald er an der Universität alles erledigt hatte. Als sie wenig später vor der prachtvollen Zentralbibliothek der Universität stand, betrachtete sie voller Ehrfurcht das Mosaikbild, das die gesamte Fassade des Gebäudes überzog. In der rechten unteren Ecke erkannte sie einen Krieger auf einem Pferd, zuoberst thronte eine Hand, die ein geöffnetes Buch hielt, mehrere prächtige Gebäude waren neben weiteren Kriegern, einer Sonne, Engeln und Tieren abgebildet. Dalia kam aus dem Staunen nicht mehr heraus.

Ob ihre Mutter ebenfalls hier gestanden und dieses außergewöhnliche Kunstwerk bewundert hatte? Welche Gedanken waren ihr dabei wohl durch den Kopf gegangen? Und ihr Vater Ricardo? Wie oft war er wohl an dieser Wand vorbeigelaufen?

Wehmut überkam Dalia. Trotz der freundlichen Aufnahme durch Pablo und seine Mitbewohner wurde ihr in diesem Moment erneut bewusst, wie allein sie war. Ihre Großeltern waren tot. Granny und Grandpa wären die Menschen gewesen, denen sie gern von ihren ersten Eindrücken in dieser Stadt berichtet hätte. Von dem Lärm, der allgegenwärtig zu hören war. Von den vielen Leuten in der Stadt, in der Bahn, hier auf dem Campus. Von der allgegenwärtigen Musik, der entspannten Grundstimmung, dieser unglaublichen Lebendigkeit, die die Stadt prägte.

Eine Gruppe von Studentinnen ging an ihr vorbei. Sie unterhielten sich laut und schnell, Dalia verstand kein Wort. Doch sie fühlte sich diesen jungen Frauen trotzdem auf Anhieb zugehörig, denn sie alle glichen ihr vom Äußeren her – viel mehr als Granny, mehr als Lilian, mehr als Soley oder Magnolia. Ihr glattes rabenschwarzes Haar entsprang nicht den Genen der Carters. Lediglich die grünen Augen hatte Dalia ihrer Mum zu verdanken. Auch ihre Gesichtszüge waren unverkennbar die einer Mexikanerin, die breiten Wangenknochen, die olivfarbene Haut, die sich so essenziell vom blassen Teint ihrer britischen Familie abhob.

Entschlossen steuerte sie jetzt auf das Verwaltungsgebäude zu. Die große Eingangshalle wirkte dunkel gegen das gleißende Sonnenlicht draußen. Als Dalias Augen sich an den Unterschied gewöhnt hatten, trat sie an einen breiten Tresen, hinter dem eine Frau um die sechzig saß. *Señora Tardes* stand auf einem kleinen Metallschild, das sich neben ihrer Tastatur befand.

»Buenos días«, grüßte Dalia beherzt und räusperte sich.

Die Frau blickte auf. Sie hatte ihr angegrautes Haar zu einem strengen Knoten zusammengesteckt, und ihre Haut wirkte ledrig. »Ja, bitte?«

»Mein Name ist Dalia Carter«, begann Dalia, während sie nach den richtigen Worten suchte. »Meine Mutter Camellia Carter hat vor etwa dreißig Jahren ein Stipendium von der hiesigen Universität bekommen.«

»Schön«, erwiderte die Angestellte unbeeindruckt.

»Leider ist sie bei meiner Geburt gestorben«, fuhr Dalia verunsichert fort. »Und nun wollte ich fragen, ob Sie mir sagen können, wo genau meine Mutter damals war.«

Dalia merkte selbst, wie unzusammenhängend und chaotisch ihre Worte klingen mussten für jemanden, der ihre Geschichte überhaupt nicht kannte. Sie hätte sich besser vorbereiten sollen.

»Ich verstehe nicht ganz«, entgegnete Señora Tardes wenig überraschend.

»Ich kenne meinen Vater nicht. Er ist Mexikaner«, erklärte Dalia hastig.

»Das dachte ich mir.« Zum ersten Mal verzog die Frau ihre Lippen zu einem schwachen Lächeln.

»Und ich habe die Vermutung, dass meine Mum ihn hier an der Universität kennengelernt hat. Auf ihrer Studienreise.«

»Ich bedauere, aber wir haben keinerlei Unterlagen mehr von vor dreißig Jahren, Señorita Carter. Insbesondere nicht von den internationalen Stipendiaten, die nur zu einer Studienreise hier in Mexiko waren.«

Ein erster Rückschlag, doch Dalia wollte noch nicht so schnell aufgeben. »Es ist wirklich wichtig, Señora. Ihr Stipendium von dieser Uni ist der einzige Anhaltspunkt, den ich habe.« Sie klang fast flehend, doch die Angst, ohne brauchbares Ergebnis weggeschickt zu werden, drohte sie zu überwältigen.

»Señorita, es tut mir sehr leid, aber ich weiß wirklich nicht, wie ich Ihnen weiterhelfen könnte.« Sie musterte Dalia mitfühlend. »Wie war denn der Name Ihrer Mutter?«

Dankbar wiederholte Dalia ihn.

Die ältere Frau tippte minutenlang auf ihrer Tastatur herum und runzelte dabei immer wieder die Stirn.

Dalia wandte sich ab und beobachtete ein junges Pärchen mit asiatischen Gesichtszügen, das diskutierend an ihr vorbeiging. Die junge Frau redete in einer fremden Sprache auf ihren Begleiter ein, der mehrfach nickte und kurze Kommentare abgab. Nachdem die beiden in einem der unzähligen Gänge verschwunden waren, kehrten Dalias Gedanken zurück zu ihrer Mutter.

»Camellia Carter, da haben wir sie ja«, durchbrach Señora Tardes die Stille.

Dalia seufzte erleichtert auf. »Sie haben sie gefunden?«

Die Frau wiegte ihren Kopf. »Gefunden ist zu viel gesagt. Ich sehe lediglich, dass Ihre Mutter von der Uni ein Stipendium für eine Studienreise bekommen hat. Wie gesagt, wir haben keine weiteren Unterlagen mehr dazu.«

»Können Sie erkennen, ob in ihrer Gruppe von Stipendiaten auch ein gewisser Ricardo war?« Dalias Aufregung wuchs.

Señora Tardes schüttelte bedauernd den Kopf. »Ich kann leider nicht einmal erkennen, was das genau für eine Studienreise war.«

»Sie hat Archäologie mit dem Schwerpunkt Altamerikanistik studiert«, erklärte Dalia frohen Mutes. »Sie wollte an einer Exkursion zu einer Mayastätte und auch an einer Ausgrabung teilnehmen.«

»Bedaure, dazu liegen mir hier keine Informationen mehr vor. Haben Sie denn den vollständigen Namen Ihres Vaters?«

Dalia senkte den Kopf. »Nein, leider nur den Vornamen.«

»Nur den Vornamen?«, wiederholte Señora Tardes ungläubig, als hätte sie sich verhört. »Wie wollen Sie ihn denn dann finden? Haben Sie eine Adresse?«

Dalia schüttelte den Kopf. »Ich habe nur den Vornamen«, flüsterte sie fast. »Ansonsten können Sie mir also nichts zu dem Aufenthalt meiner Mutter hier sagen?«, hakte sie ein letztes Mal nach. Als die Frau die Frage verneinte, bedankte sich Dalia enttäuscht bei ihr und verließ das Gebäude wieder.

Auf der weitläufigen Rasenfläche im Freien, die von mehreren gepflasterten Wegen durchbrochen wurde, saßen diverse Grüppchen von Studierenden aus aller Herren Länder zusammen. Das Stimmenwirrwarr flirrte in der Luft. Die Mehrzahl der jungen Leute war jedoch Mexikaner. In Dalias Kehle bildete sich ein dicker Kloß. Sie war auch eine von ihnen. Sie sah aus wie sie, sie hatte einen mexikanischen Vater, und doch befiel sie das traurige Gefühl, als gehöre sie nirgends so richtig hin. In ihrer englischen Heimat hatte ihr Aussehen sie immer von ihren Mitschülerinnen unterschieden, und doch sprach sie deren Sprache, lebte deren Kultur und nannte England ihre Heimat. Hier in Mexiko war ihr bisher alles fremd, obwohl sie den Menschen rein äußerlich viel näher war als in Cornwall.

Sie setzte sich auf eine Bank und versank in Grübeln. Vielleicht hatte Lilian recht gehabt. Ihr Reiseaufbruch war viel zu überstürzt, zu unvorbereitet gewesen. Auf der anderen Seite, was wäre in zwei Wochen anders gewesen? Sie fühlte sich hin- und hergerissen. Sollte sie das Ganze einfach abbrechen und wieder nach Hause fahren? Sie hatte sich verkalkuliert, das war nicht schlimm. Und sie hatte es immerhin versucht. Zumindest musste sie sich keine Vorwürfe machen, nicht nach ihrem Vater gesucht zu haben.

In diesem Moment klingelte ihr Handy. Es war Pablo.

»Dalia, wo bist du?«

»Noch auf dem Campus«, erwiderte sie.

»Hör zu, ich habe etwas zu dieser Almara Fuentes Sanchez herausgefunden.«

»Ja?«

»Ich habe gleich noch einen Termin, aber lass uns uns später treffen. Dann reden wir. Komm in den Masayoshi-Ohira-Park, der ist nicht weit von der Uni entfernt. Das ist ein japanischer Garten, sehr sehenswert. Ich melde mich wieder, wenn ich dort bin. Die Gegend da ist sicher. Es wird dir bestimmt gefallen, in Ordnung?«

»Ja«, sagte Dalia erneut. »Danke, Pablo.«

Er schwieg einige Sekunden. »Kein Problem. Wir sehen uns später.«

Sie beendeten das Gespräch, und Dalia erhob sich. Nachdem sie auf ihrem Handy die kürzeste Strecke zu dem Park herausgesucht hatte, machte sie sich auf den Weg. Vielleicht gab es doch noch eine Möglichkeit, eine Spur ihrer Mutter zu finden. Sollte diese Almara ihr weiterhelfen können, würde sie ihre Suche fortsetzen. Aufgeben war für Dalia noch nie eine Option gewesen.

9

Neunundzwanzig Jahre zuvor
Mexiko-Stadt

»Ich kann es noch gar nicht glauben, dass ich wirklich hier bin«, erklärte Camellia erschöpft, während sie ihr weniges Gepäck in den kleinen Spind räumte. Das Doppelzimmer des Studentenwohnheims befand sich in der dritten Etage und war keine zwölf Quadratmeter groß. Zwei Betten, ein Nachttisch und zwei schmale Spinde. Mehr Platz gab es nicht. Doch Camellia war das egal. Schließlich war sie nicht hergekommen, um in ihrer Studentenbude herumzusitzen.

Almara lachte gutmütig, ließ sich auf ihr Bett sinken und streckte sich. »Willkommen in Mexiko!«

Die kleine Mexikanerin aus dem Norden des Landes war Camellia als Zimmergenossin zugeteilt worden. Sie sprühte förmlich vor Energie und war Camellia auf Anhieb sympathisch gewesen. Almara studierte schon einige Semester in Mexiko-Stadt, hatte sich aber auch für das Stipendium beworben, um an der Studienreise zu einer der Ausgrabungsstätten teilnehmen zu können. Die anderen Mitstipendiaten würden die beiden erst bei der Einführungsveranstaltung an der Universität kennenlernen. Dann würden sich auch die Exkursionsleiter vorstellen. Camellias Aufregung wuchs. Noch hatte sie nichts gesehen außer diesem unglaublich dichten Verkehr, Tausenden von Menschen und einer Riesenstadt, wie sie sie noch nicht erlebt hatte. London kam ihr dagegen wie ein Dorf vor.

Almara hatte ihr erzählt, dass sich die mexikanische Hauptstadt von Nord nach Süd über mehr als sechzig Kilometer ausdehnte. Das war so weit wie von St. Ives nach Pentewan an der Südküste Cornwalls. Camellia konnte sich die Dimensionen kaum vorstellen. Ein Arbeitsweg von zehn Kilometern galt als »nah«, kaum jemand konnte sich in dieser Stadt unmotorisiert zu seinem Ziel bewegen. Dimensionen, wie sie Camellia das allererste Mal erlebte.

»Sollen wir in die Stadt reinfahren?« Almara setzte sich wieder auf. »Ich könnte dir den Zócalo zeigen.«

Camellia räumte die letzten T-Shirts ins Fach und schloss die Tür des Spindes. »Wer oder was ist der Zócalo?«

Almara lachte. »Der Hauptplatz von Mexiko-Stadt. Das Stadtzentrum, wenn du es so nennen magst.«

»Hat diese Stadt überhaupt ein Zentrum?« Camellia

grinste. »Bei der Fahrt vom Flughafen hierher hatte ich den Eindruck, dass es außer Zentrum gar nichts anderes gibt. Diese Stadt scheint keine Außenbezirke zu haben und nur aus Stadtmitte zu bestehen.«

»Das täuscht«, erklärte Almara und erhob sich. »Aber du hast schon recht. Der Trubel und dieser Lärm, der furchtbare Smog, der ständig über der Stadt hängt, das kann schon alles sehr anstrengend sein, wenn man das nicht gewöhnt ist.«

»Ich komme aus Cornwall«, erwiderte Camellia ernst. »In der gesamten Region lebt eine halbe Million Menschen. Meine Eltern betreiben eine Gärtnerei, die etwas abseits eines kleinen Dorfes mit zweitausend Einwohnern liegt. Zum nächsten Nachbarn sind es ungefähr zwei Meilen.«

Almara lachte wieder. »Die Reise hierher muss ja ein echter Kulturschock für dich sein.«

»Na ja, ich studiere in London, und das ist ja auch nicht gerade ein Dorf, aber ehrlich gesagt hatte ich wirklich ein komplett anderes Bild von Mexiko.«

»Wir sind hier in Mexiko-Stadt, das ist nicht Mexiko. Warte ab, bis du hier rauskommst«, beruhigte Almara sie und hakte sich bei Camellia unter. »Vamos.«

Bald darauf stand Camellia auf dem Plaza de la Constitución, von den Einwohnern nur Zócalo genannt, und kam aus dem Staunen nicht mehr heraus.

»So etwas habe ich noch nie gesehen«, gab sie zu,

während sie den Palacio Nacional betrachtete, in dem sich der Hauptsitz der mexikanischen Regierung befand.

»Man sagt, dass der Präsident lieber von zu Hause aus arbeitet, da er aufgrund des Verkehrschaos ewig bräuchte, bis er in seinem Büro wäre.« Almara stellte sich neben Camellia. »Klasse, oder?«

Camellia nickte. Vor dem imposanten Gebäude, das sich fast über die gesamte Breite des Zócalo erstreckte, tummelten sich Hunderte von Menschen. Über der kleinen Kuppel in der Mitte des Bauwerks wehte die mexikanische Flagge.

Touristen aus aller Herren Länder fotografierten den Palast aus den unterschiedlichsten Perspektiven. Unzählige Gästegruppen lauschten Fremdenführern in ihren jeweiligen Sprachen, während diese von der Entstehungsgeschichte des ursprünglich aus dem sechzehnten Jahrhundert stammenden Bauwerks erzählten.

»Lass uns die Kathedrale besichtigen.« Beherzt nahm Almara Camellias Hand und zog sie einige Meter weiter. Die Catedral Metropolitana befand sich genau gegenüber vom Nationalpalast. Vor dem Eingang hatte sich eine meterlange Menschenschlange gebildet.

»Der Untergrund hier ist zu weich für die schweren Gebäude«, erklärte Almara, während sie auf das Gotteshaus zusteuerten. »Deshalb sinkt die Kathedrale immer tiefer in den Boden und muss mit Gerüsten im Inneren gestützt werden. Außerdem wird der Untergrund regelmäßig mit Spezialbeton unterfüttert, um die Stabilität zu gewährleisten.«

»Das ist ja wie beim schiefen Turm von Pisa«, erwiderte Camellia erstaunt. »Wollen wir lieber ein anderes Mal in die Kathedrale? Ich habe riesigen Hunger.« Sie verzog entschuldigend den Mund. »Und ich fürchte, es dauert Stunden, bis wir zum Eingang kommen.«

»Ja, klar. Kein Problem.«

Sie verließen den Platz und schlenderten durch eine der Seitenstraßen. Auf den Gehwegen tummelten sich unzählige Händler mit ihren Essensständen.

Almara sah Camellia fragend an. »Worauf hast du Lust?«

Sie zuckte mit den Achseln. »Entscheide du.«

»In Ordnung.« Die junge Mexikanerin trat an einen der Stände und bestellte zwei Portionen Chilapitas.

Camellia verfolgte neugierig, wie der Händler das Essen zubereitete und verpackte. »Was ist das?«, wollte sie wissen, als Almara ihr eine Portion reichte.

Sie setzten sich auf einen Mauervorsprung und wickelten das Essen vorsichtig aus.

»Das sind gebratene Maistortillas, die mit Bohnen, Hühnerfleisch und einer großartigen Avocadocreme gefüllt werden. Sehr lecker«, erklärte Almara. »Lass es dir schmecken!«

»Klingt gut.« Camellia biss in die Tortilla. »Und schmeckt fantastisch!«, rief sie im nächsten Moment aus.

»Ohne Tortillas geht hier gar nichts«, bemerkte Almara und lachte. »Am besten gewöhnst du dich gleich daran, dass es die Fladen morgens, mittags und abends gibt.« Sie machte eine Pause und kaute. »Ach, und als zweites Frühstück und nachmittags essen wir … wer hätte es gedacht, Tortillas.«

Als sie zum Zócalo zurückkehrten, hatte sich eine Gruppe von Musikern in der Nähe der Kathedrale aufgebaut, die ihr Können zum Besten gaben. Die Lebensfreude, die ihre Musik ausstrahlte, ergriff die ganze Menschenmenge auf dem Platz. Einige tanzten, andere, die den Text kannten, sangen lauthals mit.

»Lass uns ein wenig zuhören«, bat Camellia und blieb stehen.

»Das sind Mariachi«, erklärte Almara. »Es gibt in Mexiko viele Gruppen wie diese. Und einige sind richtig gut.«

Die acht Musiker trugen schwarze Anzüge, eng anliegende Hosen und auf den Köpfen breitkrempige Sombreros. Zwei von ihnen spielten Trompete, einer Geige, vier zupften auf ihren Gitarren, und einer sang.

Camellia schloss die Augen und lauschte der Musik. Mit einem Schlag rückte ihre englische Heimat in weite Ferne. Sie tauchte ein in die energiegeladene Melodie, ließ sich vom Rhythmus mitreißen, der ihren ganzen Körper erfasste. Das hier war Mexiko, wie sie es sich vorgestellt, wie sie es sich erträumt hatte. Die Vorfreude auf die nächsten Tage und alles, was sie hier erwartete, wuchs ins Unermessliche.

10

Gegenwart
Mexiko-Stadt

Der Masayoshi-Ohira-Park, den Pablo als Treffpunkt vorgeschlagen hatte, war ein wunderschönes grünes Kleinod inmitten dieser riesigen und unübersichtlichen Stadt. Während Dalia an dem wunderschön angelegten, mit großen Steinen befriedeten Teich entlangschlenderte, vergaß sie fast, wo sie war.

Rot gestrichene Holzbrücken überspannten das dunkel schimmernde Wasser, die üppige Vegetation ließ den Park in verschiedenen Grüntönen erstrahlen und verlieh den Spazierwegen eine ganz besondere Atmosphäre. Ein wenig erinnerte der Park sie an die zahlreichen Gärten Cornwalls, die ebenfalls zu jeder Jahreszeit geradezu vor Grün strotzten.

An einer Holzbank machte Dalia halt und setzte sich.

Sie legte den Kopf zurück und schloss die Augen, konzentrierte sich ganz auf den Geruch von trockener Erde, frischem Gras und exotischen Pflanzen. Sie war erst seit vierundzwanzig Stunden in Mexiko, doch dieser eine Tag kam ihr wesentlich länger vor. Wieder musste sie an Pablo denken. Wenn sie den beiden Dealern nicht auf den Leim gegangen wäre, hätte sie ihn wohl nie kennengelernt. Schon lange war ihr niemand mehr begegnet, dem sie auf Anhieb so vertraut hatte.

Ihre letzte Beziehung lag schon eine Weile zurück. Mit David war sie fast zwei Jahre zusammen gewesen, doch am Ende hatten sie beide gemerkt, dass sie unterschiedliche Vorstellungen von der Zukunft hatten. David war ein Kopfmensch durch und durch gewesen und hatte für Dalias kreative Ader nur wenig Begeisterung aufbringen können. In den zwei Jahren, die sie nun schon allein war, hatte ihr jedoch nichts gefehlt.

Warum dachte sie ausgerechnet jetzt daran? Hatte sie keine dringenderen Probleme? Dalia seufzte. Sie wusste ja nicht einmal, ob Pablo eine Freundin hatte. Warum machte sie sich überhaupt Gedanken über den jungen Anglisten? Rein äußerlich war er überhaupt nicht ihr Typ, und sie kannte ihn kaum. Und doch ... Dieses opulente Frühstück, das er ihr aufgetischt hatte, sein nettes Angebot, dass sie bei ihm und seinen Mitbewohnern in der Wohnung bleiben konnte, seine Unterstützung hatten sie nachhaltig beeindruckt.

»So tief in Gedanken versunken, Señorita?«

Als Dalia erschrocken die Augen öffnete, sah sie direkt

in Pablos lächelndes Gesicht. Fasziniert starrte sie auf die zwei Grübchen neben seinen Mundwinkeln.

»Hat es dir die Sprache verschlagen?« Er setzte sich neben sie und betrachtete sie belustigt.

»Nein … äh, ja …« Sie winkte ab. »Tut mir leid. Ich habe völlig die Zeit vergessen.«

»Das ist in dieser Umgebung wohl nicht schwer. Es ist schön hier, nicht wahr?«

»Wundervoll«, stimmte Dalia ihm zu. »Danke für den Tipp. Ich gehe davon aus, dass nicht allzu viele Touristen den Weg hierher finden.«

»Nein, da hast du recht. Allerdings habe ich dir den Park nicht zufällig empfohlen.«

Dalia sah ihn fragend an.

»Almara Fuentes Sanchez wohnt drei Querstraßen von hier entfernt.«

Dalia meinte, ihren Ohren nicht zu trauen. »Woher weißt du das?«

Er verzog die Lippen. »Ich kenne jemanden bei der Stadtverwaltung, der jemanden kennt, der …« Er brach grinsend ab.

»Wahnsinn! Ich hätte nicht ansatzweise zu hoffen gewagt, dass diese Frau überhaupt noch in der Hauptstadt lebt. Nach so vielen Jahren.«

»Sie wohnt nicht mehr in der Straße, die auf dem Zettel steht, aber sie ist seit drei Jahren unter der aktuellen Adresse gemeldet.« Er lehnte sich zurück. »Wollen wir noch einen Moment hier sitzen bleiben, oder kannst du es nicht mehr abwarten?«

»Gib uns noch eine Viertelstunde«, bat Dalia. »Es ist so friedlich hier.«

»Du bist in Mexiko-Stadt. Hier ist gar nichts friedlich«, scherzte Pablo und musterte sie. »Wie war es an der Uni?«

Dalia berichtete ihm kurz von ihrem Gespräch mit der Angestellten.

Als ein kleiner Junge in zerlumpten Hosen mit einer Schuhbürste auf sie zukam, sagte Pablo etwas auf Spanisch zu ihm, was Dalia nicht verstand. Dann gab er ihm einen Geldschein.

»Also kannst du auch schnell sprechen«, bemerkte sie, nachdem das Kind wieder verschwunden war.

»Ich rede immer schnell«, gab er demonstrativ empört zurück. »Nur mit dir spreche ich langsam.«

Dalia beugte ihren Kopf. »Danke sehr. Ich betrachte es als große Ehre.« Sie grinste.

»Ich habe dem Kleinen nur gesagt, dass wir seine Dienste nicht benötigen.«

»Und du hast ihm trotzdem etwas gegeben«, stellte Dalia anerkennend fest.

»Das ist ein Straßenkind. Der Junge geht mit Sicherheit nicht zur Schule und lebt von der Hand in den Mund.«

»Gibt es denn keine Heime oder andere Einrichtungen, die sich um solche Kinder kümmern?«, wollte Dalia wissen.

»Die gibt es schon, aber die sind hoffnungslos überfüllt. Öffentliche Gelder fehlen an allen Ecken und Enden.

Vielleicht war der Junge auch schon einmal in so einer Einrichtung und ist abgehauen.« Pablos Miene wurde ernst. »Das ist eines der großen Probleme des Landes. Diese allgegenwärtige Armut. Die Politiker stopfen sich ihre Taschen voll, und viele Menschen müssen zusehen, wie sie ihre Kinder satt bekommen.«

»Das war mir so gar nicht bewusst«, gab Dalia verlegen zu.

»Du musst nur hinsehen«, erklärte er in bitterem Ton. »Ich liebe mein Land wirklich über alles und kann mir nicht vorstellen, woanders zu leben, aber …« Er schüttelte den Kopf. »Es gibt leider sehr viele Menschen, die sehr wenig haben.«

»Du hast Glück gehabt«, stellte Dalia fest und sah ihn von der Seite an. »Du hast studiert.«

»Meine Eltern sind nicht reich, wenn du das meinst. Ich komme aus der Nähe von Tulum, an der Atlantikküste. Meine Familie hat sich jeden Peso abgespart, um mir das Studium hier in Mexiko-Stadt zu ermöglichen. Umgekehrt unterstütze ich sie nun, seit ich mit dem Studium fertig bin und Geld verdiene.«

Dalias Respekt vor Pablo wuchs. Die Familie schien ihm sehr wichtig zu sein. »Das finde ich toll, dass du ihnen etwas zurückgibst«, erklärte sie ehrlich.

Kurz darauf standen sie vor einem vierstöckigen weißen Wohngebäude, das in einer etwas ruhigeren Seitenstraße gelegen war. Als Dalia den Namen von dem Zettel auf einer der Klingeln wiedererkannte, beschleunigte sich ihr Puls.

»Möchtest du allein mit ihr reden?«, fragte Pablo.

Sie schüttelte den Kopf. »Könntest du bitte mitkommen? Wenn es dir nichts ausmacht.«

Er lachte. »Kein Problem. Ich übersetze, falls sie zu schnell redet.«

»Danke.« Mit zitterndem Finger drückte sie auf den Klingelknopf. Keine zehn Sekunden später wurde der Türsummer betätigt.

Als Dalia und Pablo in den hellen Flur traten, wurde im Erdgeschoss eine Tür geöffnet. Eine Mexikanerin um die fünfzig erschien im Rahmen. »Ja?«

»Señora Fuentes Sanchez?«, fragte Dalia mit unsicherer Stimme.

»Wer möchte das wissen?« Die Frau kniff ihre Augen misstrauisch zusammen und musterte Dalia.

»Mein Name ist Dalia Carter. Ich bin die Tochter von Camellia Carter«, erklärte Dalia in gebrochenem Spanisch.

»Ja, und?« Sie sah zu Pablo.

»Meine Mutter hat vor neunundzwanzig Jahren eine Studienreise hierher gemacht. Sie kam aus England. Und ich habe in ihren Unterlagen einen Zettel mit Ihrem Namen gefunden.«

»Camellia Carter«, murmelte Almara Fuentes Sanchez mehrmals vor sich hin. »Ach!« In ihren Augen blitzte etwas auf. »Ja, ich erinnere mich. Die hübsche Blonde aus England.«

Dalia lächelte. »Das war meine Mum.«

»Wie geht es ihr? Und Sie sind ihre Tochter?« Die Miene der Frau wurde mit einem Schlag weicher.

»Es gab Komplikationen bei meiner Geburt«, erwiderte Dalia. »Sie hat es nicht überlebt.«

»Wie furchtbar! Das tut mir sehr leid.« Die Frau überlegte kurz. »Möchten Sie vielleicht einen Moment hereinkommen?«

Dalia wechselte einen Blick mit Pablo. »Gerne«, sagte sie dann.

Die Wohnung war klein, aber gepflegt. Almara Fuentes Sanchez führte sie ins Wohnzimmer, in dem sich eine gelborange Couch und zwei Sessel um einen dunklen Holztisch gruppierten. »Nehmen Sie doch Platz.«

Nachdem Pablo und Dalia sich auf das Sofa gesetzt hatten, verschwand die Frau kurz aus dem Raum, um wenig später mit einer Karaffe Wasser und drei Gläsern zurückzukehren. »Bitte.«

Dankbar nahm Dalia einen großen Schluck, während Pablo der Frau erklärte, wer er war.

»Und nun wandeln Sie auf den Spuren Ihrer Mutter?« Die Mexikanerin lächelte Dalia freundlich an.

»Ja und nein«, setzte Dalia an und berichtete ihr von dem Brief und ihrem Entschluss, ihren Vater ausfindig zu machen.

»Camellia hatte hier einen Freund?«, wiederholte Almara Fuentes Sanchez irritiert.

»Sie wussten nichts davon?« Enttäuschung machte sich in Dalia breit.

»Wir waren Zimmergenossinnen und haben ein paar Tage zusammen im Studentenwohnheim verbracht. Auch den Einführungskurs haben wir gemeinsam besucht. Doch bevor wir für die einzelnen Ausgrabungsstätten eingeteilt wurden, starb mein Vater ganz überraschend.« Almara Fuentes Sanchez atmete tief aus. »Ich musste sofort nach Hause, ich komme ursprünglich aus dem Norden.«

»Das heißt, Sie haben meine Mutter danach gar nicht mehr gesehen?« Noch wollte Dalia sich nicht damit abfinden, dass sie erneut in einer Sackgasse gelandet war.

Almara Fuentes Sanchez schüttelte den Kopf. »Ich hatte ihr die Adresse meiner Cousine hier in Mexiko-Stadt gegeben für den Fall, dass sie mich noch mal kontaktieren möchte.«

Dalia zog den Zettel ihrer Mutter aus der Handtasche und legte ihn auf den Tisch.

Almara Fuentes Sanchez nahm ihn auf und nickte. »Genau, das ist die Adresse meiner Cousine.«

»Aber sie hat sich nicht mehr bei Ihnen gemeldet«, folgerte Dalia ernüchtert.

»Leider nein.« Die Mexikanerin gab ihr den Zettel zurück. »Ich weiß nicht einmal, wo sie gelandet ist. Sie wollte am liebsten nach Chichén Itzá und dort bei den Grabungen helfen.«

»Ich glaube, dort war sie auch«, gab Dalia zurück. »Ganz sicher bin ich mir aber auch nicht.«

»Und nun suchen Sie Ihren Vater?«, nahm Almara Fuentes Sanchez den Faden wieder auf.

»Ich versuche es zumindest«, antwortete Dalia vorsichtig. »Ich habe nicht mehr als seinen Vornamen.«

Pablo legte eine Hand auf ihren Unterarm. »Wir überlegen uns etwas.«

Überrascht blickte Dalia auf seine Finger, bevor sie den Kopf hob und in Pablos dunkelbraune Augen sah.

»Ich wünsche Ihnen auf jeden Fall viel Erfolg, Dalia. Auch wenn ich Ihnen leider nicht weiterhelfen kann«, sagte Almara Fuentes Sanchez. »Ihre Mutter war eine ganz besondere junge Frau. Wir verstanden uns auf Anhieb prächtig und hatten in den wenigen gemeinsamen Tagen hier in Mexiko-Stadt viel Spaß miteinander. Ich habe ihr die Stadt gezeigt. Besonders gut hat ihr der Zócalo gefallen, das weiß ich noch.« Sie betrachtete Dalia. »Sie sehen ihr ähnlich, auch wenn Sie viel von Ihrem Vater zu haben scheinen. Ihr warmes Lächeln ist das von Camellia. Sie war so eine liebe Person. Ich mochte sie sehr.«

Dalia rang bei Almaras Worten um Fassung. Trauer stieg in ihr auf, vermischt mit der tiefen Sehnsucht, ihrer verstorbenen Mutter noch näher zu kommen und ihre eigenen Wurzeln in Mexiko weiter zu ergründen.

»Ich finde ihn nicht«, platzte Dalia heraus, als sie wieder auf der Straße standen. Sie konnte die Enttäuschung kaum noch ertragen. »Es war eine absolute Schnapsidee von mir, zu denken, ich könne meinen Vater in einem Riesenland wie Mexiko aufspüren.« Die aufkeimende Verzweiflung in ihr drohte übermächtig zu werden. Ihre Augen begannen zu brennen. Sie konnte die Tränen nicht länger zurückhalten. Beschämt wandte sie sich ab und schluchzte leise auf.

Als sie eine Hand auf ihrer Schulter spürte, drehte sie sich nicht um. Pablo sagte nichts, sondern wartete geduldig ab, bis sie sich wieder einigermaßen im Griff hatte.

Sie schniefte und wischte sich über die Augen. »Es tut mir leid«, murmelte sie.

»Das muss es nicht«, beruhigte Pablo sie. »Es ist doch verständlich, dass du langsam die Hoffnung verlierst. Ich mag mir gar nicht vorstellen, wie es sich anfühlt, nicht zu wissen, wer der eigene Vater ist. Wo die Wurzeln des anderen Elternteils liegen. Woher man eigentlich stammt.« Er klang ernst und mitfühlend.

Schon lange hatte Dalia sich nicht mehr so verstanden gefühlt. Aus tränenverhangenen Augen blickte sie zu ihm auf. Anders als viele Mexikaner überragte er sie um einen halben Kopf. »Warum tust du das?«

Er legte den Kopf schief. »Was meinst du?«

»Na, das hier. Du gibst mir eine Unterkunft. Du opferst mir deine Zeit, obwohl du sicherlich Besseres zu tun hättest. Du sprichst mir Mut zu. Du kennst mich doch überhaupt nicht.«

Er grinste schwach. »Woher willst du wissen, dass ich Besseres zu tun habe? Vielleicht macht es mir einfach Spaß, behilflich zu sein. Vielleicht hat mich meine Mutter dazu erzogen, für andere da zu sein und meine Hilfe anzubieten?«

Dalia schüttelte den Kopf. »Trotzdem …«

»Nichts trotzdem«, widersprach Pablo bestimmt. »Ich mag dich, okay? Reicht dir das als Begründung?«

»Ja ... nein, doch.« Ihre Wangen begannen zu glühen.

»Dalia Carter«, mahnte Pablo in strengem Ton. »Du brauchst Hilfe in einem fremden Land, das zufällig meine Heimat ist. Und ich kann dich mit meinem Wissen und meinem Netzwerk möglicherweise unterstützen. Wo also liegt das Problem?«

Sie seufzte. »Das ist es ja gerade. Es gibt kein Problem. Und das ist ... ungewöhnlich.« Sie zog eine Grimasse. »Wenn ich an diese beiden Drogendealer denke ...«

»Puh«, stöhnte Pablo. »Es wäre dir also lieber, wenn ich ein Kleinkrimineller wäre? Würde das besser in dein Weltbild passen? Ein Kleinganove, der keine Schokocreme auf seinen Tortillas isst?« Er sah sie fragend an.

Dalia musste gegen ihren Willen kichern. »Blödmann.«

Er nickte. »Das ist also der Dank für meine Hilfe. Ich werde beleidigt.« Er verschränkte die Arme vor seinem Oberkörper und drehte sich etwas von ihr weg.

Sie schubste ihn leicht. »Du bist doof.«

»Blödmann, du bist doof«, ahmte er sie nach. »Ich sehe schon, diese Welt ist ignorant und böse.«

»Danke«, erwiderte Dalia leise. »Ich meine es ernst. Was du tust, ist alles andere als selbstverständlich. Ich weiß es wirklich sehr zu schätzen, wie du mir hier hilfst. Ohne dich ... würde ich jetzt wahrscheinlich schnurstracks zum Flughafen fahren und nach Hause fliegen.«

Pablo schüttelte den Kopf. »Du hast dein Ziel noch

nicht erreicht. Nach-Hause-Fliegen ist nicht.« Er sah zur Straße. »Ich mache dir einen Vorschlag: Ich bin an der Uni ganz gut vernetzt und habe auch ein paar Bekannte bei den Archäologen und Altamerikanisten. Ich höre mich mal um, ob wir nicht doch noch eine Spur von deiner Mutter oder deinem Vater finden. Wenn wir davon ausgehen, dass sie sich auf dieser Studienreise kennengelernt haben, muss doch irgendwer irgendetwas wissen.« Er nahm wie selbstverständlich ihre Hand in seine. »Und jetzt besuchen wir gemeinsam das Frida-Kahlo-Museum. Ich habe dir ja schon gesagt, dass es nicht weit von meiner Wohnung entfernt liegt.«

Dalia sah ihn fassungslos an. »Du bist unglaublich.«

Pablo machte einen kleinen Diener. »Danke für die Blumen, aber unglaublich bin ich mit Sicherheit nicht.«

Dalia betrachtete andächtig das kobaltblaue Gebäude, in dem die weltberühmte Malerin vor mehr als hundert Jahren zur Welt gekommen war.

»Das ist ... fantastisch«, flüsterte sie voller Ehrfurcht. »Ich liebe Frida. Ihre Werke, ihr Leben. Diese Frau hatte eine innere Stärke ...« Sie atmete tief durch. »Allein die Schmerzen, die sie nach diesem furchtbaren Unfall ein Leben lang hat aushalten müssen ...«

»Ja, dafür muss man sie wirklich bewundern«, gab Pablo zurück und hob die beiden Tickets in die Höhe. »Wollen wir? Bist du bereit für deine mexikanische kreative Schwester im Geiste?«

Dalia lachte. »Ich glaube, ich war nie bereiter als in diesem Moment.«

»Vamos.«

Am Eingang stand ein Museumsführer, der einer Gruppe Touristen gerade auf Englisch erzählte, dass das Frida-Kahlo-Haus eines der beliebtesten Museen von Mexiko-Stadt sei und monatlich von mehr als fünfundzwanzigtausend Menschen besucht werde. Hier war die mexikanische Künstlerin 1907 geboren worden und 1954 im viel zu frühen Alter von siebenundvierzig Jahren gestorben. Beeindruckt betraten Dalia und Pablo das Museum und gingen durch die Räume.

»Ich freue mich so, dass ich die Möglichkeit habe, mir dieses Museum anzuschauen«, sagte Dalia. »Eigentlich wollte ich mir im Mai eine Wanderausstellung in London über Frida Kahlo ansehen, aber dann kam dieser Brief dazwischen. Und das hier ist natürlich noch viel eindrucksvoller.«

In einem der Zimmer im Erdgeschoss waren mehrere frühe Werke der Künstlerin ausgestellt. Dalia blieb stehen und betrachtete die farbenfrohen Bilder. In den Werken sah sie in jedem Pinselstrich die Leidenschaft, die Überzeugung und die Energie, die diese Frau in sich getragen haben musste und die sie in ihren Bildern verewigt hatte. Wenn sie selbst sich doch auch nur so durch ihre Malerei ausdrücken könnte …

»Was hast du?« Pablo stellte sich neben sie und sah sie von der Seite an.

»Frida Kahlo hat für das, was sie getan hat, gebrannt.

Ganz tief in ihrem Inneren«, erklärte Dalia ehrfürchtig. »Sie war ein Genie.«

Als sie an einem Gemälde vorbeikamen, das eine Auswahl verschiedener Obstsorten zeigte, stellte Pablo fest: »Ich merke gerade, dass ich Hunger habe.«

Dalia hob tadelnd die Brauen. »Du Banause.«

»Ganz und gar nicht. Ich liebe Frida ebenfalls. Nicht wie du, aber sie hat viel für Mexiko getan. Sie verkörpert unser Land und hat es in der Welt bekannter gemacht. Allein dafür bin ich ihr sehr dankbar.«

»Sie war wirklich eine großartige Künstlerin«, pflichtete Dalia ihm bei.

Sie gingen weiter und sahen sich einige Arbeiten von Diego Rivera an, einem ebenso bekannten mexikanischen Künstler, mit dem Kahlo zweimal verheiratet gewesen war. Er war ähnlich wie seine Ehefrau eine Art mexikanischer Volksheld.

Sie bewunderten die ausgestellten mexikanischen Trachten, die Frida Kahlo zu Lebzeiten gern getragen hatte, und betrachteten ein paar alte, selbst geschriebene Briefe von ihr und Fotografien. Anschließend schlenderten sie durch Küche und Esszimmer, die beide in typisch mexikanischem Stil gehalten waren. Nachdenklich schaute sich Dalia ein ausgestelltes Gläserset und das handgefertigte Keramikgeschirr an.

Im angrenzenden Schlafraum befand sich ein Spiegel, den die Künstlerin regelmäßig genutzt hatte, um ihre unzähligen Selbstporträts zu malen. Dalia blieb stehen und ließ ihren Blick durch den Raum wandern.

»Das ist unglaublich«, sagte sie kaum hörbar. »Danke, dass du mit mir hierhergekommen bist. Eine größere Freude hättest du mir nicht machen können.« Vor ihr stand der jahrzehntealte Rollstuhl von Frida Kahlo, der ebenfalls ausgestellt war. »Allein für diesen Nachmittag hat sich mein Flug nach Mexiko gelohnt.«

»Und ich dachte, du sagst jetzt, allein dafür, dass du mich kennengelernt hast«, scherzte Pablo, doch Dalia hatte den leisen Eindruck, dass er seine Worte nicht ganz so locker meinte, wie sie auf den ersten Blick wirkten.

»Na ja, ohne dich und deine grandiose Idee wäre ich jetzt jedenfalls nicht hier«, sagte sie.

Pablo erwiderte nichts, sondern lächelte sie nur auf eine merkwürdige Weise an, die sie nicht zu deuten wusste.

11

Dalia verbrachte einen überaus vergnügten Abend mit Pablo, Estella und Ruben – und einem riesigen Topf Pozole, einem scharfen Eintopf mit Schweinefleisch, Mais, Chilis und kleinen, würzigen Tomaten. Am nächsten Morgen musste Pablo an die Uni, da er einen Termin mit einer Studentin hatte, und Estella und Ruben trafen sich mit ihren Betreuern, um über den Fortschritt ihrer Dissertationen zu sprechen.

Dalia beschloss, den Tag zu nutzen und auf eigene Faust die Stadt zu erkunden. Vielleicht würde sie sich ihrer Mum näher fühlen, wenn sie sich dieselben Dinge anschaute wie sie vor vielen Jahren. Ihre vorübergehenden Mitbewohner hatten ihr geraten, ihre Tour am Zócalo zu beginnen, wo ihre Mum mit Almara gewesen war.

Als Dalia gegen zehn Uhr dort ankam, tummelten

sich bereits Hunderte von Besuchern auf der riesigen Freifläche zwischen Kathedrale und Nationalpalast. Dalia fotografierte die imposanten Gebäude von allen Seiten und entschied sich, die Kathedrale auch von innen anzusehen. Die hellen Mauern verliehen dem wuchtigen Gotteshaus eine wunderbar leichte Atmosphäre. Andächtig schritt Dalia zwischen den Holzbänken hindurch und ließ das offene Ambiente auf sich wirken.

Vor dem Altar der Könige blieb sie stehen und betrachtete interessiert den reich verzierten Barockstil, der als eines der schönsten Beispiele spanischer Kolonialkunst galt. Dalia schossen Tausende Gedanken durch den Kopf, während sie in die Stille der Kathedrale hineinhorchte. Ob ihre Mum damals auch hier gestanden und die Schönheit und Stille des Gebäudes auf sich hatte wirken lassen? Und was war mit ihrem Vater Ricardo? Stammte er möglicherweise sogar aus Mexiko-Stadt? Oder aus einem ganz anderen Teil dieses riesigen Landes?

Wehmut überkam Dalia. Sie merkte, dass ihr die melancholische Stimmung nicht guttat. Kurz entschlossen zündete sie eine Kerze an und betrachtete nachdenklich das Flackern der Flamme. Wie sehr wünschte sie sich in diesem Moment, mit ihrer Mum und ihrem unbekannten Vater hier zu stehen, behütet und geliebt, umsorgt und zugehörig. Ihr entfuhr ein trauriges Seufzen.

Nachdem sie die Kathedrale wieder verlassen hatte, atmete sie im Freien erst einmal tief durch. Als Nächstes stand die Prachtstraße Paseo de la Reforma auf Dalias Programm. Nach der Ruhe des Gotteshauses genoss sie regelrecht den fröhlichen Trubel, der auf der viel befahrenen Straße herrschte. Die Wolkenkratzer zu beiden Seiten der Fahrbahnen verliehen dem Viertel fast einen Hauch von New York City. Menschenmassen schoben sich lärmend und lachend über die Bürgersteige. Ihre Stimmung hob sich. Sie fotografierte die Denkmäler von Kolumbus und Cuauhtémoc, dem letzten Aztekenherrscher, die auf Rondellen zwischen den einzelnen Fahrspuren errichtet worden waren, bevor sie am Monument der Unabhängigkeit ankam, dem goldenen Engel, der mit weit ausgebreiteten Flügeln hoch über der Straße thronte.

Hier begann das Viertel Zona Rosa, dessen Besuch Pablo, Estella und Ruben ihr ebenfalls ans Herz gelegt hatten. Nachtklubs, Hotels und Restaurants standen neben unzähligen Kunstgalerien, Boutiquen und Antiquitätenläden. Ob ihre Mum hier ab und zu ihre Abende verbracht hatte? Ob sie mit anderen Studenten durch die Läden und Klubs gezogen war? Ob sie hier womöglich Ricardo kennengelernt hatte?

In gemächlichem Schritt schlenderte Dalia an den Schaufenstern der Galerien entlang und betrachtete die ausgestellten Kunstwerke. Während sie ein Bild von einem regionalen Künstler ansah, das eine gut erhaltene Mayapyramide zeigte, klingelte ihr Handy. Es war Nara.

»Hola, Süße.«

Dalia musste lachen. »Selbst hola.«

»Wie geht es dir? Deine bisherigen Nachrichten waren ja eher ... knapp gehalten.«

Dalia bekam ein schlechtes Gewissen. »Tut mir leid.

Es ist so unglaublich viel passiert in den letzten Tagen. Ich hatte überhaupt noch keine Zeit, mich ausführlicher bei dir zu melden.«

»Das sollte kein Vorwurf sein«, erklärte Nara. »Ich war bloß neugierig und wollte hören, ob deine Suche schon erste Fortschritte gemacht hat.«

Bevor Dalia überlegen konnte, sprudelte es schon aus ihr heraus. Sie erzählte Nara von den beiden Drogendealern, von Pablos Eingreifen, seinem überraschenden Übernachtungsangebot und seiner Unterstützung bei ihrer Suche.

»Wow«, entfuhr es Nara. »Das klingt, als ob du wirklich noch keine freie Minute gehabt hättest. Und dieser Pablo? Der hilft dir ganz uneigennützig?« Sie klang skeptisch, was Dalia ihr nicht übel nehmen konnte.

»Er ist total nett, Nara. Ich dachte auch erst, dass ich so viel Glück doch gar nicht haben kann, aber er ist ... sehr zuvorkommend und hilfsbereit.« Sie berichtete Nara von seinem gestrigen Aufmunterungsprogramm im Frida-Kahlo-Museum.

»Das muss ja ein wahrer Prachtkerl sein.«

Dalia konnte Naras Grinsen regelrecht durchs Telefon hindurch hören. »Das ist er wirklich«, gab sie mit ernster Stimme zurück.

»Und was ist jetzt mit deinem Dad?«

Dalia seufzte. »Ich weiß es nicht, Nara. Aber ich bin hier angekommen und habe mich auf Anhieb angenommen und akzeptiert gefühlt. Willkommen.« Sie stockte. »Die Menschen sehen aus wie ich, und ich fühle mich zugehörig, obwohl ich niemanden kenne. Du weißt, dass mein Temperament manchmal mit mir durchgeht, dass ich ab und zu etwas zu laut und zu quirlig bin im Gegensatz zum Rest der Familie.« Sie musste lachen. »Aber die Mexikaner sind wie ich. Oder ich bin wie sie, keine Ahnung, hier sind einfach alle laut. Das Leben ist turbulent, auf den Straßen hörst du ständig von irgendwoher Musik, es wird gelacht, getanzt und gesungen … Ich falle hier nicht auf …« Sie seufzte. »Ich weiß, das hört sich vielleicht blöd an, aber ich glaube, ich weiß jetzt, warum ich mich von den anderen Carters unterscheide, nicht nur vom Aussehen her.«

»Das hört sich überhaupt nicht blöd an«, widersprach Nara. »Ich kann dich sehr gut verstehen. Mir geht es ja ähnlich.« Auch Nara unterschied sich schon rein äußerlich durch ihre dunkle Hautfarbe vom Rest der Familie. Mit Sicherheit konnte sie Dalias Gefühle nachvollziehen.

»Aber weder die Uni noch diese Almara Fuentes Sanchez konnten mir bisher helfen«, fuhr Dalia fort. »Und einen weiteren Hinweis habe ich nicht. Momentan trete ich auf der Stelle und weiß nicht recht, wie ich weitermachen könnte.«

»Soll ich noch mal mit Lilian reden?«, bot Nara ihr nach kurzem Zögern an. »Vielleicht kann sie sich doch noch an irgendwelche Details erinnern, die Camellia ihr damals erzählt hat und die dich jetzt weiterbringen könnten. Es kann doch nicht sein, dass du diese weite Reise umsonst gemacht hast.«

»Das kannst du auf jeden Fall versuchen. Aber ich

denke, sie hat mir schon alles gesagt, was sie wusste. Trotzdem …«

»Okay, wenn ich sie später sehe, spreche ich mit ihr. Sie kann sich dann ja direkt bei dir melden. Und lass dich nicht unterkriegen, ja?«

Nachdem sie das Telefonat beendet hatte, schlenderte Dalia weiter. Das Gespräch mit Nara hatte ihr gutgetan. Erst jetzt merkte sie, wie sehr ihr die Familie zu Hause fehlte. In den letzten Jahren war sie nie allein gewesen, hatte immer den einen oder anderen Teil der Verwandtschaft um sich gehabt. Nun war sie in einer fremden Umgebung völlig auf sich allein gestellt. Und doch … Was sie zu Nara gesagt hatte, stimmte. Die Leute um sie herum waren ihr nicht fremd, auch wenn sie sie nicht kannte. Sie fühlte sich, als würde sie dazugehören.

Nachdem sie das Viertel mit den rosa Häusern ausgiebig besichtigt hatte, entschloss Dalia sich dazu, im Chapultepec-Park eine Kleinigkeit zu essen. Ihr Magen knurrte.

Der Bosque de Chapultepec war der größte Stadtpark Lateinamerikas und beherbergte unter anderem ein Schloss, einen Zoo, das Nationalmuseum für Anthropologie sowie einen Botanischen Garten. Die Größe und Weitläufigkeit der Fläche überforderte Dalia völlig. Sie flanierte gemütlich an einem See vorbei, fotografierte ein prachtvolles altes Kinderkarussell und entschied sich schließlich für eine saftige Enchilada mit ganz viel Käse. Mit ihrem Essen setzte sie sich auf eine der vielen Bänke und machte eine Pause. Das lange Herumlaufen, der Jetlag und die Höhenlage der Stadt forderten langsam ihren Tribut. Ihre Lider wurden schwerer, ihre Füße brannten.

Auf der Bank neben ihr saß eine junge Mutter mit zwei kleinen Kindern. Dalia schätzte, dass die Frau kaum älter war als sie selbst. Die Kinder kauten auf trockenen Tortillas herum, während die Mutter laut telefonierte. In etwa fünfzig Metern Entfernung entdeckte Dalia zwei Männer, die auf Holzstühlen saßen und auf Tafeln vor sich etwas schrieben. Pablo hatte ihr erklärt, dass es viele Personen gab, die dieser Schreibertätigkeit nachgingen und für die unzähligen Analphabeten unter den Mexikanern gegen Bezahlung deren Schriftwechsel mit Ämtern und Behörden übernahmen.

Dalia beendete ihre Mahlzeit und erhob sich wieder. Von Pablo hatte sie einen Schlüssel für die Wohnung bekommen, falls er nicht vor ihr zu Hause sein sollte, daher machte sie sich auf den Rückweg zur Metro. Die unzähligen neuen Eindrücke verstärkten ihre Müdigkeit weiter, und sie sehnte sich nur noch nach ihrer Couch.

12

Neunundzwanzig Jahre zuvor
Mexiko-Stadt

Camellias Herz klopfte vor Aufregung, als sie den Hörsaal betrat, in dem sie erfahren würde, für welche Mayastätte sie eingeteilt worden war. Die Mitstipendiaten hatte sie in den letzten Tagen beim Einführungskurs schon etwas kennengelernt. Doch jetzt wurde es ernst. Camellia war schließlich nicht für irgendwelche Theoriekurse hergekommen, die sie ja ebenso in England besuchen konnte, sondern um die prächtigen Bauwerke der Maya mit eigenen Augen zu sehen, sie zu berühren, ihren Geruch einzusaugen. Vor allem aber freute sie sich darauf, an einer Ausgrabung teilzunehmen. Wer wusste schon, vielleicht würde sie dabei auf weitere Geheimnisse der Maya stoßen oder womöglich zu deren Entschlüsselung beitragen? Möglicherweise fanden sie sogar unentdeckte Bauten. Camellia wollte wahrhaftig in dieser Hochkultur versinken, mit Haut und Haaren, mit Leib und Seele, mit Herz und Verstand. Sie konnte ein seliges Lächeln nicht unterdrücken bei dem Gedanken an das, was vor ihr lag.

»Du träumst mit offenen Augen«, stellte Carmen, eine Spanierin aus Madrid, amüsiert fest.

Camellia grinste. »Ich kann es nicht mehr abwarten.«

»Du willst unbedingt nach Chichén Itzá, stimmt's?« Carmen holte einen Notizblock aus ihrer Tasche. »Wollen wir uns da vorne hinsetzen? Da kann man uns auf keinen Fall übersehen.«

»Ja, Chichén Itzá ist schon immer mein großer Traum gewesen«, erwiderte Camellia, während sie Carmen die Stufen hinunter folgte. »Wenn das klappen würde ...«

»Die anderen Stätten sind auch sehr imposant«, entgegnete Carmen. »Ich war als Jugendliche mit meinen Eltern schon mal hier. Damals machten wir eine Yucatán-Rundreise, natürlich eher oberflächlich, für Touristen.« Sie verzog die Lippen. »Doch es war um mich geschehen.« Sie lachte.

»Wisst ihr schon etwas?« Saddie aus Washington, D. C. stieß schwer schnaufend zu ihnen und sah gehetzt von Camellia zu Carmen. »Ich will endlich erfahren, wo ich hinkomme. Das ist alles so unheimlich aufregend.« Sie wedelte sich mit einer Hand Luft zu.

Camellia schmunzelte. »Woher kenne ich das nur?«

»Nein, wir wissen noch nichts«, beantwortete Carmen Saddies Frage. »Sie verraten uns mit Absicht vorher nichts, damit keiner herumdiskutiert oder tauschen will.«

»Wäre es nicht toll, wenn wir zusammen eingeteilt würden?« Die blond gelockte Saddie setzte sich neben Camellia. »Wo steckt eigentlich Almara?«

Camellia seufzte. »Sie musste gestern Abend abreisen.«

»Was?«, riefen Carmen und Saddie im Chor.

»Ihr Dad ist ganz überraschend verstorben«, erzählte Camellia von dem gestrigen Anruf, der ihre Zimmergenossin verständlicherweise völlig aus der Bahn geworfen hatte. »Ihre Mutter hat angerufen, und ... Almara ist fast zusammengebrochen. Ich habe sie spät am Abend noch zum Busbahnhof begleitet, von wo aus sie direkt nach Hause gefahren ist.«

»Aber sie kommt doch nach, wenn ...« Saddie machte eine Pause. » ... wenn sie so weit ist.«

Camellia zuckte mit den Achseln. »Ich weiß es ehrlich gesagt nicht. Sie hat jetzt erst mal andere Sorgen, die Arme.«

»Oh nein! Das tut mir total leid für sie«, erklärte Carmen mitfühlend. »Sie hatte sich doch so sehr gefreut.«

Camellia nickte. »Sie hat mir die Adresse ihrer Cousine gegeben, falls ich sie kontaktieren möchte. Wenn ihr wollt, könnt ihr sie euch später abschreiben.«

»Ja, gern«, erwiderte Saddie. »Ich möchte ihr ein paar Zeilen zukommen lassen. Als Trost und kleine Aufmunterung.«

»Buenos días, damas y caballeros. Guten Tag, meine Damen und Herren«, wurden sie nun von einer männlichen Stimme unterbrochen.

Augenblicklich verstummten die drei und wandten sich einem Herrn im grauen Anzug zu, der während ihrer Unterhaltung vor die breite Tafel des Hörsaals getreten war.

»Im Namen der nationalen autonomen Universität von Mexiko-Stadt möchte ich Sie alle noch einmal ganz herzlich willkommen heißen. Mein Name ist Carlos Alonso Martin, und ich bin der verantwortliche Leiter unseres Stipendiatenprogramms. Wenn es Fragen, Unklarheiten oder Probleme gibt, können Sie sich gern an mich wenden. Ich freue mich sehr, so viele talentierte junge Menschen hier versammelt zu sehen, die sich für die Kultur unserer Vorfahren interessieren. Wie Sie sicherlich alle wissen, sind die Maya im Gegensatz zu anderen Hochkulturen nie ausgestorben. Im Gegenteil. Große Teile der Bevölkerung tragen Mayablut in sich.« Er lächelte. »Ich übrigens auch. Meine Ururururgroßmutter war eine Maya, und ich bin stolz darauf, von einem so hochgebildeten Volk abzustammen. Wahrscheinlich kennen Sie die großen Mayastätten aus dem Fernsehen oder aus Sachbüchern, aber glauben Sie mir, Sie werden überwältigt sein, wenn Sie die Pyramiden, Observatorien oder Tempel mit eigenen Augen sehen.«

Er verstummte und sah den Stipendiaten nacheinander ins Gesicht.

»Aber jetzt möchte ich Sie nicht länger auf die Folter spannen. Ich weiß, dass Sie alle auf den Moment hinfiebern, in dem Sie endlich erfahren, welche der Ruinenstädte in der nächsten Zeit Ihre zweite Heimat sein wird.

Je fünf Stipendiaten werden nach Uxmal, nach Palenque, nach Tulum und natürlich nach Chichén Itzá gehen. Jeder dieser Orte ist einzigartig. Damit übergebe ich das Wort an die Exkursionsleiter, die Sie einzeln aufrufen werden zur weiteren Registrierung. Ich wünsche Ihnen allen einen interessanten Aufenthalt in unserem wunderschönen Land. Auf dass Sie die Geheimnisse unserer Vorfahren weiter entschlüsseln. Es gibt viel zu entdecken.«

Vier jüngere Männer, die geduldig neben ihm gewartet hatten, traten vor.

»Auch von mir ein herzliches Willkommen an Sie alle«, sagte einer der Dozenten auf Englisch. »Wir werden als Erstes die Listen mit Ihren Namen vorlesen, damit jeder weiß, wo die Reise hingeht. Uns ist bewusst, dass Sie alle wie auf glühenden Kohlen sitzen.«

Als er lächelnd in die Runde sah, spürte Camellia, wie ihre Wangen zu glühen begannen. Wer war das? Sie schätzte den Wissenschaftler auf maximal dreißig. Das rabenschwarze Haar fiel ihm locker auf den Kragen seines hellblauen Poloshirts. Die Arme waren gebräunt und sehnig, und seine Augen blitzten belustigt auf, wenn er redete. Camellia war so fasziniert von dem Dozenten, dass sie gar nicht richtig zuhörte, als er die Namen vorlas.

»Ihr fünf dürft euch auf die einzigartige Ruinenstätte Uxmal freuen«, erklärte er.

»Die Wahrscheinlichkeit für Chichén Itzá steigt«, raunte Saddie ihr von links ins Ohr und klatschte lautlos in die Hände.

»Unsere Namen waren also nicht dabei?« Camellia nahm sich vor, sich besser zu konzentrieren.

»Hast du eben nicht zugehört? Gerade konntest du es doch kaum abwarten«, flüsterte Carmen von rechts.

»Ich war … in Gedanken.«

»Ihr fünf dürft euch auf Tulum vorbereiten«, fuhr der gut aussehende Dozent fort.

Auch diesmal hatte Camellia die Namen versäumt. Sie riss sich zusammen und blendete alles andere aus.

Auf der Liste für die Forschungsstätte in Palenque standen sie ebenfalls nicht. Da Almara ja nicht teilnehmen konnte, wurden für diesen Ausgrabungsort nur vier Studenten eingeteilt.

Camellia, Saddie und Carmen nahmen sich aufgeregt an den Händen, und gemeinsam hingen sie wie gebannt an den Lippen des Dozenten.

»Saddie March, Carmen Castillo Varela, Camellia Carter, Giovanni Bianchi und Armand Dupont – ihr fünf fahrt mit mir nach Chichén Itzá.«

Camellia schloss die Augen, entriss Saddie ihre Hand und stieß sie wie eine Siegerfaust gen Himmel. »Ja!«, entfuhr es ihr eine Spur zu laut.

Der Dozent sah amüsiert zu ihr hinauf. »Da scheint sich ja jemand sehr zu freuen.« Er lachte. »Schön.«

Camellia senkte verlegen den Kopf.

Als sie zehn Minuten später mit ihrer Registrierung an der Reihe war, ging sie mit viel zu schnellem Puls die Treppe hinunter.

»Ich bin Camellia Carter«, stellte sie sich dem Dozenten in beherztem Ton vor.

»Ah, die Dame mit dem Jubelschrei. Hallo, Camellia! Mein Name ist Ricardo Murillo Flores, und ich bin dein Exkursionsleiter. Willkommen in meinem Team!«

13

Gegenwart
Mexiko-Stadt

Als Dalia erwachte, standen Ruben, Estella und Pablo an der Küchenzeile und flüsterten kaum hörbar miteinander. Sie musste so tief geschlafen haben, dass sie gar nicht bemerkt hatte, wie die drei nach Hause gekommen waren.

Bei der Rückkehr nach ihrer Sightseeingtour war die Wohnung leer gewesen. Obwohl Dalia todmüde war, hatte sie nicht einschlafen können. Die vielen Eindrücke der Megastadt wirbelten so wild durch ihren Kopf, dass sie wieder aufgestanden war und sich ihren mitgebrachten Zeichenblock geschnappt hatte. Sie malte den See des Chapultepec-Parks, die weiten Flächen darum herum, einige Touristen, die aufs Wasser blickten, und im Hintergrund das wunderschöne Kinderkarussell, das sie heute Vormittag bereits fotografiert hatte. Das Malen tat ihr gut.

Als sie merkte, wie ihr Inneres dabei langsam zur Ruhe kam, legte sie sich auf die Couch und schlief innerhalb weniger Sekunden ein.

»Dornröschen erwacht«, frotzelte Ruben und trat auf sie zu. Heute trug er sein langes Haar zu einem Zopf gebunden. »Na, ausgeschlafen?«

Dalia lachte verlegen. »Tut mir leid.«

»Das muss es doch nicht«, meinte Estella und nahm im Sessel gegenüber Platz. »Du warst eben müde. Kein Wunder. Sicherlich sitzt dir auch noch der Jetlag in den Knochen. Dann die ungewohnte Höhenluft, der schreckliche Smog ...«

»Ich dachte eigentlich, ich hätte die Zeitverschiebung schon überwunden.« Dalia schlug die Wolldecke zurück und setzte sich auf.

»Wir haben übrigens gerade über dich gesprochen«, ergriff Pablo das Wort und bedeutete ihr, zur Seite zu rücken.

Dalia machte ihm Platz. »Hoffentlich nichts Schlimmes«, gab sie zurück und sah die drei der Reihe nach fragend an.

Ruben und Estella schüttelten ihre Köpfe.

»Was kann man über dich denn Schlimmes sagen?«, wollte Pablo wissen und schmunzelte.

Dalia verdrehte die Augen.

»Dass du Tortillas mit Schokocreme verabscheust?«

Sie musste lachen.

»Das ist ja auch eklig«, pflichtete Estella ihr grinsend

bei. »Pablos Geschmackssinn hat manchmal echte Aussetzer.«

»Ja, macht euch nur lustig.« Pablo zog eine beleidigte Grimasse, bevor er wieder ernst wurde. »Aber zurück zum eigentlichen Thema, der Suche nach deinem Papa.«

Dalia hob überrascht die Brauen. »Was meinst du damit?«

Pablo wechselte mit Estella und Ruben einen kurzen Blick, den Dalia nicht zu deuten wusste.

»Hast du etwas Neues herausgefunden?«

Er schüttelte den Kopf. »Leider nein. Der Aufenthalt deiner Mutter liegt zu lange zurück. Niemand kannte ihren Namen. Und Ricardo ... das ist einfach zu unspezifisch.«

»Ihr wollt mir also sagen, dass ich meine Suche einstellen soll. Dass es keinen Sinn hat, nach einer Nadel im Heuhaufen zu suchen.« Sie seufzte enttäuscht. »Und eine Nadel im Heuhaufen wäre wahrscheinlich sogar noch einfacher zu finden.«

Pablo legte eine Hand auf ihren Unterarm. »Nein, Dalia. Nein, wir wollten dir genau das Gegenteil vorschlagen.«

Irritiert runzelte sie die Stirn. »Wie jetzt?«

»Was hältst du davon, wenn wir gemeinsam mit dir nach Yucatán fahren?«

»Nach Yucatán?«, wiederholte Dalia völlig überrumpelt. »Mit euch?«

Pablo musste lachen. »Ja, mit uns.«

Estella beugte sich vor. »Du hast erzählt, dass deine

Mutter von den Maya nahezu besessen war und deshalb Altamerikanistik studiert hat. Wenn sie an einer archäologischen Ausgrabung teilgenommen hat, war sie hundertprozentig auf der Yucatán-Halbinsel. Und wenn dein Vater sie auf dieser Studienreise kennengelernt hat, war er wohl ebenfalls von den Maya fasziniert.« Sie hob ihre Hände. »Wir wissen es natürlich nicht mit Sicherheit, aber die Wahrscheinlichkeit, etwas über deine Eltern zu erfahren, ist dort am größten, wo sich die meisten Archäologen aufhalten. Viele sind untereinander gut vernetzt. Wenn wir Glück haben, treffen wir auf irgendjemanden, der dir weiterhelfen kann.«

Dalia war völlig überrumpelt. »Aber … Warum wollt ihr mit mir nach Yucatán fahren? Ihr müsst euch doch um eure Dissertationen kümmern.« Sie sah zu Pablo. »Und du musst arbeiten.«

»Wir haben Semesterferien«, erinnerte er sie lächelnd. »Und ich hatte dir doch gesagt, dass ich aus der Nähe von Tulum komme. Meine Eltern freuen sich, wenn sie mich mal wiedersehen. Eigentlich wollte ich erst in zwei Wochen fahren, aber ich kann auch von unterwegs arbeiten.«

»Unsere Familien leben ebenfalls auf Yucatán«, erklärte Ruben. »Estellas Oma hat in ein paar Tagen Geburtstag. Es wird eine große Fiesta stattfinden, die wir uns auf keinen Fall entgehen lassen möchten.«

Dalia blickte die drei der Reihe nach an. »Ich … ich weiß nicht, was ich sagen soll.« Sie schluckte. »Ihr seid …« Sie schloss die Augen. »Ihr seid die tollsten Menschen, die mir seit Langem begegnet sind. Danke!« Sie konnte ihre Rührung kaum verbergen.

»Schon gut«, winkte Estella ab. »Wir besuchen *unsere* Familien, und du findest im besten Fall den mexikanischen Teil *deiner* Familie.«

»Du hast eine so weite Reise auf dich genommen«, ergänzte Pablo. »Wäre doch schade, wenn du ohne Ergebnis zurückreisen würdest. Wir fahren mit dem Bus, ich besorge uns gleich morgen die Tickets. Vor Ort unterhalten wir uns mit den Wissenschaftlern, und wenn wir wirklich keinen Hinweis finden, hast du zumindest die Heimat deines Vaters etwas näher kennengelernt. Mexiko-Stadt ist toll, aufregend, jung, dynamisch und laut. Aber unser Land hat so viel mehr zu bieten. Lass dich einfach auf die Kultur ein, die du ja immerhin zur Hälfte auch in dir trägst. Und eins verspreche ich dir.« Er grinste.

Dalia sah ihn abwartend an.

»Du musst keine Tortillas mit Schokocreme essen!«

Sie begannen alle vier zu lachen.

Nachdem sie sich wieder beruhigt hatten, kam Dalia eine Idee. »Heute Abend koche ich«, verkündete sie und sah in die Runde. »Es gibt ein typisches Essen aus meiner Heimat. Als kleines Dankeschön für eure wunderbare Unterstützung.«

»Was für ein toller Vorschlag! Ich bin schon gespannt.« Ruben rieb sich die Hände. »Das heißt, ich bin heute arbeitslos.«

»Arbeitslos?«, entrüstete sich Estella. »Sagtest du vorhin nicht, du müsstest bis morgen noch einen kurzen Aufsatz für ein Magazin fertigstellen?«

Ruben schüttelte sichtlich genervt den Kopf. »Danke für die Erinnerung, Mama.«

»Ich freue mich«, erklärte Pablo. »Was gibt es denn Leckeres?«

»Cornish Pasty«, erklärte Dalia. »Das sind gefüllte Teigtaschen, eine Spezialität aus meiner Heimat Cornwall.« Sie erhob sich. »Ich sehe mal nach, ob ihr alle Zutaten vorrätig habt.«

Ruben folgte ihr zur Küchenzeile. »Was brauchst du denn?«

Dalia zählte ihm auf, was sie für die Herstellung des Teigs und für die Füllung benötigte.

»Alles da«, verkündete Ruben nicht ohne Stolz.

»Ein vorbildlich geführter Haushalt«, frotzelte Dalia und machte sich sofort an die Arbeit.

Als sie zwei Stunden später zu viert beim Essen saßen, holte Pablo eine Flasche Tequila aus dem Küchenschrank und stellte sie auf den Tisch. »Cornish Pasty und mexikanischer Tequila. Diese Mischung entspricht genau deinen Genen.«

Dalia schüttelte belustigt den Kopf.

»Das schmeckt richtig gut«, bekundete Estella, nachdem sie ihre Portion restlos aufgegessen hatte. »Ich dachte immer, ihr Engländer hättet keine Esskultur. Tut mir leid. Klischees.« Sie wischte sich den Mund ab, während sie Dalia einen entschuldigenden Blick zuwarf. »Ich glaube, ich muss meine Meinung revidieren.«

»Danke«, gab Dalia zurück. »Das freut mich wirklich. Und zum Thema Esskultur fällt mir auf Anhieb auch ein mexikanisches Gegenbeispiel ein.« Sie blickte lachend zu Pablo, der demonstrativ keine Miene verzog.

Nachdem sie das Geschirr weggeräumt hatten, schenkte Pablo ihnen von dem Tequila ein, und die Stimmung wurde von Glas zu Glas ausgelassener. Dalia, die gewöhnlich nur sehr wenig Alkohol trank, spürte bereits nach dem dritten Glas die Wirkung. Ihr Lachen wurde lauter, ihre Aussprache undeutlicher. Doch sie genoss die Gesellschaft der drei Mexikaner und dachte den ganzen Abend über nicht für eine Sekunde an ihre britische Heimat, die in weite Ferne gerückt war.

Dalia fühlte sich wohl wie schon lange nicht mehr. Zu Hause in England war sie oft zu laut und zu fröhlich, kam sich im Vergleich zu den anderen Familienmitgliedern beinahe überdreht vor, doch hier schien ihr überschäumendes Temperament niemanden zu stören, ganz im Gegenteil.

Als Dalia am nächsten Morgen das Zentrum von Mexiko-Stadt erreichte, dröhnte ihr trotz Kopfschmerztablette noch immer der Schädel. Sie hatte gestern Abend eindeutig einen Tequila zu viel gehabt. Hoffentlich habe ich mich nicht allzu sehr danebenbenommen, dachte sie.

Ihre drei Gastgeber waren schon aus dem Haus gewesen, als Dalia gegen neun Uhr aufgewacht war. Sie schienen wesentlich trinkfester zu sein als sie selbst. Beim Gedanken an den gestrigen Abend musste sie schmunzeln. Sie hatten viel geredet und noch mehr gelacht. Estella hatte von ihrer Familie erzählt, von ihrem älteren Bruder Mateo, der in den USA studierte und eine australische Freundin hatte. Ruben hatte über seine Dissertation gesprochen. Wie gestresst er sich fühlte und wie froh er sein würde, wenn er das Thema Universität endlich hinter sich gebracht hatte. Und Pablo hatte mehrere Anekdoten über seine Studenten zum Besten gegeben.

Dalia hätte den dreien endlos zuhören können. Und trotz der Wirkung des Alkohols war es ihr von Stunde zu Stunde besser gelungen, dem Gespräch zu folgen. Wenn sie selbst sprach, musste sie zwar nach wie vor nach den richtigen Worten suchen, doch auch hier bemerkte sie Fortschritte.

Pablo wollte heute Vormittag die Bustickets besorgen, und schon morgen sollte es losgehen, wenn er kurzfristig noch vier freie Plätze ergattern konnte. Daher hatte Dalia sich entschlossen, einen letzten Sightseeing-Tag einzulegen. Als Ruben, Estella und Pablo von ihrer Heimat auf der Yucatán-Halbinsel erzählten, war Dalias Vorfreude immer weiter gewachsen. Gespannt blickte sie der Reise durch dieses wunderschöne Land entgegen, freute sich auf die alten Ruinen der Maya, auf verwunschene Dschungellandschaften, von denen sie bereits im Internet einen ersten Eindruck bekommen hatte, und auf das karibische Flair am Atlantischen Ozean, von dem Pablo schon geschwärmt hatte.

Als Erstes hatte Dalia sich für heute den Palacio de Bellas Artes vorgenommen, den Palast der Schönen Künste. Auf dem weitläufigen Vorplatz befanden sich vier kunstvoll angelegte Grünflächen. Zwei Wasserbecken und mehrere filigrane Statuen vervollständigten das imposante Gesamtbild. Dalia schlenderte über den riesigen Freiplatz und fotografierte die einzelnen Sehenswürdigkeiten.

Der Palast war das wichtigste Kulturhaus Mexikos. Sein Inneres beherbergte diverse Säle und Bühnen für Aufführungen und Ausstellungen aller Art. Das Gebäude war ein einziges großes Gesamtkunstwerk. Ein halbrundes steinernes Vordach, das von imposanten Rundsäulen getragen wurde, beschattete den Haupteingang. Hoch auf dem Bauwerk thronte eine weithin sichtbare golden schimmernde Kuppel mit einer bronzenen Skulpturengruppe, während die Fassade aus weißem Marmor bestand. Dalia konnte sich an der Eleganz und Anmut des Gebäudes kaum sattsehen.

Als sie den Blick schweifen ließ, wurde ihr wieder bewusst, wie erschreckend viel Armut es hier gab. Schuhputzer in zerrissener Kleidung liefen auf den Gehwegen umher, um für eine Handvoll Pesos den betuchten Teil der Bevölkerung zu bedienen, und Straßenkinder in Lumpen bettelten um die nächste Mahlzeit. Was Granny und Grandpa wohl sagen würden, wenn sie Dalia hier sehen könnten? Wie gern hätte sie ihre Großeltern jetzt bei sich gehabt und mit ihnen über die Heimat ihres Vaters gesprochen – die prachtvolle Altstadt, aber auch die Armut in diesem Land.

Ob ihre Mum diesen Platz auch gekannt hatte? Wie lange hatte sie sich wohl in der Hauptstadt aufgehalten, bevor sie zu der Ausgrabungsstätte aufgebrochen war? War sie Ricardo schon hier begegnet oder erst zwischen den Mayaruinen? Ob Dalia jemals Antworten auf all ihre Fragen finden würde?

Sie betrat den Palast, um das Museum zu besichtigen. Bunter Marmor kleidete das repräsentative Foyer des Gebäudes aus. Touristenschwärme schoben sich an unzähligen Wandmalereien vorbei. Dalia entdeckte ein Fresko von Diego Rivera, Frida Kahlos Ehemann. Die Eindrücke prasselten unaufhaltsam auf sie ein. Selten hatte sie so viel Kultur und Kunst an einem einzigen Ort vereint erlebt.

Als Dalia nach drei Stunden wieder ins Freie trat, konnte sie kaum glauben, wie schnell die Zeit verflogen war. Zum Abschluss wollte sie noch eine gemütliche Bootsfahrt im Stadtviertel Xochimilco unternehmen. Mit der Metro und dem Vorortszug Tren Ligero fuhr sie Richtung Süden und ging das letzte Stück des Weges zu Fuß.

Am Rand der berühmten Kanäle von Xochimilco befanden sich mehrere Gondeln, sogenannte Trajineras, reich geschmückt mit bunten Blumenarrangements, die die Besucher gemächlich über das Wasser fuhren. Dalia erkundigte sich bei einem der Bootsführer, ob sie mitfahren dürfe. Bereitwillig ließ er sie auf das Gefährt treten und nannte den Preis für die Fahrt. Ein junges Touristenpärchen aus den USA schloss sich an.

Allmählich entfernten sie sich vom Ufer. Während die beiden jungen Leute sich miteinander unterhielten, summte der Bootsführer leise vor sich hin. Dalia lauschte der melancholischen Melodie und lehnte sich zurück. Sie genoss die ruhige Fahrt und gab sich ganz der besonderen Atmosphäre hin. Dabei stellte sie sich vor, wie ihre Mutter neben ihr säße, einen Arm um ihre Schulter gelegt.

Auf einmal wurde Dalia von Trauer erfasst. Wie würde es sich anfühlen, wenn sie die Ereignisse der letzten Tage gemeinsam mit ihrer Mutter hätte erleben können? Wieder fühlte sie sich unendlich einsam. Der amüsante Abend mit Ruben, Estella und Pablo war in weite Ferne gerückt. Das Leben der drei würde hier weitergehen, wenn Dalia längst wieder nach England zurückgekehrt wäre. Pablo lebte für seine Wissenschaft, Estella und Ruben würden sich demnächst Stellen suchen, um sich ein eigenes Leben wo auch immer aufzubauen. Und Dalia? Sie wusste noch immer nicht, wie es mit ihr weitergehen sollte.

Entschlossen holte sie ihren Zeichenblock aus dem Rucksack und begann, den Kanal mit seiner dichten Ufervegetation auf Papier zu bannen.

»Viele Einwohner von Mexiko-Stadt kommen am Wochenende hierher und entspannen sich«, erklärte ihnen der Bootsführer in gebrochenem Englisch. »Das ganze Gebiet steht unter Naturschutz.«

Dalia skizzierte die unterschiedlichen Pflanzen in all ihren Details.

»Malerin?« Der Mexikaner trat hinter sie und deutete auf das Blatt.

»Ja, so ähnlich«, gab Dalia lächelnd zurück.

»Sehr schön.« Er reckte seinen Daumen in die Höhe. »Muy lindo.«

Bevor sie sich auf den Rückweg machten, tauchte ein Händler neben ihnen auf dem Wasser auf und bot ihnen gefüllte Tacos an. Da Dalias Magen bei dem Anblick der leckeren Portionen zu knurren begann, kaufte sie sich einen mit Salat und Rindfleisch gefüllten Taco. Er schmeckte köstlich.

Am Ausgangspunkt ihrer Fahrt verabschiedete sich das Pärchen und verließ das Boot. Dalia bedankte sich bei dem Bootsführer und stieg ebenfalls aus.

In der Wohnung empfing Pablo sie schon im Flur. Er schwenkte seine rechte Hand, in der er vier Karten hielt. »Hola, Señorita! Bereit für das nächste Abenteuer?«

Bei seinen Worten hob sich Dalias Stimmung augenblicklich. Vergessen war die Einsamkeit, die sie bei ihrem Ausflug überfallen hatte. Sie lachte. »Claro.«

»Morgen geht es los. Der Bus war zwar fast ausgebucht, ich habe aber die letzten Plätze ergattert und sogar noch einen Rabatt bekommen wegen der Kurzfristigkeit.« Seine weißen Zähne blitzten auf.

Dalia schüttelte den Kopf. »Ich kann es noch immer

nicht glauben. Dass ihr mich begleiten möchtet … Das ist … Ihr seid einfach toll.«

Pablos Lippen verzogen sich zu einem noch breiteren Grinsen. »Wir werden mit Sicherheit eine interessante Reise haben. Vor uns liegen etwa zweitausend Kilometer.«

Dalia riss die Augen auf. »Zweitausend Kilometer?«

»Mit einigen Zwischenstopps«, relativierte Pablo lächelnd. »Aber ja. Diese Fahrt wirst du wahrscheinlich niemals vergessen.«

14

Als Dalia am nächsten Morgen erwachte, fühlte sie sich wie gerädert. Vor Aufregung hatte sie die halbe Nacht wach gelegen und darüber nachgedacht, was sie in den nächsten Tagen erwarten würde. Sie schickte Nara eine kurze Nachricht, um sie über ihre weiteren Pläne zu informieren, und packte ihre Klamotten wieder zusammen.

»Buenos días.« Pablo erschien in T-Shirt und ausgewaschenen Jeans im Wohnzimmer. »Ausgeschlafen?«

Dalia winkte ab. »Frag nicht.«

»Was ist los?« Er trat näher und sah zu, wie sie den Rucksack zuschnürte.

»Ach, mir gehen tausend Gedanken durch den Kopf.« Dalia ließ sich müde auf den Sessel fallen. »Zum Beispiel habe ich darüber nachgedacht, wie mein Leben verlaufen wäre, wenn ich meinen Vater gekannt hätte.«

Er setzte sich neben sie auf die Lehne. »Bestimmt wäre dein Leben dann anders verlaufen, aber jetzt hast du die Chance, einen Teil von dem nachzuholen, was dir bisher verwehrt war.«

Dalia musste lächeln. »Du klingst optimistisch.«

»Ich *bin* optimistisch«, meinte er lächelnd und erhob sich wieder. »Ich helfe dir, in Ordnung? Aber jetzt müssen wir uns beeilen. Der Bus wartet nicht.«

Eine Stunde später erreichten Estella, Ruben, Pablo und Dalia den Busbahnhof Ost. Der hellblaue Reisebus wirkte entgegen Dalias insgeheimer Befürchtung modern und gepflegt und verfügte sogar über eine Toilette.

»Das ist ein Rápido«, erklärte Pablo. »Da die Fahrt fast ausgebucht war, habe ich auf einigen Abschnitten leider keine Plätze nebeneinander bekommen.«

»Wir sitzen ja eh Tag und Nacht aufeinander«, frotzelte Ruben gut gelaunt. »Da tut uns ein wenig Abstand für ein paar Stunden doch mal ganz gut.«

»Estúpido!«, entrüstete sich Estella und zeigte ihm einen Vogel.

Pablo sprach den Busfahrer an, hielt ihm die Tickets unter die Nase und zeigte auf ihr Gepäck. Dalia registrierte, dass die meisten Sitze im Inneren des Busses bereits belegt waren.

»Steigt schon mal ein und sucht euren Platz«, wies Pablo sie an. »Ich kümmere mich darum, dass unser Gepäck mitkommt.«

Dalia drückte sich zwischen den Reihen hindurch und

überflog die Sitznummern. Als sie ihren Platz neben einer älteren Frau entdeckte, grüßte sie sie lächelnd.

»Hola«, erwiderte ihre Sitznachbarin und musterte Dalia interessiert. »Wo geht es denn hin?«

Dalia setzte sich und schnallte ihre Gürteltasche ab. »Das weiß ich noch gar nicht so genau.«

Das Gesicht der Mexikanerin nahm einen fragenden Ausdruck an. Da fasste Dalia sich ein Herz und erzählte ihr kurz, dass sie ihren Vater suche. Im gleichen Moment fragte sie sich, wie sie dazu kam, einer Wildfremden etwas so Persönliches zu erzählen. Doch es fühlte sich nicht seltsam oder zu intim an.

Pablo legte ihr zwei Minuten später kurz eine Hand auf die Schulter, als er an ihr vorbeikam. »Bis später!« Dalia nickte, während er weiter in den hinteren Teil des Busses durchging.

»Dein Mann?«, wollte die ältere Frau wissen.

Dalia verneinte lachend.

»Vielleicht irgendwann dein Mann?« Die Mexikanerin schmunzelte.

Verlegen schüttelte Dalia den Kopf.

»Und deine Mutter?«

Sie erzählte der Frau, die sich ihr als Rosa vorstellte, vom Tod ihrer Mum und deren Studienreise nach Mexiko vor vielen Jahrzehnten. Rosa starrte einige Sekunden schweigend vor sich hin, nachdem Dalia geendet hatte.

Der Bus fuhr langsam an und verließ das Terminal.

»Ich bin eine Maya«, verkündete die Mexikanerin

dann mit ernstem Unterton. »Meine Familie stammt von den Yucatán-Maya ab.«

Dalia sah sie interessiert an. »Faszinierend.«

Rosa zuckte mit den Achseln. »Eigentlich nicht.«

»Aber das Volk der Maya hat eine lange und aufregende Vergangenheit«, widersprach Dalia. »Ihre Vorfahren waren unfassbar intelligent und wissbegierig.«

»Du hast recht«, sagte Rosa leise. »Ich bin heute auf dem Weg zu meinem Sohn. Pedro lebt in Acayucan, fünfhundert Kilometer von hier entfernt«, erzählte sie weiter. »Dort arbeitet er als Maurer ..., wenn er Aufträge bekommt.« Sie knetete ihre Finger. »Es ist nicht leicht für uns, weißt du. Viele Menschen leben in Slums, haben wenig Geld. Die guten Jobs bekommen meist die Mestizen.« Sie klang verbittert. »Das sind diejenigen, die auch spanisches Blut in sich tragen«, setzte sie nach.

»Das wusste ich gar nicht«, gab Dalia beklommen zu. Nicht nur die generelle Armut schien in Mexiko ein Problem zu sein, auch die ungleiche Verteilung zwischen Weißen und Indigenen belastete die Gesellschaft.

»Aber ich möchte dich nicht mit meinen Problemen behelligen. Wir werden diese Angelegenheiten nicht lösen können.«

Dalia nickte und sah zum Fenster hinaus. Gerade ließen sie die letzten Wohnhäuser der Hauptstadt hinter sich. Was würde ihr die Reise ins Ungewisse bringen? Eine Reise durch ein Land, das tief gespalten war in Arm und Reich, in dem es große Ungleichheiten zwischen den verschiedenen Bevölkerungsgruppen gab. Und wie ging es wohl ihrem Vater? Hatte er eine gute Arbeit? Ein Einkommen, von dem er leben konnte? Wenn er studiert hatte, war die Wahrscheinlichkeit hoch, dass er nicht zum ärmsten Bevölkerungsteil Mexikos gehörte.

Doch das Leben entwickelte sich nicht immer nach Plan. Vielleicht war ihr Vater auch ein einfacher Handwerker oder Arbeiter gewesen, der sich vor vielen Jahren in die Archäologiestudentin aus England verliebt hatte. Womöglich kämpfte er wie viele andere Mexikaner Tag für Tag ums Überleben und wusste nicht, wie er das nächste Paar Schuhe für seine Kinder oder die Lebensmittel fürs Wochenende finanzieren sollte.

Dalia versank in tiefes Grübeln, während der Bus Kilometer um Kilometer zurücklegte.

»Wo sind wir hier?«, wollte Dalia fünf Stunden später wissen. Pablo, Estella und Ruben hatten sich im Schatten des Busses wieder zu ihr gesellt.

»Irgendwo in der Sierra Mixteca«, erwiderte Estella und schirmte ihre Augen mit der Hand ab.

Dalia ließ ihren Blick über die karge Hügellandschaft mit den moosbedeckten Berggipfeln wandern. »Hier sieht es wieder ganz anders aus.« Sie kniff die Augen zusammen und verfolgte den Weg eines Greifvogels, der über einer Hügelkuppe kreiste und auf Beute zu lauern schien. Grillen zirpten im Gras neben dem sandigen Platz, wo der Bus haltgemacht hatte.

»Warte ab, bis wir auf Yucatán ankommen«, bemerkte Pablo. »Mexiko hat eine wirklich vielfältige Natur. Wir befinden uns hier noch mal höher als in der Hauptstadt, trotzdem ist die Luft ganz anders, nicht wahr?«

»Es ist wärmer und trotzdem frischer, ohne diesen Smog. Erst jetzt merke ich, wie sehr mir diese dreckige Luft den Atem genommen hat«, meinte Dalia beeindruckt. »Trotzdem hätte ich nicht vermutet, dass wir hier im Hochland sind.«

»Doch, einige Gipfel knacken sogar die Dreitausendermarke«, erklärte Ruben. »Ich kann mich nicht sattsehen an dieser wunderbaren Landschaft. Man bekommt das Gefühl, man sei völlig allein auf der Welt. Diese Weite und Einsamkeit, der absolute Kontrast zur Megacity. Ach, wisst ihr, was? Das Leben ist schön.« Er grinste gutmütig.

Dalia sah ihn von der Seite an. »Aber hier leben doch auch Menschen?«

Pablo lachte. »Natürlich. Es gibt viele kleine Orte wie diesen hier.« Er deutete die staubige Straße entlang, an der einige Essensimbisse standen. »Hier in der Sierra Mixteca leben übrigens die Mixteken. Sie nennen sich selbst die Regenmenschen.«

»Regenmenschen?«, wiederholte Dalia. »Warum das?«

»Die genaue Übersetzung lautet Volk am Ort des Regengottes. Die Mixteken sind ein uraltes indigenes Volk«, erläuterte Pablo geduldig. »Ähnlich wie die Maya.«

»Das klingt sehr mystisch«, fand Dalia. »Weniger mystisch fühlt sich übrigens mein Hunger an. Mein Magen knurrt.«

»Dann los. Essen wir etwas. Vamos.« Ruben bedeutete ihnen, ihm zu folgen.

Nachdem sie die Speisekarte des ersten Ladens überflogen hatten, bestellte Pablo vier Portionen Cuitlacoche.

»Was ist das denn?« Skeptisch musterte Dalia das gefüllte Gebäck, das Pablo ihr kurz darauf in die Hand drückte.

»Das sind Chalupas«, erklärte er amüsiert. »Sie sind aus Maismehl gebacken.«

»Aus was sonst.« Dalia feixte. »Und die Füllung?« Sie war noch nicht vollends überzeugt von der Essbarkeit des Bestellten.

Pablo hob die Brauen. »Zwiebeln, Chilis, Frischkäse, Gewürze und Sauerrahm.« Er machte eine Pause. »Und eben Cuitlacoche.«

»Schlafender Kot«, ergänzte Ruben schmunzelnd.

»Wie bitte?« Dalia sah fassungslos von ihm zu Pablo.

»Das ist nur die Übersetzung aus der aztekischen Sprache«, erklärte Pablo grinsend.

»Ich weiß nicht, ob mich das wirklich beruhigt«, gab Dalia misstrauisch zurück.

»Cuitlacoche besteht aus Maiskörnern, die von einem ganz bestimmten Pilz befallen werden«, mischte sich Estella ein. »Es schmeckt total lecker. Probier es einfach und bilde dir selbst ein Urteil. Ich wette, du wirst es nicht bereuen.«

Nachdem Dalia sich vorsichtig eine der gefüllten Chalupas in den Mund geschoben hatte, verzog sie anerkennend die Lippen. »Köstlich!«

»Sagen wir doch«, riefen Ruben und Pablo im Chor und lachten.

Sie setzten sich auf zwei Holzbänke und widmeten sich genüsslich ihrem Essen. Der Busfahrer hatte bei ihrer Ankunft in dem kleinen Dorf verkündet, dass sie eine Stunde Pause machen würden. Sie konnten sich also genügend Zeit lassen.

Dalia war froh, ihre Beine endlich ausstrecken zu können. »Wie oft fahrt ihr diese Strecke mit dem Bus?« Sie blickte die drei der Reihe nach an.

Estella zuckte mit den Achseln. »Drei- oder viermal im Jahr, schätze ich.«

Ruben nickte.

»Wie es passt«, pflichtete Pablo ihm bei. »Fliegen ist sehr teuer. Und die Busse sind völlig in Ordnung. Du hast es ja selbst erlebt. Natürlich muss man ein paar Tage für Hin- und Rückfahrt einplanen. Die Fahrt ist schon ziemlich anstrengend.«

Das konnte Dalia sich vorstellen. Schon nach den wenigen Stunden, die sie im Bus verbracht hatte, sehnte sie den Abend herbei, wenn sie ihr erstes Zwischenziel erreichen würden.

»Ciao.« Ein junges Pärchen, das auf der Fahrt drei Reihen vor Dalia gesessen hatte, gesellte sich zu ihnen. »Könnt ihr uns etwas empfehlen?« Der Mann deutete auf den Rest ihrer Mahlzeiten.

Pablo erklärte ihnen in astreinem Englisch, woraus ihr Essen bestand. »Wo kommt ihr her?«

»Italien, Milano«, erwiderte die junge Frau. »Ich bin Giovanna. Und das ist Marco.«

»Wo wollt ihr hin?«, hakte Estella nach, nachdem alle sich vorgestellt hatten.

»Wir wissen es noch nicht genau«, sagte Marco. »Wir möchten uns Yucatán ansehen, die Mayaruinen, die größeren Städte, und wo es uns gefällt, wollen wir ein Weilchen bleiben. Und ihr?«

Ruben erzählte ihnen, dass sie ihre Familien besuchen wollten.

»Kommt ihr alle von der Halbinsel?« Giovanna sah zu Dalia.

Sie schüttelte den Kopf. »Ich bin aus England.«

Giovanna runzelte die Stirn. »Ah, okay. Ich dachte, du wärst ebenfalls ...« Sie brach ab.

Pablo nickte Dalia amüsiert zu. »Dalia ist auf jeden Fall eine von uns. Ihr Dad kommt von hier.«

Seine Worte ließen ihr Herz ein bisschen schneller schlagen. Sie war eine von ihnen, hatte er gesagt. Und genauso fühlte sie sich auch. Sie spürte, dass sie hierhergehörte, dass hier ihre Wurzeln lagen. Nicht nur ihr Äußeres verband sie mit der mexikanischen Bevölkerung. Das Sprechen funktionierte immer besser, sie passte sich dem Alltag und dem Essen an und tauchte mehr und mehr in die mexikanische Kultur ein.

»Ja, ich bin Halbmexikanerin«, bestätigte Dalia und spürte dabei Stolz in ihrer Brust aufsteigen.

Das Pärchen wandte sich dem Imbiss zu und bestellte das Gleiche wie sie. Pablo schien sie überzeugt zu haben.

Als Dalia sich umdrehte, entdeckte sie einen etwa fünfzig Zentimeter langen grünen Leguan, der auf einem flachen Stein reglos in der Sonne lag.

»Seht mal«, machte sie die anderen leise auf das Reptil aufmerksam. »Der ist ja niedlich.«

»Niedlich?« Ruben lachte. »Also, mir würden zu diesen Viechern wirklich viele Bezeichnungen einfallen, aber niedlich …« Er schüttelte den Kopf. »Nein, niedlich ist der nicht.«

»Ist er doch«, beharrte Dalia. »Sieh dir doch seine filigranen Füße an.«

Ruben nickte. »Stimmt, die sind echt niedlich.« Wieder lachte er.

»Ihr Männer habt einfach keine Ahnung«, sprang Estella Dalia bei. »Ich finde den Kleinen auch toll. Er sieht wirklich süß aus.«

Pablo stellte sich neben Dalia und betrachtete den Leguan eingehend. »Aber hübsch ist er nicht, oder?«

»Er ist niedlich«, wiederholte Dalia voller Trotz in der Stimme.

»Dann hoffe ich, dass mich niemals eine Frau als niedlich bezeichnen wird«, gab Pablo düster zurück. »Ansonsten sähe ich mich einem hässlichen Leguan gleichgestellt.«

»Keine Sorge«, konterte Estella trocken. »Das wird mit Sicherheit nicht passieren.«

15

Neunundzwanzig Jahre zuvor
Chichén Itzá

Sie war angekommen. Camellia stand an dem Ort, von dem sie seit so vielen Jahren träumte. Wie oft hatte sie sich vorgestellt, wie er sich anfühlen, wie er riechen, wie er sie inspirieren würde.

Sie waren gestern am späten Abend nach einem zweieinhalbstündigen Flug mit einem Kleinflugzeug auf dem Flughafen von Chichén Itzá gelandet. Ihre Unterkunft in der Nähe der weltberühmten Ruinenstadt in einem kleinen Dorf namens Kaua war einfach und zweckmäßig, aber sauber. Carmen und Saddie teilten sich ein Doppelzimmer, und da es keine weiteren Exkursionsteilnehmerinnen gab, hatte Camellia ein Einzelzimmer für sich bekommen.

Der Temperaturunterschied zur Hauptstadt und die

hohe Luftfeuchtigkeit setzten Camellia zu. Deshalb war sie direkt nach dem Essen in ihre kleine Hütte zurückgekehrt und hatte sich hingelegt. Ihr Schlaf war tief und traumlos gewesen. Die neuen Eindrücke hatten sie sehr erschöpft.

Und obwohl sie sich heute früh nach dem Aufstehen ausgeruht gefühlt hatte, kämpfte sie jetzt erneut mit der extremen Hitze, die hier um zehn Uhr morgens bereits wie eine unsichtbare Glocke über dem Boden schwebte.

»Setzen wir uns«, forderte Carmen sie in diesem Moment auf und hakte sich bei Camellia unter. »Der Oberhäuptling wartet schon.« Sie grinste.

Saddie saß mit Giovanni und Armand im Schatten der großen Pyramide, die die Spanier nur El Castillo nannten. Ricardo stand in Shorts und einem langärmligen Hemd, das er bis zu den Ellbogen hinaufgekrempelt hatte, vor ihnen und blickte mit gerunzelter Stirn auf seine Unterlagen.

Camellia ließ sich neben Saddie ins trockene Gras sinken und betrachtete voller Ehrfurcht die Pyramide, die neben ihnen aufragte. Sie konnte sich an dem imposanten Bauwerk kaum sattsehen. Wie hatten es die Maya vor so vielen Jahrhunderten bloß geschafft, diese Steinquader übereinanderzuhieven?

»Buenos días«, wandte sich Ricardo in diesem Moment an die Studenten. »Ich hoffe, ihr habt gut geschlafen und seid ausgeruht für unseren ersten Tag in Chichén Itzá. Heute beginnen wir etwas später, da ich dachte, ihr solltet euch erst mal von der gestrigen Reise erholen. Aber ihr merkt ja selbst, wie stark die Sonne schon jetzt vom Himmel brennt. Daher werden wir in den nächsten Wochen vorwiegend frühmorgens und am frühen Abend arbeiten. An die Ausgrabungen werde ich euch natürlich nicht gleich heranlassen. Ich werde euch durch diese Mayastätte mitsamt der unmittelbaren Umgebung führen und bestimmte Themen in kleinen Vorträgen vertiefen. Mittags werden wir eine längere Pause einlegen. Diese Zeit steht euch zur freien Verfügung, wobei ich euch rate, die Sonne in diesen Stunden zu meiden. Ganz konkret heißt das, dass unser Arbeitstag gegen sechs Uhr morgens beginnt.«

Camellia selbst war noch nie eine Langschläferin gewesen. Die Aussicht, die kühlen Morgenstunden zu nutzen, um sich über Mittag zurückziehen zu können, klang mehr als vernünftig angesichts der mörderischen Temperaturen.

»Kein Protest«, stellte der junge Wissenschaftler schmunzelnd fest. »Offenbar sind wir eine Gruppe Frühaufsteher. Nach der ausgiebigen Mittagspause treffen wir uns gegen achtzehn Uhr wieder. Feierabend machen wir dann um zweiundzwanzig Uhr.« Er setzte eine ernste Miene auf. »Ich weiß, dass die Nächte dadurch kurz werden, da ihr ja danach noch etwas essen müsst und euch vielleicht auch untereinander treffen möchtet. Aber glaubt mir, ihr habt so trotzdem mehr vom Tag, als wenn wir auch während der Hitzephase arbeiten, uns durch den Tag quälen und abends früher Schluss machen würden.

Ihr dürft diese Wärme und tropische Schwüle nicht unterschätzen. Was haltet ihr davon?«

Camellia und die anderen nickten zustimmend.

»Wir sprechen hier untereinander Spanisch und Englisch«, fuhr Ricardo fort. »Ihr könnt es euch aussuchen. Habt ihr noch Fragen zur Organisation?«

»Was kann man gegen diese Stechmücken tun?«, meldete sich Giovanni zu Wort und hob seinen Arm, auf dem lauter rote Flecken zu sehen waren.

Ricardo lächelte nachsichtig. »Es gibt verschiedene Mittel in den Apotheken zu kaufen, die ganz gut wirken. Zieht euch helle Kleidung an, und bedeckt Arme und Beine vollständig. Viel mehr kann ich euch leider nicht raten. Die einen bleiben eher verschont, während die anderen leider in den Genuss dieser Blutsauger kommen.«

»Wo können wir uns mittags aufhalten?«, wollte Saddie wissen.

»Kaua liegt zwar nicht gerade um die Ecke, aber es fahren relativ oft Busse dorthin. Und da ihr tagsüber mehrere Stunden Freizeit habt, könnt ihr problemlos in eure Unterkunft zurückfahren. Oder ihr seht euch eines der anderen Dörfer an, die hier in der Nähe liegen. Bedenkt aber bitte das schwülheiße Klima. Ihr seid zum Teil sehr hellhäutig, und ich möchte nicht, dass ihr euch verbrennt oder euch womöglich einen Sonnenstich holt.« Er lächelte. »Dann legen wir mal los. Ich vermute, ihr könnt es kaum erwarten. Heute verschaffen wir uns einen ersten Überblick über die gesamte Anlage. Ihr werdet sehen, dass nur ein Bruchteil der Gebäude überhaupt freigelegt und erforscht ist. Vieles wurde noch nicht einmal ausgegraben.« Er sah zu Saddie. »Möchtet ihr euch alle kurz vorstellen, bevor wir beginnen? Woher ihr kommt, was ihr euch von dem Aufenthalt erwartet. Magst du anfangen?«

Saddie nickte. »Mein Name ist Saddie March. Ich bin dreiundzwanzig Jahre alt und komme aus Washington, D. C. Die Hochkultur der Maya fasziniert mich schon seit meiner Jugend.« Sie zuckte mit den Achseln. »Das war's.«

Ricardo nickte. »Gracias. Weiter geht's.«

»Ich bin Armand Dupont aus der Normandie, das liegt in Nordfrankreich. Vor vielen Jahren war ich mal in einer Ausstellung in Paris, in der es um die Kultur der Maya ging. Und von da an wollte ich unbedingt mehr über dieses mysteriöse Volk erfahren.« Der blonde Franzose überlegte kurz. »Ich wünsche mir, dass wir alle eine schöne Zeit hier verbringen, und hoffe, dass die Mücken es nicht allzu heftig auf mich abgesehen haben.«

Sie lachten, bevor Carmen das Wort ergriff und ihren Namen nannte. »Ich komme aus Madrid. Mit meinen Eltern war ich schon einmal hier in der Region. Seitdem wollte ich Forscherin werden, um mehr über die Maya und ihre Rituale zu erfahren.«

Ricardo bedankte sich und wandte sich dann an Camellia. »Du bist an der Reihe.«

Sie nickte und stellte sich ebenfalls vor. »Ich komme aus England, genauer aus Cornwall. Vor langer Zeit habe ich von meinen Eltern ein Kinderbuch über die Maya geschenkt bekommen. Seitdem habe ich jede Fernsehdoku zu diesem Thema gesehen und alle möglichen Sachbücher verschlungen. Aber das hat mir immer noch nicht gereicht. Deshalb habe ich angefangen, Archäologie mit dem Schwerpunkt Altamerikanistik zu studieren, und habe mich für dieses Stipendium beworben. Und nun bin ich hier, um diesen einzigartigen Ort mit eigenen Augen zu sehen.«

»Was erwartest du dir von deinem Aufenthalt in Mexiko?«, hakte Ricardo nach.

Camellia legte den Kopf schief. »Neue Perspektiven, weitere Denkanstöße ... die Wahrheit.«

»Die Wahrheit«, wiederholte Ricardo schmunzelnd. »Das klingt gut. Wir Wissenschaftler sind schließlich immer auf der Suche nach der Wahrheit, nach den Fakten.« Er sah zu Giovanni. »Magst du noch etwas zu dir sagen? Dass die Mücken dich vergöttern, wissen wir ja bereits.«

Wieder lachten sie. Camellia mochte die ausgelassene und lockere Stimmung, die in der Runde herrschte.

Giovanni zog eine Grimasse. »Ja, die Mücken lieben mich. Und ich liebe die Maya. Mein Vater ist ebenfalls Archäologe, allerdings forscht er vor allem in Ägypten. Daher wurde ich von klein auf mit alten Steinen und ganz viel Geschichte konfrontiert, da war es nur logisch, dass es für mich auch in diese Richtung gehen sollte.« Er kratzte sich am Arm. »Warum die Maya? Ich glaube, ich bin irgendwann in der Bibliothek meines Vaters auf sie gestoßen, und habe mir gedacht, das könnte doch etwas für mich sein. Also eher unspektakulär.«

»Dafür wird dein Aufenthalt hier umso spektakulärer.« Ricardo breitete die Arme aus. »Ihr scheint eine sehr nette und wissbegierige Truppe zu sein. Ich heiße euch noch mal ganz herzlich willkommen in Chichén Itzá, einer der prächtigsten und besterhaltenen Mayastätten Mexikos, und freue mich, mit euch zu neuen Erkenntnissen zu gelangen. Wir wollen uns gemeinsam von einer Hochkultur verzaubern lassen, die die Menschen bis heute fasziniert.«

Der Tag war lang und sehr heiß gewesen. Obwohl sie sich über die Mittagsstunden zurückgezogen hatten, spürte Camellia die Erschöpfung in jeder Faser ihres Körpers.

»Müde?« Ricardo sah sie von der Seite an.

Sie erwiderte seinen Blick und erkannte erneut die Wärme in seiner Miene. Camellia musste dringend aufpassen, dass sie ihren Exkursionsleiter nicht zu auffällig anstarrte. »Die Hitze ist nicht zu unterschätzen«, erwiderte sie. »Wenn ich mir bisher archäologische Grabungen vor Ort vorgestellt habe, hatte ich nie das Bild einer schweißnassen Camellia vor Augen, die ständig auf der Suche nach der nächsten Flasche Wasser ist.« Sie lachte. »Irgendwie habe ich diese Problematik immer erfolgreich ausgeblendet.«

Ricardo nickte. »Der Mensch ist quasi Weltmeister in Bezug auf Verdrängung. Allerdings kann man sich dieses Klima kaum vorstellen, wenn man es nicht selbst erlebt hat.«

Eine junge Mexikanerin kam an den Tisch, um den sich alle versammelt hatten, und fragte sie nach ihren Bestellwünschen. Ricardo hatte um kurz vor zehn vorgeschlagen, für heute Feierabend zu machen und gemeinsam essen zu gehen, um den Tag gemütlich ausklingen zu lassen.

»Ich nehme eine Portion Pozole«, sagte Ricardo.

»Was ist das?«, wollte Camellia wissen.

»Ein sehr leckerer Eintopf, der ursprünglich von der Westküste stammt. Mit viel Hühnerfleisch, Mais und natürlich Chilisoße«, erklärte Ricardo ihr lächelnd, während die Mexikanerin zustimmend nickte.

»Klingt gut. Für mich bitte auch«, bestellte Camellia wagemutig.

»Na, dann hoffe ich, du magst scharfes Essen, Camellia«, meinte Ricardo, während die Kellnerin die Bestellungen der anderen aufnahm.

»Ich denke schon.« Camellia zuckte mit den Achseln. »Die englische Küche unterscheidet sich in dieser Hinsicht allerdings ziemlich von eurer.«

»Gibt es überhaupt eine englische Küche?« Ricardo grinste. »War nur ein Spaß.«

Camellia verzog das Gesicht. »Unterschätze uns Briten bloß nicht. Weder in kulinarischer noch in anderer Hinsicht.«

Er hob kapitulierend die Hände. »Niemals.«

»Wie bist du eigentlich darauf gekommen, dein Leben der Geschichte der Maya zu widmen?«, wechselte Camellia das Thema. »Wir haben uns heute früh alle vorgestellt, aber du selbst hast dich bisher eher bedeckt gehalten.« Sie hoffte, endlich ein paar private Details von ihm zu erfahren.

Ricardos Blick wurde eindringlicher. »Du bist ganz schön neugierig, Camellia.«

Sie nickte. »Was wäre ein Wissenschaftler ohne eine Portion gesunde Neugier? Wer nichts fragt, erfährt auch nichts. Das war schon immer meine Devise.«

»Auch wieder wahr«, gab er zu und nahm einen Schluck von seiner Cola. »Ich komme aus der Nähe von Tulum, dieser wundervollen Mayastadt direkt am Atlantik.«

»Ich habe bisher nur Fotos gesehen. Die Lage muss ein absoluter Traum sein.«

»Das ist sie in der Tat. Und wenn du diesen Ort mit eigenen Augen siehst, ist er noch viel schöner. Diese Atmosphäre ... Das ist wirklich einzigartig. Als ich noch ein Kind war, hat mein Vater, der als Fischer arbeitete, mich öfter mit aufs Wasser genommen. Und immer wieder hatte ich diese Ruinen vor Augen, das türkisfarbene Meer, den azurblauen Himmel darüber und dazwischen diese altehrwürdigen Mauern. All diese magischen Farben, die zu einem Gemälde verschmolzen sind.«

»Du bist ja ein richtiger Romantiker«, stellte Camellia beeindruckt fest.

Er lachte. »Keine Ahnung, ob meine Begeisterung etwas mit Romantik zu tun hat. Aber seitdem war mir klar, dass ich unbedingt mehr wissen musste über diese Menschen, die vor so langer Zeit in der Lage waren, etwas so Einzigartiges zu schaffen.« Er ließ seinen Blick über Camellias Gesicht wandern. »Diese Leidenschaft hat mich nie wieder losgelassen. Bis heute. Und ich habe meine Berufswahl noch keinen Tag bereut.«

»Das klingt wunderschön«, gab sie mit belegter Stimme zurück. Beim Sprechen hatten seine Augen immer wieder aufgeleuchtet. Seine bedächtigen Worte und die Art, wie er über das sprach, was ihm wichtig war, was ihn erfüllte, ergriffen Camellia zutiefst.

Bevor sie ihr Gespräch fortführen konnten, brachte die Bedienung ihr Essen.

»Lasst es euch schmecken«, sagte Ricardo in die Runde, bevor er sich ebenfalls seiner Portion Pozole zuwandte.

Nachdem Camellia den ersten Bissen in den Mund geschoben hatte, musste sie fürchterlich husten.

»Doch schärfer als gedacht?« Ricardos Mundwinkel zuckten amüsiert.

Camellia fächelte sich mit der Hand Luft zu und spürte, wie ihre Wangen glühten. Wahrscheinlich hatte ihr Gesicht die Farbe einer überreifen Tomate. »Geringfügig«, gab sie mit heiserer Stimme zurück.

Ricardo schob ihr den Korb mit den frittierten Tortillas zu. »Iss eine dazu, dann wird es besser.«

Camellia befolgte seinen Rat und nickte. »Danke.«

Als die Kellnerin kurze Zeit später die leeren Teller wieder abräumte, bestellte Ricardo für alle eine Runde Pulque.

»Was ist das?«, wollte Giovanni von ihm wissen.

»Unser Nationalgetränk«, erwiderte Ricardo. »Es wird aus der Agavenpflanze hergestellt. Pulque spielt in der

Mythologie und auch in vielen religiösen Ritualen der indigenen Bevölkerung eine große Rolle.« Er grinste. »Und es schmeckt verboten gut.«

»Das heißt, die Maya haben das Getränk erfunden?« Saddie sah Ricardo abwartend an.

»Es fand vor allem bei den Tolteken und den Azteken Verwendung«, erklärte Ricardo. »Und es ranken sich verschiedene Legenden um die Frage, wie Pulque überhaupt entstanden ist. Bei beiden Völkern hat man übrigens alte Kelche gefunden, die sehr wahrscheinlich für dieses Getränk verwendet wurden.«

»Was ist mit dir?«, meldete sich Carmen wieder zu Wort. »Stammst du auch von einem der indigenen Völker ab?«

Ricardo lachte. »Die meisten von uns haben mehr oder weniger indigenes Blut in sich. Bei mir überwiegt der spanische Anteil.« Er hob wie zur Entschuldigung die Achseln. »Aber mein Ururgroßvater war tatsächlich ein Maya.«

Camellia musterte ihn interessiert. Er war nicht der erste gut aussehende und intelligente Mann, der ihr über den Weg lief, aber er hatte etwas an sich, was ihn von ihren bisherigen Männerbekanntschaften unterschied. Er wirkte weltoffener, einfühlsamer, aufmerksamer. Sie mahnte sich stumm zur Vorsicht und wandte sich entschlossen Carmen zu, die auf ihrer anderen Seite saß. Vielleicht war es erst mal besser, Abstand zu halten und die Gespräche zwischen Ricardo und ihr nicht zu persönlich werden zu lassen. Camellia war klar, dass das nicht leicht werden würde, doch sie musste sich auf ihre eigentliche Aufgabe konzentrieren, für die sie so hart gekämpft hatte.

16

Gegenwart

Rosa schlief wieder, und Dalia dämmerte ebenfalls vor sich hin. Sie hatte den Kopf an die Sitzlehne geschmiegt, während ihre Finger wieder und wieder über die Klarsichthülle mit dem Brief ihres Vaters und den kleinen filigranen Ohrringen fuhren. All die Jahre hatte sie angenommen, dass ihr Name in der Tradition ihrer Familie begründet war, den Kindern Namen von Blumen oder Pflanzen zu geben. Die Dahlien-Ohrringe jedoch warfen ein ganz neues Licht auf ihren Namen. Hatte ihr Dad die Ohrringe ihrer Mum geschenkt? Oder waren sie womöglich sogar für seine Tochter bestimmt gewesen? Wenn ihre Mutter ihr den Namen Dalia gegeben hatte, weil sie von dem Geschenk inspiriert worden war – warum hatte sie Ricardo nicht ihren Eltern vorgestellt? Dalias Großeltern hatten ihn ja nicht einmal gekannt.

Dalia hielt inne. So ganz stimmte das nicht. Granny hatte ihm immerhin einen Brief geschrieben, und er hatte geantwortet. Schriftlicher Kontakt hatte also bestanden. Warum er allerdings davon ausging, dass sie wie ihre Mum gestorben war, blieb ihr nach wie vor ein Rätsel. Wie hatte Granny ihr nur ihr Wissen verschweigen können?

Sie musste an ein Gespräch vor vielen Jahren denken, als sie mit ihrer Großmutter auf der Terrasse von Blooming Hall gesessen hatte. An jenem Nachmittag hatten sie wie so oft gemeinsam ihren Cornish Cream Tea genossen und die blühenden Beete der Gärtnerei bewundert. Grandpa war bei einem Auswärtstermin gewesen. Granny hatte melancholisch und etwas rastlos gewirkt. Dalia hatte sie gefragt, was mit ihr los sei, doch ihre Großmutter hatte nur abgewunken. »Es gibt Momente im Leben, in denen du alles infrage stellst, was du getan hast. Obwohl du weißt, dass du es immer gut gemeint hast, kommen dir erhebliche Zweifel an der Richtigkeit deiner Entscheidungen.«

Dalia hatte nicht verstanden, was ihre Oma mit diesen kryptischen Andeutungen gemeint hatte.

»Wenn ich gewusst hätte, dass Camellia ihre Reise nach Mexiko mit dem Tod bezahlen würde, hätte ich alles getan, um sie davon abzuhalten. Ein Kind zu verlieren ist in seiner tiefen Tragik und seiner furchtbaren Endgültigkeit mit nichts anderem zu vergleichen.« Sie machte eine Pause. »Obwohl ich auf der anderen Seite unendlich dankbar dafür bin, dass sie mir dich als Enkelin geschenkt hat.«

Beklommen hatte Dalia die Worte in sich aufgenommen, zu jung, um angemessen darauf zu reagieren, viel zu unwissend, um sie zu hinterfragen.

Sie hatte keine Ahnung, warum sie gerade jetzt an dieses Gespräch zurückdenken musste. Und doch erschien es ihr mit einem Schlag in einem ganz anderen Licht. Hatte Granny etwa Ricardo die Schuld am Tod ihrer Tochter gegeben? Rational gesehen war diese Schlussfolgerung natürlich völliger Unsinn. Doch der Tod eines Menschen, der Tod des eigenen Kindes hatte nichts mit Vernunft oder Logik zu tun. Eltern suchten einen Schuldigen, fragten sich, warum ausgerechnet ihr Kind viel zu früh sterben musste. Und doch verstand Dalia nicht, warum man ihr nie die ganze Wahrheit erzählt hatte. Auch ihr Grandpa hatte keine Silbe davon erwähnt. Wie konnte das sein?

Hatte Granny in dem Gespräch damals den Brief gemeint, den sie Ricardo geschrieben hatte? Wenn sie ihn tatsächlich belogen hatte, aus welchen Gründen auch immer, erklärte sich auch, was sie gegenüber Dalia gemeint hatte. Nämlich, dass sie bereute, ihm nicht die Wahrheit gesagt zu haben. Und doch ... Granny hätte sie ihm ja jederzeit noch beichten können. Und auch ihrer Enkelin Dalia.

Sie öffnete die Augen, verstaute die Plastikhülle wieder im Rucksack und seufzte leise.

»Mich ermüdet diese lange Reise auch immer«, merkte die junge Frau in gebrochenem Spanisch an, die auf der anderen Seite des Mittelgangs saß.

»Das ist es nicht. Oder zumindest nicht nur«, erwiderte Dalia und blickte auf.

»Entschuldigung, ich wollte nicht indiskret sein«, ruderte die junge Frau zurück. »Ich …« Sie lächelte. »Du wirktest einfach etwas … nachdenklich und bedrückt.«

»Ich bin auf der Suche nach meinem Vater«, erklärte Dalia, ohne nachzudenken, während sie ihren Rucksack wieder im Gepäckfach über ihrem Sitz verstaute. »Es ist ziemlich kompliziert.« Sie setzte sich wieder und hob entschuldigend die Schultern. »Wo fährst du hin?«

»In ein kleines Dorf in der Nähe von Palenque. Ich arbeite für eine Hilfsorganisation, die den mexikanischen Bauern unter anderem dabei hilft, ihre Arbeitsweise dem Klimawandel anzupassen. Übrigens heiße ich Grace und komme aus Florida.«

»Ich bin Dalia und wohne eigentlich in Cornwall«, stellte Dalia sich auf Englisch vor.

»Du kommst aus England?« Grace wirkte überrascht. »Ich dachte, du wärst …«

»Mexikanerin, ich weiß«, vollendete Dalia grinsend den Satz. »Das ist mir in den letzten Tagen schon öfter passiert.«

»Das heißt, du kommst gar nicht von hier.«

»Nein, ich bin zum allerersten Mal in Mexiko.«

»Ein wundervolles Land«, erklärte Grace. »Ich bin schon weit herumgekommen, aber in keinem anderen Land der Welt habe ich so freundliche und hilfsbereite Menschen kennengelernt wie in Mexiko. Viele haben so wenig, und doch würden sie ihr letztes Hab und Gut mit dir teilen.«

»Die Hilfsbereitschaft der Mexikaner ist mir auch sofort aufgefallen«, bestätigte Dalia und musste an Pablo, Ruben und Estella denken. »Warst du schon öfter hier?«

»In Mexiko schon, in dem Dorf, wo ich erwartet werde, nein. Die Bauern haben seit Längerem große Probleme mit dem Maisanbau«, erklärte Grace. »Und Mexiko ohne Mais ...« Sie lachte. »Die Bauern müssen die Anbaubedingungen dringend umstellen, eventuell auch die Sorten anpassen. Es gibt einige Stellschrauben, an denen man drehen kann, um die Ernte wieder erträglicher und rentabler zu machen. Für die Kleinbauern ist das überlebenswichtig.«

»Und du hilfst ihnen dabei«, folgerte Dalia. »Es muss schön sein, eine so sinnvolle Aufgabe zu haben.« Sie hörte selbst, wie neidisch das klang.

»Eigentlich bin ich gelernte Sozialarbeiterin«, erwiderte Grace. »Ich wollte schon immer anderen Menschen helfen. Wie, das war erst mal zweitrangig für mich. Wichtig ist mir, etwas bewegen zu können. Die Welt ein kleines bisschen besser zu machen. Das klingt sehr idealistisch und pathetisch, ich weiß. Aber ich bin eben eine unverbesserliche Optimistin, und ich werde mich niemals damit abfinden, nichts ändern zu können.«

»Wow!«, sagte Dalia beeindruckt. »Du scheinst wirklich deinen Weg gefunden zu haben.«

»Ach, ich weiß nicht, ob man seinen Weg überhaupt je

gefunden hat oder ob man nicht eher jeden weiteren Abschnitt wieder neu definieren muss.«

»Ich wünschte, ich würde überhaupt erst einmal den Anfang finden«, rutschte es Dalia heraus.

Grace sah sie abwartend an. »Magst du mir mehr erzählen?«

»Hast du Zeit?«

Grace lachte. »Ich schätze, wir haben noch einige Hundert Kilometer vor uns.«

Nach einer kurzen Nacht in einem einfachen Gästehaus genossen sie ein reichhaltiges Frühstück, das aus Kaffee und Chilaquiles bestand, frittierten Tortillastückchen, verfeinert mit einer leckeren warmen Tomatensoße, Zwiebeln, Knoblauch, Chilis, Käse und Koriander. Während Estella und Ruben den Vormittag nutzten, um an ihren Dissertationen weiterzuarbeiten, machten sich Pablo und Dalia mit dem Bus auf den Weg zur archäologischen Fundstätte Palenque.

Dort angekommen, wusste Dalia nicht, wo sie zuerst hinsehen sollte. Sie war völlig überwältigt. Etwas Vergleichbares hatte sie noch nie gesehen, wenn sie die Dolmen von Stonehenge einmal außen vor ließ.

»Willkommen in Palenque«, erklärte Pablo in feierlichem Ton. »Diese Stätte ist eine der schönsten im ganzen Land.«

»Mitten im Dschungel.« Dalia drehte sich langsam um die eigene Achse und ließ ihren Blick über den imposanten Tempel der Inschriften schweifen, der über zwanzig Meter in die Höhe ragte. Steile Steinstufen führten vom Unterbau zu einer flachen Plattform hinauf, wo der eigentliche Tempel stand.

»Im Inneren der Pyramide befindet sich die Grabkammer von einem der wichtigsten Könige, die je in Palenque regiert haben. Pakal.«

Dalia drehte sich zu Pablo um, der zwei Schritte hinter ihr stand, und kniff die Augen gegen die grellen Sonnenstrahlen zusammen. »Du bist auch ein Mayaexperte?«

Er grinste. Dann deutete er hinter sich. »Nicht wirklich. Aber wofür sind Schautafeln da?« Als er zur Seite trat, entdeckte Dalia das eng bedruckte weiße Schild, das ausführlich die Bedeutung der einzelnen Bauwerke beschrieb.

»Wenigstens bist du ehrlich«, erwiderte sie großzügig und wandte sich wieder den Ruinen zu.

»Das Bauwerk gegenüber ist der Palast«, fuhr Pablo fort. »Es ist das größte Gebäude von Palenque, der Sitz der damaligen Herrscher.« Er deutete zu dem vierstöckigen Turm hinauf, der auffällig aus dem Gebäudekomplex herausragte. »Der Turm hat wohl als Observatorium gedient und ist in dieser Bauweise einzigartig.«

Dalia nickte beeindruckt. »Ich hatte schon gelesen, dass die Maya Meister der Astronomie waren.«

»Nicht nur der Astronomie«, ergänzte Pablo. »Auch in der Mathematik waren sie ihrer Zeit weit voraus.«

»Sie haben schon mit der Null gerechnet«, gab Dalia ihr eigenes angelesenes Wissen zum Besten.

»Aha, die Señorita hat recherchiert.« Pablo stellte sich neben sie und sah sie von der Seite an.

»Ein wenig«, gab sie lächelnd zu. »Ich muss doch vorbereitet sein. Sieh dir nur diese Inschriften an. Das müssen Hunderte verschiedene Zeichen sein. Was denkst du, wie lange ein Mensch gebraucht hat, um den Stein so zu bearbeiten?« Ungläubig betrachtete sie die unzähligen Schriftzeichen, die dicht an dicht gereiht waren.

»Man kann sich das aus heutiger Sicht überhaupt nicht vorstellen, wie die Menschen vor fünfzehnhundert Jahren derart prächtige Bauten errichten konnten«, sagte Pablo. »Ohne Metall, ohne größere Hilfsmittel. Und wie sie ihr Wissen derart detailliert dokumentiert haben. Viele Schriftstücke aus jener Zeit wurden von den Spaniern vernichtet. Leider. Damals müssen wertvolle Schätze und Erinnerungen an längst vergangene Zeiten für immer verloren gegangen sein.«

»So langsam verstehe ich, was meine Mutter an dieser Kultur fasziniert hat«, sagte Dalia mehr zu sich selbst. Ob ihre Mum ebenfalls hier gewesen war? Hatte sie damals an der gleichen Stelle wie Dalia gestanden, überwältigt und fasziniert von den Baukünsten dieser Hochkultur? Auch wenn sie nach wie vor nichts Entscheidendes herausgefunden hatte, fühlte Dalia sich ihrer Mutter auf unerklärliche Weise nahe.

Palenque war wie ein riesiges Freilichtmuseum. Dalia konnte sich an den filigranen Stuckverzierungen und den Steinreliefs mit den teils brutal wirkenden Tierköpfen kaum sattsehen. Nachdem sie auch die drei Tempel besichtigt hatten, die als Kreuzgruppe bezeichnet wurden, schlug Pablo vor, sich auf die Suche nach den Archäologen zu machen, die hier arbeiteten, um sie auf Dalias Eltern anzusprechen.

Am Rande der Anlage ertönten plötzlich merkwürdige schrille Schreie aus dem Wald.

»Was ist das?« Dalia runzelte irritiert die Stirn.

»Das sind Brüllaffen.«

Sie sah ihn überrascht an. »Brüllaffen?«

Er nickte. »Ja, im Dschungel leben Affen. Wusstest du das nicht?«

Sie schüttelte den Kopf. »Das war mir nicht so klar. Schon faszinierend.«

Pablo zuckte mit den Achseln. »Für dich als Europäerin bestimmt. Vielleicht sehen wir später noch einen von Nahem. Aber erst dein Vater, dann die Affen«, erklärte er grinsend.

Er schob sie sanft von den Tempeln weg und steuerte auf eine Gruppe von Leuten zu, die im Schatten eines riesigen Kapokbaums standen und miteinander diskutierten. Einige von ihnen machten sich gerade Notizen, während andere auf einen Bereich deuteten, wo gerade Ausgrabungen stattfanden.

»Die sehen eindeutig aus, als wären sie Archäologen«, meinte Pablo grinsend und grüßte freundlich in die Runde. »Hola, wir haben eine kurze Frage an euch.«

»Was können wir für euch tun? Wenn ihr euch für eine Führung interessiert, müsst ihr euch an die Dame am Eingang wenden«, meinte einer von ihnen.

Pablo winkte ab. »Danke, aber darum geht es nicht.« Er stellte Dalia und sich kurz vor und erklärte der Gruppe dann, dass sie auf der Suche nach Dalias Vater waren.

Da die Wissenschaftler in ihrem eigenen Alter waren, konnten sie ihnen nicht weiterhelfen. »Aber fragt mal Alberto, der arbeitet schon seit Jahrzehnten auf Yucatán. Der kann euch vielleicht etwas sagen. Er kennt viele Mayaexperten persönlich«, schlug ihnen einer der Mexikaner vor. »Er müsste sich in der Nähe des Ballsportplatzes aufhalten. Dort hinten.« Er zeigte hinter den Tempel. »Graues dichtes Haar, dunkle Brille, schlank, etwa meine Größe.«

Sie bedankten sich und machten sich auf den Weg zu der Sportstätte. Vor einer der Mauern entdeckten sie tatsächlich einen älteren Mann, auf den die Beschreibung des jungen Forschers passte. Er sprach gerade mit einer jungen Frau und schien ihr zu erklären, was an der Wand abgebildet war.

Als sie sich den beiden näherten, blickte er ihnen fragend entgegen.

Pablo nickte ihm zu. »Hola, sind Sie Alberto?«

»Der bin ich. Und wer seid ihr?«

Pablo stellte Dalia und sich erneut vor und wiederholte seine Frage von vorhin.

Alberto wandte sich an die junge Frau: »Mach eine kurze Pause, Lucia. Wir reden nachher weiter.«

»Alles klar, Alberto. Bis später!« Die Studentin hob ihre Hand und nickte Pablo und Dalia zum Abschied zu.

Dann steuerte sie auf den Palast zu und verschwand zwischen dessen Mauern.

»Und ihr sucht nun nach einem Ricardo, der irgendwann vor knapp dreißig Jahren als Student auf Yucatán war?«

Dalia nickte, obwohl ihr klar war, wie absurd ihr Plan klingen musste.

Der Wissenschaftler bedeutete ihnen, ihm zu folgen. Er führte sie in eine schattige Ecke. »Hier ist es momentan noch einigermaßen erträglich«, erklärte er und wischte sich mit dem Handrücken über die Stirn. »Wir sind seit sechs Uhr heute früh vor Ort.« Dann setzte er sich schwerfällig auf einen kleinen Mauervorsprung.

Dalia und Pablo taten es ihm gleich.

»Das klingt ein wenig verrückt, wenn ich das so sagen darf.« Er sah von Pablo zu Dalia. »Jedes Jahr kommen jede Menge Forscher und Wissenschaftler hierher, Archäologen, Historiker, Altamerikanisten.«

»Es ist meine einzige Chance, ihn zu finden«, erwiderte Dalia, da sie das Gefühl hatte, sich für ihr Vorhaben verteidigen zu müssen. »Meine Mum ist bei meiner Geburt gestorben, und vor Kurzem musste ich meine Großeltern beerdigen. Mein Dad ist das letzte Puzzleteil in der Familie, das mir noch fehlt.«

Der ältere Wissenschaftler nickte verständnisvoll. »Also ich weiß nicht, ob ich euch wirklich helfen kann. Aber ich kenne zwei Ricardos, die mir spontan einfallen. Zum einen Ricardo Ortiz Delgado, er könnte vom Alter her passen. Er müsste etwa Mitte fünfzig sein. Ein sehr guter Wissenschaftler, Experte zum Thema Rituale der Maya. Ich glaube, er forscht momentan in Uxmal, ich bin mir aber nicht ganz sicher.«

»Uxmal ist unsere nächste Station«, warf Pablo ein. »Wenn er dort ist, finden wir ihn.«

»Zum anderen kenne ich noch Ricardo Murillo Flores. Er ist in meinem Alter und Professor an der Universität in Mexiko-Stadt. Ich habe ihn lange nicht gesehen, daher habe ich keine Ahnung, wo er sich momentan gerade aufhält. Wenn ihr nach Uxmal fahrt, kann man euch dort eventuell auch weiterhelfen.«

Dalia hatte beide Namen in ihr Notizheft geschrieben. Nun holte sie den Brief ihres Vaters hervor und hielt ihn dem Wissenschaftler hin. »Das ist seine Schrift. Vielleicht kommt sie Ihnen irgendwie bekannt vor?« Sie konnte die aufkeimende Hoffnung in ihrer Stimme kaum verbergen.

Er warf nur einen kurzen Blick auf das Blatt, bevor er den Kopf schüttelte. »Tut mir leid, aber die Handschrift meiner Kollegen kenne ich wirklich nicht.« Er grinste schwach. »Bin froh, wenn ich meine eigene entziffern kann.«

Er sah noch einmal auf das Schreiben. »Eine ungewöhnlich schöne Schrift übrigens. Die meisten sind doch eher … nun, sagen wir mal, schwer leserlich.«

Nach ihrem Gespräch mit Alberto schlossen sie sich spontan einer Gruppenführung an, die teils auf Englisch, teils auf Spanisch stattfand. Dabei erfuhren sie, dass Palenque einst eine einflussreiche Großmacht im westlichen Mayareich gewesen war. Der Angestellte der Ruinenstadt zeigte ihnen einige Steinreliefs und erklärte ihnen, was einzelne Zeichen bedeuteten und dass die Maya die Muschel als Symbol für die Null nutzten.

Dalia hätte dem jungen Mexikaner stundenlang zuhören können, während er grundlegendes Wissen über die Mayakultur an die Touristengruppe weitergab. Sie spürte, wie der Zauber dieser Stätte sie mehr und mehr in den Bann zog. Dabei war sie berührt von der Naturverbundenheit und der Klugheit dieses Volkes und ahnte, was ihre Mutter so fasziniert haben musste. Wieder fühlte sie sich ihr etwas näher, ja, sie meinte fast, eine leichte Umarmung von ihr zu spüren.

Am Nachmittag trafen sich Dalia und Pablo mit Estella und Ruben in der modernen Stadt Palenque, und sie schlenderten zu viert über einen kleinen, typisch mexikanischen Markt. Dalia staunte über die Farbenpracht der Gewürze und Früchte. Ein Händler bot wunderschöne Holzschnitzereien an, Masken, Teller, kleine Mayapyramiden. Doch da Dalia nicht wusste, wohin sie ihre Reise noch führen würde, verzichtete sie auf größere Einkäufe und entschied sich für einen kunstvoll gefertigten Mini-Sombrero, den sie Welwitschie als kleines Souvenir mitbringen wollte.

Anschließend verabschiedeten sich Estella und Ruben, denn sie wollten sich mit ein paar alten Schulkameraden von früher treffen, die ganz in der Nähe wohnten. Pablo schlug Dalia vor, gemeinsam den Abend ausklingen zu lassen.

Wenig später saßen sie in einer ruhigen Seitenstraße vor einer der zahlreichen Garküchen der Stadt und warteten auf ihre Sopa de Lima, eine Limettensuppe, die Pablo wärmstens empfohlen hatte.

Dalia musste die Eindrücke, die den Tag über auf sie eingeprasselt waren, erst einmal verarbeiten. Mexiko und seine Einwohner, seine Landschaft und Natur unterschieden sich essenziell von ihrer Heimat Cornwall, und immer mehr hatte sie das Gefühl, als wohnten in ihrem Körper zwei Seelen, zwei kulturelle Identitäten.

»Was denkst du?«, unterbrach Pablo ihr Grübeln.

Sie konzentrierte sich wieder auf die Gegenwart und erwiderte seinen Blick. Seine dunklen Augen schimmerten in der Dunkelheit, seine Lippen hatten sich zu einem weichen Lächeln verzogen.

»Du wirkst sehr nachdenklich.«

Dalia nickte. »Es ist wirklich viel, was mir gerade durch den Kopf geht.« Irgendwo bellte ein Hund in der Nachbarschaft, Grillen zirpten im Gras.

»Dein Vater?«

»Auch. Ich wünschte mir, ich hätte ein konkretes Bild vor Augen, wüsste, wie er aussieht.« Sie blickte von der Veranda auf die staubige Straße, wo gerade eine ältere Frau auf einem Motorroller mit lautem Brummen vorbeifuhr. Ein junges Pärchen schlenderte Arm in Arm an der Garküche vorüber und warf einen kurzen Blick auf die grüne Tafel mit der Essensauswahl.

»Es kommt mir alles so unwirklich vor. Eben erst ist Granny gestorben. Sie fehlt mir so sehr. Und jetzt sitze ich hier … mitten in Mexiko.« Sie musste lachen. »Mit dir. Wir kannten uns bis vor Kurzem noch nicht einmal. Und nun suchst du mit mir meine Wurzeln.«

Pablo verzog die Brauen. »So läuft das Leben manchmal. Trauer und Freude gehen Hand in Hand.«

»Erzähl mir etwas von dir und deiner Familie«, forderte Dalia ihn auf. »Welche Träume hast du? Was wünschst du dir für die Zukunft?«

Er wirkte ein wenig überrumpelt. »Meine Familie? Was gibt es da zu sagen? Mein Vater ist Handwerker, meine Mutter arbeitet in einem kleinen Supermarkt. Ich habe eine jüngere Schwester, Clara, die in einem privaten Kindergarten tätig ist. Und mein Bruder Rafael ist vier Jahre älter als ich. Er arbeitet als Lehrer, ist verheiratet und hat zwei Kinder.«

»Das klingt, als ginge es euch ganz gut«, stellte Dalia fest.

Er zuckte mit den Schultern. »Wir kommen ganz gut zurecht, das stimmt.«

Die Serviererin brachte zwei große gelbe Keramikschüsseln mit der Suppe. Rote Dahlien zierten den Tellerrand.

Dalia betrachtete den Inhalt. »Das sieht ja nach einem richtigen Eintopf aus.« In der hellen Flüssigkeit entdeckte sie dünn geschnittene Tortillastreifen, kleine Stückchen Schweinefleisch, Tomaten, Paprika, verschiedene Kräuter und Gewürze.

»Ich denke, du wirst satt werden.« Pablo grinste und nahm seinen Löffel auf. »Lass es dir schmecken.«

Die nächsten Minuten widmeten sie sich ihrer Mahlzeit und redeten kaum. Die Sterne funkelten in der Dunkelheit vom Himmel. Der Mond stieg langsam über einem der Nachbarhäuser auf.

Die Suppe schmeckte fantastisch. Dalia löffelte sie bis auf den letzten Rest aus.

»Lecker. Danke für deinen Tipp! Jetzt bin ich pappsatt.« Sie schob den Teller zur Seite und sah Pablo an. »Du bist mir noch zwei Antworten schuldig.«

Seine Mundwinkel zuckten. »Stimmt. Du hast mich nach meinen Träumen gefragt.«

»Und nach deiner Zukunft«, ergänzte Dalia, legte den Kopf schief und sah ihn abwartend an.

»Also, zu meinen Träumen …« Er sah gen Himmel. »Ich denke, ich träume von den gleichen Dingen wie die meisten Menschen. Ein gutes Leben, irgendwann eine Familie, Kinder …« Er sah sie wieder an. »Ich möchte einfach nur glücklich sein.«

Dalia musterte sein Gesicht. Er wirkte zufrieden, ausgeglichen, in sich ruhend. »Bist du es denn noch nicht?«

Etwas in seinen Augen blitzte auf. Dann nickte er. »In diesem Moment schon. Ich sitze hier mit einer intelligenten und sehr hübschen Frau in einer wunderschönen Umgebung. Nach einem sehr guten Essen.« Seine Miene wurde fordernder. »Wie könnte ich jetzt nicht glücklich sein?«

»Danke.« Verlegen umklammerte Dalia ihr Glas fester.

»Was ist mit dir?« Seine Stimme klang sanft.

Sie seufzte. »Es war ein sehr schöner Tag«, erwiderte sie leise. »Ich kann dir gar nicht sagen, wie dankbar ich dir für alles bin, was du hier für mich tust. Es fühlt sich beinahe an wie ... ein Traum.« Genau genommen empfand sie mehr als nur Dankbarkeit, doch das wollte Dalia sich nicht eingestehen.

»Aber?« Er lächelte.

»Was meinst du?« Sie fuhr sich über die Stirn.

»Aus deinen Worten höre ich ein Aber.« Er lehnte sich vor, bis ihre Gesichter nur wenige Zentimeter voneinander entfernt waren.

Sie zuckte mit den Achseln. »Es fehlt etwas.« Dalia legte eine Hand auf ihre Brust. »Ich kann es nicht richtig benennen, aber ... da ist eine Lücke in mir, eine Art Leere, als ob ein Teil fehlen würde, als ob ich nicht vollständig wäre.« Sie schüttelte den Kopf. »Das klingt total dämlich, aber ich kann es nicht anders ausdrücken.«

»Das klingt gar nicht dämlich«, widersprach Pablo in ernstem Ton. Er streckte einen Arm aus und legte die Hand auf ihre Finger. Seine Wärme durchströmte ihre Hand, ihren Arm, ihren Oberkörper. Ihre Haut begann an der Stelle zu kribbeln, an der er sie berührte. »Du suchst einen Teil deiner eigenen Identität.« Er ließ seinen Blick über ihr Gesicht wandern. »Ich hoffe so sehr für dich, dass wir ihn finden.«

Dalia musste schwer schlucken. »Du bist wirklich ein ganz besonderer Mensch, Pablo. Ich bin so froh, dich getroffen zu haben.«

Und auf einmal fühlte sie sich weniger allein.

17

Am nächsten Tag döste Dalia neben Pablo vor sich hin, während der Bus Kilometer um Kilometer Straße fraß. Rosa, die ältere Mexikanerin, war bereits in Palenque ausgestiegen, um eine alte Freundin zu besuchen, bevor sie zu ihrem Sohn weiterfahren wollte. So konnten Dalia und Pablo nun auf diesem Streckenabschnitt nebeneinandersitzen.

Während Pablo schweigend aus dem Fenster starrte, betrachtete Dalia ihn unauffällig von der Seite. Er wirkte nachdenklich, in sich gekehrt. War ihm das Gespräch gestern Abend beim Essen ähnlich nahegegangen wie ihr?

Als sie später im Bett gelegen hatte, waren ihre Gedanken immer und immer wieder um ihre Unterhaltung gekreist. Sie hatten sehr offen miteinander geredet. Hatten sich Dinge anvertraut, die man nicht unbedingt bei einem

Abendessen mit einer neuen Bekanntschaft auf den Tisch brachte. Pablo hatte von den Problemen in seiner Familie erzählt. Sein Vater war nicht mehr der Gesündeste, und wenn er irgendwann nicht mehr würde arbeiten können, musste die Familie sehen, wie sie für den Lebensunterhalt der Eltern aufkam. Schon jetzt unterstützte er seine Familie, soweit es ihm möglich war. Und das Leben in Mexiko-Stadt war nicht billig.

Dalia musste an ihre Großeltern denken, die bis ins hohe Alter in der Gärtnerei mitgearbeitet hatten. Es war ihr Lebenswerk, und als sie sich schließlich doch Stück für Stück zurückzogen, hatten sie Lilian, Gunnar und Nara aber nach wie vor mit ihrer langjährigen Expertise zur Verfügung gestanden.

Dalia hatte Pablo auch von ihrer Familie erzählt, von den komplizierten Verwandtschaftsverhältnissen, dem Zusammenhalt unter den Mädchen und den gemeinsamen Sommermonaten mit ihren Cousinen. Bei ihren Anekdoten war er mehrmals in schallendes Gelächter ausgebrochen. Dalia hatte sich schon lange nicht mehr so wohl in der Gegenwart eines Mannes gefühlt.

Vor ihren Zimmern im Gästehaus hatten beide nicht recht gewusst, wie sie sich verabschieden sollten. Am Ende hatte Pablo Dalia kurz in den Arm genommen und ihr eine gute Nacht gewünscht. Kein Kuss, keine innige Berührung. Doch kannten sie sich dafür nicht auch viel zu kurz?

Dalia senkte den Blick und betrachtete Pablos Hände, die auf seinen Oberschenkeln ruhten. Wie würde es sich wohl anfühlen, von ihnen berührt zu werden? Wie würde …

Als sie eine Hand auf ihrer rechten Schulter spürte, zuckte sie erschrocken zusammen. Ruben und Estella saßen direkt hinter ihnen.

»Meine Mutter fragt, ob ihr bis morgen bei uns bleiben möchtet, um Abuelitas Geburtstag zu feiern.«

»Wer ist Abuelita?«, hakte Dalia nach.

»Ihre Oma«, antwortete Pablo an Estellas Stelle. Dann drehte er sich um. »Deine Mutter fragt?« Er zwinkerte vergnügt.

Estella grinste. »Nein, sie fragt natürlich nicht. Sie hat schon entschieden und gesagt, ihr müsst unbedingt dabei sein.«

Dalia sah von Estella zu Pablo. »Aber wir wollten doch nach Uxmal weiter.«

Pablo nickte beruhigend. »Uxmal liegt nicht weit von Campeche entfernt. Hundertfünfzig, hundertsechzig Kilometer, schätze ich. Wir können mit Estella und Ruben aussteigen und direkt am Morgen nach der Feier weiterfahren.«

»Sicher warst du noch nie auf einer echten mexikanischen Fiesta«, warf Ruben ein. »Das solltest du dir auf keinen Fall entgehen lassen. Ein solches Erlebnis bleibt dir für immer im Gedächtnis.«

»Abuelita würde sich auch sehr freuen«, fügte Estella an.

Dalias Widerstand bröckelte, sie zuckte mit den Schultern und legte den Kopf gegen die Rücklehne. »Warum nicht? Eine mexikanische Fiesta klingt tatsächlich herrlich verlockend.«

»Dann musst du aber auch mit mir tanzen«, scherzte Pablo, doch der ernste Unterton in seiner Stimme signalisierte ihr, dass der gestrige Abend auch an ihm nicht spurlos vorübergegangen war.

Eine Viertelstunde später stiegen sie aus dem Bus und warteten, bis der Fahrer ihre Gepäckstücke aus dem Kofferraum geholt hatte.

Als sie sich gerade in Bewegung setzen wollten, stürmte schon eine kleine kräftige Mexikanerin um die fünfzig mit weit ausgebreiteten Armen auf sie zu. »Estella, mi hija, meine Tochter!«

Estella stieß einen freudigen Schrei aus, stellte ihren Rucksack hastig auf den Boden und erwiderte die stürmische Umarmung ihrer Mutter.

Beim Anblick der rührseligen Begrüßungsszene zog sich Dalias Kehle zu. Minutenlang lagen sich Mutter und Tochter in den Armen, wiegten sich und redeten so schnell aufeinander ein, dass Dalia kein Wort davon verstand.

»Familie auf Mexikanisch«, merkte Pablo amüsiert an.

»Wie schön!«, entfuhr es Dalia voller Sehnsucht.

Als die beiden Frauen voneinander abließen, nahm Estella ihren Rucksack wieder auf, während sich ihre Mutter Pablo und Dalia zuwandte.

»Ich bin Renata«, stellte sie sich vor, bevor sie Dalia zur Begrüßung in ihre Arme zog.

»Ich heiße Dalia.«

Anschließend umarmte Estellas Mutter erst Pablo, dann Ruben. »Wir kennen uns ja schon«, bemerkte sie lachend. »Vamonos. Emilio wartet. Und wenn er Hunger hat, ist er ungenießbar.«

»Wer ist Emilio?«, wisperte Dalia in Pablos Ohr.

»Estellas Papa.«

Nach einem gut zwanzigminütigen Fußweg erreichten sie eine rot getünchte Hacienda, die schon bessere Zeiten gesehen hatte. Putz blätterte von den alten Mauern, das schmiedeeiserne Tor hatte an mehreren Stellen Rost angesetzt, und die dunklen Fensterrahmen waren verwittert. Irgendwo hörte Dalia Schafe blöken. Zwei grau getigerte Katzen saßen neben einem leeren gelben Keramiktopf.

Ausgetrocknete Palmen zierten den geschotterten Vorhof, in dessen Mitte ein kleiner kobaltblauer Springbrunnen stand. Das Wasser glitzerte in der Mittagssonne, der Strahl schimmerte in allen Regenbogenfarben. Dalia fand das Anwesen wildromantisch, und sie fühlte sich gleich willkommen.

»Bienvenido in meinem Zuhause«, sagte Estella und drehte sich zu ihnen um.

»Mi casa es tu casa«, erklärte Renata. Mein Haus ist dein Haus. Sie öffnete die Haustür und deutete mit der Hand ins Innere des Gebäudes. »Wir haben mehr als genug Gästezimmer. Im Laufe des Tages werden noch ein paar weitere Besucher anreisen, bevor es morgen losgeht. Viele kommen bei Nachbarn unter. Die Mariachi treffen erst morgen früh ein, da sie heute Abend noch woanders einen Auftritt haben.«

Im Flur war es angenehm kühl. Der Boden war dunkelblau gefliest, die Wände in einem hellen Terrakottaton gestrichen. Renata scheuchte die kleine Gruppe den Gang entlang und öffnete mehrere Türen. »Das sind eure Räume. Jeder kann einen für sich haben. Früher haben hier die Dienstboten geschlafen, aber diese Zeiten sind lange vorbei.« Sie wedelte ungeduldig mit einer Hand. »Ich muss wieder in die Küche. In zehn Minuten gibt es Essen.«

Nachdem sie davongefegt war, musste Dalia erst einmal tief durchatmen. Diese Frau hatte die Energie eines Tornados.

»Keine Sorge.« Estella lachte. »Mama ist immer so. Ständig in Aktion, immer am Werkeln oder Kochen. Das kann auf den ersten Blick etwas anstrengend wirken.« Sie zeigte in eines der Zimmer. »Du kannst hier schlafen, Dalia. Aber denk daran, zehn Minuten.« Sie hob einen Zeigefinger. »Wenn wir dann nicht in der Küche sind, dann gnade uns Gott.«

»Danke.« Während Ruben und Pablo sich zwei Räume suchten, betrat Dalia das ihr zugewiesene Zimmer und ließ ihren Rucksack von der Schulter gleiten. An der Wand stand ein dunkelbraunes Holzbett, das mit einer großblumigen violetten Bettwäsche bezogen war, daneben ein schmaler Nachttisch, auf dem eine ältere Bibel lag. An der Wand hing ein Bild der Jungfrau von Guadalupe, der Patronin Mexikos. Ein deckenhohes Regal und eine altmodische Frisierkommode vervollständigten das Mobiliar.

Dalia ließ sich aufs Bett sinken und hielt einen Moment inne. Auf dem Flur unterhielten sich Estella und Renata. Das Gespräch erinnerte sie an aufgeregtes Gänsegeschnatter. Dalia musste schmunzeln. Obwohl sie ihrem Ziel, ihren Vater zu finden, noch keinen Schritt näher gekommen war, hatte sie dieses Land und seine Einwohner auf Anhieb ins Herz geschlossen. Auch Renata war ihr so offen und vorbehaltlos begegnet, wie Dalia es selten zuvor erlebt hatte. Wie Grace schon gesagt hatte – so freundliche Menschen wie in Mexiko fand man sonst nirgends.

Dalia holte eine Bürste aus ihrem Rucksack hervor und kämmte sich die Haare. Dann tupfte sie sich etwas Creme ins Gesicht, verrieb sie sanft und erhob sich wieder. Bei einem Blick in den Spiegel an der Kommode stellte sie fest, dass man ihr die lange Reise, die sie schon zurückgelegt hatte, kaum ansah. Sie verließ das Zimmer wieder und blickte sich unschlüssig um. Wo waren die anderen? Vielleicht hätte sie warten sollen, um mitzubekommen, wer wo schlief. Unsicher drehte sie sich um die eigene Achse.

»Dalia, komm!«, ertönte es vom anderen Ende des Flurs, wo Renata stand und ihr hektisch zuwinkte.

Erleichtert steuerte Dalia auf sie zu.

»Komm, hier entlang«, erklärte Renata.

Dalia trat hinter Estellas Mutter durch einen Türrahmen, hinter dem sich die Hauptküche der Hacienda befand, die etwa die gleichen enormen Ausmaße der Küche von Blooming Hall hatte. An einem langen Holztisch saß ein einzelner, mürrisch dreinblickender Mann mit einem ausladenden Schnauzer.

»Das ist Emilio, Estellas Papa«, stellte Renata ihn vor. »Die anderen kommen sicherlich auch gleich. Setz dich doch schon mal.«

Dalia nickte Estellas Vater zu und schob sich einen der klobigen Holzstühle zurecht.

»Dalia ist eine Freundin von Estella«, erklärte Renata ihrem Mann, der etwas Unverständliches vor sich hin brummte.

»Mateo kann leider nicht kommen«, fuhr Renata fort, während sie in den Töpfen am Herd rührte, von denen ein verführerischer Duft ausging. »Mateo ist Estellas Bruder. Er studiert in den USA«, merkte sie voller Stolz an, während sie Dalia weiter den Rücken zuwandte und eine Pfanne hin- und herschob.

»Estella hat mir von ihm erzählt«, erwiderte Dalia.

Renata nickte. »Mateo und Estella sind gute Kinder. Alle beide. Intelligent. Schlau.«

»Und teuer«, brummte Emilio und räusperte sich. »Die Universitäten verschlingen Unsummen.«

»Ach, du Miesmacher«, schimpfte Renata mit ihrem Mann. »Wäre es dir lieber, die beiden wären Herumtreiber, wie Javier und Donato von gegenüber?«

Ihr Mann entgegnete etwas, das Dalia nicht verstand, als glücklicherweise Pablo, Estella und Ruben eintraten.

»Da seid ihr ja endlich«, begrüßte Renata sie und bedeutete ihnen, sich zu Dalia zu setzen. »Essen wir, damit Emilio schnell wieder auf seine Felder kommt.«

Den Nachmittag verbrachten sie draußen in der Natur. Dalia genoss den Aufenthalt in dieser wunderschönen Umgebung. Überall blühte es, und das Summen der Bienen ließ die Luft vibrieren.

Kurz bevor sich Dalia schlafen legte, tauchten Estella und Renata bei ihr im Zimmer auf und fragten sie, ob sie sich für die Fiesta am nächsten Tag vielleicht auch traditionell kleiden wolle. Sie hatten ein wunderschönes schwarzes Kleid mitgebracht. Dalia nickte und probierte es gleich an. Das weiche Oberteil war eng anliegend, der schwingende knöchellange Rock mit dem bunten großflächigen Blumenmuster umspielte locker Dalias Beine. In diesem Kleid fühlte sie sich wie eine echte Mexikanerin.

Die vielen Eindrücke dieses Tages hatten Dalia so erschöpft, dass sie bald darauf todmüde ins Bett fiel.

18

Dalia hatte noch nie in ihrem Leben ein derartiges Fest erlebt. Sie war beeindruckt von der Farbenpracht, in der die Hacienda nun erstrahlte, vom Duft der exotischen Pflanzen, von dem Gelächter der anderen Gäste und vom mitreißenden Gesang der Mariachi. Während sie sich etwas von der Tanzfläche zurückzog, die unter freiem Himmel aufgebaut worden war, nippte sie an ihrer Cola und betrachtete das rege Treiben um sie herum.

Die acht Musiker in ihren roten Anzügen mit den ausladenden Sombreros auf den Köpfen sangen und musizierten fast pausenlos seit heute früh um elf. Temperamentvolle Rhythmen wechselten sich mit melancholischen Liedern ab. Dalia liebte den mexikanischen Gesang und die eingängigen Melodien. Sie konnte gar nicht zählen, mit wie vielen Männern sie schon das Tanzbein geschwungen hatte. Mindestens der halbe Ort dürfte sie im Laufe des Tages aufgefordert haben.

»So allein, schöne Frau?« Pablo gesellte sich zu ihr und ließ anerkennend seinen Blick über ihr Kleid schweifen. »Diese Tracht sieht an dir fantastisch aus.«

»Danke«, sagte sie. »Das Kleid ist wirklich wunderschön.«

Pablo zeigte auf die tanzende und johlende Menschenmenge. »Und, wie gefällt es dir hier?«

Sie lächelte. »Es ist großartig. Ich habe noch nie ein so riesiges Büfett gesehen.«

Renata hatte lange Tische auf der Veranda aufgebaut und aneinandergereiht. Es gab einen Bereich für alle möglichen exotischen Früchte, unzählige Türme aus gestapelten Tortillas, Soßen in allen nur erdenklichen Farben, verschiedene Sorten Fleisch, Gemüse, Kartoffeln. Und dazu ein verführerisch aussehendes Dessertbüfett.

»Und ich glaube, ich habe noch nie in meinem Leben so viel gegessen«, fuhr sie fort und strich sich über den Bauch. »Die nächsten Tage wird erst mal gefastet.«

»Essen gehört zu jeder zünftigen Fiesta dazu«, erwiderte Pablo gelassen. »Essen, Musik und Tanz.«

»Oh ja.« Dalia nickte. »So langsam merken auch meine Füße das Tanzen.«

Die Hacienda von Estellas Eltern war viel weiträumiger, als Dalia bei ihrer Ankunft geglaubt hatte. Hinter dem Haus befanden sich mehrere Gehege für Hühner, Schafe, Ziegen und fünf Schweine.

Renata hatte auf dem gesamten Anwesen mit der Unterstützung mehrerer Nachbarinnen große bunte Ballons aufgehängt und unzählige Lichterketten angebracht. Das Grundstück erstrahlte in bunten Lichtern und Farben. Vor der Hacienda parkten mindestens fünfzig Fahrzeuge. Viele Gäste waren erst am Morgen angereist.

Im Haus ging es zu wie in einem Bienenstock. Die rege Geschäftigkeit der vielen Frauen hatte Dalia nachhaltig beeindruckt. Ein Zahnrad griff in das nächste. Renata war ein wahres Organisationstalent. Nicht einmal heute hatte sie den Überblick verloren, und sie wusste stets, was wo von wem bis wann erledigt werden musste.

Pablo stellte sein Glas auf einem der hohen Tische ab. »Wie sieht es aus? Hattest du mir nicht auch noch einen Tanz versprochen?« Er streckte die rechte Hand nach ihr aus.

Dalia lachte ihn verschmitzt an. »Aber gerne doch.« Bereitwillig ließ sie sich von ihm auf die Tanzfläche führen. Dort ließ er sie los und begann, sich im Takt der Musik zu bewegen und dabei lauthals mitzusingen. Sie legte den Kopf in den Nacken, blickte in den sternenklaren Himmel über der Hacienda und reckte die Arme in die Höhe. Hatte sie sich je unbeschwerter gefühlt? Beim stampfenden Rhythmus bewegten sich ihre Beine wie von selbst. Ihr Kopf war frei, ihre Gedanken leicht wie eine Feder.

Sie gab sich ganz dem Moment hin und schenkte Pablo, den sie zum ersten Mal so ausgelassen erlebte, ein vergnügtes Lachen. Es schien, als radierte die Fiesta alle Probleme und Sorgen der Gäste aus, als existierte nur dieser Augenblick, diese Musik, diese überbordende Lebensfreude. Die Menschen genossen das Zusammensein und zelebrierten das Leben, wie Dalia es sich in ihren kühnsten Träumen nicht hätte vorstellen können.

Als die Mariachi das Lied beendeten, blieb Dalia unschlüssig vor Pablo stehen. Schon im nächsten Moment stimmten die Musiker eine ruhige und anrührende Melodie an.

»Darf ich bitten?« Feierlich verbeugte sich Pablo vor ihr und ergriff ihre rechte Hand. Unsicher legte sie ihre Linke an sein Schulterblatt.

Während der Sänger der Gruppe eine lange verlorene Liebe besang, schloss Dalia die Augen und konzentrierte sich ganz auf Pablos Nähe. Seine Hand ruhte auf ihrer Taille, sein Atem strich über ihr Gesicht. Plötzlich war die Stimmung zwischen ihnen eine völlig andere. Die Gespräche um sie herum verstummten, das Gelächter rückte in weite Ferne. Dalia überkam das prickelnde Gefühl, sich mit Pablo ganz allein auf der Tanzfläche zu befinden.

»Ein sehr schönes Lied«, sagte er leise an ihrem Ohr.

Sie nickte nur, da sie fürchtete, ihre Stimme könnte sie im Stich lassen. Als Dalia die Augen wieder öffnete, stellte sie fest, dass die Paare um sie herum genauso ineinander versunken die Musik genossen. Der Augenblick war perfekt. Pablos Wärme umhüllte sie, und sie spürte seinen muskulösen Körper an ihrem. War sie jemals glücklicher gewesen?

»Was denkst du?« Pablo sah zu ihr hinab.

»Es ist irgendwie … magisch«, versuchte sie, ihre Gedanken in Worte zu fassen. »Ich fühle mich wie in einer anderen Welt.«

Er lächelte schwach. »Ich denke, Mexiko *ist* für dich eine andere Welt.«

»Du hast recht. Gleichzeitig habe ich das Gefühl, als würde ich dazugehören. Als wäre ich nie woanders gewesen. Es ist … merkwürdig.«

»Aber du gehörst doch dazu, Dalia. Du bist eine von uns.« Er strich mit der Hand sanft über ihren Rücken.

Die Berührung ließ sie erschaudern.

»Das Schicksal hat uns zusammen hierhergeführt«, fuhr Pablo fort. »Und dafür bin ich sehr dankbar.«

Dalia lachte verlegen. »Also doch ein Romantiker«, sagte sie in scherzhaftem Ton, um die Spannung zwischen ihnen zu unterbrechen.

Er sah sie wieder an. »Habe ich je etwas anderes behauptet?« Seine Mundwinkel zuckten. »Übrigens habe ich hier noch keine einzige Tortilla mit Schokocreme verdrückt.«

Die Leichtigkeit zwischen ihnen war zurück, der Bann gebrochen.

»Ich möchte aber nicht, dass du Entzugserscheinungen bekommst«, scherzte Dalia und sah zum Rand der Tanzfläche, wo Abuelita saß und das Geschehen aus wachen Augen verfolgte. »Wir haben Estellas Oma gar nichts geschenkt«, fiel ihr plötzlich ein.

Pablo folgte Dalias Blick. »Ich habe Renata gefragt, aber Abuelita hat sich nichts gewünscht, nur diese Fiesta. Dabei ist das nicht mal ein runder Geburtstag. In drei Jahren wird sie achtzig. Das wird erst eine Feier! Dann musst du unbedingt zurückkommen.« Seine Stimme klang ernst.

»Momentan kann ich mir gar nicht vorstellen, je wieder von hier wegzugehen. Es fühlt sich alles so selbstverständlich an, so stimmig.« Aus einem Impuls heraus legte Dalia ihren Kopf an Pablos Schulter und gab sich erneut der traurigen Stimme des Sängers hin.

Pablos Griff wurde fester, er zog sie enger an sich. Gemeinsam wiegten sie sich langsam im Takt der Musik, blendeten die Umgebungsgeräusche aus und konzentrierten sich ganz auf die Nähe des anderen.

Dalia konnte kaum fassen, was in den letzten Tagen alles geschehen war. Dass sie hier und heute mit Menschen ein Fest feierte, die sie bis vor Kurzem noch nicht einmal gekannt hatte. Sie war allein nach Mexiko gekommen, in ein Land, das sie bisher nur aus den Erzählungen ihrer Großeltern und aus der Schule gekannt hatte. In den wenigen Tagen, die sie hier war, hatte sie schon mehr über sich selbst gelernt als in den letzten Jahren in Cornwall. Sie hatte Freunde gefunden, die ihr beistanden, Menschen, die sie akzeptierten, ohne dass sie ihnen etwas beweisen musste. Und sie war einem Mann begegnet, der ihre Sinne auf seine ganz eigene wundersame Weise durcheinanderbrachte.

19

Neunundzwanzig Jahre zuvor
Chichén Itzá

Camellia sah voller Ehrfurcht in das grün schimmernde Wasser der Cenote, eines mit Süßwasser gefüllten Kalksteinlochs.

»Den Opfern wurden oft Hände und Füße gefesselt, bevor sie ins Wasser gestoßen wurden«, erklärte Ricardo und zeigte in die Mitte des Loches. »Fragt mich nicht, wie viele Knochen hier schon vom Grund geborgen wurden. Auch Skelette von Kindern und Tieren waren darunter, insgesamt knapp zweihundert.«

Camellia lief es eiskalt den Rücken hinunter, wenn sie sich vorstellte, wie die Gefangenen am Rand des Wasserbeckens standen und auf ihren sicheren Tod warteten. Ein Tod, der grausamer kaum sein konnte.

»Dieser Gegensatz fasziniert mich immer wieder aufs

Neue«, erklärte sie nachdenklich. »Auf der einen Seite sprechen wir hier über eine Hochkultur, die ihrer Zeit weit voraus war. Die Maya hatten ausgeklügelte Kalender und enorme Kenntnisse in Astronomie und Mathematik. Auf der anderen Seite sehen wir dann diese schrecklichen Menschenopfer.« Sie schüttelte den Kopf.

Giovanni stellte sich dichter an den Rand des Lochs. »Das ist echt gruselig.« Er sah ebenfalls in die Tiefe.

»Es gibt noch sehr vieles, was wir an der Lebensweise der Maya nicht verstehen«, merkte Ricardo an und kratzte sich am Kinn. »In der Cenote hauste der Regengott Chaac, und ihm wurden die Opfer gebracht. Die Maya stellten ihn sich mit einem menschenähnlichen Körper vor, allerdings mit Reptilienschuppen bedeckt. Statt einer Nase hatte er einen Rüssel, außerdem gekrümmte Fangzähne.« Er lächelte leicht. »So viel zur Fantasie und zur Hochkultur.«

»Sie haben die Opfer lebendig hier reingeworfen?«, wollte Armand wissen.

»Auch das ist umstritten. Manche Opfer wurden geköpft, andere verbrannt, wieder andere ertranken in der Cenote«, zählte Ricardo scheinbar ungerührt auf. »Wenn es darum ging, die Götter zu besänftigen, waren die Maya nicht gerade zimperlich und äußerst einfallsreich.« Er machte eine Pause. »Bei den Nachfahren der Maya gibt es nach wie vor Rituale, deren Wurzeln tief in der Vergangenheit liegen. Was natürlich nicht heißt, dass sie noch immer Menschen opfern würden.« Er sah lächelnd von Camellia zu Armand und Giovanni. »Der Regengott hatte vier Helfer, die sogenannten Bacabs, kleine Menschen. Daher gingen die Maya davon aus, dass er Kinder mochte, was wohl der Grund für die vielen Kinderopfer war.« Er zeigte zur Wasseroberfläche hinunter. »Bis heute existiert eine sogenannte Regenzeremonie, bei der sich vier Kinder als Bacabs in die vier Ecken des Festplatzes stellen müssen. Und es gibt viele weitere Beispiele. Die Maya sind nie wirklich ausgestorben. Von den lebenden Nachfahren können wir Wissenschaftler noch viel lernen, um die alten Traditionen besser zu verstehen.«

Fasziniert hatte Camellia zugehört. Ricardos Augen blitzten, wenn er von seinen Forschungen erzählte. Er schaffte es immer wieder, die Vergangenheit vor ihren Augen lebendig werden zu lassen. Camellia konnte sich bildlich vorstellen, wie die Opferrituale, von denen Ricardo ihnen heute berichtete, vonstattengegangen waren.

»Wirklich spannend«, sagte sie beeindruckt.

Ricardo musterte sie. »Absolut. Manchmal denke ich, ein Menschenleben reicht gar nicht aus, um all die Geheimnisse zu erforschen, die hier noch schlummern und darauf warten, gelüftet zu werden.«

»Mich würde interessieren, ob …«

Ein markerschütternder Schrei unterbrach Armands Worte.

Alarmiert sah Camellia zu Ricardo. »Was war das?«, fragte sie. Auch auf Giovannis und Armands Mienen spiegelte sich Erschrecken wider.

Der Dozent sah sich suchend um und wirkte im ersten Moment ebenfalls unsicher. »Keine Ahnung.«

Da war ein weiterer Schrei zu hören. Er kam aus der Richtung der großen Pyramide.

»Ricardo! Komm schnell«, ertönte Saddies Stimme aus weiter Ferne. »Hilfe!«

Ricardo lief los, gefolgt von Camellia, Armand und Giovanni.

Als sie aus dem dichten Wald traten, wo die Cenote lag, entdeckte Camellia vor der Pyramide des Kukulcán ihre Mitstipendiatin Saddie, die ihnen wild zuwinkte. Neben ihr lag Carmen im Sand und schien sich vor Schmerzen zu winden.

Ricardo rannte zu ihnen und legte Carmen sofort eine Hand auf die Stirn. »Was ist passiert? Sie glüht ja.«

Saddie begann zu schluchzen. »Ich weiß es nicht. Ich glaube, sie ist … gebissen worden. Auf einmal hat sie angefangen zu brüllen, als ob sie abgeschlachtet würde. Aber mehr konnte sie mir bisher nicht sagen.«

Carmen lag schwer keuchend auf dem Boden und hielt ihre Augen fest geschlossen.

Ricardo begutachtete ihre nackten Arme, dann zog er vorsichtig das rechte Hosenbein hoch, doch die Haut wirkte unversehrt. Als er im nächsten Moment den Stoff des linken Hosenbeins hochschob, gab er einen unterdrückten Schrei von sich. Das Bein war dick und rot angeschwollen, die Haut am Knie schien zu brennen.

»Ein Schlangenbiss«, sagte er besorgt und blickte sich suchend um. Doch es war noch früh, und außer ihnen befanden sich kaum andere Personen in der Ruinenstätte. »Armand, geh zum Eingang und sag der Angestellten, sie soll sofort einen Notarzt rufen. Verdacht auf giftigen Schlangenbiss, verstanden? Und beeil dich, bitte. Die Zeit drängt.«

Armand drehte sich um und rannte ohne ein weiteres Wort Richtung Eingang los.

Ricardo legte erneut eine Hand auf Carmens Stirn. Er sah die Studenten der Reihe nach an. Sein ernster Blick machte Camellia fürchterliche Angst.

»Carmen.« Er beugte sich zu der Verletzten hinab. »Carmen, hörst du mich?«

Noch immer atmete die Spanierin viel zu schnell und viel zu laut. Ricardos Worte schienen sie nicht zu erreichen. Sie reagierte nicht auf seine Ansprache.

»Carmen, hör zu! Es kommt gleich ein Arzt«, erklärte er in betont ruhigem Ton weiter. »Du musst unbedingt wach bleiben. Das ist wichtig.« Er nahm ihre rechte Hand in seine und drückte sie fest. »Spürst du das? Ich bin bei dir, okay? Wir alle sind bei dir. Du musst nur ganz kurz durchhalten. Der Arzt kommt gleich. Dann wird dir sofort geholfen. Die Schmerzen lassen nach. Es wird alles wieder gut.«

Er wandte sich an Camellia, Saddie und Giovanni. »Wir sollten sie in die stabile Seitenlage bringen. Helft mir bitte. Und ganz vorsichtig, ja?«

Sie drehten Carmen Zentimeter für Zentimeter auf die Seite. Das Gesicht der Studentin glänzte, der Schweiß rann ihr über die Schläfen.

»Sie hat Fieber«, stellte Ricardo fest.

Camellia erkannte die tiefe Sorge in seiner Stimme.

»Wahrscheinlich war es eine Lanzenotter«, murmelte er mehr zu sich selbst. Dann zog er sein T-Shirt über den Kopf und tupfte damit Carmens Stirn ab. »Du schaffst das, Carmen.« Wieder nahm er ihre Hand und drückte sie. »Ich bin bei dir. Wir alle sind hier«, wiederholte er mantraartig.

Camellias Herz klopfte bis zum Hals. Sie betete inständig, dass Carmen wieder ganz gesund würde. Das Bein wurde immer dicker, auf der Haut bildeten sich kleine Blasen, die Rötung verdunkelte sich innerhalb von Sekunden ins Violette.

Ganz instinktiv spürte Camellia, dass die Situation ernster war, als Ricardo sie glauben machen wollte. Während er weiter auf Carmen einredete, sah Camellia sich suchend um. Wo blieb Armand bloß? Und wo war der Notarzt? Warum dauerte das alles so lange? Carmen brauchte dringend Hilfe. Camellia konnte kaum noch klar denken. Sie hatte furchtbare Angst, dass die Situation nicht so glimpflich ausgehen würde, wie sie alle hofften. Carmen musste den Biss überstehen und wieder ganz gesund werden. Einen anderen Gedanken wollte Camellia nicht zulassen.

20

Gegenwart
Uxmal

Als Dalia und Pablo am nächsten Tag an der archäologischen Ausgrabungsstätte von Uxmal ankamen, steckte ihr die Fiesta des vorherigen Tages noch immer in den Knochen, und sie gähnte mehrmals herzhaft. Erst weit nach Mitternacht waren sie ins Bett gekommen. Pablo und sie hatten Lied um Lied getanzt, hatten sich dem Rhythmus der Mariachi hingegeben und die pulsierende Atmosphäre des Fests genossen.

Pablo sah sie grinsend an. »Aber das war es doch wert?«

Sie nickte. »Absolut. Es war wunderschön.«

Bevor sie heute früh in den Bus gestiegen waren, hatte Dalia das traditionelle Kleid zurückgegeben und sich bei Renata für die Einladung bedankt. Dann hatte sie sich von

Estella und Ruben verabschiedet, die einige Tage bei ihren Familien verbringen und dann an den Atlantik nachkommen wollten.

»Was ist das eigentlich zwischen Estella und Ruben?«, stellte Dalia endlich die Frage, die ihr schon seit Tagen auf den Nägeln brannte. Waren die beiden ein Paar oder nur beste Freunde? Bis heute hatte sich Dalia kein Urteil über das Verhältnis der zwei zueinander bilden können.

»Was meinst du?« Pablo sah sie an.

»Na, sind die beiden ... ein Paar?« Dalia kniff die Augen gegen das helle Sonnenlicht zusammen.

Pablo schüttelte den Kopf. »Gott bewahre, nein. Estella ist, was Männer angeht, viel zu wählerisch, glaube ich. Keiner kann es ihr recht machen. Und Ruben? Der ist absolut nicht auf der Suche nach etwas Ernstem. Die Frauen lieben ihn und seine Kochkünste. Und er liebt die Frauen.« Pablo lachte. »Ruben genießt sein Leben in vollen Zügen. Er und Estella ... das würde niemals gut gehen. Die beiden verstehen sich sehr gut, sind zum Teil zusammen aufgewachsen, da sie aus dem gleichen Ort kommen, haben dieselbe Schule besucht. Aber sie sind eher wie Bruder und Schwester.«

Etwas in dieser Richtung hatte Dalia sich bereits gedacht, doch sie wollte einfach Gewissheit haben. »Schön, dass es so etwas wie eine platonische Freundschaft zwischen Mann und Frau doch ab und an tatsächlich gibt.«

»Die beiden kennen sich seit ihrer Kindheit, daher besteht bei ihnen wohl keine große Gefahr, dass die Liebe dazwischenfunkt«, erwiderte Pablo mit ernster Stimme.

»Bereit für Uxmal?«, wechselte er unvermittelt das Thema und deutete auf den Eingang, an dem sich mehrere Souvenirläden, ein Restaurant und ein kleines Museum befanden.

Dalias Herz begann, schneller zu pochen.

»Ja, natürlich.«

Sie kauften Eintrittskarten und sahen sich als Erstes die Pyramide des Wahrsagers an, ein siebenunddreißig Meter hohes ovales Bauwerk, das insgesamt viermal überbaut worden war, wie eine Schautafel daneben erklärte.

»Die ovale Form ist sehr außergewöhnlich«, merkte Pablo an, während Dalia die Pyramide fotografierte.

»Interessant, dass die Maya ihre Gebäude immer wieder überbaut haben.«

»Das Überbauen fand in fast allen Regionen statt, in denen die Maya gelebt haben«, erklärte Pablo. »Uxmal bedeutet ›die dreimal Gebaute‹.«

Sie schlenderten weiter zum Cuadrángulo de las Monjas, dem sogenannten Nonnenviereck, einer Anlage bestehend aus vier einzelnen Gebäuden, die sich um einen riesigen Innenhof gruppierten. An den Bauten waren gut erhaltene Masken des Regengotts Chaac und diverse Tierfiguren zu erkennen. Dalia blieb staunend davor stehen und versuchte, sich vorzustellen, wie ihre Mutter hier als junge Frau entlanggegangen war, mit brennender Neugier und großem Forscherdrang. Sie erinnerte sich daran, wie Granny ihr vor vielen Jahren alte Aufzeichnungen ihrer Mutter gegeben hatte. Damals hatte Dalia keinerlei Bezug zu Mexiko und den Maya verspürt. Jetzt bereute sie, die Papiere nicht mitgenommen zu haben. Auf der anderen Seite war der Platz in ihrem Rucksack sehr begrenzt gewesen.

Während Dalia zum Schildkrötenhaus weiterging, überkam sie erneut das Gefühl, ihrer Mutter nahe zu sein. Ob sie Ricardo hier begegnet war?

Sie blieb an der Schautafel stehen und las sich die Informationen durch. Einige Forscher gingen davon aus, dass die Schildkröte bei den Maya die Sonnenwende verkörpert hatte, dass dieses Bauwerk also für astronomische Zwecke errichtet worden war. Genau wusste es aber bis heute niemand.

»Sieh mal«, durchbrach Pablo Dalias Gedanken.

»Hm?«

»Die drei älteren Herren da vorn mit den grauen Kitteln«, sagte Pablo entschlossen. »Sehen die nicht aus wie Wissenschaftler?«

Dalia zuckte mit den Achseln. »Keine Ahnung.«

Er umfasste sanft ihr Handgelenk und zog sie mit sich. »Wir fragen sie.«

»Einfach so?«

Pablo blieb stehen und sah sie an. »Ja, Dalia, einfach so.«

»Aber was soll ich sagen, wenn er ...« Sie musste schwer schlucken. »Wenn er es wirklich ist?«, wisperte sie kaum hörbar.

Pablo seufzte. »Das überlegen wir uns, *wenn* er es ist.«

Er steuerte zielstrebig auf die drei Männer zu, und Dalia folgte ihm widerwillig. War einer davon wirklich ihr Vater? Ihr Herz begann, schneller zu pochen.

»Hola«, grüßte Pablo in die Runde. »Wir haben eine kurze Frage.«

Die Männer sahen sie aufmerksam an.

»Ist einer von Ihnen zufällig Ricardo Ortiz Delgado?«

Ein Mann mit grauem Vollbart legte den Kopf schief, seine Miene wirkte überrascht. »Das bin ich. Woher kennen wir uns?«

Pablo wechselte einen kurzen Blick mit Dalia. »Wir kennen uns eigentlich nicht. Es ist …«

»Wir suchen jemanden, der vor vielen Jahren mit meiner Mutter hier auf Studienreise war, um die Maya zu erforschen«, sprang Dalia ihm hastig zur Seite.

Die Männer lachten gutmütig. »Die Maya erforschen? Das tun wir hier alle.«

»Sagt Ihnen zufällig der Name Camellia Carter etwas?«, wollte Dalia wissen und ließ sich nicht beirren. Plötzlich hatte sie gar keine Scheu mehr. Schließlich hatte sie nichts zu verlieren. Ein klares Ja oder Nein war allemal besser als diese endlosen Spekulationen.

Ortiz Delgado runzelte die Stirn und sah zu Boden.

Dalias Herz klopfte bis zum Hals, während sie warteten.

Dann schüttelte der Wissenschaftler den Kopf. »Eine Amerikanerin?«

»Engländerin«, korrigierte Dalia, als sie plötzlich Pablos Hand in ihrer spürte. Dankbar sah sie zu ihm auf. Er lächelte ihr aufmunternd zu.

»Nein«, antwortete Ricardo Ortiz Delgado nach einer halben Ewigkeit. »Der Name sagt mir leider nichts. Wann soll das denn gewesen sein?«

»Vor neunundzwanzig Jahren«, gab Dalia frustriert zurück.

»Nein«, wiederholte der Mann. »Tut mir leid.« Er sah zu den beiden anderen. »Habt ihr den Namen schon mal gehört?« Doch die anderen schüttelten ebenfalls die Köpfe.

»Gracias«, bedankte sich Pablo und hob zum Abschied die Hand. Auch Dalia bedankte sich, ehe sie davongingen.

»Wir finden ihn nicht«, murmelte sie finster. »Das Ganze war eine absolute Schnapsidee.« Ihre Stimmung befand sich auf einem neuen Tiefpunkt.

Pablo blieb stehen und umfasste Dalias Oberarme. »Wir haben noch einen zweiten Ricardo.« Sein Blick wurde intensiver. »Außerdem treffen wir noch auf viele weitere Forscher. Wir fragen einfach bei jedem von ihnen nach. Lass uns den Rundgang beenden, dann erkundigen wir uns am Eingang, welche Wissenschaftler momentan vor Ort arbeiten. Wir befragen sie alle, einen nach dem anderen.« Er schenkte ihr ein schwaches Lächeln. »Willst du denn jetzt wirklich aufgeben?«

Dalia atmete tief durch. Dann schüttelte sie den Kopf. »Danke. Ohne dich ...« Sie beendete den Satz nicht.

»Ich habe eine Idee«, erklärte Pablo bestimmt und zog sie mit sich fort. Er deutete auf ein Fleckchen Gras im Schatten. »Was hältst du davon, wenn du dich ein wenig ausruhst und ich mich um deinen Ricardo kümmere?« Er zog eine Grimasse.

Dalia musste lachen. »Du bist der Beste.«

Er nickte ernst. »Das bin ich auf jeden Fall. Sehr gut, dass du das schon bemerkt hast.« Dann grinste er sie an. »Brauchst du noch etwas?«

Dalia grinste. »Eine Leinwand. Und Farben«, sagte sie halb im Scherz. Der Anblick der alten Kultstätten regte ihre Kreativität auf eine Weise an, wie sie es schon lange nicht mehr erlebt hatte. In ihren Fingern begann es zu kribbeln. Am liebsten hätte sie sofort angefangen, das Gesehene auf Leinwand zu verewigen. Ihr Verlangen, mit Farbe zu hantieren, wuchs ins Unermessliche.

Sekundenlang sah Pablo sie an, seine Mundwinkel zuckten, bevor er sich ohne ein weiteres Wort umdrehte und hinter der Pyramide verschwand. Dalia folgte seinem Rat, legte sich ins Gras und nickte kurz ein.

Dalia legte den Kopf schief und betrachtete das Relief, das um die Pyramide herum verlief. Ihr Blick wechselte hin und her zwischen dem Foto, das sie heute früh in Uxmal aufgenommen hatte, und dem begonnenen Gemälde, das sie auf die Kommode neben dem Bett gestellt hatte. Irgendetwas passte noch nicht, doch sie kam nicht darauf, was genau ihr unstimmig erschien. Wieder und wieder verglich sie die beiden Bilder, bis sie es endlich sah. Die Perspektive der ovalen Form war falsch. Auf dem Gemälde wirkte die Pyramide zweidimensional. Dalia hatte die Größenunterschiede nicht ausreichend berücksichtigt.

Erleichtert darüber, den Fehler endlich gefunden zu haben, begann sie, mit der hellbraunen Farbe den Blickwinkel auszubessern.

Ihr war vor Verblüffung die Kinnlade heruntergeklappt, als Pablo am frühen Nachmittag tatsächlich mit Leinwand, Farben und Pinseln bewaffnet zu ihr gekommen war. Nun saß sie in ihrer Unterkunft, einer alten Hacienda, die zu einem Gästehaus umgebaut war, und malte alte Bauwerke, die ihr bis vor Kurzem noch komplett unbekannt gewesen waren. Doch die Arbeit machte ihr riesigen Spaß. Dalia empfand es als eine neue Herausforderung, den Ruinen ein eigenes Leben einzuhauchen, die Bauten auf eine Weise abzubilden, die die lange zurückliegenden Zeiten, in denen sie den Mittelpunkt eines riesigen Volkes darstellten, anrührend und doch realistisch wiedergab. Es war etwas vollkommen anderes als das Entwerfen von Logos und Websites, womit sie sich in den letzten Jahren beschäftigt hatte.

Als es an ihrer Tür klopfte, ließ Dalia den Pinsel sinken. »Ja?«

Pablo trat ins Zimmer, in der Rechten eine Tüte, aus der es verführerisch duftete. »Na, Frida, wie läuft es?« Lächelnd stellte er sich hinter sie und betrachtete das angefangene Kunstwerk. »Wow! Das ist ja großartig.«

»Findest du wirklich?« Noch zweifelte Dalia, ob ihr das Malen von Bauwerken tatsächlich lag.

»Ja, finde ich wirklich«, gab Pablo in ernstem Ton zurück und legte die Tüte ab. »Lust auf Tortillas?«

Verblüfft schaute Dalia ihn an. »Kannst du hellsehen?«

»Nein, aber wir haben seit heute früh nichts Ordentliches gegessen. Mein Magen hängt mir schon irgendwo in den Kniekehlen.« Er machte sich an der Tüte zu schaffen, breitete zwei Servietten aus und legte die gefüllten Tortillas darauf. »Wie wäre es mit einer kleinen Pause?«

Dalia erhob sich von ihrem Hocker und streckte den Rücken durch. »Wie spät ist es denn?«

»Kurz nach acht.«

»Schon?« Dalia konnte es kaum glauben. Hatte sie wirklich vier Stunden lang gemalt? Die Zeit war gerast, Dalia hatte alles um sich herum ausgeblendet und war völlig in ihrer kreativen Welt versunken. Das war ihr lange nicht passiert.

Pablo zeigte zur Terrassentür. »Möchtest du draußen essen? Oder ist es dir zu dunkel?«

»Zu dunkel?« Sie schüttelte den Kopf. »Ich komme aus Cornwall. Zu dunkel gibt es nicht. Und warm genug ist es allemal.«

Grinsend räumte er das Essen auf die Terrasse und stellte eine Flasche Wasser dazu.

Nachdem sie sich an den kleinen runden Tisch gesetzt hatten, schloss Dalia die Augen und atmete tief durch. »Riechst du das?«

»Also, die Kakteen und die Palmen eher nicht«, gab Pablo trocken zurück.

»Du Witzbold. Es riecht nach … Erde, nach Moos,

nach irgendwelchen exotischen Blumen, deren Namen ich leider nicht kenne.«

»Irgendwelche exotische Blumen. Das klingt in der Tat sehr romantisch«, frotzelte Pablo. »Lass es dir schmecken.«

Schon nach dem ersten Bissen war Dalia begeistert. »Warum schmeckt euer Essen nur so phänomenal?« Sie sah zum Himmel, an dem Tausende Sterne funkelten. Eine leichte Brise wehte über die Landschaft. So, wie es den Anschein hatte, waren sie die einzigen Gäste auf der rustikalen Hacienda.

»Wenn es dir noch immer schmeckt, scheint dein Anteil mexikanischer Gene hoch genug zu sein.«

Dalia sah ihn stirnrunzelnd an. »Wie meinst du das?«

»Na, jeden Tag Tortillas. Am besten morgens, mittags und abends. Viele Touristen kapitulieren schon nach kurzer Zeit, aber dir scheint es noch nicht zu eintönig zu sein.«

Dalia verzog das Gesicht. »Zu eintönig? Ich habe bisher noch keine Tortilla gegessen, die einer anderen geschmacklich auch nur annähernd geglichen hätte. Diese Soßen ... Ich frage mich, wie viele Rezepte es dafür eigentlich gibt. Und die Gewürze ...«

Pablo nickte. »Du hast schon recht. Jeder bereitet sie anders zu. Meine Mutter macht übrigens die besten Enchiladas von ganz Mexiko.«

»Ich dachte, dafür sei Ruben zuständig«, erwiderte Dalia und wischte sich die Mundwinkel ab.

»Rubens sind auch nicht zu verachten«, bestätigte Pablo. »Aber die von meiner Mutter …« Er sah sie an. »Die musst du unbedingt probieren. Sie sind himmlisch. Ich habe noch nirgends bessere gegessen. Und ich bin schon ein bisschen herumgekommen.«

Einen Moment lang musterte sie sein Gesicht. Die dunklen Augen blitzten sie im sanften Mondlicht an. Während sein Blick sie fixierte, begann es in ihr wohlig zu kribbeln.

Verlegen räusperte sie sich. »Die würde ich wirklich gern kosten«, erklärte sie dann mit belegter Stimme.

»Ich werde sie …«

»Bastardo!«, brüllte in diesem Moment eine weibliche Stimme von der Wiese her.

Dalia schrak zusammen.

»Ich wusste, dass du mich betrügst, aber ausgerechnet mit Mariella!« Es war die Besitzerin der Hacienda, die in diesem Moment auf die beleuchtete Kiesfläche trat, wo einige Autos standen.

»Cariña, meine Liebste«, versuchte ihr Mann, sie zu beschwichtigen. Mit großen Schritten folgte er ihr über den Platz. »Du weißt doch genau, dass ich nur dich liebe.«

»Nichts Cariña«, schrie seine Frau ihn an. »Ausgerechnet mit ihr! Du wusstest genau, wie sie mich all die Jahre behandelt hat. Und nun steigst du mit dieser Schlampe ins Bett! Bastardo!« Ruckartig drehte sie sich um und verschwand hinter dem Gebäude. Ihr Mann folgte ihr murrend und fluchend.

Betreten wechselte Dalia einen Blick mit Pablo. Der zuckte mit den Schultern. »Das sind leider die mexikanischen Männer«, bemerkte er in einem beinahe entschuldigenden Ton. »Echte Machos. Tut mir leid, dass wir hier sozusagen ein Musterexempel vorgeführt bekommen haben.«

»Nicht alle sind so, oder?« Sie verzog die Lippen zu einem Lächeln.

Er schüttelte den Kopf. »Nein, nicht alle. Aber doch sehr viele. Gerade die älteren denken immer noch, sie könnten ihre Frauen unterbuttern und sich alles erlauben. Seht her, ich habe vier Geliebte. Ich bin ja so ein toller Hecht. Sie haben keinen echten Respekt vor Frauen und leben noch in den alten Strukturen.«

»Und das aus deinem Mund«, bemerkte Dalia. »Du bist doch selbst ein Mann.«

Er tat so, als überlegte er. Dann nickte er. »Ja, ich denke, ich bin selbst ein Mann.«

»Quatschkopf!«

»Nein, im Ernst.« Sein Blick wurde eindringlicher. »Meine Mutter würde mir so ein Verhalten niemals durchgehen lassen. Sie hat uns von Anfang an dazu erzogen, allen Menschen mit Respekt zu begegnen, auf Augenhöhe, egal, welches Geschlecht oder welche Hautfarbe sie haben. Würde ich meine Frau oder Freundin betrügen, würde sie mich mit Sicherheit hochkantig hinauswerfen und kein Wort mehr mit mir wechseln.«

»Und dein Vater?«, wollte Dalia wissen.

Pablo lachte. »Der weiß auch, wie sie tickt. Er würde sich niemals trauen, eine andere Frau anzufassen.« Er machte eine Pause. »Wobei ich wirklich denke, dass er meine Mutter aufrichtig liebt und gar kein Verlangen nach einer anderen hat. Doch eine Affäre zu haben gehört bei vielen Männern hier leider fast schon zum guten Ton.«

»Du stellst deine Geschlechtsgenossen in keinem guten Licht dar«, erklärte Dalia und musste an ihren eigenen unbekannten Vater denken. Ob er ähnliche Machoansichten vertrat? War das möglicherweise sogar der Grund gewesen, warum seine Beziehung mit ihrer Mum in die Brüche gegangen war? Wenn sie überhaupt so etwas wie eine Beziehung gehabt hatten, denn selbst das wusste Dalia nicht mit Sicherheit.

»Hast du eigentlich noch etwas herausfinden können?«, wollte sie von Pablo wissen.

»Leider nein. Ich habe noch mit einigen anderen Studenten und Wissenschaftlern in der Ruinenstätte gesprochen. Aber keiner kannte deine Mutter. Ihr Name sagte leider niemandem dort etwas.«

»Und keiner kannte einen Ricardo?«, mutmaßte Dalia ernüchtert. Allzu viele Möglichkeiten hatten sie nicht mehr. Am besten stellte sie sich darauf ein, dass ihre Reise nicht zu ihrem eigentlichen Ziel führen würde.

»Doch, zwei von ihnen haben den anderen Ricardo erwähnt. Diesen Murillo Flores. Der scheint tatsächlich eine echte Koryphäe auf seinem Gebiet zu sein.«

Dalia seufzte. »Aber er ist mit Sicherheit auch nicht der Richtige.«

21

Am nächsten Morgen war der Bus nach Chichén Itzá so voll, dass Dalia und Pablo sich erneut trennen mussten, da es nur noch ein paar Einzelplätze gab. Dalia hatte den Sitz neben einer jungen Frau ergattert, deren Kinder in der Reihe davor saßen. Während die Mutter auf die beiden Mädchen einredete, war sie immer wieder den Tränen nahe. Betreten sah Dalia zum Fenster hinaus und verfolgte, wie der Bus sich in Bewegung setzte. Sie nahm die Dahlien-Ohrringe zur Hand und fuhr mit ihren Fingern über die Keramikblüten. Hatte ihre Mutter diese Ohrringe jemals getragen? Oder waren sie von Anfang an für Dalia bestimmt gewesen? Fragen über Fragen, auf die sie nach wie vor keine Antworten hatte.

Als die Frau neben ihr ein Taschentuch aus ihrer Tasche kramte und sich leise die Nase putzte, musterte Dalia sie unauffällig von der Seite. Unterhalb ihrer linken Schläfe war die Haut leicht violett verfärbt, dunkle Schatten lagen unter den Augen.

Dalia kam ein böser Verdacht. »Geht es Ihnen nicht gut? Kann ich Ihnen irgendwie helfen?«

Die Frau blickte auf, als nähme sie Dalia in diesem Moment zum ersten Mal richtig wahr. »Disculpe. Entschuldigung. Ich ...« Sie schüttelte den Kopf und begann, kaum hörbar zu schluchzen.

»Ich wollte nicht ...«, setzte Dalia an und wandte beschämt den Kopf ab. Sie hatte die Frau auf keinen Fall bedrängen wollen. War es doch offensichtlich, dass sie Probleme hatte.

»Tut mir leid«, flüsterte die junge Mutter in Dalias Richtung.

»Das muss es nicht«, beschwichtigte Dalia sie. »Ich hätte Sie nicht ansprechen sollen.«

Die Frau schluckte und nickte dann. »Doch.« Sie sah Dalia in die Augen. »Doch, es ist sehr nett von Ihnen, dass Sie gefragt haben.« Abwesend strich sie dem größeren Mädchen, das direkt vor ihr saß, übers Haar. »Das sind meine Töchter. Ich ... fahre mit ihnen zu meiner Familie.«

Dalia wusste nichts zu erwidern.

»Ich habe ... meinen Mann verlassen.« Sie fasste sich vorsichtig an den Bluterguss in ihrem Gesicht. »Er ist ...« Ihre Stimme brach, und sie wischte sich erneut über die Augen. Man konnte ihr förmlich ansehen, wie sie um Fassung rang.

»Sie müssen mir das nicht erzählen«, gab Dalia leise zurück. Die Mädchen hatten die Köpfe zusammengesteckt und flüsterten und kicherten miteinander.

»Sie haben es nicht mitbekommen.« Ihre Mutter deutete mit dem Kinn nach vorn, während sie sprach. »Er ist ... Ramon trinkt sehr viel. Und dann weiß er nicht mehr, was er tut. Er ist seit mehreren Monaten arbeitslos. Es ist sehr schwierig.«

»Das tut mir ehrlich leid.«

»Ich kann so nicht weitermachen«, fuhr die Frau unbeirrt fort. »Ich habe furchtbare Angst davor, dass er irgendwann auch die Mädchen schlägt.«

»Ich bin mir sicher, Sie wissen sehr gut, was das Richtige für Sie ist«, merkte Dalia vorsichtig an. Welche Mutter würde ihre Kinder nicht vor einem gewaltbereiten Ehemann schützen wollen?

Die Frau lachte bitter auf. »Meine Eltern wissen gar nichts.« Sie schüttelte den Kopf. »Ich habe keine Ahnung, wie ich ihnen erklären soll, was ... passiert ist.«

»Sie können doch nichts dafür.«

Die Frau zögerte einen Moment. »Da bin ich mir nicht so sicher. Was bin ich für eine Frau, die es nicht schafft, ihren Mann glücklich zu machen?«

Dalia überlegte kurz. »Ihr Mann hat sich ganz allein entschieden, sich so zu verhalten, wie er es getan hat. Sie sind das Opfer«, beschwor sie die junge Mutter. »Sie sind nicht dafür verantwortlich, ihn glücklich zu machen.«

Noch immer gab es viel zu viele Frauen, die die Verhaltensweisen ihrer Männer aus irgendwelchen fadenscheinigen Gründen in Schutz nahmen. Ein Mann, der andere schlug, war ganz allein für sein Tun verantwortlich. Indem er die Schuld auf andere schob, zeigte er lediglich seine eigene Schwäche.

»Ich möchte kein Opfer sein«, entgegnete Dalias Sitznachbarin mit Trotz in der Stimme.

»Das sind Sie auch nicht länger. Sie handeln. Sie stellen sich vor Ihre Kinder und nehmen Ihr Leben selbst in die Hand. Sie sorgen dafür, dass Sie und Ihre Kinder wieder glücklich werden können.«

Die Frau zog ein Handy aus der Tasche und scrollte durch ihre Fotos. Dalia dachte, dass die junge Mutter ihr ein Familienbild aus glücklicheren Tagen präsentieren wollte. Doch als sie ihr das Handy hinstreckte, erkannte Dalia einen kunterbunten selbst gestrickten Poncho.

»Den habe ich selbst hergestellt«, verkündete ihre Sitznachbarin stolz. »Ich habe ihn innerhalb von einer Woche angefertigt.«

Dalia betrachtete das Kleidungsstück. »Der Poncho ist wunderschön«, sagte sie anerkennend.

»Ich dachte, dass ich vielleicht einige davon herstellen und auf dem Markt verkaufen könnte«, erzählte die Frau weiter, und zum ersten Mal erkannte Dalia so etwas wie Hoffnung und Zuversicht in ihrem Tonfall. »Denken Sie, dass Touristen daran Interesse hätten?«

Dalia lächelte. »Ich *bin* Touristin. Und daher kann ich Ihnen Ihre Frage definitiv mit Ja beantworten.«

Die Augen der Frau weiteten sich überrascht. »Sie sind Touristin? Aber ich dachte …«

»Ich bin Engländerin«, klärte Dalia die Situation auf. »Aber mein Vater ist Mexikaner.« Sie seufzte. »Mein unbekannter Vater, dem ich noch nie begegnet bin.«

»Das klingt ... kompliziert«, meinte die Frau.

Dalia verzog die Lippen. »Es *ist* auch kompliziert. Aber ich möchte Sie nicht mit meinen Problemen behelligen.« Sie betrachtete erneut die Ohrringe in ihren Händen.

Unvermittelt packte die junge Frau Dalias Finger. »Das habe ich doch auch gerade getan. Es tut mir sehr leid. Wenn Sie möchten, erzählen Sie mir gern, was Sie hier tun. Warum Sie Ihren Vater noch nie getroffen haben. Und was es mit diesen wunderschönen Ohrringen auf sich hat. Ich bin eine gute Zuhörerin.«

22

Neunundzwanzig Jahre zuvor
Chichén Itzá

Carmen war tot. Gestorben in den frühen Morgenstunden, nachdem die Ärzte fast einen ganzen Tag lang um das Leben der zierlichen Spanierin gekämpft hatten.

Camellia konnte die Tränen nicht länger zurückhalten. War nicht gestern früh beim Frühstück noch alles in Ordnung gewesen? Sie hatte mit Saddie und Carmen Kaffee getrunken und ein wenig süßes Gebäck gegessen, bevor sie in die Ruinenstadt aufgebrochen waren. Carmen hatte ihnen von ihrem früheren Urlaub in Mexiko erzählt, wie sehr sie der damalige Reiseführer mit seinen Geschichten über die Maya fasziniert hatte. Wie ihre Eltern nur den Kopf geschüttelt hatten, als ihre halbwüchsige Tochter Fragen um Fragen stellte und ihre Wissensgier trotzdem nicht hatte stillen können. Bestimmt wäre Carmen eine herausragende Mayaforscherin geworden.

Camellia legte den Kopf in den Nacken und rang um Fassung. Nachdem ihnen Ricardo vor zwei Stunden die traurige Nachricht überbracht hatte, waren sie für den heutigen Tag entlassen worden. Ohnehin konnte sich momentan keiner von ihnen auf Ruinen und uralte Mayabräuche konzentrieren. Auch Ricardo war die Erschütterung deutlich anzusehen gewesen.

Sie musste daran denken, wie er gestern geduldig und völlig ruhig und souverän versucht hatte, Carmen bei Bewusstsein zu halten, bis der Notarzt endlich ankam. Doch der Kampf war erfolglos gewesen. Carmen hatte es nicht geschafft.

Trotz der glühenden Hitze, die bereits früh am Vormittag herrschte, fröstelte Camellia, während sie Richtung Ballsportplatz lief. Sie hatte es in ihrem Zimmer nicht mehr ausgehalten und das Gefühl gehabt, durchdrehen zu müssen, wenn sie auch nur eine Minute länger in dem Gästehaus verharrte. Daher hatte sie sich entschlossen, allein nach Chichén Itzá zu fahren. Hier hatte sie mehr Ruhe, mehr Weite, mehr Frieden. Noch waren nur vereinzelte Touristen unterwegs, die sich auf dem weitläufigen Gelände gut verteilten.

Sie musste daran denken, dass die Maya an ein Leben nach dem Tod glaubten. Sie hatten ihre Toten mit Grabgeschenken wie Geschirr oder Schmuck ausgestattet. Das Universum der Maya bestand aus drei Bereichen. Ein Weltenbaum verband die Unterwelt, die Erde für die Lebenden sowie den Himmel für die Toten. Ob Carmen nun im Himmel angekommen war?

Camellia kauerte sich vor eine der Mauern, die das Spielfeld begrenzten, und betrachtete die riesige Freifläche. Der Sportplatz von Chichén Itzá war der größte noch existierende. Sie kniff die Augen zusammen und versuchte, sich vorzustellen, wie die Spieler vor fünfzehnhundert Jahren hier aufmarschiert waren – die Hände mit einer Art Handschuh geschützt, unter dem Hüftgurt aus Leder oder Holz ein durch die Beine hochgebundenes Tuch, dazu einen aufwendigen Kopfschmuck. Nur Ellbogen und Schultern waren ungeschützt, da mit diesen Körperteilen der Kautschukball in der Luft gehalten werden musste. Und immer die Angst im Hinterkopf, das Spiel zu verlieren und damit womöglich auch das eigene Leben. Wobei sich die Forscher bis heute nicht einig waren, ob tatsächlich nach jedem Spiel der Kapitän der Verlierermannschaft, möglicherweise sogar das gesamte Team, geköpft wurde oder ob dieses Ritual nur ganz besonderen Anlässen vorbehalten war. Andere Theorien besagten sogar, dass die Gewinnermannschaft sterben musste, da es als Ehre angesehen wurde, sein Leben den Göttern zu opfern. Für die Maya war der Tod nicht das Ende, sondern lediglich der Übergang in eine andere Welt gewesen.

Camellia schloss die Augen und drängte die erneut aufsteigenden Tränen zurück. Carmen war tot. Sie befand sich nicht in einer anderen Welt. Gestern noch war sie bei ihnen gesessen, und heute …

Plötzlich riss eine Stimme sie aus ihren Gedanken.

»Camellia.«

Sie öffnete die Augen wieder und blickte Ricardo ins Gesicht, der direkt vor ihr stand.

»Was machst du hier?« Er ging in die Hocke und betrachtete sie voller Sorge. Seine Haut wirkte fahl und eingefallen.

Camellia zuckte mit den Achseln. »Ich weiß es nicht. Ich habe es in meinem Zimmer nicht mehr ausgehalten. Ich ...« Ihre Stimme versagte. Hektisch suchte sie in den Taschen ihrer Shorts nach einem Taschentuch.

Ricardo setzte sich neben sie ins Gras. »Ich habe gerade mit ihren Eltern gesprochen.«

Camellia sah ihn von der Seite an. Die tiefe Trauer stand auch ihm ins Gesicht geschrieben.

»Es war furchtbar. Wie erklärst du Eltern, dass ihr Kind nie wieder zu ihnen zurückkehren wird? Dass sie nie wieder mit ihm sprechen können?« Er schüttelte den Kopf und fuhr sich mit der rechten Hand über die Augen. Sie glänzten verdächtig.

»Ich kann es noch immer nicht glauben«, sagte Camellia leise. »Dass sie einfach nicht mehr da ist. Gestern war sie hier und hat noch mit uns gelacht.«

Er nickte. »Es ist schwierig, den Tod zu akzeptieren. Diese Endgültigkeit. Und Carmen war so jung, hatte ihr ganzes Leben noch vor sich.« Er schwieg einen Moment. »Viele Mexikaner sehen den Tod nicht als Abschluss. Das Leben wird als eine Art Durchreise angesehen, welche die Menschen vom Diesseits ins Jenseits bringt. Die Seele stirbt nicht, sondern kehrt einmal im Jahr ins Diesseits zurück. Dann bringen wir unseren geliebten Verstorbenen Opfergaben dar. Denken an sie, veranstalten Feste für sie.« Er seufzte. »Ich kann mit dieser alten Tradition leider nicht allzu viel anfangen. Wahrscheinlich verträgt sich das nicht mit meinem wissenschaftlichen Denken. Meine Eltern hingegen zelebrieren diesen Tag.«

»Sie war mit so unglaublich viel Begeisterung dabei«, erwiderte Camellia nachdenklich. »Sie brannte für die Archäologie und besonders für die Maya. Ich mochte sie sehr gern.«

»Leider habe ich sie kaum kennenlernen dürfen, aber sie machte auch auf mich einen sehr engagierten Eindruck«, pflichtete Ricardo ihr bei und streckte seine Beine lang aus.

»Ich weiß gar nicht, wie wir jetzt weitermachen sollen.« Camellia fuhr sich mit beiden Händen über die Stirn. »Immer, wenn ich die Ruinen sehe, muss ich an sie denken.«

»Es wird dauern«, meinte Ricardo. »Wir werden sie nicht vergessen. Carmen hat sehr viel Interessantes beizutragen gehabt. Sie hat entschlossen eigene Gedankengänge und Theorien verfolgt. Konnte sich gut in die alte Kultur einfühlen.« Er machte eine Pause. »Wie du übrigens auch, Camellia.« Er wandte den Kopf und sah sie an.

Sie erwiderte seinen Blick, betrachtete das attraktive Gesicht und rief sich umgehend zur Räson. »Es kommt mir aber gerade alles so sinnlos vor.«

Er nickte langsam. »Ein plötzlicher Tod macht uns auf traurige Art bewusst, was wirklich im Leben zählt. Wir müssen dankbar dafür sein, dass wir gesund sind. Dass wir bei unserer Forschungstätigkeit unserer Leidenschaft nachgehen können. Wir sollten die Gegenwart genießen, anstatt Pläne für irgendwann zu machen, weil niemand weiß, was morgen ist.«

»Warum braucht es so schreckliche Ereignisse, um uns das klarzumachen?«

Er lächelte schwach. »Ich glaube, anders könnten wir das Leben manchmal nur schwer ertragen. Wir verdrängen das große Ganze und konzentrieren uns auf die Details. Auf Kleinigkeiten, die uns in einem Moment wichtig und essenziell vorkommen. Erst wenn etwas Schlimmes geschieht, wird uns klar, dass wir letztlich alle nur eine begrenzte Zeit zur Verfügung haben. Und die sollten wir unbedingt mit Dingen füllen, die uns guttun, die uns Freude bereiten.«

Camellia stöhnte auf. »Das klingt furchtbar schlau.«

Ricardo lachte leise. »Eher nicht. Es beschreibt nur ... die Realität.«

Sie sah ihn an und stellte fest, dass auch er sie betrachtete. Keiner von ihnen sagte etwas. Die Luft zwischen ihnen begann zu flirren, die Atmosphäre war mit einem Mal aufgeladen.

Camellia konnte sich dem Moment nicht entziehen, und auch Ricardo machte keinerlei Anstalten, den entstandenen Zauber zu unterbrechen. Er hob eine Hand und legte sie vorsichtig an Camellias Wange. Sie schloss die Augen und schmiegte ihre Haut an seine warmen Finger, genoss die zart aufkeimende Vertrautheit, die tröstende Nähe zwischen ihnen. Was geschah hier gerade? Die Sekunden kamen ihr wie eine Ewigkeit vor. In ihrem Bauch kribbelte es sehnsuchtsvoll.

Als er sich räusperte und seine Hand von ihrem Gesicht nahm, öffnete sie die Augen wieder und fuhr sich verlegen durchs Haar.

»Hast du eigentlich gewusst, dass das Adjektiv pitzili in der Mayasprache nicht nur schön, sondern auch Ball spielend bedeutet? Für uns zwei völlig unterschiedliche Begriffe, was zeigt, wie wichtig dieses Ballspiel für die Maya gewesen sein muss«, erklärte Ricardo im nächsten Moment.

Camellia reagierte erleichtert auf den Themenwechsel. Obwohl sich seine Berührung viel zu gut angefühlt hatte, war ihr klar, dass sie und Ricardo niemals ... dass sie ihm auf keinen Fall zu nahe kommen durfte. Er war ihr Dozent.

»Du kannst die Sprache?«, fragte sie ungläubig.

Seine Mundwinkel zuckten. »Nicht perfekt, nur die wichtigsten Begriffe. Die Bauten, die uns die Maya hinterlassen haben, sind eindrucksvoll, aber über die Sprache und die Schriften, von denen ja unglücklicherweise viele vernichtet wurden, können wir uns der Kultur und dem Alltagsleben von damals noch mal ganz anders nähern.«

»Wenn ich dich so reden höre, habe ich den Eindruck, dass wir nie alle Facetten der Mayakultur erfassen werden«, gab Camellia zu. »Zu vieles ist unbekannt, zu vieles nicht mehr nachvollziehbar.«

Ricardo zögerte einen Moment. »Diese Tatsache muss

uns Forschern stets bewusst sein«, sagte er schließlich. »Wir können uns zwar mit bestimmten Themen auseinandersetzen, müssen uns aber damit abfinden, dass wir uns nur einen Bruchteil der damaligen Kultur erschließen können.«

23

Gegenwart
Chichén Itzá

Als sie am späten Nachmittag in Chichén Itzá ankamen, hatte Dalia der jungen Mutter ihre gesamte Lebensgeschichte erzählt. Die Frau hatte recht gehabt, sie war eine sehr gute Zuhörerin. Sie hatte Dalia reden lassen und nur ab und zu kurze Zwischenfragen gestellt, wenn sie einen Zusammenhang nicht verstanden hatte. Und für Dalia war das Gespräch eine gute Gelegenheit gewesen, die letzten Tage etwas zu verarbeiten.

Nachdem sie aus dem Bus gestiegen waren, verabschiedete sich Valeria, so hieß die junge Mexikanerin mit den zwei Töchtern, sehr herzlich von Dalia und wünschte ihr alles erdenklich Gute. Dalia hingegen ermutigte Valeria zu ihrem Vorhaben und wünschte ihr viel Kraft für ihren Neustart.

»An neuen Kontakten mangelt es dir ja offensichtlich nicht«, bemerkte Pablo, als sie sich von der Bushaltestelle entfernten.

»Die Fahrt war richtig toll«, erzählte Dalia. Jetzt war sie aufgeregt, ihr ganzer Körper kribbelte, und sie hoffte inständig, endlich einen konkreten Hinweis auf ihren Vater zu finden. »Und ihr Mexikaner seid einfach so herrlich unkompliziert und zugänglich.«

Pablo blieb stehen und sah sie an. »Unkompliziert und zugänglich?« Er neigte den Kopf zur Seite. »Ich weiß nicht, ob ich das als Kompliment auffassen soll.«

Dalia lachte und umfasste seinen Unterarm, um ihn weiterzuziehen. »Das kannst du auf jeden Fall. Denn genau so ist es auch gemeint. Ihr seid toll. Alle bis auf …« Sie stockte, da sie die Namen der Drogendealer bereits vergessen hatte.

»Das waren absolute Pfeifen«, erklärte Pablo mit ernster Stimme, da er ihre Gedanken zu ahnen schien. »Vergiss sie. Wir anderen sind alle sehr … unkompliziert und zugänglich.«

Dalia zeigte auf ein Straßenschild. »Lass uns direkt zur Ruinenstätte gehen.«

Pablo runzelte die Stirn. »Hast du gar keinen Hunger? Und sollten wir uns nicht erst mal eine Unterkunft suchen?«

Dalia schüttelte den Kopf. »Nein, bitte lass uns zuerst klären, ob … er da ist.« Sie seufzte. »Ich kann diese Anspannung kaum noch aushalten. Was mache ich, wenn er es wieder nicht ist?«

Pablo trat einen Schritt auf sie zu und nahm ihre Hände. Wieder durchströmte Dalia ein wohliges Gefühl bei der vordergründig harmlosen Berührung. »Dann suchen wir weiter.«

Sie sah ihn sekundenlang an. »Du bist unglaublich.«

Seine Mundwinkel zuckten. »Unkompliziert und zugänglich ist völlig ausreichend.«

»Idiot!«, erwiderte sie liebevoll.

»Gracias.« Er neigte leicht seinen Kopf, bevor er ihr bedeutete, ihm zu folgen.

Da es bereits spät am Tag war, hielt sich der Ansturm auf die weltberühmte Touristenattraktion in Grenzen. Die Ruinenstätte schloss in zwei Stunden, und die verbliebene Zeit reichte bei Weitem nicht aus, um das gesamte Gelände zu erkunden.

»Sind hier aktuell Forschergruppen, die an den Ruinen arbeiten?«, wollte Pablo von der Kassiererin am Eingang wissen.

Die sah ihn irritiert an. »Hier befinden sich immer Wissenschaftler. Ich arbeite seit acht Jahren hier und habe noch keinen einzigen Tag erlebt, an dem keine Archäologen oder Altamerikanisten vor Ort waren.«

»Gibt es Forschende, die sich schon länger hier aufhalten? Kennen Sie eventuell Professor Ricardo Murillo Flores?«

Die Frau überlegte einige Sekunden. Dann nickte sie. »Ja, den Professor kenne ich natürlich.« Sie sah auf ihren Bildschirm. »Ich bin mir aber nicht sicher, ob er momentan hier ist. Ich habe ihn schon eine ganze Weile nicht mehr gesehen.« Sie machte eine Pause. »Hinter der Pyramide arbeiten gerade einige Wissenschaftlerinnen. Fragen Sie die mal, die kennen ihn nämlich auch, glaube ich.«

Pablo warf Dalia einen triumphierenden Blick zu. »Danke, das machen wir sofort.«

Ohne links oder rechts zu schauen, steuerten sie zielstrebig die Hauptattraktion der bekannten Mayastadt an. Dalia blieb vor dem imposanten Bauwerk stehen und atmete tief durch. Sie dachte daran, wie sie vor ihrer Reise im Internet nach Informationen über Mexiko gesucht und ebendiese Pyramide auf dem Bildschirm bestaunt hatte. Und nun stand sie hier und konnte sich alles mit eigenen Augen ansehen. Auf der Busfahrt hatte sie mit Lilian geschrieben, und ihre Tante hatte ihr bestätigt, dass Dalias Mutter tatsächlich zur Ausgrabungsstätte in Chichén Itzá gereist war, was immer ihr großer Traum gewesen war.

Dalia ließ ihren Blick über die langen Treppen nach oben wandern und spürte mit einem Mal wieder tiefe Trauer in sich aufsteigen. Wieso war es ihr nicht vergönnt gewesen, ihre Mum kennenzulernen? Hier mit ihr gemeinsam zu stehen und sich von ihrer Leidenschaft anstecken zu lassen? Hatte sie ihre Mutter jemals mehr vermisst als in diesem Moment? Ihre Augen wurden feucht. Das Gefühl des Verlusts drohte übermächtig zu werden.

»Was ist los?« Pablo schien ihren Gemütszustand bemerkt zu haben.

Sie biss sich auf die Lippe. »Nichts. Es … geht gleich wieder.«

Er trat dichter neben sie und legte einen Arm um ihre Schulter. Dankbar lehnte sie sich gegen ihn. Es tat so unglaublich gut, nicht allein zu sein. Zu wissen, dass Pablo an ihrer Seite war, bedeutete Dalia viel. Sie riss sich zusammen.

»Es ist okay«, erklärte sie kurz darauf mit fester Stimme. »Lass uns die Wissenschaftlerinnen suchen.«

»Du bist eine sehr starke Frau, Dalia«, meinte Pablo, bevor er sie losließ und den Weg um die Pyramide einschlug.

Im Schatten auf der anderen Seite standen fünf Frauen um die vierzig und diskutierten lautstark auf Spanisch. Als Pablo und Dalia näher kamen, verstummten die Forscherinnen und sahen ihnen mit neugierigen Mienen entgegen.

Dalia fasste sich ein Herz, stellte Pablo und sich kurz vor und fragte nach Ricardo Murillo Flores.

»Der arbeitet nicht mehr hier«, entgegnete eine der Frauen.

Eine andere schüttelte den Kopf. »Ich kenne ihn nicht persönlich. Der Name sagt mir natürlich etwas, aber ich bin ihm noch nie begegnet.«

»Ich habe mal einen Vortrag von ihm erlebt. Ein herausragender Wissenschaftler«, merkte eine dritte an.

»Ich glaube, er forscht mittlerweile in Tulum und bietet auch Führungen an«, ergriff die erste Forscherin wieder das Wort. »Er war vorher jahrzehntelang hier tätig.«

Dalia horchte auf. »Wissen Sie, seit wann genau er hier gearbeitet hat?«

Die Mexikanerin schien nachzudenken. »Lange. Wirklich sehr lange. Er ist schon etwas älter.« Sie fuhr sich übers Kinn. »Um die sechzig, würde ich sagen.«

Zwei der anderen Frauen nickten bekräftigend.

»Warum fragen Sie nicht an der Uni in Mexiko-Stadt nach?«, schlug die erste vor. »Die müssten doch wissen, wo er gerade forscht. Aber ich bin mir ziemlich sicher, dass er mittlerweile in Tulum ist. Er kommt auch von dort, soweit ich weiß.«

»Meine Familie wohnt in der Gegend«, mischte sich Pablo ins Gespräch. »Tulum liegt nur hundertfünfzig Kilometer von hier. Lass uns morgen weiterfahren und dort mit ihm reden.«

Dalia nickte. Sie bedankte sich bei den Frauen, ohne ihnen zu verraten, warum sie sich überhaupt nach dem Professor erkundigt hatte, und entfernte sich von der Gruppe.

»Wir wollten doch sowieso nach Tulum fahren«, erklärte Pablo, während sie auf den Templo del Jaguar, den Tempel der Jaguare, zusteuerten.

Dalia nickte abwesend. Langsam schien es ihr, als verfolgte sie ein Phantom. Dabei wusste sie nicht einmal, ob der bekannte Professor tatsächlich ihr Vater war. Der einzige Hinweis war der Vorname Ricardo, aber reichte das? Vielleicht hatte ihr Vater nie etwas mit den Mayaforschungen ihrer Mutter zu tun gehabt. Möglicherweise war er ein Student der Kunstgeschichte, der Architektur oder des Lehramts gewesen. Wurde ihr Vorhaben nicht von Tag zu Tag hirnrissiger? Durch ein riesiges Land wie Mexiko zu reisen, in der Hoffnung, einen Mann zu finden, von dem man nicht mehr als einen Namen hatte …

»Was hältst du davon, wenn ich uns etwas zu trinken besorge und du dich hier ein wenig allein umsiehst?«, schlug Pablo in diesem Augenblick vor.

Dalia sah ihn überrascht, aber auch dankbar an. »Wäre das für dich in Ordnung?«

Er nickte lächelnd. »Sonst hätte ich es nicht vorgeschlagen. Ich glaube, du brauchst ein wenig Ruhe. Das ist der Ort, wo deine Mum vor vielen Jahren gewesen ist. Sieh dich um und spüre ihr nach.«

Konnte Pablo ihre Gedanken lesen?

»Danke«, sagte sie.

Er schüttelte den Kopf. »Keine Ursache.« Er sah auf die Uhr. »Du hast noch eine gute Stunde. Wir treffen uns dann am Eingang, in Ordnung?« Er hauchte ihr einen zarten Kuss auf die Wange, bevor er sich umdrehte und sie allein ließ.

Verwirrt fuhr Dalia mit der Hand über die Stelle, die er mit seinen Lippen berührt hatte. Träumte sie? Passierte das gerade wirklich? Sie war auf der Suche nach ihrem Vater, einer Suche, die ihr immer unvernünftiger erschien. Und nun befand sie sich auf dem besten Weg, sich in den Mann zu verlieben, der ihr seit ihrer Ankunft in Mexiko fast rund um die Uhr zur Seite stand. Wo sollte all das hinführen? Sie lebte in Cornwall, Pablo hingegen war fest in seiner Heimat verwurzelt. Sie musste höllisch aufpassen, dass sie sich nicht noch völlig verlor.

Sie betrachtete die verschiedenen Szenen, die auf den

Steinreliefs des Tempels zu sehen waren. Vor einem steinernen Jaguar im Inneren des Bauwerks hielt sie inne und stellte sich vor, wie ihre Mutter hier mit Ricardo gestanden hatte. Wie sie über die Bedeutung der Steinfigur diskutiert und wie sie über ihre gemeinsame Leidenschaft für diese Kultur ihre Liebe zueinander gefunden hatten.

Das sind doch nur romantische Fantastereien, ermahnte sie sich selbst. Vielleicht hatte ihr Vater noch nie an dieser Stelle gestanden, vielleicht kannte er die Ruinenstätte nicht einmal. Sie schüttelte den Kopf über ihre abstrusen Gedanken.

»Diese heilige Stätte kann eine merkwürdige Wirkung auf uns Menschen ausüben.«

Überrascht drehte Dalia sich um und erblickte eine zierliche ältere Mexikanerin.

»Da haben Sie allerdings recht«, pflichtete sie ihr bei. »Ich bin gerade ziemlich durcheinander.«

»Sie zweifeln«, sagte die Frau.

»Woher wissen Sie das?« Dalia musterte sie interessiert.

Die ältere Frau lächelte nachsichtig. »Sie würden es wohl Erfahrung nennen, ich nenne es Eingebung, Spiritualität. Ich kann es fühlen. Und Ihr Gesichtsausdruck ...« Sie legte den Kopf schief und nickte leicht.

»Ich ...« Dalia schluckte. Wollte sie nun jeder neuen Bekanntschaft ihre gesamte Lebensgeschichte erzählen? Und doch ging auch von dieser Frau etwas aus, das Dalia zwar nicht konkret benennen konnte, das ihr aber doch das Gefühl gab dazuzugehören. Angekommen zu sein. Ja, willkommen zu sein. »Ich bin Engländerin«, stammelte sie unbeholfen.

Die Ältere nickte. »Bist du das wirklich?«

Dalia begann zu schwanken. »Ich weiß es nicht«, stieß sie hervor. »Ich weiß ... gar nichts mehr.«

»Du wirst es bald wissen«, entgegnete die Frau mit sonorer Stimme. »Du wirst deine Antworten finden.«

Dalia riss die Augen auf. »Woher wissen Sie ...?«

Die Mexikanerin schüttelte kaum merklich den Kopf. »Hier lebten meine Vorfahren. Vor vielen, vielen Jahren.«

»Sie sind ... eine Maya?«

Die Frau nickte.

»Meine Mutter war als Studentin hier. Sie war ... von Ihrem Volk sehr fasziniert«, erzählte Dalia. »Und sie wollte unbedingt mehr darüber erfahren.«

Wieder nickte die Mexikanerin. »Die Wirkung dieser Stätten kann niemand abschätzen. Auf jeden üben sie einen anderen Einfluss aus.« Sie hob eine Hand und ließ diese durch die Luft wandern. »Spürst du den Geist der Ahnen, der sich hier drinnen bewegt?«

Ihre Worte verursachten Dalia eine Gänsehaut. Sie begann, leicht zu zittern.

»Menschen sind hier gestorben. Die Götter wurden besänftigt, aber ... die Geister sind noch nicht zur Ruhe gekommen.« Sie betrachtete Dalia mit nachsichtiger Miene. »Ich wollte dir keine Angst machen, ganz im Gegenteil. All deine Antworten sind irgendwo verborgen. Du musst sie nur finden. Auf diesem Boden schlummern unzählige Fragen und Geheimnisse. Dinge, die niemand mehr weiß. Und manchmal ist es auch besser, nicht alles zu erfahren, manches im Dunkeln zu lassen.«

»Ich suche meinen Vater«, platzte Dalia heraus. »Meine Mum ist tot, sie kann mir nichts mehr über ihn sagen. Und ich … ich fühle mich so unglaublich verloren. Ich vermisse meine Eltern. Meine Wurzeln. Meine Geschichte.«

»Die Vergangenheit ist wichtig für uns, um die Gegenwart zu verstehen«, erklärte die Frau leise. »Du wirst deine Antworten finden«, wiederholte sie kryptisch.

»Langsam verliere ich die Hoffnung«, bekannte Dalia.

»Die Hoffnung, dass dich jemand hält, auch wenn du keinen Halt mehr hast, darfst du nie aufgeben. Halte die Hoffnung fest, gehalten zu werden.« Sie nickte nachdrücklich. »Du wirst wieder gehalten werden.«

Sie legte Dalia für einen Moment ihre rechte Hand auf den Unterarm, bevor sie sich umdrehte und so lautlos verschwand, wie sie in den Tempel eingetreten war.

Dalia fröstelte und verließ das Gebäude. Als sie hinaustrat, genoss sie die Wärme, die noch immer in der Luft hing. Die ältere Mexikanerin war verschwunden.

Gedankenversunken schlenderte Dalia vom Templo de los Guerreros, dem Tempel der Krieger, zur Pyramide des Kukulcán zurück. Dort setzte sie sich auf die unterste Stufe, legte den Kopf in den Nacken und starrte in den wolkenlosen blauen Himmel. Hatte die Nachfahrin der Maya eine Art siebten Sinn gehabt? *Die Hoffnung, dass dich jemand hält, auch wenn du keinen Halt mehr hast, darfst du nie aufgeben.* Warum musste sie jetzt ausgerechnet wieder an Pablo denken? Der junge Anglistikdozent hatte sich mit seiner unaufgeregten bodenständigen Art in ihr Herz geschlichen. Dabei hatte er mit Sicherheit nicht ewig für sie Zeit, musste irgendwann zurück zur Uni nach Mexiko-Stadt. Und wie lange noch wollte Dalia einem Unbekannten nachjagen, den sie vielleicht niemals aufspüren konnte?

Wieder drohte sie die Verzweiflung zu überwältigen. Sie erhob sich von dem Steinquader und drehte sich zur Pyramide. Wie oft hatte ihre Mum hier gestanden und genau dieses Bild vor Augen gehabt? Und warum hatte Granny sie all die Jahre über ihren Vater belogen? Dalia rang um Fassung. Sie durfte sich auf keinen Fall erneut der Resignation hingeben.

»Dalia!«

Sie sah in die Richtung, aus der Pablos Stimme erklang. Er kam mit großen Schritten auf sie zu und hielt zwei Pappbecher in der Hand.

Seine zuversichtliche Miene ließ ihre Laune augenblicklich steigen.

»Gute Nachrichten«, verkündete er, als er sie erreichte und ihr ein Getränk in die Hand drückte. »Papayasaft«, erklärte er lächelnd.

»Danke.« Allein Pablos Gegenwart munterte sie auf. Sie hatte ihn tatsächlich vermisst.

»Ricardo Murillo Flores arbeitet in genau diesem Moment in Tulum«, fuhr er fort und nickte. »Das heißt, du wirst ihn morgen auf jeden Fall treffen.«

Ihr Herz begann, schneller zu pochen. Die Anspannung der Ungewissheit war mit einem Schlag wieder da. »Morgen«, wiederholte sie andächtig. »Und wenn er es wieder nicht ist?«

24

Das kleine Zimmer in dem Gästehaus war einfach, aber gemütlich eingerichtet. Auf der schmalen Holzveranda vor dem Raum hing sogar eine bunt gemusterte Hängematte, wie Dalia sie bereits auf dem Markt bewundert hatte.

Sie waren um kurz nach elf vormittags in Tulum angekommen. Nachdem Pablo ihr das Zimmer besorgt hatte, war er zu seiner Familie gefahren. Er hatte sie mehrfach gefragt, ob sie ihn nicht begleiten und bei ihnen übernachten wolle, doch Dalia traute sich selbst nicht mehr über den Weg. Seit der Begegnung mit der alten Mexikanerin war sie völlig durcheinander. Bei jeder noch so harmlosen und zufälligen Berührung von Pablo zuckte sie erschrocken zurück, da sie nicht wollte, dass das Band zwischen ihnen noch enger wurde. Sie lebte in England, für Pablo und sie konnte es keine gemeinsame Zukunft geben. Daher erachtete sie es für sinnvoll, erst mal ein wenig auf Distanz zu gehen, bis sie ihre Gefühlswirrungen wieder im Griff hatte. Pablo hatte zwar sichtlich enttäuscht auf ihre Antwort reagiert, ihre Entscheidung aber nicht weiter kommentiert.

Dalia trat auf die Terrasse, von wo aus sie in einen wunderschönen Garten blickte. Hohe Palmen säumten Beete mit den unterschiedlichsten Blumen. Am Rande der Fläche war ein kleiner Orchideengarten angelegt, daneben erkannte Dalia gelbe Schwertlilien und zweifarbige Dahlien, rot mit weißen Spitzen an den Blütenblättern. Der Duft, der in der Luft schwirrte, umhüllte sie wie ein sanfter Umhang.

Trotz der Ungewissheit, die sie auf ihrer gesamten Reise begleitete, spürte sie, wie sie langsam zur Ruhe kam. Sie konnte dieses Land fühlen, mit all ihren Sinnen – das wunderbar gewürzte Essen, die unglaubliche Farbenvielfalt, die ihr in der Pflanzenwelt wie in der Kleidung der Einheimischen immer wieder begegnete, die Herzlichkeit und Offenheit der Menschen, all das überwältigte Dalia von Tag zu Tag mehr. Der Gedanke, dass auch ihre Wurzeln hier lagen, verlieh ihr einen gewissen Stolz. Sie liebte ihre Heimat Cornwall über alles und konnte sich nach wie vor nicht vorstellen, woanders zu leben, aber hier in Mexiko, wo sie vom Äußeren her gar nicht weiter auffiel, wo man sie für ihresgleichen hielt und sie überall wie ein Familienmitglied aufnahm, hier fühlte sie sich willkommen und angenommen, akzeptiert um ihretwillen.

Als es klopfte, verließ sie die Terrasse und öffnete die Zimmertür.

»Bereit für die Wahrheit?«, wollte Pablo mit einem breiten Grinsen im Gesicht wissen.

Dalia freute sich, ihn wiederzusehen. Er war früher von seiner Familie zurückgekehrt, als sie erwartet hatte. Seine Anwesenheit tat ihr gut, stellte sie fest.

Dann fiel ihr seine Frage wieder ein. »Ja, ich bin bereit. Wie sagt man so schön? Lieber ein Ende mit Schrecken …«

Er schüttelte den Kopf und umfasste ihre Schultern. »Etwas mehr Optimismus bitte, Señorita.«

»Mexiko-Stadt, Palenque, Uxmal, Chichén Itzá …«, zählte Dalia auf und reckte einen Finger nach dem anderen in die Höhe. »Und was ist bisher bei meiner Suche herausgekommen?« Sie hob die Brauen. »Wo genau ist mein Optimismus verloren gegangen?«

»Jetzt sind wir in Tulum. Die Karten wurden neu gemischt«, erklärte Pablo lächelnd.

Sie verdrehte die Augen. »Hattet ihr hier alle ein Schulfach zum Thema ›Wie rede ich mir die Welt am schönsten‹?«

»Nein«, erwiderte er geduldig. »Aber es gibt keinen Grund, sarkastisch zu werden. Der Professor ist in Tulum und wartet darauf, dich zu treffen.«

»Wie groß ist die Wahrscheinlichkeit, dass Professor Ricardo Murillo Flores mein Vater ist?«

Pablos Mundwinkel zuckten. »Eins zu … einer Million?«

»Sag ich doch. So viel zum Thema Optimismus.« Dalia schnappte sich den Zimmerschlüssel von der Kommode und folgte Pablo nach draußen.

Als sie am Eingang zur Ruinenstätte standen, konnte Dalia schon das Meer riechen. Die saftig grüne Vegetation, die trockene Luft, der strahlend kobaltblaue Himmel – hier sah Mexiko genau so aus, wie sie es sich immer vorgestellt hatte. Sie konnte es kaum erwarten, endlich den Ozean zu sehen.

»Arbeitet Professor Murillo Flores heute?«, fragte Pablo wie beiläufig, als er der Angestellten an der Kasse das Geld für die Tickets reichte.

Sie nickte, ohne zu zögern. »Er leitet gerade eine Führung. Die nächste beginnt in zwei Stunden. Möchten Sie daran teilnehmen?«

»Nein danke«, erklärte Pablo.

Doch Dalia fiel ihm ins Wort: »Ja, wir möchten gern teilnehmen.«

Seinen fragenden Blick ignorierte sie, bis die Dame ihnen die Zusatzkarten für die Führung ausgehändigt hatte. »Treffpunkt ist hier am Eingang.«

»Gracias.« Dalia zog Pablo vom Eingang weg und stellte sich neben den Toiletten in den Schatten.

»Warum willst du an der Führung teilnehmen?« Pablo musterte sie abwartend.

Sie zuckte mit den Achseln. »Ich dachte einfach, es

sei … eine gute Möglichkeit, ihn erst mal etwas kennenzulernen.«

Pablo runzelte die Stirn. »Hast du mir nicht eben noch vorgerechnet, wie niedrig die Wahrscheinlichkeit sei, dass er es tatsächlich ist?«

Sie wiegte ihren Kopf hin und her. »Ja, schon, aber … Mein Bauchgefühl sagt mir, dass er es möglicherweise doch sein könnte. Und wenn er es wirklich ist«, setzte Dalia in beschwörendem Ton fort, »dann muss ich Schritt für Schritt vorgehen. Soll ich mich etwa vor ihn stellen und sagen: ›Hallo, ich bin Dalia, deine Tochter. Wie geht's?‹«

Pablo musste lachen. »Natürlich nicht. Lass uns erst mal etwas essen gehen, dann machen wir die Führung mit und sehen, was er sagt.«

»Ich kann es kaum noch aushalten«, bekannte Dalia leise. »Zwei Stunden …« Sie zeigte über die Anlage. »Ich möchte zuerst das Meer sehen, bevor wir uns auf die Suche nach etwas Essbarem machen, einverstanden?«

»Dein Wunsch ist mir Befehl.« Pablo nahm wie selbstverständlich Dalias Hand in seine und ging mit ihr den breiten asphaltierten Weg entlang, der direkt zum Atlantik führte.

Dalia versuchte, das Kribbeln zu ignorieren, das ihre Finger bei seiner Berührung ergriffen hatte.

Als das türkisblaue Wasser des Atlantiks in ihr Blickfeld rückte, vergaß sie für einen kurzen Moment das emotionale Chaos, das in ihr tobte. »Wow!«, entfuhr es ihr. »Das ist ja … wow!« Ihr fehlten die Worte.

»Das ist Tulum«, verkündete Pablo in feierlichem Ton. »Einer der schönsten Orte dieses Planeten, wie ich meinen würde.«

Dalia sah auf die Wasseroberfläche, die fast windstill einige Meter unter ihnen lag. Sanfte Wellen rollten kaum hörbar auf den hellen Sand des wunderschönen Strands. Die blendend weißen Mauern des Mayatempels vor den grünen Palmen an der felsigen Steilküste, davor das schimmernde Meer, das fast mit dem strahlenden Horizont darüber zu verschmelzen schien ... Diesen einmaligen Anblick würde Dalia nie wieder vergessen.

»Es ist wunderschön«, flüsterte sie mit belegter Stimme. »Es ist ... wie ein Traum. Wie aus einem Bilderbuch.«

»Ich bin sehr froh, dass ich dir dieses kleine Paradies zeigen darf.« Pablo ergriff erneut ihre Hand.

Sie sah zu ihm auf und meinte in seiner Miene, in seinen Augen zu erkennen, dass nicht nur in ihrem eigenen Inneren Gefühle tobten, von denen sie bis vor Kurzem noch überhaupt nichts geahnt hatte. Was sollte sie tun? Wie sollte sie sich verhalten?

In diesem Augenblick wurde ihr bewusst, dass sie sich heillos in Pablo verliebt hatte. In einen Mexikaner, der Tausende Kilometer von ihrem Heimatort entfernt lebte.

25

Neunundzwanzig Jahre zuvor
Chichén Itzá

»Die sogenannte Milpa bezeichnet eine Anbaumethode der Maya. Das aztekische Wort Milpa bedeutet Feld. Bevor überhaupt etwas angebaut wird, muss der Boden vorbereitet werden, und zwar in Form von Brandrodung. Es ist das einfachste Verfahren einer geplanten Nahrungsmittelproduktion. Alles, was sich auf dem Stück Land befunden hat, wird vollständig verbrannt. Im Anschluss kann angepflanzt werden, wobei die Asche eine sehr bedeutende Rolle als Dünger spielt. Charakteristisch für die Milpa ist eine Kombination von beispielsweise Mais, Kürbis und Bohnen, die zusammen auf einem Feld angebaut werden, was große Vorteile hat ...«

Camellia hörte Ricardo nur mit halbem Ohr zu. Auch eine Woche nach Carmens Tod haderte sie mit der Frage, warum die junge Frau hatte sterben müssen. Seit Tagen zog das Leben an Camellia vorbei, ohne dass sie wirklich daran teilnahm. Sie konnte die Sinnlosigkeit von Carmens Tod kaum ertragen.

Und seit sieben Tagen wartete sie auf ein Wort von Ricardo, um die Situation auf dem Ballspielplatz zu klären. Als er seine Hand an ihre Wange gelegt hatte, als die Nähe zwischen ihnen vibriert hatte. Doch Ricardo hatte bisher weder irgendeine Andeutung gemacht, noch hatte er versucht, sie unter vier Augen zu sprechen. Die Tage flossen dahin, und Camellia schaffte es nicht, an die Euphorie anzuknüpfen, die sie in ihrer ersten Zeit hier in Mexiko erfasst hatte. Zu schwer lag der Schatten von Carmens Tod über ihnen allen.

»Camellia, würdest du uns bitte den möglichen Zusammenhang zwischen dem Milpa-Feldbau und dem Untergang der Mayakultur erklären?«, riss Ricardos Stimme sie aus ihren Grübeleien.

Camellia schluckte und sah in die Runde. Saddies Blick war voller Mitleid, Arnaud schien mit seinen Gedanken ganz woanders zu sein, und auf Giovannis Lippen lag ein schwaches Lächeln. Sie räusperte sich. »Ich ... tut mir leid, ich bin ...« Sie wand sich unter Ricardos Blick.

»Es ist für uns alle sehr schwer, Camellia.« Er verzog das Gesicht. »Aber das ist eine Studienreise, von der alle Stipendiaten profitieren sollen. Du hast dich schon die letzten Tage kaum an unseren Gesprächen beteiligt.«

Trotzig schob sie ihr Kinn vor und sah ihm provokativ ins Gesicht.

»Bitte konzentrier dich etwas mehr«, fuhr er mit kühler Stimme fort.

Camellia musste sich zusammenreißen, um ihm nicht eine patzige Antwort zu geben. Wie konnte er derart pietätlos sein?

»Giovanni, würdest du dann bitte etwas zu dem Thema sagen?«, fuhr Ricardo fort.

»Da nach wie vor ungeklärt ist, warum die Hochkultur der Maya untergegangen ist«, begann Giovanni mit triumphierendem Unterton, »vermutet man als mögliche Ursache den falsch weiterentwickelten Milpa-Feldbau. Was jahrhundertelang prächtig funktioniert hat, wurde durch das immense Wachstum der Bevölkerung zu einem großen Problem. Die Böden waren ausgelaugt und weniger fruchtbar. Die Menschen konnten nicht mehr adäquat versorgt werden und …«

Ricardo hörte Giovanni mit aufmerksamer Miene zu und hatte sich von ihr weggedreht. Camellia ballte die Hände zu Fäusten. Es wurmte sie, dass Ricardo sie offenbar ignorierte. Sie ärgerte sich über das flaue Gefühl in ihrem Magen, wenn sie nur daran dachte, wie er sie berührt hatte. Als sie Saddies Blick auffing, zuckte sie entschuldigend mit den Schultern. Wenn sie doch nur mit jemandem reden könnte. Vielleicht würde Lilian sie verstehen. Doch was sollte sie ihrer Schwester überhaupt erzählen? Hör mal, ich habe mich in meinen Exkursionsleiter verliebt? Er ist zwar einige Jahre älter als ich, lebt auf einem anderen Kontinent, aber hey, was soll's? Er hat mir völlig den Kopf verdreht, und jetzt ignoriert er mich?

Nein, diese Sache musste sie für sich behalten. Diese Sache, wiederholte sie stumm. Welche Sache? Vielleicht hatte Ricardo sich überhaupt nichts dabei gedacht, als sie ihre Wange an seine Finger geschmiegt hatte. Vielleicht hatte er sie lediglich trösten wollen in ihrer Trauer, die sie verband. Und sie dumme Kuh interpretierte in eine harmlose Geste gleich eine Liebesbeziehung.

Als sie später zusammen beim Mittagessen saßen, kaute Camellia abwesend auf ihrer mit Hühnchen und roten Bohnen gefüllten Tortilla.

»Träumst du?«, holte sie Saddies Stimme in die Gegenwart zurück.

»Sie ist sauer, weil sie nicht mehr Ricardos Lieblingsstudentin ist«, höhnte Giovanni grinsend.

»Idiot!«, zischte Camellia. »Dir scheint es völlig egal zu sein, dass eine von uns gestorben ist.«

»Lenk doch nicht ab«, konterte Giovanni. »Dass Carmen tot ist, war für uns alle ein schwerer Schlag. Aber was sollen wir jetzt tun? In kollektives Trauern versinken? Wir sind mit einem Stipendium hergekommen, um uns vor Ort ein Bild von dieser großartigen Kultur zu machen.« Er schüttelte abfällig den Kopf. »Nur weil Ricardo sich von dir abgewendet hat, musst du deinen Frust nicht an uns auslassen.«

Camellia wechselte einen kurzen Blick mit Saddie, dann erhob sie sich und ging ohne ein weiteres Wort an den Tresen, um ihr Essen zu bezahlen.

»Wo willst du hin, Camellia?«, wollte Saddie wissen.

Camellia winkte nur ab, legte die Pesos abgezählt auf die Theke und verließ den Imbiss.

Als sie die Ruinenstätte erreichte, grüßte sie die Kassiererin am Eingang, die die Studenten mittlerweile alle kannte und wortlos durchwinkte. Touristenmassen belagerten die einzelnen Bauwerke. Um diese Uhrzeit war Camellia bisher nur selten hier gewesen, da es für Grabungen viel zu heiß war. Heute jedoch sehnte sie sich nach der tröstlichen Wirkung, die die alten Gebäude auf sie hatten. Sie wollte die Ruhe spüren, die von den Bauwerken ausging, wollte sich vom Zauber der Maya einhüllen lassen und die Gegenwart für kurze Zeit vergessen.

Camellia schlenderte im Schatten der Baumkronen an der Venusplattform vorbei, als sie auf einem abgestorbenen Baumstamm einen graugrünen Leguan entdeckte. Das Reptil saß regungslos auf seinem Platz, nur die Augen bewegten sich ganz langsam. Camellia blieb stehen und betrachtete das beeindruckende Tier. Als sie sich umdrehte, entdeckte sie Ricardo, der vor der großen Pyramide stand und sich etwas auf seinem Klemmbrett notierte. Sie trat einen Schritt zurück, sodass er sie nicht sehen konnte. Er trug dunkelblaue Shorts zu einem weißen T-Shirt, seine Waden waren durchtrainiert und braun gebrannt. Als er sich abrupt umdrehte, wich Camellia noch weiter zurück. Die plötzliche Bewegung schien dem Leguan nicht behagt zu haben, blitzschnell krabbelte er auf seinen kurzen Beinen ins Unterholz und war verschwunden.

Camellia fuhr sich durchs Haar und trat in den Sonnenschein. Warum versteckte sie sich eigentlich? Gemächlich schlenderte sie an den Ruinen vorbei, als Ricardo sie plötzlich entdeckte und sie mit einer Geste zu sich winkte.

Doch sie nickte ihm nur knapp zu, drehte sich hastig um und schlug die entgegengesetzte Richtung ein, ohne ihn eines weiteren Blickes zu würdigen.

»Warum hast du mich denn nicht früher angerufen, Schatz?«, wollte ihre Mutter wissen.

Camellia sah einem orange-schwarzen Monarchfalter zu, der sich gerade auf einer Kletterpflanze vor dem Fenster niederließ.

»Ich habe kein Telefon auf dem Zimmer, Mum«, erklärte sie. »Und die Gespräche nach England sind teuer.«

Ihre Mutter seufzte am anderen Ende der Leitung. »Es gefällt mir nicht, dass du ganz allein irgendwo in Mexiko sitzt. Ich habe von Anfang an ...«

»Ich sitze nicht ganz allein irgendwo in Mexiko«, fiel Camellia ihr ins Wort. Dabei hatte sie sich in den letzten Tagen, wenn sie ehrlich zu sich selbst war, oft sehr allein gefühlt. Carmen, mit der sie sich am besten verstanden hatte, war tot, Ricardo ignorierte sie seit ihrer Begegnung auf dem Ballspielplatz konsequent, und Saddie verbrachte die meiste Zeit mit Armand und Giovanni. Camellia konnte den Italiener mit seiner übergriffigen und oft provozierenden Art nicht leiden und hielt sich deshalb von den anderen fern.

Sie lehnte sich gegen den Tresen am Empfangsbereich

des Gästehauses. »Ich habe für diese Studienreise ein Stipendium bekommen, Mum. Das ist eine großartige Chance, das weißt du. Ich kann nicht alles hinwerfen.«

»Aber du klingst unglücklich, Schatz«, widersprach ihre Mutter. »Ich wünschte, ich könnte jetzt bei dir sein und dich etwas trösten.«

Camellia rang um Fassung. »Das wünschte ich mir auch«, bekannte sie kaum hörbar. »Aber ich kann jetzt nicht einfach sagen, ich breche ab und fahre nach Hause.«

»Du musst doch niemandem etwas beweisen«, beschwor ihre Mutter sie mit eindringlicher Stimme.

»Ich weiß, aber ...« Wider Willen musste Camellia an Ricardo denken. Wie er sie heute Nachmittag zu sich gewunken hatte. An dieses faszinierende Lächeln, das er ihr ab und zu schenkte. An die Wärme und Souveränität, die von ihm ausging. »Ich muss da jetzt durch.«

»Das sehe ich anders, Camellia«, mahnte ihre Mutter im weit entfernten Cornwall. »Du fehlst uns.«

»Mummy, bitte mach es mir doch nicht noch schwerer.« Camellias Herz zog sich schmerzhaft zusammen, als sie an ihre Eltern und Geschwister dachte. In Cornwall war es früher Morgen, während in Mexiko gerade die Nacht angebrochen war. Da Camellia wusste, dass ihre Mutter jeden Tag um fünf aufstand, hatte sie keine Skrupel gehabt, sie so früh anzurufen.

»Nein, es ist alles gut«, ruderte ihre Mutter zurück. »Du wirst sehen, dass es dir bald wieder besser geht. Behalte Carmen in guter Erinnerung. Die Zeit, die ihr zusammen hattet, auch wenn sie kurz war, kann dir niemand nehmen.«

»Danke, Mum«, erwiderte Camellia gerührt, da sie die Vorbehalte ihrer Mutter nur zur Genüge kannte. Dass sie jetzt nicht weiter versuchte, Camellia von einer Rückkehr nach Hause zu überzeugen, rechnete sie ihr hoch an. »Ich muss jetzt Schluss machen, sonst habe ich gleich kein Geld mehr«, erklärte sie mit einem schwachen Lächeln. »Außerdem bin ich müde. Hier ist es elf Uhr abends.«

»Dann schlaf gut, mein Schatz. Und wenn du etwas brauchst oder einfach nur reden möchtest, melde dich. Jederzeit.« Sie machte eine Pause. »Einverstanden?«

Camellia spürte einen dicken Kloß in ihrer Kehle. Sie schluckte. »Ja, mache ich. Danke, Mum. Ich hab dich lieb. Und grüß Dad, Lilian und die anderen.«

»Das mache ich. Ich habe dich auch lieb, mein Kind.«

Nach dem Gespräch blieb Camellia noch einen Augenblick an der Theke stehen und sah nach draußen. Der prachtvolle Monarchfalter schwirrte noch immer um die Pflanze herum. Camellia bewunderte die filigrane Zeichnung auf seinen pittoresken Flügeln. Schwerelos durch die Lüfte zu schweben, abzuheben, wenn die Probleme hier auf der Erde zu massiv wurden – klang das nicht nach einer verlockenden Idee?

Was war nur mit ihr los? So nachdenklich und in sich gekehrt kannte sie sich gar nicht. Sie wandte sich von dem Schmetterling ab und kehrte in ihr Zimmer zurück.

Dort ging sie ins Bad und spritzte sich Wasser ins Gesicht. Der feine Staub von Chichén Itzá hatte sich in allen Poren festgesetzt. Camellia hob den Kopf und starrte ihr Spiegelbild an. Sie sah furchtbar aus. Trotz der zarten Bräune, die ihre Haut in den letzten Tagen unter der mexikanischen Sonne angenommen hatte, wirkte sie müde und ausgelaugt.

Als es an der Tür klopfte, hob sie erstaunt die Brauen. Wer mochte das sein so spät am Abend? Saddie? Vielleicht war ihr die Zahnpasta ausgegangen. Oder sie benötigte einen Tampon. Camellia verließ das Badezimmer und trat hinter die Holztür. »Ja?«

»Ich bin es. Ricardo«, ertönte seine Stimme leise.

Ricardo! Camellia atmete tief durch, bevor sie die Tür öffnete. »Es ist spät. Was gibt es denn?«

Ricardo fixierte sie einen Augenblick lang. »Tut mir leid. Habe ich dich geweckt?«

Sie schüttelte den Kopf. »Nein, aber ich wollte mich gerade hinlegen. Es war ... ein langer Tag.«

»Ich habe dich gesehen ... vorhin.« Er verzog seine Lippen zu diesem wundervollen Lächeln, das Camellia in den letzten Tagen so gefehlt hatte. »Ich dachte ...« Er hielt inne, bevor er abwinkte.

»Was willst du, Ricardo?«

»Du bist müde. Ich wollte dich eigentlich fragen, ob wir ... ein wenig spazieren gehen könnten.«

Camellia sah ihn überrascht an. »Spazieren gehen? Mitten in der Nacht?«

Er hob entschuldigend die Schultern. »Eine blöde Idee. Du hast recht. Wenn es dir nicht passt ...«

Sie seufzte. »Es ist ... Du hast mich die letzten Tage

ständig ignoriert. Wenn ich …« Sie atmete tief durch. »Letzte Woche am Ballspielplatz …«

Er senkte den Blick. »Lass uns ein paar Schritte gehen und reden. Bitte.«

»Okay.« Camellia holte ihren Schlüssel und zog die Tür geräuschlos hinter sich zu.

Ricardo schlug den Weg am Waldrand ein. Mahagonibäume wechselten sich mit Blutholz-, Chicle- und Kapokbäumen ab. Etliche Stämme waren von Kletterpflanzen und Epiphyten bedeckt. Der Mondschein tauchte den dichten Wald in ein graues, fast unwirkliches Licht. Immer wieder ertönten die unheimlichen Rufe der Mantelbrüllaffen.

»Wusstest du, dass man aus dem Chiclebaum das Rohmaterial für Kaugummi gewinnt?«, unterbrach Ricardo nach einigen Minuten das angespannte Schweigen zwischen ihnen.

Camellia blieb stehen und sah ihn an. »Wolltest du deshalb mit mir spazieren gehen? Um mir die Flora Mexikos näherzubringen?«

Er seufzte. Dann schüttelte er den Kopf. »Nein. Nein, ich wollte mich natürlich nicht mit dir über die Flora meiner Heimat unterhalten.«

»Ricardo, es ist spät«, entgegnete Camellia ungeduldig. »Und ich bin echt müde. Was gibt es denn so Wichtiges, was du mir unbedingt noch heute Abend sagen wolltest?« Sie bemühte sich um einen unverfänglichen Ton, denn sie musste unbedingt versuchen, ihre Gefühle für

Ricardo zu verdrängen. Doch war es dafür nicht längst zu spät?

Er nahm ihre Hände in seine und betrachtete eingehend ihr Gesicht. »Ich bin dein Dozent, Camellia. Und du bist Studentin in meinem Team.«

Ihr Puls beschleunigte sich. Ihr Magen krampfte sich sehnsuchtsvoll zusammen. Doch es durfte nicht sein. Sie räusperte sich. »Danke, dass du mich noch mal daran erinnerst. Das hätte ich doch sonst glatt vergessen.« Sie sah demonstrativ auf ihre Hände.

»Camellia, bitte!«

Jetzt konnte sie ihren Kummer nicht mehr verbergen. »Seit Tagen redest du kaum noch mit mir«, brach es aus ihr hervor. »Und wenn du etwas zu mir sagst, ist dein Ton kalt und abweisend.« Sie blinzelte, da ihre Augen feucht wurden. Ihre Kehle schnürte sich vor Nervosität zu. »Was war das letzte Woche zwischen uns? Nachdem Carmen …« Ihre Stimme versagte.

»Das hätte ich nicht tun sollen«, sagte er mit rauem Unterton.

Camellia lachte bitter auf. »Was? Was genau hättest du nicht tun sollen? Soweit ich mich erinnern kann, ist doch überhaupt nichts passiert. Du hast mich ja nur kurz berührt. Aber auf eine Weise …« Ihre Stimme versagte.

»Ich bin dein Dozent«, wiederholte er kaum hörbar.

»Ja, du bist mein Dozent«, pflichtete sie ihm bei. »Warum klopfst du dann mitten in der Nacht an meine Tür? Warum gehen wir dann hier allein spazieren? Und warum hältst du dann meine Hände?«

Für einige Sekunden herrschte absolute Stille zwischen ihnen. Die Luft vibrierte. Die Spannung wuchs ins Unermessliche.

»Weil ich etwas für dich empfinde, was ich nicht empfinden sollte«, sagte Ricardo nach einer gefühlten Ewigkeit. »Ich habe Angst, dass die anderen merken, dass du mir wichtiger bist, als es für unser Verhältnis angemessen ist.«

Camellias Herz begann, noch heftiger zu pochen. Was sagte er da? Sein Verhalten in den letzten Tagen hatte ihr eher das Gegenteil vermittelt. Sie konnte es nicht glauben, und doch ... Hatte er sie deshalb so kühl behandelt? Um keinen Verdacht zu erwecken? In ihrem Magen machte sich eine ganze Armada von Schmetterlingen zu einem Doppellooping auf.

»Ich versuche seit Tagen, dagegen anzukämpfen«, fuhr Ricardo mit belegter Stimme fort. »Aber ich schaffe es nicht. Wenn ich dich am Morgen treffe ... Ich kann es kaum abwarten, dich wieder an meiner Seite zu haben. Dich anzusehen, dich ...«

Sie trat einen Schritt näher, bis sich ihre Gesichter fast berührten. »Was machen wir jetzt?«

Er ließ ihre Hände los und legte seine Finger an ihre Wange. Wie vor einer Woche am Ballspielplatz. Wärme durchströmte ihren Körper. Sie nahm seinen verführerischen Duft wahr, spürte seine Nähe, seinen Körper.

Als sie die Augen schloss, berührten seine Lippen ganz zart erst ihre Wange, dann ihre Nase, bis sie an ihrem Mund verharrten. »Du bist so wunderschön, Camellia.«

Ja, das wollte sie hören. Das war es, worauf sie hingefiebert hatte.

Der Kuss, der seinen Worten folgte, ließ Camellia alles um sie herum vergessen. Sie schlang ihre Arme um seinen Nacken und presste sich dichter an ihn. Auch Ricardos Griff wurde fordernder. Sie schmeckte seine Zunge, spürte, wie sehr er sie wollte, ließ sich von seinem Duft einhüllen wie von einer schützenden flauschigen Decke.

Träumte sie, oder geschah das gerade wirklich?

Als er sich schwer atmend von ihr löste, nahm Camellia sein Gesicht in ihre Hände und strahlte ihn glückselig an. »Genau das habe ich mir seit Mexiko-Stadt gewünscht.«

Ricardo sah sie ungläubig an. »Seit Mexiko-Stadt?«

Sie nickte. »Seit ich diesen heißen Mexikaner zum ersten Mal im Hörsaal gesehen habe.«

Er grinste schwach. »Wenn ich geahnt hätte ...«

»Warum hast *du* nichts gesagt?« Sie küsste ihn erneut, zart und unbeschwert. In diesem Augenblick meinte Camellia, die ganze Welt umarmen zu können.

»Wir müssen vorsichtig sein. Wenn herauskommt, dass wir ...«

»Bleibst du heute Nacht bei mir?«, unterbrach sie ihn ungeduldig.

»Du weißt, dass das keine gute Idee ist.«

»Ganz im Gegenteil«, erwiderte sie. »Es ist die beste Idee seit meiner Ankunft in Mexiko.«

26

Gegenwart
Tulum

»Tulum wurde um tausend nach Christus errichtet. Etwa zweihundert Jahre später entwickelte sich die Siedlung zu einem bedeutenden religiösen Zentrum der Maya.« Der mexikanische Professor zeigte ins Landesinnere. »Auf der Landseite war die Stadt einst von einer vier Meter hohen und sechshundertfünfzig Meter langen Steinmauer umgeben. Pilger setzten von hier aus auf die Insel Cozumel über.« Er zeigte zum Ozean. »In der Festungsmauer befanden sich fünf Tore, von denen eines bis heute erhalten ist.«

Wie gebannt hing Dalia an den Lippen des Wissenschaftlers. Handelte es sich bei ihm wirklich um ihren Vater? Seit er sie begrüßt hatte und ihnen die Alltagswelt der Hochkultur in anschaulichen Worten erklärte, betrachtete sie hoch konzentriert sein Gesicht, suchte nach einer gewissen Ähnlichkeit zwischen ihm und ihr. Doch sie war noch zu keinem abschließenden Ergebnis gekommen. Zumindest konnte sie ihn nicht mit Sicherheit ausschließen. Sie spürte Pablos Blick auf sich, drehte den Kopf und bedachte ihn mit einem Lächeln. Dann wandte sie sich wieder Ricardo Murillo Flores zu, der gerade über den Templo del Dios Descendente sprach, den Tempel des herabsteigenden Gottes.

»Schauen Sie sich das Bauwerk später in Ruhe an. In der mittleren Nische über der Tür kann man ihn sehen.« Er lachte verschmitzt. »Den herabsteigenden Gott.«

Eine amerikanische Touristin wollte wissen, was es mit der merkwürdigen Gottheit auf sich habe.

Der Professor nickte. »Eine gute Frage, auf die es wie so oft in der Mayaforschung nur Vermutungen und keine eindeutige Antwort gibt. Der Gott wird als eine Gestalt mit Flügeln dargestellt, mit einer kleinen Krone auf dem Haupt und kopfüber nach unten hängend. Es könnte sein, dass er den Sonnenuntergang symbolisieren soll oder den Bienengott.« Er zuckte mit den Schultern. »Allein an diesem Beispiel sehen Sie, wie wenig wir eigentlich über die Maya wissen. Trotz der vielen Bauwerke, die sie uns hinterlassen haben, und trotz der zahlreichen Steinreliefs, die ja zum Teil ganze Geschichten und Biografien einzelner Herrscher erzählen. Wir haben zahlreiche Informationen, und es ist eine spannende Aufgabe, sie richtig zu deuten, allerdings ähnelt sie oft auch dem berühmten Fischen im

Trüben.« Er sah in die Runde und wartete auf weitere Fragen.

Dalia biss sich auf die Zunge. Sie wollte ihn nicht vor allen Leuten behelligen. Am besten wartete sie das Ende der Führung ab, dann konnte sie immer noch versuchen, ihn allein abzufangen.

»Ans Herz legen möchte ich Ihnen auf jeden Fall den Freskentempel oder auch Tempel der Friese, den Templo de las Pinturas«, fuhr der Wissenschaftler fort. »Dort können Sie diverse Wandmalereien bewundern, die zum Beispiel Schlangen, Eidechsen und Meerestiere zeigen. Wir gehen davon aus, dass hier Götter verehrt wurden, die für die Bodenfruchtbarkeit zuständig waren.«

Die Führung dauerte länger als eine Stunde. Dalia konnte all die neuen Erkenntnisse, die der Professor ihnen vermittelte, gar nicht verarbeiten. Wie konnte ein einziger Mensch nur so viel Wissen mit sich herumtragen? Seine Kollegen hatten ja bereits angedeutet, dass er ein Experte auf seinem Forschungsgebiet war, und nun verstand Dalia, was sie damit gemeint hatten. Seine Kenntnisse schienen unerschöpflich zu sein. Auf jede Frage der Touristen hatte er, ohne zu zögern, eine Antwort parat.

Als sich die Gruppe nach und nach verlief, bedeutete Dalia Pablo, ihr zu folgen. Sie trat auf Ricardo Murillo Flores zu und räusperte sich nervös. Ihr Puls beschleunigte sich, als der Professor sie betrachtete. »Señorita?«

Dalia fasste sich ein Herz. »Hola. Wir waren bei Ihrer Führung dabei. Es ist wirklich sehr beeindruckend, wie viel Sie über die Maya wissen.«

Als er seine Lippen zu einem Lächeln verzog, blitzten seine weißen Zähne hervor. »Vielen Dank, das freut mich sehr. Und in Wahrheit wissen wir noch nicht einmal einen Bruchteil dessen, was die Maya ausmachte. Viele Geheimnisse liegen noch im Dunkeln. Tausende von Bauwerken sind von der Vegetation überwachsen. Es bedarf noch sehr vieler nachfolgender Generationen, um alle noch vorhandenen Quellen auswerten zu können. Es sind genug Rätsel übrig, sodass auch unsere Urenkel noch hier forschen können.«

Beeindruckt hob Dalia die Brauen. »Meine ... Mutter war vor vielen Jahren in Chichén Itzá. Und sie war damals genauso fasziniert von den Maya wie Sie«, wagte sich Dalia einen ersten Schritt vor.

»Chichén Itzá ist ein absolutes Muss für jeden Mayaforscher«, erwiderte Ricardo Murillo Flores. »Ich war lange dort tätig, und auch in Chichén Itzá schlummern noch viele ungelöste Geheimnisse.« Wieder lächelte er sie freundlich an. Als er sich mit dem Zeigefinger senkrecht über die Stirn strich, zuckte Dalia zusammen. Die gleiche Geste machte sie selbst, wenn sie angestrengt über etwas nachdachte. Das konnte doch nicht sein!

War er es? Dalias Aufregung wuchs. Seine sympathische und offene Art gefiel ihr sehr. Doch wie sollte sie nun weiter vorgehen? Sie beschloss, nicht länger um den heißen Brei herumzureden. »Wann haben Sie denn dort geforscht? Vielleicht sind Sie ihr dort ja über den Weg gelaufen.«

»Ist Ihre Mutter ebenfalls Archäologin?« Sein Interesse schien geweckt.

»Sie ... war es«, gab Dalia zögernd zurück. »Vor langer Zeit.«

Er nickte. »Lassen Sie mich mal kurz überlegen.« Dann lachte er erneut. »Bei solchen Fragen merkt man erst, wie alt man tatsächlich ist. Aber es ist wirklich schon dreißig Jahre her. Ich war danach mehr als zehn Jahre in Chichén Itzá, bevor ich für einige Jahre nach Palenque gewechselt bin. Danach ging es wieder zurück nach Chichén Itzá, und schließlich bin ich hier gelandet.« Sein Blick wurde intensiver. »Wann, sagten Sie, war Ihre Mutter dort?«

Dalia schluckte, ihr Mund fühlte sich trocken an, während sie um Fassung rang. Er war es. Die Zeit stimmte, dann diese Geste ... Ihr Innerstes bebte, doch sie brachte es nicht fertig, ihre heimliche Vermutung zu offenbaren.

»Nicht in der Zeit, als Sie vor Ort waren«, behauptete sie. »Das wäre wohl auch ein zu großer Zufall gewesen.«

»In all den Stätten arbeiten Hunderte, manchmal Tausende Wissenschaftler. Die Ansätze zu eigenen Studien sind unerschöpflich, wie ich Ihnen gerade erläutert habe. Jeder findet seine Themen, die noch näher beleuchtet werden können.«

»Spannend«, mischte sich Pablo ins Gespräch ein.

Der Professor sah ihn aufmerksam an. »In der Tat.« Er zeigte zum Castillo, das hoch auf der Klippe über dem Atlantik thronte. »Wissen Sie, meine Familie lebt nicht weit von hier. Und als ich diese Ruinen zum allerersten Mal sah, wusste ich, was meine Berufung war.« Wieder lachte er. »Das klingt etwas melodramatisch, ist aber genau so gewesen. Alte Geschichten haben mich schon immer fasziniert. Und daran wird sich wohl auch nichts mehr ändern.«

Atemlos blieb Dalia stehen und blinzelte gegen die Sonne. Die Wellen rollten an den Strand. Sie atmete tief durch. Der Professor und Pablo mussten denken, sie sei verrückt geworden.

Nachdem Ricardo Murillo Flores ihnen erzählt hatte, wie er zu seinem Beruf gekommen war, waren plötzlich in Dalia sämtliche Dämme gebrochen. All die widersprüchlichen Emotionen, die sich in den letzten Tagen in ihr angestaut hatten, waren hochgeschwappt wie der Ozean vor ihren Füßen. Sie hatte ohne Vorwarnung zu zittern begonnen, Tränen waren in ihr aufgestiegen. Als sie merkte, dass sie ihre Gefühle nicht länger im Griff hatte, hatte sie sich wortlos umgedreht und war weggerannt. Auf direktem Weg zum Strand. Mit halbem Ohr hatte sie noch vernommen, wie Pablo sie entschuldigt und etwas von schwierigen Zeiten gesagt hatte, die hinter ihr lagen.

Nun drückte sie die Hände aufs Gesicht und ließ ihren Gefühlen freien Lauf. Tränen liefen ihr über die Wangen. Irgendwo tief in ihrem Inneren ahnte sie, dass sie ihren Vater gefunden hatte. Die Wucht der Erkenntnis warf sie komplett aus der Bahn, traf sie wie ein schwerer Hammerschlag. Noch immer bebten ihre Finger, und ihr Herzschlag galoppierte. Während sie aufs Wasser sah, versuchte sie, sich wieder etwas zu beruhigen. Durchzuatmen. Ricardo Murillo Flores war zur gleichen Zeit in Chichén Itzá gewesen wie ihre Mutter. Die Erforschung der Maya war quasi sein Leben. Wie es wohl auch bei ihrer Mutter gewesen wäre, wenn sie hätte weiterleben dürfen. Dalia war nur eine Frage von der Wahrheit entfernt gewesen. Eine einzige Frage. Doch mit einem Mal hatte sie furchtbare Angst vor der Antwort bekommen. War Ricardo Murrillo Flores ihr Vater, wie ihr Instinkt ihr nur allzu deutlich signalisierte? War er vor vielen Jahren die große Liebe ihrer Mutter gewesen? Und was war geschehen, dass er damals annahm, Dalia sei ebenso wie ihre Mutter gestorben?

»Dalia!«

Sie drehte sich um und sah Pablo, der auf sie zukam. Nervös strich sie sich eine Strähne aus dem Gesicht und wischte sich über die Augen.

»Was ist los?« Er wirkte besorgt.

Sie schüttelte den Kopf.

»Mach dir bitte keine Gedanken, ich habe dem Professor erklärt, dass du ... gerade etwas durch den Wind bist.« Er nahm ihre Hand und drückte sie. »Was denkst du?«

Dalia legte den Kopf in den Nacken und beobachtete zwei über ihnen kreisende Möwen. Dann suchte sie wieder Pablos Blick. »Er ist es.«

Pablo verzog seine Lippen. »Möglich. Aber sicher weißt du es erst, wenn du nachgefragt hast.«

Dalia nickte, und ihre Knie begannen erneut zu zittern.

»Komm«, forderte Pablo sie auf und zog sie behutsam zu einem der zahlreichen Liegestühle, die am Strand herumstanden. Sanft drückte er sie auf die Sitzfläche und musterte sie forschend. »Warte hier, okay? Ich bin gleich wieder da.«

Keine fünf Minuten später kam er mit zwei hellblauen Bechern zurück. Er setzte sich neben sie und drückte ihr eines der Getränke in die Hand. »Trink.«

Dalia nahm einen großen Schluck und wischte sich erneut über die Augen. »Lecker!«

»Mangosaft«, erklärte Pablo lächelnd und sah sie von der Seite an. »Besser?«

Sie nickte tapfer. »Es ist … da oben dachte ich plötzlich …« Sie schluckte und starrte sekundenlang in den feinen weißen Sand vor ihr. »Er ist es«, wiederholte sie leise, bevor sie wieder aufsah. »Er ist es«, murmelte sie ein weiteres Mal. »Hast du gesehen, wie er sich mit dem Zeigefinger über die Stirn gestrichen hat?«

Pablo kniff die Augen zusammen, dann nickte er langsam.

»Diese Geste mache ich auch oft«, fuhr Dalia fort. »Bestimmt ist Ricardo Murillo Flores mein Vater.«

»Wie kannst du dir so sicher sein?« Pablo klang ein bisschen irritiert.

Dalia nickte zögernd. »Ich fühle es irgendwie. Er ist so … nett … freundlich … warmherzig.«

Pablo legte einen Arm um ihre Schulter und zog sie an sich. »Dann muss er es wirklich sein. Bei dieser Tochter.« Er lachte kurz auf. »Spaß beiseite. Du musst ihn unbedingt fragen. Vorher kannst du dir nicht wirklich sicher sein.«

Dalia erwiderte seinen Blick. »Hast du ihm denn eben nicht zugehört? Er war damals in Chichén Itzá. Zur gleichen Zeit, als meine Mum auch dort war. Sein Vorname ist Ricardo. Und dann diese Geste … Er *muss* es einfach sein.«

Pablo schwieg.

Zwei Kinder setzten sich nicht weit von ihnen in den Sand und begannen, mit zwei großen Schaufeln einen Wall zu errichten. Abwesend verfolgte Dalia die Szene.

»Auch das Alter passt«, sagte sie nachdenklich. »Er war eben ein paar Jahre älter als meine Mum.« Wie sollte sie jetzt bloß weiter vorgehen? Sie konnte ihn doch wohl kaum ohne Vorwarnung mit der Tatsache konfrontieren, dass sie entgegen seiner jahrzehntelangen Annahme am Leben war. Wie würde er darauf reagieren?

»Was willst du tun?«

Sie seufzte. »Abwarten. Mir eine Strategie überlegen. Vielleicht sollte ich ihn noch etwas besser kennenlernen, bevor ich ihm … die Wahrheit sage.«

Sie drehte sich um und blickte zum Castillo hinauf, das über dem Ozean im gleißenden Sonnenschein thronte. Eine Gänsehaut bildete sich auf ihren Armen bei dem Gedanken daran, dass er sich gerade irgendwo da oben aufhielt. »Wie findest du ihn?«

Pablo lächelte. »Sehr nett.«

»Du denkst auch, dass er es ist?«, wollte sie sich vergewissern.

Er seufzte. »Ich weiß es nicht, Dalia. Bei der Führung habe ich nach äußeren Ähnlichkeiten zwischen euch gesucht, aber da ich deine Mum nicht kannte ... Es ist furchtbar schwer, etwas zu finden, wenn man nicht genau weiß, wonach man suchen soll. Ihr habt beide dunkles Haar, der Hautton ist ähnlich, aber ...« Seine Mundwinkel zuckten. »Wenn es danach ginge, könnten wir beide auch Geschwister sein.« Er grinste. »Aber glücklicherweise sind wir das nicht.«

Dalia legte ihren Kopf an seine Schulter und sah aufs Meer. Seine Nähe tat ihr so gut.

Drei Pelikane schwammen auf den Wellen. Die gelben Schnäbel hoben sich leuchtend von ihrem weißen Gefieder ab. Ungerührt setzten sie ihren Weg über die Schaumkronen fort, ohne sich an den Schwimmern zu stören, die sich im Wasser tummelten und immer wieder ihre Wege kreuzten.

»Bin ich im Paradies gelandet?«

Pablo lachte. »Könnte sein.«

»Dieses reine Blau des Himmels, das kaum vom Wasser des Atlantiks zu unterscheiden ist, das saftige Grün der Palmen, das klare Grau der Klippen, die hellen Mauern der Ruinen ...« Dalia verstummte vor Ehrfurcht. »Ich liebe Cornwall über alles, aber ich glaube, ich habe noch nie einen Ort gesehen, der schöner, strahlender, reiner ist als Tulum.«

»Meine Familie hat uns für heute Abend zum Essen eingeladen«, erwiderte Pablo. »Hast du Lust auf einen typisch mexikanischen Abend im Paradies?«

27

Pappsatt lehnte Dalia sich zurück und ließ ihren Blick über die große Tafel schweifen. Pablos Bruder Rafael diskutierte mit Marcela, seiner Frau, über das Schulfest von einem ihrer Kinder. Clara, Pablos jüngere Schwester, hatte eine Hand auf den Unterarm ihres Vaters Vicente gelegt und redete leise auf ihn ein, während Pablos Neffe Enrique und seine Nichte Flora sich gerade von ihren Stühlen erhoben und über die Terrasse stürmten.

Pablo beugte sich zu Dalia herüber. »Alles etwas viel, oder?«

Energisch schüttelte sie den Kopf. »Ich finde es total schön.«

Pablo hob die Brauen. »Total schön? Wir sind eine sehr laute Familie. Auf Außenstehende kann das schon etwas … na ja … verstörend wirken.«

»Sind nicht alle mexikanischen Familien laut?«

Er überlegte kurz, bevor er nickte. »Auch wieder wahr. Aber ihr Engländer …«

»Ihr Engländer?« Dalia zog eine Grimasse. »Hast du nicht vor Kurzem noch gesagt, ich sei eine von euch?«

Seine Mundwinkel zuckten. »Ja, schon, aber von der mexikanischen Kultur hast du in der Vergangenheit nicht allzu viel erlebt, oder?«

Dalia nickte wehmütig, als Pablos Mutter Alma wieder ins Freie trat, in den Händen ein großes Holztablett mit mehreren Schüsseln. Pablo erhob sich und nahm seiner Mutter die Last ab. Er stellte das Tablett auf den Tisch und verteilte die Schüsseln.

»Was ist das?«, wollte Dalia wissen.

Pablos Mutter verschwand wieder im Haus.

»Ananas, Mangos und Orangen«, zählte Pablo auf. »Mit Sirup überzogen. Du wirst begeistert sein.«

Dalia legte eine Hand auf ihren Bauch. »Ich bin bereits satt.«

Pablo winkte ab. »Vor Mitternacht ist hier niemand satt.«

In diesem Moment kam Alma mit einem Kuchen in der Hand zu ihnen.

Dalia wechselte einen irritierten Blick mit Pablo. »Wer soll denn das alles essen?«, raunte sie ihm leise zu.

Er lachte. »Na, wir.«

»Was ist los, Pablo?« Seine Mutter sah ihn mit gerunzelter Stirn an, während sie den Kuchen neben die Schüsseln mit dem Obst stellte.

»Dalia fragt sich gerade, wie viele Leute du für heute Abend noch eingeladen hast.«

Alma sah Dalia skeptisch an. »Das ist für uns, Dalia. Für die ganze Familie.« Sie deutete auf den Kuchen. »Das ist eine Torta Imperial.« Sie blickte zu ihrem Sohn.

»Kaiserkuchen«, erklärte Pablo auf Englisch.

Alma nickte zufrieden. »Da sind gemahlene Mandeln und viel Eigelb drin«, zählte sie auf. »Außerdem reichlich Vanille und Zimt.« Sie legte Daumen und Zeigefinger vor ihren Lippen aneinander und zeigte Dalia damit, was sie vom Geschmack des Kuchens hielt. »Eine mexikanische Spezialität.« Dann schnitt sie ihn an, nahm einen Teller vom Stapel und stellte Dalia das erste Stück hin. »Du musst ihn unbedingt probieren.«

»Danke«, sagte sie und sah Hilfe suchend zu Pablo.

»Du schaffst das schon«, meinte er lächelnd. »Lass dir einfach Zeit.«

Dalia kostete von dem Kuchen und stellte fest, dass er noch viel leckerer war, als sie es sich vorgestellt hatte.

Sie fragte sich, ob sie jemals so viel gegessen hatte wie heute Abend. Dann fiel ihr die Fiesta von Estellas Oma ein, bei der das Büfett ähnlich opulent gewesen war. Dalia wunderte sich, dass nicht die komplette Bevölkerung des Landes unter extremem Übergewicht litt.

Eifrig verteilte Alma das Obst und die Torta Imperial an alle Familienmitglieder, und in weniger als zwei Minuten waren sowohl die Schüsseln als auch die Kuchenplatte komplett leer gefegt.

»Was machst du in England, Dalia?«, erkundigte sich Clara.

»Ich bin Grafikdesignerin«, erwiderte sie. »Ich erstelle Internetseiten für verschiedene Unternehmen, außerdem arbeite ich für die Gärtnerei meiner Familie. Da kümmere ich mich um die Werbemittel, entwerfe Schilder und überlege mir gerade ein schönes Konzept für die Neugestaltung des Verkaufsraums.«

»Und sie malt wie Frida«, warf Pablo ein.

»Nicht wirklich«, wiegelte Dalia verlegen ab.

Pablos Gesicht nahm einen tadelnden Ausdruck an. »Jetzt stell dein Licht mal nicht unter den Scheffel.« Er zog sein Smartphone hervor und scrollte durch seine Fotogalerie. »Hier.« Er hielt Clara das Display hin. »Das hat Dalia in Uxmal gemalt.«

Claras Augen weiteten sich. »Das hast du gemalt?«, fragte sie ungläubig.

Dalia wand sich. »Es war nur ein erster Versuch. Früher habe ich öfter gemalt, es dann aber aus Zeitgründen aufgegeben ... In Uxmal hatte ich plötzlich Lust, wieder anzufangen.« Sie schluckte. »Das Erstellen von Websites und Werbemitteln erfüllt mich nicht mehr. Leider habe ich keine Ahnung, was ich stattdessen machen möchte. Ich hoffe, ich kann hier etwas zur Ruhe kommen und mir ein paar Gedanken machen, wie es weitergehen könnte.«

»Das Bild ist fantastisch«, gab Clara zurück und reichte das Smartphone an Rafael und Marcela weiter. »Seht euch das mal an.«

»Excelente«, kommentierte Marcela, und auch Rafael war sichtlich beeindruckt.

»Wenn du in Cornwall keine erfüllende Aufgabe findest, kannst du dir hier einen Stand mieten und Bilder von den Mayaruinen verkaufen«, schlug Marcela vor. »Wenn du nur ein Bild pro Woche verkaufst, kannst du in Mexiko das beste Leben führen.«

Überrascht musterte Dalia die junge Mexikanerin.

»Ich meine es ernst«, fuhr Pablos Schwägerin fort. »Künstler haben hier seit jeher einen guten Status.«

»Überleg es dir«, sagte Pablo leise neben ihr. »Ich würde mich auf jeden Fall sehr darüber freuen.«

Da war es wieder, dieses warme Lächeln, das Dalia erzittern ließ. Sie fühlte sich viel zu wohl in dieser Familie, mit diesem Mann an ihrer Seite. Wie sollte sie das hier jemals einfach hinter sich lassen und nach England zurückkehren? Wieder schien Cornwall in weitere Ferne zu rücken.

»Pablo hat gesagt, du suchst deinen Papa«, ergriff Clara ein weiteres Mal das Wort.

Während Dalia ihr von dem Brief und den gefundenen Ohrringen erzählte und von ihrem Verdacht, dass der Professor in Tulum ihr Vater war, hörte sie mit halbem Ohr, wie Alma ihren Sohn fragte, ob Dalia seine Freundin sei.

Als er verneinte, verkrampfte sich etwas in ihrem Inneren. Doch was hatte sie erwartet? Trotz der Nähe und Vertrautheit zwischen ihnen hatte Pablo bisher keinerlei Anstalten gemacht, ihr Verhältnis zu vertiefen. Wahrscheinlich war ihm ebenso wie Dalia klar, dass die äußeren Umstände viel zu kompliziert für eine Beziehung wären. Und doch ...

Wie sehr sehnte sie sich mittlerweile danach, von ihm in den Arm genommen zu werden, seine Wärme zu spüren. Sie musste daran denken, wie sie vor wenigen Tagen miteinander getanzt hatten. Minute um Minute, Lied für Lied, die Nacht hatte sich ewig angefühlt, und sie hatte sich tatsächlich gewünscht, dass sie niemals enden würde.

»Ich drücke dir die Daumen, dass er es wirklich ist«, drang Claras Stimme wieder durch Dalias Gedankenchaos.

»Ich möchte mir erst noch ein besseres Bild von ihm machen. Wie er ist, was er tut«, antwortete sie. »Also habe ich mich für einen Workshop angemeldet.« Dalia fuhr sich durchs Haar. »Ich habe keine Ahnung, wie ich ihm sagen soll, dass ich ...«

»Du bist aber nicht zu hundert Prozent sicher«, gab Clara zurück.

Dalia lächelte. »Hast du dich mit deinem Bruder abgesprochen?« Dann schüttelte sie den Kopf. »Nein, ich bin mir nicht ganz sicher, aber ... ich fühle es.« Sie zuckte die Schultern. »Klingt doof, aber ich glaube in der Tat, dass er es ist. Es passt alles, und ... ich wünsche mir von ganzem Herzen, dass Ricardo Murillo Flores mein Vater ist.«

28

Neunundzwanzig Jahre zuvor
Chichén Itzá

Während Ricardo ihnen erklärte, wie sie atmen mussten, wenn sie unter Wasser waren, schweiften Camellias Gedanken immer wieder ab. Der Wissenschaftler war der zärtlichste Liebhaber, den sie sich überhaupt nur vorstellen konnte. Gestern Abend hatte sie ihn kein zweites Mal fragen müssen. Sie waren gemeinsam auf ihr Zimmer gegangen, wo erst einmal verlegenes Schweigen geherrscht hatte. Auch Camellia hatte in jenem Moment die unsichtbare Barriere zwischen ihnen gespürt. Sie war seine Studentin, eine intime Beziehung zwischen ihnen war völlig unangemessen. Doch nachdem er den ersten Schritt auf sie zu gemacht hatte, war der Bann mit einem Schlag gebrochen gewesen. Die Erinnerung daran zauberte ihr ein Lächeln auf die Lippen.

»Was ist denn heute los mit dir?«, wisperte Saddie in diesem Moment an Camellias Seite.

Rasch besann sie sich und schüttelte den Kopf. »Nichts, was soll sein?«

»Du träumst mit offenen Augen«, gab Saddie ungnädig zurück. »Ist es wegen Carmen?«

Camellia schluckte. Dann nickte sie zögernd. »Ja, auch.«

»Du solltest dich jetzt dringend konzentrieren. Immerhin ist es unser allererster Tauchgang.«

Wieder nickte Camellia und bemühte sich, endlich Ricardos Stimme zu lauschen.

»Wir sind keine Sporttaucher«, erklärte dieser gerade und sah sie der Reihe nach an. Bei Camellia blieb sein Blick einen Bruchteil länger hängen, doch in seiner Miene war nicht zu erkennen, dass er noch vor wenigen Stunden in ihrem Bett gewesen war. »Deshalb möchte ich euch inständig bitten, auf Experimente oder andere Herausforderungen zu verzichten. Diese Aktion soll lediglich dazu dienen, euren Blickwinkel zu weiten. Ich möchte, dass ihr wisst, wie es unter Wasser in der Cenote aussieht. Ihr werdet dort keine Skelette oder Ähnliches mehr finden, die sind mittlerweile alle geborgen. Aber versetzt euch gedanklich einfach mal einige Jahrhunderte zurück. Stellt euch vor, wie es sich dort in der Hochzeit der Mayaregentschaft angefühlt hat. Spürt den Opfern nach, die hier ihr Leben lassen mussten.« Er nickte nachdrücklich. »Seid ihr bereit?«

Camellia atmete tief durch. Sie war daheim schon

mehrere Male tauchen gewesen, doch das Wissen um die grausamen Rituale, die sich in der Vergangenheit hier abgespielt hatten, ließ den anstehenden Tauchgang in einem fast gruseligen Licht erscheinen.

»Camellia, willst du den Anfang machen?« Seine Stimme klang wie immer.

Sie schnappte kurz nach Luft. »Ja«, antwortete sie leise. »Gerne.«

»Gut.« Er bedeutete ihr mit einer Geste, zu ihm zu kommen.

Vorsichtig watschelte sie mit ihren Flossen an den anderen vorbei und stellte sich mit genügend Abstand neben ihn.

»Ich beiße nicht.« Ricardo lächelte. »Lass dich ganz vorsichtig ins Wasser sinken. Du musst nicht besonders tief gehen. Das Wasser ist sehr klar, du wirst auch mit einiger Distanz genügend erkennen.« Er sah ihr in die Augen. »Alles klar?«

Sie nickte.

»Dann los.«

Das Wasser war wärmer als befürchtet. Camellia schwamm mit kräftigen Armzügen in die Mitte des Opferlochs und tauchte dann ab. Mit einem Schlag waren alle Nebengeräusche wie das Gemurmel der anderen und die Geräusche des dicht bewachsenen Waldes um die Cenote herum verstummt.

Nachdem sich ihre Augen an das türkisfarbene Licht unter Wasser gewöhnt hatten, fühlte sie sich etwas sicherer. Camellia ließ ihre Arme sinken und schwebte schwerelos durch das grünlich schimmernde Wasser. Die steilen Felswände um sie herum waren von Moos und Algen bedeckt. Tief unter sich erkannte sie eine kleine Öffnung, die die Cenote wahrscheinlich unterirdisch mit Wasser versorgte und mit anderen Höhlen verband.

Als es neben ihr plätscherte, drehte sie sich um und erkannte Armand, der mit seinen Fingern das Victoryzeichen in ihre Richtung machte. Sie nickte und versuchte, unter ihrer Tauchmaske zu lächeln. Dann konzentrierte sie sich wieder auf die Umgebung und versuchte, jeden noch so unauffällig erscheinenden Eindruck in sich aufzusaugen, jedes noch so winzige Detail in ihrem Gedächtnis abzuspeichern. Die Wasserpflanze, die sich um einen spitz aufragenden schmalen Felsblock rankte. Die Kieselsteine, die sich in einer kleinen natürlichen Mulde angesammelt hatten. Das wellenförmige Muster am teils schlammigen Boden. Die unfassbare Ruhe, die hier unten herrschte, während oben die ersten Touristenbusse an der Ruinenstätte ankamen.

»Für einen Wissenschaftler ist es wichtig, sich auf die Fakten zu konzentrieren«, erklärte Ricardo zwei Stunden später, nachdem alle ihre Tauchgänge beendet hatten. »Was haben wir gefunden? Was können wir daraus mit Sicherheit schließen? Und was könnte das vorliegende Artefakt für eine Bedeutung gehabt haben? Nicht immer finden wir eine eindeutige Lösung. Oft können wir unsere Fragen sogar überhaupt nicht beantworten, weil uns entscheidende Hinweise fehlen. Aber …« Er sah einen nach dem anderen von ihnen an. » ... wir machen immer weiter. Wir lassen uns nicht entmutigen. Wir werfen niemals hin. Wir werden in Sackgassen enden, immer wieder, ohne Frage. Aber dann kehren wir um und nehmen den nächsten Abzweig.« Er drehte sich ein wenig. »Giovanni, was hast du da unten gedacht?«, wandte er sich an den jungen Italiener.

Der zog eine Grimasse. »Verdammt eng und verdammt feucht.« Er grinste.

Ricardo zog die Brauen hoch. »Danke für diese überaus hilfreiche Bemerkung.« Er sah zu Saddie und Camellia. »Saddie?«

»Ich fand es sehr spannend. Am liebsten wäre ich noch länger unten geblieben. Ich hatte das Gefühl, als befände ich mich nicht mehr in dieser Welt. Es war surreal ... und irgendwie auch beängstigend.«

»Und du, Camellia?« Seine Stimme klang sanft, warm.

Camellia wurde schwindlig, als sie unweigerlich daran denken musste, wie seine Hände über ihren Körper gewandert waren. Wie er ihr Gesicht mit Küssen bedeckt hatte. Wie ...

»Camellia?«

Saddie stieß ihr den Ellbogen in die Seite.

Camellia nickte. »Ich ... musste an die Opfer denken. Wie sie sich wohl gefühlt haben, als sie wussten, dass es kein Entrinnen mehr gab.«

»Die haben vermutlich nicht mehr viel gefühlt«, warf Giovanni ein.

»Was ist dir durch den Kopf gegangen?«, hakte Ricardo nach, ohne auf Giovannis Bemerkung einzugehen.

»Ich habe versucht, mir vorzustellen, ich sei eines dieser Opfer«, gestand Camellia leise. »Die Hände und Füße zusammengebunden. Unfähig, sich auch nur einen Zentimeter aufwärtszubewegen …«

»Was ein Psychologe wohl zu einer derartigen Fantasie sagen würde«, bemerkte Giovanni grinsend.

»Ich denke, das reicht jetzt, okay?«, fuhr Ricardo ihn an. Nicht nur Camellia war von der Schärfe seines Tons überrascht.

»Was ist denn heute los?« Saddie sah Camellia von der Seite an. »Ist etwas passiert?«

Camellia biss sich auf die Lippe und schwieg.

»Sag schon«, beharrte Saddie.

»Später, ja?«

»Ihr habt was …?« Saddie schüttelte ungläubig den Kopf.

Camellia wusste, dass sie der Amerikanerin besser nichts hätte erzählen sollen, doch sie hatte ein Ventil gebraucht, hatte mit irgendjemandem über das Geschehene reden müssen. Noch immer war sie von ihren eigenen Gefühlen völlig überwältigt. Allein wenn sie an Ricardo dachte, begann ihr ganzer Körper zu kribbeln.

»Wenn das rauskommt, bekommst du richtig Probleme«, fuhr Saddie fort.

Camellia nickte betreten. »Ich weiß. Und Ricardo würde vermutlich seinen Job verlieren.«

»Aber du fandest ihn ja schon in Mexiko-Stadt heiß«,

fuhr Saddie lächelnd fort. »Ich wünsche euch auf jeden Fall, dass ihr nicht auffliegt.«

»Du darfst niemandem etwas davon sagen, vor allem nicht Giovanni«, beschwor Camellia sie, während sie sich umsah. Doch sie saßen ganz allein im Schatten des Tempels. Von den anderen war nichts zu sehen.

»Der Blödmann erfährt von mir gar nichts«, gab Saddie leicht gekränkt zurück. »Und auch sonst niemand. Ich bin doch kein Klatschmaul.« Sie streckte ihre Beine aus. »Wie soll das denn jetzt weitergehen mit euch?«

Camellia zuckte mit den Schultern. »Ich habe keine Ahnung, aber ...« Sie sah Saddie offen ins Gesicht. »Ich glaube, ich habe mich richtig verliebt. Ricardo ist nicht nur attraktiv, sondern auch total klug. Wir haben letzte Nacht stundenlang über verschiedene Forschungshypothesen diskutiert. Er hat ein Wissen, unglaublich.«

Tatsächlich hatten sie sich stundenlang über Ricardos Doktorarbeit unterhalten, die er vor einigen Jahren geschrieben hatte. Camellia war nicht mit all seinen Theorien einverstanden gewesen, hatte ihm widersprochen, was ihn nur weiter angespornt hatte, ihr seine Sicht auf die Artefakte der Maya genauer zu erläutern. Noch nie hatte sie mit einem Mann derart intensiv diskutieren können. Sie hatte von ihren Artikeln erzählt und davon, dass sie hoffte, hier ein gutes Thema für ihre Abschlussarbeit zu finden.

»Außerdem ist er so liebevoll, so ...«

Saddie hob eine Hand. »Stopp. Keine weiteren Details bitte. Er ist mein Exkursionsleiter, und ich möchte nicht daran denken müssen, wie er nackt und mit verstrubbeltem Haar am Morgen aussieht, nachdem ihr ...« Sie lachte. »Ich möchte ihn weiter als Mayaforscher betrachten können.«

Camellia lachte ebenfalls. »Alles klar, das verstehe ich. Und Ricardo ist ein herausragender Wissenschaftler. Ich glaube, er hat wirklich noch eine große Karriere vor sich. Sein Wissen scheint grenzenlos.«

»Nun, du bist nicht ganz objektiv, aber ...« Saddie legte den Kopf schief. » ... ich gebe dir recht.«

Camellia mied es seit ihrer Ankunft im Restaurant tunlichst, Ricardo direkt anzusehen. Da Saddie auf Anhieb gemerkt hatte, dass mit ihr etwas nicht stimmte, fürchtete sie nun, Giovanni und Armand würden durch ihr Verhalten ebenfalls Wind von ihrer Affäre bekommen. Affäre, wiederholte sie in Gedanken, dieser Begriff klang schmutzig und billig. Das zwischen Ricardo und ihr war weder das eine noch das andere. Es war reiner und ehrlicher als alles, was Camellia in ihrem bisherigen Leben erfahren hatte.

Doch was war sie für Ricardo? Mehr als eine kurze Liebschaft? Ihr Aufenthalt in Mexiko war befristet. Was würde mit ihnen geschehen, wenn sie nach England zurückmusste? Daran wollte sie jetzt nicht denken.

Ricardo unterhielt sich gerade mit Armand über den Regengott Chaac. Verstohlen blickte Camellia zu ihm hinüber, betrachtete sehnsuchtsvoll seine sinnlichen Lippen, die markante Nase, die warmen Augen und sein dichtes

Haar. Noch nie hatte sie ein Mann derart fasziniert. Er war nicht nur gut aussehend, sondern auch intelligent, eine Eigenschaft, die sie sehr zu schätzen wusste, denn sie hasste es, sich mit Männern abzugeben, die nicht verstanden, wovon sie sprach. Manch einer hielt sie deshalb vermutlich für arrogant, doch sie liebte nun einmal tiefgründige Gespräche, konnte stundenlang über Themen diskutieren, die ihr am Herzen lagen. Die meisten Männer, die ihr bis jetzt begegnet waren, waren mit ihrem Wissensdurst und ihrer Ausdauer überfordert gewesen. Nicht so Ricardo. Mit ihm konnte sie stundenlang reden. Lange, ergebnisoffen, auf Augenhöhe.

Saddie grinste sie an, und Camellia fühlte sich ertappt. »So offensichtlich?«

Saddie erwiderte nichts, sondern nickte nur bekräftigend.

Camellia seufzte.

»Wie wär's, Camellia? Wollen wir beide noch mal näher auf deine Fantasie von heute früh eingehen?« Giovanni machte eine obszöne Geste mit der Zunge. »Wir könnten die Situation zusammen nachstellen. In meinem Zimmer.« Er lachte dreckig.

»Idiot«, zischte Camellia und wandte sich von ihm ab.

Doch der Italiener hörte nicht auf. »Ich fessle dir Arme und Beine …« Er sah provokativ in die Runde. »Und du sagst mir, was du dabei fühlst.«

Camellia presste wütend die Lippen aufeinander.

»Es reicht!«, fuhr ihn Ricardo an, seine Augen blitzten zornig auf.

Camellia hielt die Luft an. Warum mischte er sich denn jetzt ein? Wollte er sich unbedingt verraten?

»Bist du etwa ihr neuer Beschützer?«, provozierte Giovanni weiter. »Ich habe ihr doch nur einen ganz harmlosen Vorschlag unter Freunden gemacht.«

»Ich bin euer Exkursionsleiter«, korrigierte Ricardo, während er sich sichtlich um Ruhe bemühte. »Unterlass künftig solche Bemerkungen.«

»Was soll das?« Giovanni schien es ganz und gar nicht zu passen, dass der Dozent ihn vor allen zurechtwies.

»Halt dich einfach zurück, okay?« Ricardo lehnte sich weiter über den Tisch und funkelte Giovanni wütend an.

Camellias Herz klopfte wie wild. Warum musste sich Ricardo derart aufspielen? Dachte er etwa, sie komme nicht allein mit diesem Vollidioten zurecht? Wütend stand sie auf. »Schönen Abend noch. Mir ist gerade der Appetit vergangen.«

Als sie Ricardos fassungslosen Blick auffing, wandte sie sich ab und verließ ohne ein weiteres Wort das Restaurant.

Saddie rief ihr noch etwas hinterher, was sie nicht verstand, Giovanni und Ricardo begannen erneut, laut zu diskutieren, doch Camellia wollte nichts mehr hören. Sie wollte allein sein, Ruhe haben, wollte nur noch weg von diesem Theater.

Als sie zwei Stunden später auf ihrer kleinen Terrasse vor dem Zimmer saß und las, vernahm sie ein leises Klopfen an ihrer Tür. Ihre Wut war in der Zwischenzeit etwas verraucht, doch sie ärgerte sich noch immer, dass Ricardo sich von Giovanni hatte provozieren lassen.

Sie durchquerte den Raum und öffnete die Tür. Ricardo stand im Flur und zog eine Grimasse.

»Darf ich hereinkommen?« Schuldbewusst sah er sich um.

Camellia zögerte nur eine Sekunde, dann nickte sie und trat zur Seite.

»Ich musste dich unbedingt sehen«, erklärte Ricardo leise und wollte sie in seine Arme ziehen.

Doch Camellia hob abwehrend die Hände.

»Was ist los?« Sein Blick wurde eindringlicher.

»Was war das vorhin im Restaurant?« Camellia musste sich beherrschen, um nicht lauter zu werden.

»Was meinst du?« Er schien wirklich nicht zu ahnen, woher ihr Ärger rührte.

»Dein kindischer Schlagabtausch mit Giovanni«, gab sie patzig zurück.

Er überlegte kurz. »Er hat sich dir gegenüber übergriffig verhalten.«

Camellia verschränkte die Arme vor ihrem Oberkörper. »Ich bin alt genug, um für mich selbst zu reden. Ich brauche keinen Fürsprecher. Willst du unbedingt, dass alle Welt mitbekommt, was zwischen uns war?«

»Was zwischen uns *war*?« Er machte einen Schritt auf sie zu. »Was soll das heißen?« Seine Stimme klang verunsichert.

»Das, was ich gesagt habe.« Sie drehte sich halb von ihm weg, da sie immer noch sauer war.

»Camellia ...« Er schien nach Worten zu suchen. »Ich ... Es tut mir leid. Ich dachte einfach ... Ich möchte nicht, dass jemand ... dass ein Mann auf diese Weise mit dir redet.«

»Denkst du wirklich, das schaffe ich nicht allein?« Sie sah ihn wieder an. »Ich bin schon mit ganz anderen Typen fertiggeworden als diesem Schmalspur-Möchtegern-Casanova.«

Ihre Wortwahl ließ Ricardo schmunzeln, doch er bemühte sich sofort wieder um Ernsthaftigkeit. »Es tut mir leid, Camellia. Wirklich. Bitte lass uns nicht streiten. Die Zeit mit dir ist zu kostbar.«

Sein Ton traf sie mitten ins Herz. Sie ließ die Arme sinken und sah ihn hilflos an. »Ich habe Angst, dass jemand ...«

Er nickte. »Ich weiß. Das habe ich doch auch. Wir müssen vorsichtig sein.« Er streckte seine Hand aus und legte sie auf ihre Wange. »Du hast mir so gefehlt.«

Camellias Puls beschleunigte sich. »Es sind doch gerade mal ein paar Stunden vergangen.«

»Das war trotzdem zu lang«, entgegnete er ernst.

Er zog sie an sich und bedeckte ihr Haar mit sanften Küssen. Camellia schloss die Augen und gab sich ganz seinen Berührungen hin. Warum stritten sie wegen eines unwichtigen Typen wie Giovanni? Er war es überhaupt nicht wert. Und sie würde nicht zulassen, dass er das zerstörte, was zwischen Ricardo und ihr entstanden war.

»Camellia, ich möchte, dass du glücklich bist«, flüsterte Ricardo an ihrem Ohr. »*Ich* möchte dich glücklich machen.«

Sie lächelte. »Das tust du.«

Seine Hände wanderten über ihren Rücken, sein Griff wurde fester. Camellias Unterleib zog sich voller Verlangen zusammen. Sie wollte ihn. Vergessen waren die anderen Studenten. Vergessen war der Ärger im Restaurant. Hier und jetzt gab es nur Ricardo und sie. Camellia löste sich von ihm und knöpfte langsam ihre Bluse auf, während sie ihm provozierend ins Gesicht sah. »Wie glücklich möchtest du mich denn machen?«

Als sie voneinander abließen, setzten sie sich zufrieden zusammen auf die kleine Terrasse. Ricardo begann, von seinen Forschungen über den Mayakalender zu erzählen. Camellia hörte ihm wie schon so oft gebannt zu, hakte jedoch immer wieder nach und ließ sich von ihm ausführlich erklären, worauf seine Annahmen basierten. Er hatte in verschiedenen Museen und Ruinen geforscht und schilderte ihr seine Vorgehensweise, worauf Camellia ihn mit ihren gründlichen Nachfragen mehrmals aus dem Konzept brachte. Sie diskutierten über Stunden. Erst als die zarte Dämmerung die Dunkelheit der Nacht vertrieb, merkten sie, wie lange sie schon hier saßen und sprachen. Hastig verabschiedete Ricardo sich und kehrte in sein eigenes Zimmer zurück. Camellia legte sich ins Bett und versuchte, noch ein paar Stunden Schlaf zu bekommen.

29

Gegenwart
Tulum

»Die Kunst der Maya ist berühmt für ihre einzigartige Schönheit und erzählende Darstellung«, setzte Ricardo Murillo Flores an, nachdem sich alle Teilnehmer des Workshops um ihn herum versammelt hatten. Außer Dalia nahmen vier weitere Frauen und drei Männer teil. Die meisten von ihnen waren Amerikaner, ein Paar kam aus den Niederlanden, und auch ein Norweger war unter ihnen.

»Die meisten Vasen, mit denen wir uns heute beschäftigen, thematisieren geschichtliche Ereignisse, aber es gibt auch Darstellungen von Gottheiten oder Szenen bei Hofe«, fuhr er fort und sah die Teilnehmer der Reihe nach an. »Diese Keramiken bezeugen das technische Können, die Kreativität, aber auch die intellektuellen Fähigkeiten der Maya. Ihre Töpferkunst blieb zu jener Zeit unerreicht. Sie gehört weltweit zu den am höchsten entwickelten und übertrifft in technischer und künstlerischer Hinsicht sogar die Keramiken aus der griechischen Antike.«

Dalia hatte sich schon gestern für den Workshop über die Keramikkunst der Maya angemeldet, nachdem sie mit Pablo am Strand gewesen war. Sie sah dieses Kurzseminar als gute Gelegenheit an, den Mann, der möglicherweise ihr Vater war, ganz inkognito besser kennenzulernen. An der Kasse hatte man ihr gesagt, dass er sich mit einigen anderen Wissenschaftlern in Tulum zusammengetan hatte, um Touristen in solchen Workshops die Kultur der Maya nahezubringen.

Der lange Abend mit Pablos Familie forderte allerdings seinen Tribut, und Dalia musste ein Gähnen unterdrücken. Auf keinen Fall wollte sie den Eindruck erwecken, das Thema oder Ricardos Erzählweise würden sie langweilen. Das Gegenteil war der Fall. Sie hing an seinen Lippen und konnte sich vor lauter Aufregung kaum auf die gesagten Inhalte konzentrieren. Am liebsten hätte sie jedes einzelne seiner Worte aufgenommen, um es sich später allein in Ruhe nochmals anhören zu können. Doch das erschien ihr doch etwas zu peinlich, wenn es herauskäme.

»Die Maya stellten ihre Farben vorwiegend aus Eisenoxiden her«, berichtete Ricardo Murillo Flores. »Vor allem aus Eisenoxidrot und Eisenoxidschwarz. Daraus lässt sich ein Farbspektrum von Gelb über Braun bis Schwarz erzielen, und wenn man Mangan oder Kobalt hinzufügt, sind weitere Farbtöne möglich wie beispielsweise Rosa.« Er sah wieder in die Runde. »Gibt es bis hierhin Fragen?«

Eine schwarzhaarige Amerikanerin hob die Hand.

»Ja, bitte!« Der Professor zeigte in ihre Richtung.

»Hatten die Maya schon richtige Brennöfen? Ich habe selbst schon öfter mit Ton gearbeitet und weiß, wie wichtig der Brennvorgang für die Haltbarkeit der Gegenstände ist.«

Ricardo nickte. »Eine interessante Frage«, erwiderte er und lächelte. »Wir wissen es nicht genau, aber echte Brennöfen, wie man sie sich heute vorstellt, wurden bisher nicht gefunden.« Er hob die Hände. »Was jedoch nichts heißen muss. Vieles ist noch unerforscht. Die gefundenen Artefakte wurden bei relativ niedrigen Temperaturen von fünfhundert bis siebenhundert Grad gebrannt, vermutlich an einer offenen Feuerstelle oder in einer Grube. Heutige Maya-Töpfer arbeiten ebenfalls mit dem offenen Feuer oder Erdgruben, daher geht die Forschung bislang davon aus, dass das auch damals so war.«

Während die Teilnehmer um sie herum weitere Fragen stellten, auf die der Wissenschaftler ähnlich ausführlich einging, wuchs Dalias Respekt vor ihm. Er wusste auf wirklich alles eine Antwort.

»Nachdem wir einiges in der Theorie erfahren haben, möchte ich nun zum praktischen Teil des Workshops übergehen«, verkündete Ricardo Murillo Flores, als keine weiteren Fragen gestellt wurden. »Zuerst kann sich jeder von Ihnen eines der Papiere nehmen, die ich da vorn hingelegt habe.« Er deutete ins vertrocknete Gras. »Überlegen Sie sich eine Szene aus Ihrem Leben, die Sie gern auf einer Keramikvase verewigen würden. Die Maya haben die Gefäße zum Trinken, Essen, als Grabbeigaben für ihre Toten, aber auch als Geschenke für konkurrierende Herrscher oder treue Untertanen benutzt. Sie sehen, Ihrer Fantasie sind keine Grenzen gesetzt. Vielleicht denken Sie vorher darüber nach, welchen Verwendungszweck Ihre Keramik haben soll.« Als er erneut lächelte, blitzten wieder seine strahlend weißen Zähne auf.

Dalias Aufregung wuchs. Ihr Wunsch, dass es sich bei ihm tatsächlich um die große Liebe ihrer Mutter handelte, stieg ins Unermessliche.

Jeder Teilnehmer griff nach einem Blatt Papier und einem Holzbrett zum Unterlegen. Während Dalia überlegte, was sie abbilden wollte, ging der Professor herum und unterhielt sich leise mit jedem. Als er auf Dalia zusteuerte, beschleunigte sich ihr Herzschlag.

»Die Frau mit der mayabegeisterten Mutter.« Er nickte aufmunternd.

Dalia sah ihn überrascht an. »Sie erinnern sich an mich?« Er musste doch täglich mit Hunderten von Menschen zu tun haben.

»Also, hören Sie mal.« Wieder lachte er. »Sie haben doch erst gestern an meiner Führung teilgenommen.«

»Ja, das stimmt.« Sie biss sich auf die Unterlippe. »Und es tut mir leid, dass ich ... einfach weggerannt bin.«

Er legte kurz die Stirn in Falten, schüttelte dann aber

den Kopf. »Kein Problem, Señorita.« Er zeigte auf das leere Blatt. »Haben Sie schon eine erste Idee?«

Sie zögerte. »Vielleicht Blumen? Oder eine der Pyramiden.«

Wieder strich er sich mit dem Zeigefinger über die Stirn. Gebannt verfolgte Dalia die Bewegung.

»Sie entscheiden. Mit Blumen haben Sie natürlich unbegrenzte Möglichkeiten der Darstellung. Ein statisches Gebäude schränkt Sie in Ihrer Fantasie etwas mehr ein.« Er nickte ihr nochmals zu und ging zum nächsten Teilnehmer.

Erst jetzt merkte Dalia, dass sie unbewusst den Atem angehalten hatte. Er war es. Diese vertraute Geste ...

»Er ist toll, oder?« Die Amerikanerin neben ihr beugte sich zu ihr herüber. »Ich bin jedes Jahr hier. Ricardo bietet immer wieder Workshops zu unterschiedlichen Themen an. Ich habe noch nie einen Mann kennengelernt, der so viel Wissen mit sich herumträgt.«

Dalia nickte zustimmend. »Das finde ich in der Tat auch sehr faszinierend.«

»Ich kenne ihn seit mehr als zehn Jahren. Früher war er in Chichén Itzá, dann ist er nach Tulum zurückgekehrt. Seine Familie lebt hier, seine Frau und seine Kinder.«

Dalia horchte auf. »Er hat Kinder?« Sie schluckte. Dass sie Geschwister haben könnte, daran hatte sie bisher noch gar nicht gedacht. Wie würde es sich anfühlen, plötzlich kein Einzelkind mehr zu sein?

Die Amerikanerin lachte. »Ja, zwei Töchter, glaube ich. Hat er mir irgendwann mal erzählt.«

Als Dalias Handy klingelte, entschuldigte sie sich kurz. Es war Pablo.

»Na, was macht die Kunst?«, wollte er gut gelaunt von ihr wissen.

»Es ist ... super«, bekannte sie ehrlich.

»Schön, das freut mich. Wollen wir uns später am Strand zum Schnorcheln treffen?«

»Klingt gut.« Sie wechselte einen Blick mit der Amerikanerin.

»Willst du es ihm später noch sagen?«

Dalia schluckte. »Ich weiß nicht. Ich glaube ... nicht. Keine Ahnung. Er ist ... so furchtbar nett.«

Sie hörte ihn am anderen Ende der Leitung lachen. »Das ist natürlich ein echtes Problem.«

»Im Ernst«, fuhr sie fort. »Ich weiß nicht, was ich tun soll, wenn er es ... nicht ist.«

»Das erfährst du aber nur, wenn du es ihm sagst«, beschwor Pablo sie in ernstem Ton.

Dalia atmete tief durch. »Ja, ich weiß. Ich muss abwarten. Jetzt muss ich mich aber erst mal um meine allererste Keramik kümmern.«

»Dann wünsche ich dir weiterhin viel Spaß. Wir sehen uns dann später, in Ordnung?«

Dalia nickte. »In Ordnung.«

»Ich freue mich.« Dann legte er auf.

Mit der Zungenspitze fuhr sie über ihre trockenen Lippen. Er freute sich. Und sie? Dalia freute sich ebenfalls darauf, ihn zu treffen. Sie sah wieder zu Ricardo Murillo Flores. Zwei Männer, die ihr Leben momentan gehörig durcheinanderwirbelten. Sie musste dringend wieder etwas Ordnung in ihr Gefühlschaos bringen. Doch zunächst würde sie eine Vase entwerfen. Ein Schritt nach dem anderen, ermahnte sie sich. Jedes weitere Vorgehen wollte gut überlegt sein.

»Das war fantastisch«, erklärte Dalia zufrieden und ließ sich auf ihr Handtuch sinken. Das Wasser perlte in der Sonne an ihrer Haut ab. Sie legte den Schnorchel und die Taucherbrille neben sich auf ihre Tasche. »Danke, dass du mir dieses Paradies gezeigt hast.« Noch immer war sie völlig überwältigt von der farbenfrohen Unterwasserwelt, die sich ihr unter der Oberfläche des Ozeans offenbart hatte.

Pablo setzte sich auf den Liegestuhl neben ihr und betrachtete sie. Sein Oberkörper war braun gebrannt und durchtrainiert. Dalia wurde unter seinem Blick bewusst, dass auch er sie zum ersten Mal im Bikini sah. Offenbar gingen ihm gerade ähnliche Gedanken durch den Kopf. Sie fuhr sich verlegen durch ihr nasses Haar. »Was waren das für Schildkröten, die wir gesehen haben?«

»Grüne Meeresschildkröten«, erwiderte er, ohne zu zögern. »Die kann man hier an der ganzen Riviera Maya sehen.«

Dalia legte sich hin und starrte in den azurblauen Himmel. Die Sonne wärmte sie, der leichte Wind strich sanft über ihre Haut. »Das fühlt sich an wie Urlaub«, murmelte sie genüsslich.

Pablo lachte. »Du *bist* im Urlaub.«

Dalia wandte den Kopf und sah ihn an. »Die letzten

Tage waren … so unwirklich. Ich glaube, ich habe noch nie in meinem Leben in so kurzer Zeit so viel Neues entdeckt. Diese ganzen Eindrücke habe ich noch gar nicht alle verarbeitet.«

Pablo holte eine Flasche Wasser aus seinem Rucksack und bot sie Dalia an. Dankbar nahm sie sie entgegen und trank einen großen Schluck.

»Was soll ich jetzt machen?«, fragte sie und reichte ihm die Flasche.

Pablo nahm sie in Empfang und stellte sie in den Sand. »Du meinst, mit dem Professor?«

Dalia nickte.

»Seine Mutter lebt ebenfalls in Tulum …«, setzte Pablo vorsichtig an.

Dalia richtete sich auf und betrachtete ihn stirnrunzelnd. »Woher weißt du das?«

Er wiegte seinen Kopf hin und her, bevor er mit der Sprache herausrückte. »Meine Mutter kennt jemanden, der jemanden kennt, der …«

Dalia schüttelte lächelnd den Kopf.

»Na ja, Familie eben. Die Mutter des Professors hat ein kleines Geschäft und …« Er lächelte verschmitzt. »Es könnte sogar sein, dass du dein künstlerisches Talent von ihr geerbt hast.«

Dalia sah ihn fragend an.

»Sie malt, genau wie du. Und wie ich finde, gar nicht schlecht.«

»Woher weißt du das?«, wiederholte sie ihre Frage von eben.

»Ich war dort.«

Dalias Puls beschleunigte sich. »Du hast sie gesehen?«

Er nickte. »Nur von Weitem. Ich bin nicht in den Laden reingegangen oder so. Aber sie hatte einige Bilder auf der Straße ausgestellt.«

Trotz der hohen Temperaturen begann Dalia zu frösteln. »Wenn er es wirklich ist, habe ich noch eine Oma.«

Ihre Gedanken wanderten zu Granny. Die gütige, herzensgute alte Frau, die sie ihr Leben lang begleitet hatte. Und die ihr verschwiegen hatte, dass sie Kontakt mit Dalias leiblichem Vater gehabt hatte, überlegte sie voller Wehmut.

»Was denkst du?«

Dalia seufzte. »Keine Ahnung. Möglich, dass es meine Großmutter ist. Aber ...« Sie brach ab.

» ... aber das weißt du nur endgültig, wenn du endlich mit ihm redest.«

Dalia drehte den Kopf, um Pablo direkt in die Augen sehen zu können. Das nasse Haar klebte an seinem Kopf, seine dunklen Augen schimmerten im Sonnenlicht. »Ich habe Angst«, murmelte sie. »Wenn er es nicht ist ...« Sie spürte die Tränen aufsteigen.

Pablo rutschte auf seiner Liege vor und nahm ihre linke Hand in seine. Die Wärme seiner Finger verteilte sich augenblicklich in Dalias Körper, und ihr Magen zog sich sehnsuchtsvoll zusammen.

»Du wirst es nur erfahren, wenn du endlich mit ihm redest.«

Sie nickte. »Du hast recht.« Sie sah zu den hellen Ruinen auf den Klippen und schwieg einen Moment. »Ich muss endlich mit ihm reden«, sagte sie schließlich. »Es ist nicht fair, ihn im Unklaren zu lassen. Wenn er es tatsächlich ist …« Sie schloss kurz die Augen. »Ja, ich spreche mit ihm.«

»Wenn du willst, unterstütze ich dich«, meinte Pablo leise. »Ich bin da, wenn du mich brauchst. Das weißt du hoffentlich.«

Sie betrachtete sein wunderschönes Gesicht. Hatte sie sich je einem Mann näher gefühlt als in diesem Augenblick? Warum tat er das nur? Doch ein Blick in seine Augen verriet ihr die Antwort.

»Das weiß ich«, erklärte sie mit belegter Stimme. »Und dafür bin ich dir unendlich dankbar, aber … ich denke, da muss ich allein durch.«

»Heute noch?«

Sie schüttelte den Kopf. »Ich brauche noch eine Nacht.«

Er nickte verständnisvoll. »Du hast alle Zeit der Welt.«

»Nein, die habe ich nicht«, widersprach sie bestimmt. »Aber heute geht es nicht. Es ist zu früh.« Ihr kam eine Idee. »Wie wäre es, wenn wir etwas essen gehen und du mir den kleinen Laden … seiner Mutter zeigst?«

Am frühen Abend standen sie in Tulum auf einer staubigen Nebenstraße und starrten aus einiger Entfernung zu dem winzigen Geschäft auf der anderen Seite hinüber.

»Willst du reingehen?«

Dalia ließ ihren Blick über die Bilder wandern, die auf großen Holzstaffeleien neben der Eingangstür drapiert waren. Es waren ausnahmslos abstrakte Motive. Sehr bunt, mit geometrischen Formen, Kreisen, Rechtecken und vielen Linien. Sie senkte den Kopf.

»Ich muss erst wissen, ob er es wirklich ist«, erklärte sie ernst. »Ich könnte es nicht ertragen, wenn sie ebenso herzensgut wie ihr Sohn ist und sich am Ende herausstellt, dass ich erneut in einer Sackgasse gelandet bin.«

»Also erst die Aussprache, dann das Familientreffen.«

»Familientreffen«, wiederholte Dalia nachdenklich und musste an ihre Onkel und Tanten in Cornwall denken. An ihre Cousinen, mit denen sie die unbeschwerten Sommer ihrer Kindheit und Jugend verbracht hatte und die für sie wie Geschwister waren. Das alles lag in weiter Ferne, und die Erinnerungen weckten in ihr eine schmerzhafte Melancholie.

»Du denkst an Cornwall«, erriet Pablo ihre Gedanken.

Sie nickte. »Ich wünschte, ich könnte mit meinen Großeltern über all das hier reden.« Sie schluckte. »Sie fehlen mir unglaublich.«

Pablo legte einen Arm um sie. »Aber du bist nicht allein, Dalia. Das weißt du.«

30

Neunundzwanzig Jahre zuvor
Chichén Itzá

Camellia konnte es nicht glauben. Sie hatte sich drei Schwangerschaftstests geholt, doch jeder hatte binnen Sekunden dasselbe Ergebnis angezeigt. Fassungslos ließ sie sich aufs Bett sinken. Was sollte sie denn jetzt tun?

In den letzten Wochen war kaum eine Nacht vergangen, in der Ricardo nicht bei ihr gewesen war. Die Stunden waren erfüllt gewesen mit Liebe, mit Nähe, mit Vertrautheit, mit Leidenschaft. Ricardo war der liebevollste Mann, dem Camellia je begegnet war. Sie konnten nicht genug voneinander bekommen. An manchen Abenden hatten sie auch nur stundenlang auf der kleinen Terrasse vor ihrem Zimmer gesessen und geredet. Über die Maya, über Ricardos Forschungen, über Camellias bisheriges Studium. Die Gesprächsthemen gingen ihnen nie aus.

Wenn es so etwas wie Seelenverwandtschaft tatsächlich gab, dann traf diese Bezeichnung genau, was Camellia und Ricardo verband. Es war nicht nur das Körperliche, auch intellektuell befanden sie sich auf einem Level. Oft verstanden sie sich ohne Worte. Und die gemeinsame Faszination für die mexikanische Hochkultur tat ein Übriges.

Camellia seufzte. Natürlich hatten sie verhütet, aber offenbar war es trotzdem irgendwie passiert. Behutsam legte sie eine Hand auf ihren Bauch und stellte sich vor, wie sich in diesem Moment ein winzig kleines Wesen in ihrem Körper befand. Ein kleines Menschlein. Ein Baby. Ihr Herz krampfte sich zusammen. Sie bekam ein Kind von einem wundervollen Mann. Und doch ... Sie hatten nie über Kinder gesprochen. Wenn sie ehrlich war, hatten sie nicht einmal über gemeinsame Zukunftspläne geredet. Jeder hatte von seinen Träumen erzählt, aber immer hatten sie sich im Hier und Jetzt befunden. Wahrscheinlich, weil beiden klar gewesen war, dass die Tausende Kilometer, die zwischen ihren Heimatländern lagen, womöglich zu einem erheblichen Problem werden konnten. Was sollte Camellia jetzt tun?

Sie sah auf die Uhr. In einer Stunde musste sie in der Ruinenstadt sein. Sie erhob sich wieder und strich ihre Stoffhose glatt. Erneut fuhr sie mit der Hand über ihren flachen Bauch. Sie konnte maximal in der sechsten oder siebten Woche sein. Im Kopf rechnete sie nach, wann sie das letzte Mal ihre Periode gehabt hatte. Was würde Ricardo sagen? Würde er sich freuen? Freute Camellia sich denn? Sie wusste keine Antwort darauf. Mexiko war ein sehr familien- und kinderfreundliches Land. Doch sie studierte in England, und Ricardo hatte eine Anstellung in Mexiko-Stadt. Eine Fernbeziehung auf diese Entfernung war von Beginn an zum Scheitern verurteilt, oder nicht? Camellia war noch nicht einmal mit ihrem Studium fertig. Wie sollte sie Kind und Ausbildung unter einen Hut bringen? Mit einem Vater, der in Mexiko saß und hier Karriere machte?

Resignation machte sich in ihr breit. Doch für den Moment verdrängte sie ihre Sorgen und packte rasch ihren Rucksack.

Heute stand der Alltag der dörflichen Mayabevölkerung vor tausend Jahren auf dem Programm. Ricardo erzählte ihnen vom Hausbau der einfachen Leute, vom Kampf ums Überleben, vom Maisanbau und den Ritualen, die über Jahrhunderte überliefert wurden.

Camellia konnte sich kaum auf all die Informationen konzentrieren, die auf sie einprasselten. In den Pausen ging sie Ricardo vehement aus dem Weg, da sie fürchtete, er könnte ihr anmerken, dass mit ihr etwas nicht stimmte. Die irritierten Blicke, die er ihr immer wieder zuwarf, signalisierten ihr jedoch, dass ihm ihr merkwürdiges Verhalten bereits aufgefallen war.

»Ihr schleicht heute umeinander herum, als ob ihr ein großes böses Geheimnis teilen würdet«, wisperte Saddie, während Ricardo Armand und Giovanni erklärte, wie die Maisbewässerung funktionierte. »Ist etwas passiert?«

Camellia sah sie überrascht an. Saddies Miene wirkte freundlich und offen. Sollte sie sich ihr anvertrauen? Sie warf Ricardo erneut einen kurzen Blick zu, dann wandte sie sich wieder Saddie zu. »Nein, es ist alles in Ordnung«, sagte sie und bemühte sich dabei um eine feste Stimme.

Saddie zog skeptisch die Brauen hoch. »Bist du dir sicher?«

Camellia nickte.

»Wenn ich es nicht besser wüsste, würde ich annehmen, dass Ricardo dringend mit dir reden möchte, du das aber unbedingt vermeiden willst.«

Camellia kam ins Wanken. »Das täuscht«, widersprach sie nach kurzem Abwägen. »Es ist ... manchmal nicht einfach, aber so weit ist alles okay.« Wieder musste sie an das Kind in ihrem Bauch denken.

»Wollen wir später noch etwas essen gehen?« Saddie streckte die Beine aus.

Camellia überlegte kurz. »Ich bin müde, tut mir leid. Ich denke, ich lege mich gleich hin, wenn wir nach Hause kommen. Morgen kommt doch der Forscher aus Guatemala und hält einen Vortrag. Das wird sicher auch wieder sehr anstrengend.«

»Stimmt. Das wird wohl ein langer Tag.« Saddie seufzte. »Wenn diese Hitze nur etwas nachlassen würde ... Man kann sich selbst abends kaum konzentrieren.«

Camellia stimmte ihr zu, doch ihre Gedanken schweiften ein weiteres Mal ab. Wenn sie ehrlich war, hatte sie sich noch nie Gedanken darüber gemacht, ob und wann sie Kinder haben wollte. Ihr Leben hatte sich in den letzten Jahren hauptsächlich um ihr Studium gedreht. Und jetzt? Was sollte sie mit einem Kind anfangen?

»Camellia, Saddie, seid ihr noch anwesend?«, drang Ricardos Stimme in diesem Moment zu ihr durch.

»Ja«, antwortete sie ohne Zögern. »Ja, wir sind noch da.«

»Das hat sich in der letzten Stunde nicht so angefühlt«, erwiderte er, während seine Lippen sich zu einem sanften Lächeln verzogen. »Es wäre schön, wenn ihr euch noch etwas beteiligen würdet.«

»Wir sind müde, Ricardo«, sprang Saddie Camellia bei. »Diese Hitze ... Wir Nordlichter sind diese Temperaturen eben nicht gewohnt.«

Ricardo verdrehte die Augen und wechselte kurze Blicke mit den beiden Studenten. Dann sah er auf die Uhr. »So spät schon«, meinte er überrascht. Er schien zu überlegen, dann nickte er. »Gut, überzeugt. Machen wir für heute Feierabend. Die Technik des Tortillabackens läuft uns ja nicht weg.« Er sah die Teilnehmer der Reihe nach an. »Lust auf ein spätes Essen?«

Camellia schüttelte den Kopf, und auch Saddie verneinte. Giovanni und Armand stimmten hingegen zu, sodass Camellia und Saddie sich allein auf den Heimweg machten.

Als es später an Camellias Zimmertür klopfte, schreckte sie aus dem Schlaf hoch. Ein Blick auf den Wecker zeigte ihr, dass es bereits kurz nach Mitternacht war. Sie fühlte sich wie gerädert, kroch aus dem Bett und schlurfte zur Tür.

»Ich bin's«, hörte sie Ricardos Stimme.

Sie öffnete ihm. »Es ist spät.«

Ricardos Blick wurde intensiver. »Was ist denn los?«

Wortlos bedeutete sie ihm, einzutreten.

»Was ist los, Camellia?« Er umfasste ihre Arme. »Du bist schon den ganzen Tag so komisch gewesen, du kannst mir ja kaum in die Augen sehen. Habe ich irgendetwas falsch gemacht? Warum redest du nicht mit mir?«

Camellia legte eine Hand auf ihr Schlüsselbein und konzentrierte sich auf ihre Atmung. Dann schüttelte sie schweigend den Kopf.

Ricardo strich ihr übers Haar. »Ich merke doch, dass etwas nicht stimmt. Was ist passiert?« Er klang besorgt.

Als sie ihn ansah, erkannte sie die Wärme, seine Liebe, die Vertrautheit zwischen ihnen in seinen Augen. Wie würde er auf ihre Neuigkeit reagieren?

»Camellia, bitte sag doch, was los ist«, wiederholte er eindringlich.

»Ich ...«, stammelte sie aufgewühlt. »Ich bin ... schwanger.«

Ricardos Gesichtszüge entgleisten. »Wie bitte?«

Camellia nickte und beobachtete ängstlich seine Reaktion.

Er ließ die Hände sinken und trat einen Schritt zurück. »Bist du dir ganz sicher?«

Wieder nickte sie. »Ich habe drei Tests gemacht.«

Er schloss die Augen und fuhr sich mit dem Zeigefinger über die Stirn. Als er sie wieder ansah, erkannte sie etwas in seinem Ausdruck, was sie nicht zu deuten wusste. »Was ist?«

Unmerklich schüttelte er den Kopf. »Ich ...« Er brach ab und drehte sich von ihr weg.

Camellias Inneres zog sich zusammen. Er wollte das Kind nicht. Er wollte *mit ihr* kein Kind. Seine Abwehrreaktion war unübersehbar und mehr als deutlich gewesen.

»Ich werde dich nicht weiter behelligen«, erklärte sie nüchtern. »Es wird nicht dein Problem sein.«

Sekundenlang schwieg er. »Es ist ...« Seine Stimme zitterte.

»Du willst es nicht«, stellte sie fest, während sich eine eisige Leere in ihr ausbreitete.

»Ich ... Es tut mir leid, Camellia. Aber ich muss gehen.« Ohne ein weiteres Wort drehte er sich um und verließ das Zimmer.

Ungläubig starrte Camellia ihm hinterher. Sie konnte es nicht glauben. War sie für ihn etwa nur ein netter Zeitvertreib gewesen? War es möglich, dass sie sich dermaßen in ihm getäuscht hatte?

Sie wurde von Verzweiflung überwältigt, presste die Hände aufs Gesicht und begann, hemmungslos zu weinen. Was sollte sie jetzt tun? Wie konnte er sie einfach so stehen lassen? Sie musste an die Nähe und die tiefe Vertrautheit denken, die in den letzten Wochen zwischen ihnen entstanden war. War das alles eine große Lüge gewesen? Camellia konnte kaum noch einen klaren Gedanken fassen, so durcheinander war sie.

31

Gegenwart
Tulum

Nachdem Dalia den Eintritt bezahlt hatte, wandte sie sich erneut an die Kassiererin. »Ist Professor Murillo Flores heute in Tulum?«

Die Angestellte sah auf den Monitor, tippte etwas auf ihrer Tastatur und nickte. »Er ist heute schon sehr früh gekommen.« Sie sah Dalia an. »Ich denke, Sie finden ihn am Castillo. Dazu müssen Sie sich ...«

»Danke, ich war gestern auch schon hier«, unterbrach Dalia sie aufgeregt. »Ich finde es.«

Zielstrebig durchquerte sie die Ruinen und steuerte auf das imposante Bauwerk zu, das sie bereits in den letzten Tagen mehrfach bewundert hatte. Heute hatte sie jedoch keinen Blick für die Schönheit der Gebäude. Seit sie heute früh aufgestanden war, konnte sie an nichts anderes mehr denken als an ihr bevorstehendes Gespräch. Wie würde er reagieren?

Als sie ihn schon von Weitem vor einer der Mauern entdeckte, sammelte sie sich kurz und trat dann langsam näher.

»Buenos días, Señorita.« Er lächelte ihr entgegen. »Sie hat es wohl auch gepackt.«

Dalia schluckte. Sie legte eine Hand auf ihren Brustkorb, um ihre Atmung zu beruhigen. »Ich ... bin hier, weil ich mit Ihnen reden muss ... möchte.«

Sein Gesicht nahm einen überraschten Ausdruck an. »Sind noch Fragen aufgetaucht zu unserem Workshop?«

Dalia biss sich auf die Lippe. »Nein, ich möchte ... Es geht um etwas Privates.«

Der Professor fuhr sich wieder mit dem Zeigefinger über die Stirn. »Um etwas Privates? Jetzt bin ich aber neugierig.« Er sah sich um. »Ich habe leider gleich einen wichtigen Termin. Wäre es möglich, dass Sie um dreizehn Uhr noch mal herkommen?«

Dalias Herz klopfte ihr bis zum Hals. Die vertraute Geste schnürte ihr fast den Hals zu. Sie nickte. »Ja, natürlich, vielen Dank.«

»Gut, dann bis ... später!« Ricardo Murillo Flores sah ihr forschend ins Gesicht, dann hob er eine Hand, wandte sich ab und ging davon.

Erst als sie allein war, bemerkte Dalia, dass sie am ganzen Körper zitterte. Ein Blick auf die Uhr zeigte ihr, dass sie noch zwei Stunden Zeit hatte. Zwei Stunden, bis sie endlich Gewissheit haben würde, ob der sympathische

Forscher tatsächlich ihr Vater war. Sie entschloss sich, an den Strand zu gehen und dort zu warten, bis er seinen Termin beendet hatte.

Dalia betrachtete die glitzernde Wasseroberfläche, während ihre Gedanken wieder einmal Achterbahn fuhren. Eine Gänsehaut überzog ihre Arme, wenn sie daran dachte, wie sie ihrem potenziellen Vater die Wahrheit offenbaren würde. Wie sollte sie reagieren, wenn er gar keine Camellia Carter kannte? Wenn er diesen Namen noch nie in seinem Leben gehört hatte? Und was würde sie andererseits tun, wenn er tatsächlich ihr Vater war? Dalia schloss die Augen und genoss für einen Moment die Wärme der Vormittagssonne auf ihrer Haut.

Pablo hatte ihr gestern Abend noch mehrmals angeboten, sie heute zu begleiten und zu unterstützen. Sie war ihm unendlich dankbar gewesen, hatte aber weiter darauf bestanden, allein mit Ricardo Murillo Flores zu sprechen. Das hier war ihre Angelegenheit.

Ihr Magen begann zu kribbeln, als sie daran dachte, wie Pablo sie gestern angesehen hatte. In einem Moment hatte sie sogar den Eindruck gehabt, er wolle sie küssen. Doch in letzter Sekunde hatte er einen Rückzieher gemacht. Würde sie Pablo gern küssen? Dalia öffnete die Augen wieder und schüttelte den Kopf. Wie oft wollte sie sich diese Frage noch stellen? Sie kannte doch die Antwort. Wenn er ihre Hand wie selbstverständlich in seine nahm, wenn er sie ansah, als wäre sie der wichtigste Mensch auf der Welt für ihn – jeder dieser Augenblicke hatte etwas Magisches an sich. Sie würde ihn so gerne küssen, denn er war einer der interessantesten und warmherzigsten Männer, die ihr in letzter Zeit begegnet waren. Pablo war ein ganz besonderer Mensch. Sie legte sich hin, schloss wieder die Augen und döste vor sich hin.

Um kurz vor eins packte Dalia ihre Sachen zusammen, zog sich an und machte sich auf den Weg zurück zur Ruinenstätte.

Ricardo Murillo Flores stand vor dem Castillo und sprach mit einem jungen Mann, den Dalia auf ihr eigenes Alter schätzte.

Dalia blieb in angemessener Entfernung stehen und begutachtete eine der vielen Schautafeln, auf denen ausführliche Erklärungen zu den einzelnen Bauten zu finden waren. Unruhig trat sie von einem Fuß auf den anderen. Ihre Aufregung wuchs ins Unermessliche.

Als der junge Mann sich nach einer gefühlten Ewigkeit endlich vom Professor verabschiedete und zwischen den Mauern des alten Bauwerks verschwand, trat Dalia näher. Wie sollte sie bloß beginnen?

»Ah, da sind Sie ja wieder«, begrüßte Ricardo Murillo Flores sie mit einem warmen Lächeln. »Jetzt bin ich aber sehr gespannt, um was es geht.«

Dalia schluckte ihre Aufregung hinunter. »Es geht um meine Mutter«, setzte sie zaghaft an.

»Die ebenfalls so begeistert von den Maya ist?«

Dalia spürte den Blick des Mexikaners unangenehm auf ihr lasten. Sie nickte. »Ja, meine Mutter …«, wiederholte sie kaum hörbar.

Sein Blick wurde skeptisch, er blieb jedoch stumm.

»Meine Mutter hieß ... Camellia Carter«, fuhr Dalia mit belegter Stimme fort. »Ich bin ihre Tochter. Meine Mum starb bei meiner Geburt vor achtundzwanzig Jahren.« Sie machte eine Pause, schnappte nach Luft. »Über meinen Vater weiß ich nur, dass er Mexikaner ist und Ricardo heißt.« Sie wagte kaum, ihm ins Gesicht zu sehen.

Bleierne Stille lag zwischen ihnen. Als Dalia den Kopf hob und den Forscher endlich ansah, erkannte sie – nichts. Seine Miene zeigte keinerlei Regung, keinerlei Emotion.

»Sie kannten meine Mutter«, folgerte sie aus seinem Schweigen. »Ich habe vor Kurzem einen Brief von Ihnen gefunden. Sie haben all die Jahre geglaubt, ich sei ebenfalls tot.«

Noch immer erwiderte er nichts auf ihre Worte, drehte nur den Kopf und sah zur Ruine hinüber.

»Sie kannten meine Mutter«, wiederholte Dalia ungeduldig. Warum reagierte er nicht? »Bitte ...«, setzte sie erneut an, da sie die aufgeladene Stille kaum noch ertrug. »Ich muss es endlich wissen. Ich ...«

Er schüttelte den Kopf und wollte sich erneut mit dem Zeigefinger über die Stirn fahren, doch mitten in der Bewegung hielt er inne und ließ seine Hand wieder sinken. »Ich ... muss gehen. Bitte lassen Sie mich in Ruhe.«

Dalia starrte ihn fassungslos an. »Aber ...«

Abwehrend hob er eine Hand, drehte sich um und ging davon.

Dalia konnte es nicht fassen. Er hatte sie einfach stehen lassen. Ohne ihr eine Antwort zu geben. Doch war seine Reaktion nicht Antwort genug?

Tiefe Enttäuschung stieg in ihr auf. War es möglich, dass Dalia sich geirrt hatte? Entschlossen machte sie sich auf den Weg zum Ausgang. Hatte sie ihn mit ihrer Geschichte möglicherweise dermaßen verunsichert, dass er nichts zu sagen gewusst hatte? Nein, nach seinem mehr als seltsamen Verhalten war sie felsenfest davon überzeugt, dass ihre Vermutung stimmte.

Ricardo Murillo Flores war ihr Vater. Nun wusste sie, wie er aussah, und kannte seine Stimme. Sie hatte ihn ausfindig gemacht – aber er wollte ganz offensichtlich nichts von ihr wissen.

Den Nachmittag hatte Dalia allein auf der Terrasse ihres Zimmers verbracht. Pablo wollte sich mit einem alten Jugendfreund treffen, worüber sie nach dem Gespräch mit Ricardo Murillo Flores nicht allzu traurig war. Noch immer konnte sie kaum glauben, wie gefühllos er sich ihr gegenüber verhalten hatte. Nach und nach mischte sich Trotz in ihre Enttäuschung. Ja, er hatte nichts von ihrer Existenz gewusst. Und ja, dass man ihm erzählt hatte, sie sei tot, war unfair und grausam. Aber Dalia traf keine Schuld daran. Auch sie war ihr Leben lang belogen worden. So schnell würde sie sich nicht abwimmeln lassen. Sie hatte ein Recht darauf, mehr über ihre Wurzeln zu erfahren.

Nachdem sie sich einen frisch gepressten Orangensaft

geholt hatte, genoss sie das süße Aroma der sonnenverwöhnten Früchte. Da klingelte ihr Handy. Es war Soley.

»Hi, Süße«, begrüßte Dalia ihre Cousine.

»Hola, Señorita«, erwiderte Soley mit einem Grinsen in der Stimme. »Wie geht es dir im warmen Mexiko? Wir haben gerade mal acht Grad.«

Dalia stellte das Glas seufzend ab. »Es geht so. Aber warm ist es hier tatsächlich. Ich schätze mal, dass wir locker an der Dreißig-Grad-Marke kratzen.«

»Traumhaft! Du hast es gut. Ich habe vorhin mit Nara gesprochen, die mir schon erzählt hat, dass du dich auf einem Roadtrip einmal quer durchs Land befindest. Da könnte man richtig neidisch werden, ehrlich.«

»Du hast die ganze Welt gesehen, Soley.«

»Aber in Mexiko war ich noch nicht.« Ihre Cousine lachte am anderen Ende der Leitung.

Ein Kormoran landete auf der Rasenfläche vor Dalias Terrasse. Fasziniert betrachtete sie den stattlichen Vogel mit dem dunklen Gefieder. »Mexiko ist tatsächlich ein wunderschönes Land«, gab sie versonnen zurück.

»Ja, das glaube ich dir sofort.«

»Was machst du gerade?«, wollte Dalia von ihrer Cousine wissen.

»Ich habe morgen einen Auftritt in Aberdeen. Jetzt gerade sitze ich im Hotel und dachte mir, ruf doch mal Dalia an und frag sie, was die Suche nach ihrem Dad macht.«

»Ich habe ihn gefunden«, erwiderte Dalia und seufzte.

»Was?«

»Ja, ich habe ihn wohl gefunden«, wiederholte sie zögernd. »Und er will nichts von mir wissen.«

»Bist du dir sicher? Also, dass er es ist, meine ich.«

Der Kormoran stakste über den Boden und drehte seinen Kopf in Dalias Richtung.

»Ja, ziemlich. Es passt alles. Er hat es zwar noch nicht wirklich bestätigt, aber seine Reaktion ... Die war sehr eindeutig.«

»Wie cool ist das denn?« Soley machte eine kurze Pause. »Also nicht, dass er nichts von dir wissen will, aber dass du ihn wirklich gefunden hast.«

Es klopfte an der Zimmertür. Als Dalia sich erhob, lief der Kormoran hastig davon.

»Soley, ich muss Schluss machen. Ich melde mich wieder, wenn ich mehr weiß, in Ordnung?«

»Ja, tu das bitte. Ich drücke dir die Daumen, dass ... er sich noch besinnt.«

»Danke. Und ich wünsche dir einen fantastischen Auftritt morgen. Grüß mir Aberdeen und deine Tausende von Fans.«

Mit diesen Worten beendete Dalia das Gespräch und steuerte auf die Tür zu.

»Na, wie war es?« Pablo musterte sie neugierig.

Dalia winkte ab. »Nicht wie erwartet.«

Er trat ein und sah sie stirnrunzelnd an. »Er ist es nicht?«

Dalia hob die Brauen. »Doch, ich denke schon, aber ...«

In kurzen Sätzen erzählte sie ihm von dem seltsamen

Gespräch am Castillo. Als sie sich erneut ins Gedächtnis rief, dass ihr leiblicher Vater nichts von ihr wissen wollte, konnte sie die Tränen nicht länger zurückhalten. Alles, was sie suchte, waren ihre Wurzeln. Hatte sie denn kein Recht darauf, zumindest einen Elternteil endlich kennenzulernen?

Pablo machte einen Schritt auf sie zu und strich ihr behutsam eine Haarsträhne aus dem Gesicht. »Er war überfordert«, sagte er leise. »Dalia, du musst ihm etwas Zeit geben.«

Sie senkte den Kopf und starrte auf den Boden. »Ich weiß nicht«, murmelte sie traurig und wischte sich übers Gesicht. »Ich habe mich mein Leben lang gefragt, wie es wohl wäre, einen Dad zu haben. Nun habe ich ihn gefunden, und er ...« Ihre Stimme versagte.

Pablo nahm ihre Hand und führte sie behutsam an seine Lippen. Sachte hauchte er einen Kuss auf ihre Handfläche. »Gib ihm Zeit«, wiederholte er mit belegter Stimme.

Wie gebannt verfolgte Dalia seine Berührungen, die ihren Körper mit einem wohligen Schauder überzogen. Fast meinte sie, der Boden unter ihr würde beben. »Vielleicht«, flüsterte sie, während ihr ganz schwindlig wurde.

Pablo ließ seinen Mund ganz behutsam und wie selbstverständlich über ihren Arm wandern, während er ihre Haut weiter mit kaum spürbaren Küssen überzog.

Dalia schloss die Augen und betete stumm, er möge nie wieder damit aufhören.

Als sie seine Hände auf ihrem Rücken spürte, sah sie

ihn wieder an und erkannte in seinen Augen erneut die Wärme, die Zuneigung, die innige Vertrautheit, die zwischen ihnen in den letzten Tagen entstanden war.

»Wir sollten das nicht tun«, nuschelte sie mit letzter Kraft, bevor sie ihre Arme um seinen Nacken schlang und ihn dichter an sich zog.

Sein Gesicht wirkte verklärt. »Nein, das sollten wir absolut nicht«, stimmte er ebenso leise zu.

»Aber wir könnten es trotzdem versuchen«, fuhr sie fort, während ihre Gedanken sich verabschiedeten. Seine Hände wanderten weiter über ihren Körper und schienen überall gleichzeitig zu sein. Dalia meinte, ihr Unterleib stehe in Flammen.

Pablo nickte und lächelte schwach. »Ja, das könnten wir.« Er liebkoste ihren Hals, knabberte an ihrem Ohrläppchen, bevor er seine Lippen auf ihre senkte und Dalia mit einem Schlag vergaß, wo sie war und was sie hier eigentlich machte. Das Einzige, was noch zählte, waren Pablo und sie. Sein Körper an ihrem, seine Haut an ihrer, sein Duft in ihrer Nase, sein Geschmack in ihrem Mund.

32

»Buenos días, querida«, flüsterte Pablo, als Dalia verschlafen gegen die Morgensonne blinzelte. Sie rekelte sich, streckte ihre Hand aus und legte sie auf seine Wange.

»Buenos días«, gab sie genauso leise zurück. Sein warmherziges Lächeln ließ ihr Herz sofort wieder schneller pochen.

»Hast du gut geschlafen?« Er stützte seinen Ellbogen ab und legte seinen Kopf in die Hand.

Sie nickte.

»Was denkst du?« Sein Blick wurde intensiver.

Sie verzog die Lippen. »Dass ich mir genau das hier schon seit Tagen gewünscht habe«, gab sie nach kurzem Zögern zu. »Immer wieder habe ich mir vorgestellt, wie wir ...« Sie brach grinsend ab.

Er lachte heiser. »Mir ging es ähnlich.«

»Ich weiß«, neckte sie ihn.

Er runzelte die Stirn.

»Ich habe es dir ... angemerkt ... angesehen ... Keine Ahnung.« Sie verdrehte die Augen. »Ich habe es einfach gespürt.« Liebevoll fuhr sie ihm durch sein dichtes dunkles Haar.

Pablo legte seinen Arm wieder ab, sodass sein Gesicht sich nur wenige Zentimeter von ihrem befand. Behutsam näherte er sich ihren Lippen und küsste sie zärtlich. »Ich habe die ganze Zeit nicht gewusst, ob du ... das Gleiche empfindest«, raunte er an ihrem Ohr. »Ich habe es dir nicht ... angemerkt.«

»Wahrscheinlich, weil mir auch so viel anderes durch den Kopf geht.« Sie seufzte. »Mein Vater möchte nichts mit mir zu tun haben.«

Pablo strich über ihr Dekolleté. »Das weißt du nicht, Dalia. Übe dich ein wenig in Geduld.«

»Ich gehe gleich zu meiner ...« Sie schluckte, da ihr das Wort fast in der Kehle stecken blieb. » ... Großmutter.«

»Soll ich mitkommen?«

Als sie die Wärme in seiner Miene erkannte, zog sich ihr Unterleib sehnsüchtig zusammen. Doch sie schüttelte den Kopf. »Nein, da ... muss ich allein durch.«

Pablo nickte verständnisvoll. »Aber Zeit für ein gemeinsames Frühstück haben wir noch, oder? Ich freue mich schon auf ein paar Tortillas mit ...« Er lachte.

» ... Schokocreme, befürchte ich.« Dalia zwinkerte. »Wir haben auch noch Zeit ... vor dem Frühstück.« Sie rückte näher an ihn heran und legte ihre Hände auf seine Hüften.

Seine Augen blitzten auf, sein Gesicht nahm einen verwegenen Ausdruck an. »Das klingt gut.« Er küsste sie zärtlich aufs Schlüsselbein. »Sehr gut sogar.«

Zwei Stunden später betrat Dalia den kleinen Laden der Mutter von Ricardo Murillo Flores.

»Buenos días«, begrüßte die alte Frau sie lächelnd.

Dalia erwiderte den Gruß und sah sich dann die ausgestellten Bilder näher an. Ihr erster Eindruck hatte sie nicht getrogen. Ricardos Mutter schien sich wirklich auf abstrakte Kunst spezialisiert zu haben. Die farbenfrohen Bilder strotzten nur so vor Energie und Lebensfreude. Dalia konnte sich an den asymmetrischen Mustern kaum sattsehen.

»Gefallen sie Ihnen?« Die ältere Mexikanerin stellte sich neben sie und folgte ihrem Blick.

»Sehr sogar«, gab Dalia ehrlich zu. »Eigentlich ist das Abstrakte nicht so meins, aber diese Bilder hier …« Sie atmete tief durch. »Die sind fantastisch. Sie sagen etwas aus. Sie … berühren mich.«

»Gracias.«

»Ich habe selbst auch einmal gemalt«, fuhr Dalia fort. »Aber …«

»Aber?« Die ältere Frau sah sie fragend an.

Dalia zuckte mit den Achseln. »Ich glaube, ich habe meinen Weg noch nicht gefunden."

»Wie meinen Sie das?«

»Ich bin gelernte Grafikdesignerin und gestalte Internetauftritte, Logos, Werbematerialien, alles Mögliche, aber mein Beruf erfüllt mich nicht mehr. Was mir jahrelang viel Freude bereitet hat, langweilt mich inzwischen.«

»Können Sie mir etwas von Ihren Sachen zeigen?«

Überrascht von ihrem plötzlichen Interesse betrachtete Dalia sie. »Ja, natürlich.« Sie zog ihr Handy hervor und scrollte durch ihre Fotos. Als sie das Bild eines Rosenstocks entdeckte, das sie schon vor Längerem mit einem Grafikprogramm für die Gärtnerei gestaltet hatte, hielt sie Ricardos Mutter das Display hin.

Diese nickte anerkennend.

Dalia suchte weiter und zeigte ihr drei Blumenbilder, die sie vor Jahren gemalt hatte.

»Diese Blumenbilder habe ich in der Gärtnerei meiner Großeltern gemalt«, erklärte Dalia, während die Trauer um Granny und Grandpa wieder in ihr aufstieg. Dann zeigte sie ihr die Pyramide, die sie erst vor wenigen Tagen hier in Mexiko mit Ölfarben gemalt hatte.

»Das ist am besten«, erklärte die alte Dame mit ernster Stimme und deutete auf das Bauwerk. »Ich bin übrigens Fernanda.«

»Ich heiße Dalia.«

»Du hast großes Talent«, fuhr Fernanda fort und wechselte wie selbstverständlich zum Du. »Aber du …«

»Ja?« Dalia sah sie abwartend an.

»Den Blumenbildern fehlt die Seele.« Die alte Frau nickte nachdrücklich. »Das ist überhaupt nicht böse gemeint. Handwerklich kann dir keiner etwas vormachen.

Lernen musst du kaum noch etwas. Aber ich denke, das weißt du selbst. Die Bilder sind fantastisch. Und ein Laie würde auch nichts daran auszusetzen haben. Aber das Gemälde mit dem Bauwerk, das ist etwas anderes. Dieses Bild hat Charisma. Es ist … Es zeigt etwas von dir. Von deinem Inneren.«

Beeindruckt betrachtete Dalia das mit Runzeln durchzogene Gesicht der Frau, die sie auf mindestens achtzig schätzte. Das graue Haar trug Fernanda zu einem langen Zopf gebunden.

»Es war etwas ganz Neues. Ein Versuch«, gab Dalia zu. »Ich wollte …« Sie stöhnte leise auf. »Ich weiß momentan einfach nicht, wie es weitergehen soll.«

Fernanda nickte. »Hast du etwas Zeit?«

Dalia lächelte. »Ich bin im Urlaub.«

»Gut«, konstatierte die alte Frau und zeigte auf einen Holzstuhl. »Setz dich doch. Ich bin gleich wieder zurück.«

Während Dalia allein in dem kleinen Laden wartete, überkam sie ein schlechtes Gewissen. Hätte sie der Frau nicht ohne Umschweife sagen müssen, wer sie in Wirklichkeit war? Was geschähe, wenn Ricardo von ihrer Aktion wüsste? Sie fühlte sich schäbig. Fernanda war eine freundliche Dame, die es nicht verdient hatte, belogen zu werden.

Keine fünf Minuten später kam Fernanda mit zwei Gläsern zurück, die mit einer weißen Flüssigkeit gefüllt waren. »Bitte schön.«

Dalia nahm das Getränk entgegen. »Was ist das?«

»Horchata«, erwiderte Fernanda amüsiert. »Eine Art

Milch aus Reis und Mandeln, mit Zimt verfeinert. Probier mal! Es schmeckt lecker.«

Dalia nahm einen Schluck und nickte. »Hm. Sehr gut.«

Fernanda lachte. »Sag ich doch.« Dann musterte sie Dalia eingehend. »Ich spüre, dass du viele Fragen mit dir herumträgst. Viele Unsicherheiten. Magst du mir vielleicht davon erzählen?«

Der mitfühlende Klang in ihrer Stimme ließ Dalia nicht lange zögern. Dankbar schloss sie kurz die Augen. »Ich suche meinen Vater«, erklärte sie dann leise.

Fernanda war eine gute Zuhörerin. In kurzen Sätzen erklärte Dalia ihr, warum sie sich in Mexiko aufhielt. Dass ihr Vater Ricardo hieß und es sich bei ihm mutmaßlich um Fernandas Sohn handelte, ließ sie wohlweislich weg.

»Du suchst in der Tat noch deinen Weg«, sagte die alte Frau, als Dalia geendet hatte. »Wenn du noch eine Weile hier in Tulum bist, kannst du gern morgen wiederkommen oder auch an einem anderen Tag. Ich habe Leinwände hier und Farben. Du kannst gern malen, wenn dir danach ist. Vielleicht spürst du hier, im Land deiner väterlichen Wurzeln, dem nach, was dir noch fehlt, um dich zu finden. Wir könnten auch gemeinsam malen.«

Überrascht erwiderte Dalia Fernandas Blick. »Meinst du das ernst?«

Die alte Frau schmunzelte. »Natürlich meine ich es ernst. Wir Künstler müssen doch zusammenhalten.«

»Das ist …« Dalia war überwältigt und wusste nichts zu sagen. »Danke.«

»Keine Ursache. Du bist so jung. Und du hast noch so viel vor dir. Vielleicht hilft dir die Umgebung hier, die Atmosphäre hier, in dich hineinzuhören.«

Dalia dachte über Fernandas Worte nach. Die Künstlerin hatte recht. Zu viel stürmte momentan auf sie ein. Bis jetzt hatte sie noch keine Gelegenheit gehabt, ihre Gedanken zu ordnen. Zu viel war in den letzten Tagen geschehen. Ihre Gefühle fuhren regelrecht Achterbahn. Ricardo und Pablo und nun auch noch Fernanda. Dalia musste endlich ein wenig zur Ruhe finden. Sie musste verarbeiten, was sie auf ihrer Reise bisher erlebt hatte. Vor ihrer Ankunft in Mexiko hätte sie niemals damit gerechnet, einem Mann zu begegnen, der innerhalb weniger Tage ihr Herz auf so wundersame Weise erobern würde. Bis vor einem Monat hätte sie nicht einmal einen Gedanken daran verschwendet, dass sie jemals ihren leiblichen Vater treffen würde. Dass sie einer liebenswürdigen alten Mexikanerin begegnen würde, die sie auf Anhieb mochte und die womöglich ihre Großmutter war. Die Dalia sah, wie sie war, und die ihr so selbstlos helfen wollte. Nein, in ihren kühnsten Träumen hätte sich Dalia nicht vorstellen können, was das Land ihres Vaters für sie bereithalten würde.

»Ich komme gern wieder«, sagte sie mit belegter Stimme.

33

Neunundzwanzig Jahre zuvor
Chichén Itzá

»In Mathematik und Astronomie übertrafen die Maya alle anderen mittelamerikanischen Hochkulturen«, begann der Forscher aus Guatemala seinen Vortrag.

Ricardo hatte sich überraschend für heute krankgemeldet. Camellia war so unruhig, dass sie sich kaum auf die Worte des Wissenschaftlers konzentrieren konnte. War Ricardo wirklich krank, oder ging er ihr aus dem Weg?

»Wir haben Inschriften auf Steinmonumenten gefunden, und es existieren vier Faltbücher aus Rindenbast, die auch Codices genannt werden. Die Maya nutzten diese Kenntnisse unter anderem für die Erstellung ihres Kalenders. Damit konnten sie bestimmte Ereignisse voraussagen, aber auch deuten, von welchen übernatürlichen Wesen, die in der Mayakultur immer zugegen waren, diese Daten beherrscht wurden.« Er nahm eine Schautafel aus seinem Ordner und hielt ihnen das Bild hin, damit sie es besser erkennen konnten.

»Hier seht ihr die Zahlenzeichen von null bis zwanzig.« Er zeigte auf das erste Symbol. »Ich hatte euch ja vorhin schon erklärt, dass die Maya als erstes Volk überhaupt mit der Null gerechnet haben, die sie als Muschel darstellten. Sie rechneten nur mit positiven Zahlen, negative waren ihnen unbekannt, sie addierten und multiplizierten, ganz ähnlich wie in unserem arabischen Zahlensystem.« Er sah die Studenten der Reihe nach an. »Gibt es bis hierher Fragen?«

Während des anschließenden Rundgangs achtete Camellia kaum auf ihre Umgebung. Noch immer konnte sie nicht fassen, wie herzlos Ricardo sie nach ihrer Offenbarung hatte stehen lassen.

»Was ist denn los?«, wollte Saddie leise von ihr wissen. »Was hat Ricardo?«

Camellia schluckte, da die Enttäuschung ihr fast die Kehle zuschnürte. »Es ist … nichts. Ich habe keine Ahnung, was mit ihm ist.«

Saddie hob die Brauen. »Klar, das sehe ich.« Sie musterte Camellia eindringlich. »Du möchtest nicht darüber reden«, stellte sie dann fest.

Camellia schüttelte den Kopf. »Vielleicht später«, murmelte sie und bemühte sich, die Tränen zurückzuhalten.

Während sie hinter den anderen hertrottete, überschlugen sich ihre Gedanken. Wie sollte es denn mit Ricardo und ihr weitergehen? Würde es überhaupt weitergehen? Sie legte eine Hand auf ihren Bauch und hielt kurz inne. Der Forscher zeigte den anderen gerade ein paar Symbole, die verschiedene Planeten darstellten, doch Camellia konnte sich weiterhin kaum konzentrieren. Rund um die Uhr musste sie an das kleine Wesen in ihrem Körper denken. Sie bekam ein Kind. Von Ricardo. Und er wollte nichts mehr von ihr wissen. Traurigkeit stieg in ihr auf.

»Die Zahl Neun wird von einem Kopf dargestellt, dessen untere Hälfte mit Jaguarfell bedeckt ist«, drang die Stimme des Mayaexperten wieder zu ihrem Bewusstsein durch. »Die Neun heißt bolon, der Jaguar auf Maya balam.«

Während sie versuchte, dem Vortrag zu folgen, fühlte sich ihre Kehle trocken und rau an. Doch ihre Gedanken schweiften immer wieder ab. Warum tat Ricardo ihr das an? Camellia drehte sich weg und versuchte, die Stimme auszublenden. Wie sollte sie nur den Tag überstehen, wenn sie ihn nicht sehen konnte? Wo war er? Was ging ihm gerade durch den Kopf? Ihr Körper zitterte, ihr Magen fühlte sich flau an.

Doch irgendwie überstand sie den Vortrag des Wissenschaftlers. Am Nachmittag tigerte sie unruhig durch ihr Zimmer, beschloss im einen Moment, Ricardo umgehend zur Rede zu stellen, um die Entscheidung im nächsten Augenblick wieder zu verwerfen. Als sie die innere Unruhe kaum noch ertragen konnte, packte sie ihren Schlüssel und verließ den Raum. Ricardos Zimmer lag einen Stock über ihrem. Sie stürmte die Stufen hinauf und sah sich suchend im oberen Gang um. Bisher war es immer Ricardo gewesen, der abends zu ihr gekommen war.

Sollte sie es wirklich wagen? Doch was hatte sie schon zu verlieren? War er ihr nicht zumindest eine Erklärung schuldig für sein schäbiges Verhalten? Entschieden klopfte sie an die Tür.

»Moment«, ertönte es von drinnen. Die Tür wurde geöffnet.

»Camellia?«, rutschte es Ricardo heraus.

»Wen hast du sonst erwartet?«

Er seufzte. »Komm rein.«

Sein Zimmer war ähnlich spartanisch eingerichtet wie ihr eigenes. Unauffällig sah sie sich um, ob sie irgendwelche persönlichen Gegenstände ausmachen konnte. Doch außer seinen Unterlagen, die überall auf dem Bett und den Stühlen verteilt lagen, entdeckte sie nichts.

Camellia drehte sich zu ihm um und stemmte die Hände in ihre Hüften. »Du bist krank?«

Er wandte seinen Kopf. »Es ging mir nicht gut. Wie war der Vortrag?«

Sie schüttelte den Kopf. »Ist das dein Ernst? Ich bin schwanger.«

Ricardo atmete tief durch.

»Ich möchte eine Erklärung von dir.« Sie rang um Fassung. »War ich für dich nur eine willkommene Abwechslung? Eine Studentin unter vielen? Ich gehe davon aus, dass ich nicht die erste Schutzbefohlene bin, mit der du dich eingelassen hast.« Bei dem Wort Schutzbefohlene malte sie mit ihren Fingern Anführungszeichen in die Luft.

Ricardos Schultern sackten herab. »Du warst … bist die Einzige.«

Ungläubig kniff Camellia die Augen zusammen. »Dann verstehe ich dein Verhalten noch weniger.«

»Ich weiß nicht, wie ich es dir sagen soll. Hier in Mexiko steht die Familie an erster Stelle. Ich …«

»Das Kind ist also keine Familie«, folgerte Camellia ernüchtert.

Ricardo schluckte schwer. »So meine ich das nicht. Meine Eltern, meine Familie kommt aus Tulum. Und in der Nachbarschaft …« Er sah an die Decke und seufzte. »Es gibt da diese Familie, die schon seit jeher in unserer Nähe wohnt.«

Camellia verstand nicht. »Was willst du mir eigentlich sagen?« Sie konnte ihren Zorn kaum noch zügeln.

»Paula, die Tochter, sie ist …« Er fuhr sich durchs Haar.

Camellia sah ihm an, wie unwohl er sich fühlte.

»Wir werden heiraten.«

»Du bist verlobt?« Camellia meinte, sich verhört zu haben.

Er zögerte. »Nicht direkt.«

»Was soll das heißen? Nicht direkt?« Ihr wurde schwindlig. »Seid ihr nun verlobt oder nicht?«

»Nein, aber … es steht schon seit Jahren fest, dass wir … nun ja, dass wir eben heiraten werden. Die Religion und die Tradition spielen bei uns eine große Rolle, Camellia.«

»Soll das eine Entschuldigung sein, oder was?« Sie konnte kaum noch an sich halten. »Du betrügst nicht nur diese Frau, sondern auch mich. Und jetzt erzählst du mir, dass es deine Religion ist, die dich zu diesem armseligen Verhalten veranlasst hat.«

Er seufzte. »Ich habe dich nicht betrogen. Paula und ich ... da war bisher nichts.«

Camellia konnte es nicht glauben. Sie lachte bitter auf. »Da war nichts? Aber zwischen uns ...« Sie zeigte erst auf ihn, dann auf sich. »Zwischen uns war doch etwas. Oder nicht? Habe ich mir das etwa nur eingebildet?«

Er schüttelte den Kopf. »Nein, natürlich hast du dir das nicht eingebildet ...«

Einige Sekunden lang sahen sie sich schweigend an. Camellia wusste nicht, was sie denken sollte. Eine protestantische Engländerin passte also nicht in eine streng katholische mexikanische Familie. Ihre Wut wich einer tiefen Desillusionierung. Sie hatten keine Chance. Von Anfang an nicht. Eine gemeinsame Zukunft war von Ricardos Seite zu keinem Zeitpunkt vorgesehen gewesen. Doch er hatte nie etwas in dieser Richtung gesagt. Hatte nie erwähnt, dass er einer anderen versprochen war. Trauer stieg in ihr auf. Darüber, dass ihr Kind keinen Vater haben würde. Darüber, dass sie auf einen Mann hereingefallen war, der ihr Verhältnis nie so ernst genommen hatte wie sie selbst.

Als sie spürte, wie Tränen sich ihren Weg bahnten,

wandte sie sich wortlos ab und riss die Tür auf. Die Schwangerschaft, Ricardos unmögliches Verhalten ... Camellia wollte nur noch nach Hause. Weg aus diesem Land, das ihr so viel Kummer bereitete. Wo ihr Herz so grausam gebrochen worden war. Und wo ein neues Leben in ihr entstanden war.

34

Gegenwart
Tulum

Als Dalia am Nachmittag erneut den kleinen Laden betrat, sah Fernanda ihr überrascht entgegen und lächelte. »Na, du hältst es wohl nicht lange aus ohne Pinsel in der Hand?«

Die freundliche und offene Art von Ricardos Mutter wärmte sofort Dalias Herz. Da sie sich nach dem Debakel in der Ruinenstätte nicht traute, noch mal an den Professor heranzutreten, hatte sie sich dazu entschlossen, erst mal seine Mutter näher kennenzulernen. Sie mochte die unkomplizierte Art der Künstlerin. »Ich möchte aber nicht stören.«

Als Fernanda ihre Lippen verzog, vertieften sich die Falten auf Stirn und Wangen. Fasziniert betrachtete Dalia das wunderschön geschnittene Gesicht.

»Du störst überhaupt nicht, Dalia. Aktuell sind sowieso nur wenige Touristen unterwegs, die Tage sind lang ohne Kundschaft. Und ich freue mich immer über den Austausch mit jungen Künstlerseelen.« Sie machte eine Pause, erhob sich dann von ihrem Holzhocker und wandte sich ab. »Komm. Ich zeige dir etwas.«

Voller Neugier folgte Dalia ihr, als sie eine Tür an der hinteren Wand öffnete und den Laden verließ. Sie traten in einen wunderschönen Garten, wo die unterschiedlichsten Blumen um die Wette blühten, wo es summte und die Luft von all den Düften vibrierte. Dalia konnte sich kaum sattsehen. Nachdem sie den Garten durchquert hatten, erblickte Dalia eine Art kleine Lagerhalle, die Fernanda offensichtlich als Atelier nutzte. Dutzende Leinwände in allen erdenklichen Größen und Schaffensphasen lehnten an den Wänden. Es roch nach Farbe und Terpentin. Auf einem alten Holztisch lagen Hunderte Pinsel, daneben standen unzählige Farbtuben.

»Wow!«, entfuhr es Dalia beim Anblick dieses Malerparadieses. »Das ist ja … fantastisch.«

Fernandas Miene strahlte vor Stolz. »Hierher ziehe ich mich zurück, wenn ich Ruhe brauche und an meinen Bildern arbeite.«

»Wie lange malst du schon?«

Fernanda lachte. »Ich bin jetzt dreiundachtzig.« Sie schmunzelte. »Uralt aus deinem Blickwinkel. Und ich male seit …« Sie nickte nachdenklich. » … ja, seit mehr als sechzig Jahren.«

Dalia sah sie verdutzt an. »Sechzig Jahre?«, wiederholte sie fassungslos. »Das klingt ...«

» ... lange«, vervollständigte Fernanda lachend ihren Satz. »Unendlich lange sogar, aber glaub einer alten Frau wie mir, Dalia. Rückblickend erscheinen einem diese Jahre, als wären sie im Flug verstrichen.« Sie schüttelte den Kopf. »Du bist noch jung. Dir stehen alle Möglichkeiten im Leben offen.« Sie schnipste mit dem Finger. »Und wenn du irgendwann zurückblickst, wird dir dein Leben nicht länger vorkommen als ein Fingerschnipsen.«

Dalias Handy begann zu klingeln. Ein Blick aufs Display zeigte ihr, dass es Pablo war. Sie drückte den Anruf weg, da sie nicht unhöflich erscheinen wollte. Sie würde ihn gleich zurückrufen.

»Du kannst ruhig drangehen«, forderte Fernanda sie auf.

»Schon gut, ich erledige das später.« Dalia konzentrierte sich wieder auf die halb fertigen Bilder. »Du malst mehrere Motive gleichzeitig?«

»Ja, schon immer. Ein einziges Bild ist mir zu ... eintönig. Nicht jeder Tag fühlt sich gleich an. Abends herrscht eine andere Stimmung als frühmorgens. Es gibt so vieles im Leben, was auf mich und auf die Bilder einwirkt, und manchmal ist mir eben nach fünf Motiven gleichzeitig zumute.« Sie fuhr mit ihrer rechten Hand über eine der Leinwände.

Ehrfürchtig verfolgte Dalia die liebevolle Berührung. »Du lebst für die Malerei.«

Fernanda nickte. »Ohne sie würde mir sehr viel fehlen. Wenn ich nicht malen kann, werde ich ganz ungnädig. Ich brauche dieses Austoben auf der Leinwand wie andere die Luft zum Atmen. Meine Söhne hingegen sind beide überhaupt nicht kreativ. Ricardo, mein Älterer, ist Altamerikanist.« Sie lachte leise. »Er liebt das Eintauchen in alte Kulturen. Er forscht zu den Maya.« Ihr Gesicht nahm einen mütterlichen Ausdruck an. »Und mein Jüngerer, Alfonso, ist Maurer. Er liebt das Handfeste und Robuste, er zieht ganze Häuser innerhalb weniger Tage hoch.«

»Und dein Mann?«, wagte Dalia mit angehaltenem Atem zu fragen.

Fernanda sah sie mit einem merkwürdigen Blick an. »Interessiert dich das wirklich?«

Dalia nickte.

»José ist ... er ist schon vor zehn Jahren gestorben«, erklärte Ricardos Mutter leise. »Und er fehlt mir bis heute.«

»Das tut mir leid«, entgegnete Dalia.

»José liebte es, wenn ich an meinen Bildern gearbeitet habe.« Sie lächelte verschmitzt. »Wenn er abends nach der Arbeit heimkam, er hat als Kassierer bei einer Bank gearbeitet, hat er sich oft zu mir ins Atelier gesetzt und mir stundenlang beim Malen zugesehen. Er hat gesagt, dass es ihn beruhige. Beim Arbeiten sei ich völlig in mich versunken, wie in einer anderen Welt. Und diese Ruhe übertrug sich auch auf ihn.« Ihre Augen bekamen einen verklärten Glanz. »Ja, er fehlt mir sehr, mein José. Er hat mich wie kein Zweiter verstanden, hat mich stets unterstützt. Auch am Anfang, als niemand die Bilder kaufen wollte. Er hat zu mir gehalten und darauf bestanden, dass ich weitermache. Egal, was andere sagen, egal, wie schlecht es manchmal lief. Er meinte, Fernanda, das Malen ist dein großer Traum, dein Leben, das darfst du dir niemals nehmen lassen.« Sie seufzte. »Und vor seinem Tod nahm er mir noch das Versprechen ab, dass ich weitermache. Dass ich mich ohne ihn auf keinen Fall aufgebe. Ja, so war er, mein geliebter José. Ein großartiger Mensch.«

»Eine wunderschöne Geschichte«, merkte Dalia an. »Klingt, als wärt ihr euch sehr nahe gewesen.«

Fernanda nickte. »Das waren wir. Er war ein ganz besonderer Mann.«

»Hallo?«, erklang in diesem Moment eine männliche Stimme drüben aus dem Laden.

Dalias Puls beschleunigte sich, als sie erkannte, wer da stand.

»Wer ist das?« Fernanda folgte ihrem Blick.

»Das ist ... Pablo«, erklärte Dalia.

Sie verließen das Atelier, durchquerten den Garten und kehrten zum kleinen Geschäft zurück.

»Dachte ich mir doch, dass ich dich hier finde.« Pablo sah lächelnd von Dalia zu Fernanda.

»Dein Freund?«, wollte Fernanda von Dalia wissen.

Dalia zögerte. »Wir sind ... gute Bekannte.«

Pablos Miene verfinsterte sich augenblicklich. Sein Blick wurde prüfender. »Bekannte?«

Dalia wich seinem Blick aus.

Fernanda, die die plötzlich entstandene Spannung

zwischen ihnen zu spüren schien, atmete tief durch. »Ich …« Sie zeigte hinter sich. »Ich muss noch mal kurz was nachsehen.«

Als sie allein waren, trat Pablo einen Schritt auf Dalia zu und funkelte sie wütend an. »Wir sind also gute Bekannte, Dalia?«

Sie kaute auf ihrer Unterlippe.

»Bekannte also«, wiederholte Pablo voller Enttäuschung. »Unsere Nacht hat dir offensichtlich nichts bedeutet?«

Dalia blickte hinter sich, da sie vermeiden wollte, dass Fernanda etwas von ihrem Gespräch mitbekam. »Lass uns bitte nach draußen gehen.« Sie trat auf die Straße.

Widerwillig folgte er ihr.

»Du lebst hier, Pablo«, erklärte sie gedehnt. »Ich meine einfach …« Sie wusste nicht, wie sie sich ausdrücken sollte.

»Das hast du richtig bemerkt, ich lebe in Mexiko«, gab er mit sarkastischem Unterton zurück.

»Und ich lebe in England«, fuhr Dalia fort. »Wie soll das funktionieren?« Ihr war klar, dass da gerade etwas gehörig schieflief.

Er lachte bitter auf. »Klar, statt sich über eine Lösung Gedanken zu machen, ist es natürlich einfacher, direkt die Notbremse zu ziehen.«

»Pablo, so habe ich das doch gar nicht gemeint.« Verzweiflung stieg in Dalia auf. »Ich wollte doch nur …«

Er fixierte sie mit seinen Augen. »Was? Was wolltest du?« Sie konnte seine Enttäuschung sehen.

Dalia ließ ihre Schultern hängen. »Das mit meiner Mutter und Ricardo hat doch auch nicht funktioniert«, sagte sie kaum hörbar.

Pablo betrachtete sie sekundenlang, dann schüttelte er den Kopf. »Du hast überhaupt keine Ahnung, was zwischen deinen Eltern vorgefallen ist. Warum vergleichst du ihre Situation mit uns?«

Dalia wusste nichts darauf zu erwidern.

»Bueno, wenn dir nichts anderes dazu einfällt, dann gehe ich wohl mal besser.« Er drehte sich um und entfernte sich ohne ein weiteres Wort in Richtung Innenstadt.

Wie erstarrt sah Dalia ihm nach. Was sollte sie jetzt tun? Er hatte sie völlig falsch verstanden. Sie wusste doch selbst gerade gar nicht, was sie wollte. Doch, verbesserte sie sich sofort. Sie wusste sogar sehr genau, was sie wollte. Die Nacht mit Pablo war wunderschön gewesen. Sie hatte sich in seiner Gegenwart geborgen und begehrt gefühlt. Pablo hatte sie nur eben auf dem völlig falschen Fuß erwischt. Sie wollte sich nicht mit ihm streiten. Und vor allem hatte sie ihn auf gar keinen Fall vor den Kopf stoßen wollen. Was sollte sie denn jetzt tun? Sie musste die Situation dringend klären.

Während sie über den Markt von Tulum schlenderte, wuchs Dalias Unruhe. Warum nur hatte sie so unbeholfen auf Pablos Bemerkung reagiert? Sie hatten die Nacht miteinander verbracht, und es war magisch zwischen ihnen gewesen. Wie kam sie dazu, vor Fernanda zu behaupten, sie seien nur gute Bekannte? Wie hätte sie sich gefühlt, wenn Pablo sich ihr gegenüber so distanziert verhalten hätte? Sie rief sich die Nähe und Innigkeit, die sich zwischen ihnen in den letzten Tagen entwickelt hatte, ins Gedächtnis. Wann hatte sie das letzte Mal Ähnliches erlebt? Ja, Pablo lebte in Mexiko und nicht bei ihr um die Ecke. Und nach wie vor hatte sie keine Ahnung, ob es eine gemeinsame Zukunft für sie geben und wie diese aussehen könnte.

An einem Stand mit bunten Keramiktöpfen blieb sie stehen und bewunderte die farbenfrohen Gefäße. Sie musste daran denken, dass Granny die kunstvoll bemalten Behältnisse sicher gefallen hätten. Doch Dalia würde ihr nicht von ihren Erlebnissen in diesem wundervollen Land berichten können. Bei ihrer Heimkehr würden ihre Großeltern sie nicht in den Arm nehmen und fragen, wie die Reise verlaufen war. Nie wieder würde sie nach Hause kommen und von den Menschen empfangen werden, die ihr am nächsten standen. Schon jetzt vermisste sie dieses Gefühl der Geborgenheit.

Ihr Herz wurde schwer. Das unsägliche Gespräch mit dem Mann, den sie nach wie vor für ihren Vater hielt, der völlig unnötige Streit mit Pablo und die plötzliche Wucht der Trauer um ihre verstorbenen Großeltern legten sich wie ein zentnerschweres Gewicht auf ihren Brustkorb. Um sich abzulenken, ging sie weiter und bewunderte farbenprächtige Taschen, furchterregend aussehende Masken aus Holz und Ton, den Duft der exotischsten Gewürze, Hängematten in unterschiedlichen Größen, Ausführungen und Farben sowie Obst und Gemüse in Hülle und Fülle.

Immer wieder kehrten ihre Gedanken zur Auseinandersetzung mit Pablo zurück, und sie entschied, die schwierige Situation zwischen ihnen zu klären. Entschlossen bog sie in die schmale Seitengasse ein, die zum Haus von Pablos Familie führte.

Als sie das Grundstück erreichte, steuerte Dalia schnurstracks die blau gestrichene Eingangstür an, die halb von Palmen verdeckt wurde.

»Was will er mit dieser Engländerin?«, hörte Dalia in diesem Augenblick die Stimme von Pablos Mutter durch das offene Küchenfenster, das sich direkt neben der Haustür befand.

»Ich finde Dalia sehr nett«, erwiderte seine Schwester.

Dalia blieb fast das Herz stehen, als sie feststellte, dass die beiden Frauen über sie sprachen. Unschlüssig sah sie zurück zur Straße. Wenn die zwei so offen über sie redeten, war Pablo sicherlich nicht in der Nähe.

»Soll er etwa nach England ziehen? Warum sucht er sich nicht ein nettes Mädchen von hier?«, fuhr seine Mutter fort.

»Bisher hat er es doch noch nie allzu lange bei einer Frau ausgehalten«, entgegnete Clara und lachte.

Eine Schranktür wurde geschlossen, Geschirr klapperte.

Dalia zog sich hinter eine der Palmen zurück, lehnte sich gegen den Stamm und schloss die Augen. Ihr Herz pochte, ihre Hände zitterten. Was sollte sie tun? Ihr Unbehagen wuchs.

»Diese Frau würde doch niemals nach Mexiko ziehen.« Wieder seine Mutter.

»Warum nicht? Du hast doch gehört, dass ihr Vater ebenfalls von hier kommt«, wandte Pablos Schwester ein.

Dalia schloss die Augen. Hatte Pablo ihr nicht erzählt, seine Familie habe gefragt, wann sie wieder zum Essen komme? So, wie seine Mutter gerade über sie redete, konnte Dalia sich das kaum vorstellen. Dann wurde ihr bewusst, wie schäbig es von ihr war, Pablos Familie heimlich zu belauschen. Eigentlich hatte sie sich nur bei ihm entschuldigen wollen. Wie hätte sie ahnen können, dass sie dabei Zeugin dieses Gesprächs wurde?

»Sie hat doch von der mexikanischen Kultur überhaupt keine Ahnung«, fuhr Pablos Mutter ungerührt fort. »Sie ist das allererste Mal hier. Ich kann mir nicht vorstellen, dass sie ihr Leben in England aufgeben würde, um bei ihm zu bleiben. Einfach so.«

Dalia atmete tief durch. Hatte Pablos Mutter nicht sogar recht? Konnte sie sich wirklich vorstellen, nach Mexiko auszuwandern? Oder wäre es nicht vernünftiger, die Sache zwischen ihnen hier an Ort und Stelle zu beenden? Bevor die Vertrautheit zwischen ihnen sich weiter intensivieren konnte? Bevor ihr Herz es nicht mehr ertragen würde, Pablo auf einem anderen Kontinent weit weg von ihrer Heimat zurückzulassen?

»Aber du weißt es nicht«, wandte Clara ein. »Und Pablo ist Anglist. Er könnte doch genauso gut nach England gehen, wenn Dalia ihm wirklich so wichtig ist. Ich hatte allerdings bei unserem Essen den Eindruck, dass die beiden gar nicht richtig … zusammen sind. Er hat ihr doch letztlich nur geholfen.«

Ihre Mutter lachte laut auf. »Hast du nicht die Blicke gesehen, die er ihr immer wieder zugeworfen hat? Nein, ich bin mir ziemlich sicher, dass Pablo etwas an ihr liegt. Ich kenne doch meinen Sohn. So verliebt …« Sie seufzte.

Für einige Augenblicke herrschte Stille im Inneren des Hauses.

Ein Tukan flog von einer Palme herunter und stakste über den Boden. Irgendwo in der Ferne erklang das aufgeregte Kreischen eines Brüllaffen.

»Ich möchte nicht, dass er nach England geht«, sagte Pablos Mutter, diesmal sanfter. »Pablo gehört doch hierher, zu seiner Familie.«

»Er lebt in Mexiko-Stadt, Mama. Du siehst ihn dreimal im Jahr.«

»Trotzdem«, beharrte seine Mutter.

Dalia hatte genug gehört. Leise huschte sie über das Grundstück und kehrte auf die Straße zurück.

Pablos Familie wäre wenig begeistert, wenn sie wüsste, dass sie eine Nacht miteinander verbracht hatten. Und alles, was seine Mutter gesagt hatte, stimmte ja letztlich. Dalia und Pablo kamen aus zwei völlig verschiedenen Welten. Zwischen ihren Heimatländern lagen Tausende von Kilometern.

Ziellos lief Dalia durch die Stadt, sie konnte keinen klaren Gedanken fassen. Was sollte sie jetzt tun? In diesem Augenblick kehrte die tiefe Einsamkeit zurück, die sie seit dem Tod ihrer Oma, eigentlich schon ihr Leben lang, verspürt hatte.

Pablos Gesicht tauchte vor ihrem inneren Auge auf. Seine warmen braunen Augen, dieser wunderschöne Mund, der so phänomenal küssen konnte. Seine liebevollen Hände, seine schlanken, aber starken Finger, die bislang unbekannte Gefühle in Dalia entfacht hatten. Würde sie es schaffen, ihn in dem Glauben zurückzulassen, dass ihr diese Nacht, dass ihr seine Zuneigung nichts bedeuteten?

Dalia kannte die Antwort, doch noch war sie nicht bereit dazu. Am liebsten hätte sie laut aufgeschrien. Hätte sich ihren Frust von der Seele gebrüllt. Pablos Familie lehnte sie ab. Doch was wollte sie eigentlich selbst? Sie beschloss, ans Meer zu gehen. Die Weite des Ozeans und der Wind auf ihrer erhitzten Haut hatten ihr schon immer geholfen, ihre Gedanken ein wenig zu ordnen und in sich hineinzuhören.

Am Strand angekommen, zückte sie Bleistift und Notizblock und begann zu zeichnen. Mit jeder weiteren gezogenen Linie spürte sie, wie sie mehr zur Ruhe kam. Dalia schloss kurz die Augen und genoss die wärmenden Sonnenstrahlen in ihrem Gesicht. Das gleichmäßige Rauschen und Tosen der Wellen verdrängte ein wenig das Chaos in ihrem Kopf. Zwar war sie schon immer ein Freigeist gewesen, doch sie spürte, dass ihr die Unterstützung ihrer Großeltern fehlte, obwohl in England eine große Familie auf sie wartete – Nara, Welwitschie, Lali, Soley und deren Eltern ... Dalia war nicht allein. Sie hatte Menschen, denen sie wichtig war.

Entschlossen nahm sie den Bleistift wieder auf und führte ihre Zeichnung fort. Als sie sich an Pablos Augen machte, spürte sie Sehnsucht in sich aufsteigen. Konnte Liebe nicht doch stärker sein als räumliche Entfernung und kulturelle Unterschiede?

Am Abend saß Dalia auf ihrer Terrasse und vertilgte zwei Enchiladas, die sie sich bei einer Imbissbude nicht weit von ihrer Pension geholt hatte. Die Zeichnung lag auf dem kleinen Tisch vor ihr.

Sie drehte die kleinen Dahlien-Ohrringe zwischen Daumen und Zeigefinger. Wieder und wieder ließ sie die Fingerspitzen über die filigrane Oberfläche wandern. Wann hatte Mum diese Ohrringe getragen? Zu welchem Anlass? Seit ihrem Streit mit Pablo vermisste Dalia ihre Mutter noch mehr. Hatte sie den Schmuck auf einem der vielen Märkte gekauft? Oder waren sie tatsächlich ein Geschenk von Ricardo gewesen? Ihre Gedanken drehten sich im Kreis.

Seufzend legte Dalia die Ohrringe auf den Tisch, nahm ihr Handy auf und sah zum wiederholten Mal aufs Display. Doch Pablo hatte sich nicht gemeldet. Den ganzen Tag nicht. Warum sollte er auch? Von seiner Warte aus war wahrscheinlich alles zwischen ihnen gesagt.

Dalia legte den Kopf in den Nacken und starrte in den dunklen Himmel. Tausende Sterne prangten am Firmament. Fast schien es, als funkelten sie um die Wette. Wer leuchtete am schönsten, hellsten, intensivsten?

Sie musste an einen Sommer zurückdenken, als all ihre Cousinen in Blooming Hall gewesen waren. Granny und Grandpa waren mit ihnen nach Newquay in den Zoo gefahren. Dalia erinnerte sich noch genau an jenen warmen Augusttag. Wie alt war sie damals gewesen? Zwölf, dreizehn? Sie hatten Meerschweinchen, Tapire, Schildkröten, Zebras, Lemuren, Kängurus und viele andere Tierarten bewundert. Am meisten hatten es Dalia damals die Humboldtpinguine angetan. Sie liebte diese kleinen, watschelnden Wasservögel über alles. Nara und Magnolia hatten sie liebevoll geneckt, weil sie sich nicht von dem Gehege trennen konnte. Wie schön das Leben damals war! Granny hatte ein Picknick vorbereitet. Am Abend zuvor hatte sie jede Menge Cornish Pastys gebacken, für jede mit der Füllung, die sie am liebsten mochte. Ja, so war ihre Oma gewesen. Stets hatte sie an das Wohl ihrer Kinder und Enkelinnen gedacht.

Dalia wurde melancholisch. Warum nur hatte Granny ihr nie erzählt, dass sie Kontakt mit ihrem leiblichen Vater gehabt hatte? Dass sie seinen Namen kannte, dass er ihr geschrieben hatte? Nach wie vor konnte sich Dalia keinen Reim auf die Geheimniskrämerei ihrer Großmutter machen. Wie hatte sie sie nur dermaßen belügen können, wo sie doch genau gewusst hatte, wie sehr Dalia unter der Abwesenheit ihres unbekannten Vaters gelitten hatte? Und Grandpa? Warum hatte nicht zumindest er mit Dalia gesprochen? Was war damals nur vorgefallen? Den Antworten auf ihre Fragen war sie auf ihrer Reise bisher keinen Schritt näher gekommen. Und der einzige Mensch, der ihr diese geben konnte, wollte nichts mit ihr zu tun haben. Dalia konzentrierte sich auf die Geräusche der Nacht. Der Wind raschelte in den Blättern, irgendwo schrie eine Eule.

Als ihr Handy zu klingeln begann, beschleunigte sich ihr Puls. War das Pablo? Doch ein Blick aufs Display zerstörte sogleich ihre Hoffnung. Es war Nara.

»Guten Abend, Süße«, erklang die gut gelaunte Stimme ihrer Tante.

»Bist du aus dem Bett gefallen?« Dalia sah auf die Uhr. In England war es jetzt früher Morgen.

Nara stöhnte. »Ich konnte nicht mehr schlafen. Und als ich auf die Uhr sah, dachte ich, dass doch gerade ein guter Zeitpunkt wäre, um dich anzurufen.« Sie lachte leise. »Bevor du ins Bett gehst.«

»Ach, Nara, es ist so schön, deine Stimme zu hören. Du hättest dir keinen besseren Moment für deinen Anruf aussuchen können«, gab Dalia beklommen zu. »Ich musste gerade an einen Ausflug nach Newquay denken. Als wir mit Granny und Grandpa im Zoo waren. Kannst du dich noch daran erinnern?«

»Klar«, kam es umgehend zurück. »War das nicht, als du dich in diese süßen Pinguine verliebt hast?«

Dalia seufzte. »Ja, damals waren es Pinguine«, rutschte es ihr gegen ihren Willen heraus.

»Oha, das klingt nicht gut«, erwiderte Nara. »Habe ich etwas verpasst?«

Dalia erzählte ihr, was in den letzten Tagen passiert war. Es tat gut, endlich mit jemandem, der sie gut kannte, über alles reden zu können.

»Ach, Dalia, ich weiß gar nicht, was ich dazu sagen soll«, erklärte Nara zögernd, als sie mit ihrem Bericht geendet hatte. »Du weißt, dass ich in Liebesdingen nicht gerade die beste Ratgeberin bin.«

»Scheint, dass ich sowieso alles falsch mache, was man falsch machen kann«, meinte Dalia.

»Er ist dir doch wichtig, oder?«, hakte Nara nach.

Dalia zögerte kurz. »Ich glaube schon.«

»Du glaubst schon?«, wiederholte ihre Tante skeptisch.

»Er *ist* mir wichtig«, verbesserte sich Dalia sofort. »Aber seine Mutter hat recht. Das kann doch niemals funktionieren.«

»Ich kenne diesen Pablo natürlich nicht, aber ich spüre, dass er dich mehr berührt, als du vielleicht vor dir selbst zugeben magst«, merkte Nara vorsichtig an. »Wenn ihr es beide möchtet, findet ihr sicherlich eine Lösung.«

»Ich wünschte, du wärst hier«, erwiderte Dalia. »Wir könnten einen Papayasaft trinken, leckere Tortillas essen und die ganze Nacht hier auf der Terrasse durchquatschen.«

Nara lachte auf. »Ja, mach mich nur nicht neidisch.«

»Du fehlst mir sehr«, bekannte Dalia leise. »Und Welwitschie und die anderen ...«

»Weißt du denn schon, wie lange du noch bleiben wirst?«

Dalia fuhr mit dem Zeigefinger einen Riss im Holz des Tisches nach. »Nein, keine Ahnung. In einem Moment denke ich, ich sollte umgehend meine Sachen zusammenpacken und nach Hause fliegen, aber im nächsten Augenblick … Warum spricht er nicht mit mir, Nara?«

»Du meinst deinen Vater«, folgerte diese zögernd.

»Ja.«

»Gib ihm etwas Zeit. Er hat schließlich jahrzehntelang gedacht, du seist tot. Das muss ein Riesenschock für ihn gewesen sein, als du plötzlich lebendig vor ihm standest.«

»Das hat Pablo auch gesagt.« Vor der Terrasse streifte ein Leguan durchs Gras. Dalia kniff die Augen zusammen und verfolgte die flinken Bewegungen des Reptils.

»Dein Pablo scheint ein sehr kluger Mann zu sein«, gab Nara hörbar amüsiert zurück.

»Genau das wollte ich hören«, schimpfte Dalia lächelnd.

»Dachte ich es mir doch«, frotzelte Nara. »Süße, ich bin mir sicher, dass du weißt, was du zu tun hast. Es ist viel, was da gerade auf dich einstürmt, aber du hast einen starken Charakter und wusstest schon immer, was du eigentlich willst. Du wirst die Wahrheit erkennen, wenn sie vor dir steht.«

Dalia stöhnte erneut auf. »Das ist mir um diese Uhrzeit zu philosophisch.«

»Es wird sich alles finden, glaub mir«, gab Nara in ernstem Ton zurück.

Nachdem sie Dalia noch ausführlich von Welwitschies Schulausflug berichtet hatte, beendeten sie das Telefonat.

Nachdenklich blieb Dalia auf der Terrasse sitzen und sah weiter ins Leere. Vielleicht hatte Nara recht. Vielleicht machte Dalia sich einfach zu viele Gedanken. Die Dinge würden sich auf die eine oder andere Weise ordnen. Dass ihr Vater nichts von ihr wissen wollte und dass sie den Mann verprellt hatte, der ihr Herz im Sturm erobert hatte, waren schließlich nicht die ersten Rückschläge in Dalias Leben. Vielleicht sollte sie dem Ganzen einfach etwas Zeit geben. Sich selbst nicht zu sehr unter Druck setzen. Doch das war leichter gesagt als getan.

35

Neunundzwanzig Jahre zuvor
Chichén Itzá

Camellia war mit ihren Kräften völlig am Ende. Seit ihrem Streit waren drei Tage vergangen. Ricardo hatte zwar mehrfach versucht, mit ihr zu sprechen, doch sie wollte nichts mehr hören. Die Enttäuschung saß zu tief. Gerade erzählte er der Gruppe etwas über die Gottheiten der Maya, aber sie konnte sich kaum auf seinen Vortrag konzentrieren.

»Wir haben schon den Regengott Chaac kennengelernt, es gab aber auch einen Todesgott, einen Gott der Königsdynastien, einen Gott der Unterwelt, einen Schöpfergott und – wen wundert es! – einen Maisgott.« Er lächelte schwach in die Runde. »Woher stammt unser Wissen? Eine wichtige Quelle sind zum einen die vielen erhaltenen Keramiken. Die Götter wurden in erzählerischen Szenerien auf unzähligen Gefäßen abgebildet, doch auch die Hieroglyphenschrift gibt uns Aufschluss über den Glauben der Maya. Es existiert eine spezielle Hieroglyphe, die den Kopf einer Gottheit zeigt.« Er hielt ein Schaubild hoch. »K'uh ist das Maya-Wort für Gott. Häufig wird dieses Zeichen den verschiedenen Götternamen vorangestellt. Übrigens wurden die gleichen Gottheiten an unterschiedlichsten Orten verehrt, wobei die Rolle der einzelnen Götter je nach Stätte variieren konnte, was vermutlich von der aktuellen politischen Situation abhing.«

Camellias Blick schweifte über die Umgebung. Während Ricardo weiter über die Mayareligion und die Bedeutung der Götter redete, festigte sich ihr Entschluss. Sie würde nach Hause reisen, denn sie konnte es schlichtweg nicht mehr aushalten, jeden Tag den Mann zu sehen, der sie so bitter hintergangen hatte. Ricardo war einer anderen versprochen, einem Nachbarsmädchen, und trotzdem hatte er sich auf eine Beziehung mit Camellia eingelassen. Hatte ihr das Gefühl gegeben, als bestünde zwischen ihnen so etwas wie Seelenverwandtschaft.

Behutsam legte sie eine Hand auf ihren Bauch. Sie musste dringend weg von hier. Heute in der Pause würde sie ihre Eltern anrufen und ihnen mitteilen, dass sie mit dem nächsten Flug nach Hause kommen würde. Wofür sollte sie sich noch länger quälen? Camellia konnte sich seit Tagen sowieso kaum noch auf die Vorträge konzentrieren.

Sie musterte die anderen Stipendiaten, die wie gebannt den Worten des Wissenschaftlers lauschten. Keiner von ihnen ahnte, was in ihrem Inneren vor sich ging. Auch Saddie wusste nichts von der ungeplanten Schwangerschaft. Camellia schloss die Augen und betete, dass der Vormittag schnell vorüberginge. In der Pause würde sie sich dann umgehend um ihren Rückflug kümmern.

Saddie war mit Armand und Giovanni etwas essen gegangen, und Camellia hatte Magenschmerzen vorgetäuscht, um unbehelligt ihre Rückreisepläne organisieren zu können. Gerade wollte sie sich auf den Weg zum Ausgang und auf die Suche nach einem Telefon machen, um am Flughafen anzurufen, als sie Ricardos Stimme hörte.

»Camellia!«

Wie in Zeitlupe drehte sie sich zu ihm um. »Was willst du?«

»Können wir bitte kurz reden?« Seine Augen sahen sie flehend an.

Camellia betrachtete das attraktive Gesicht. Sie spürte die Sehnsucht in sich aufsteigen und hasste sich sofort für ihre völlig unangebrachten Gefühle. »Worüber?«

Er deutete wortlos zum Templo del Jaguar.

Widerwillig folgte Camellia ihm in den Schatten des Bauwerks. »Also?«

»Du bist mir sehr wichtig. Ich möchte die Sache zwischen uns klären«, setzte er erneut an.

Camellia verdrehte die Augen. »Ja, klar.« Sie holte tief Luft. »Hör zu, Ricardo. Ich werde dieses Kind bekommen. Das Baby kann nichts dafür, dass sein Vater ein charakterloses Schwein ist.«

»Camellia, ich möchte …«, versuchte er, sie zu unterbrechen.

»Ich werde dieses Kind allein großziehen. Ohne dich. Und ich will dich nie wiedersehen. Werde glücklich mit deiner Paula.« Tränen traten ihr in die Augen.

»Können wir nicht versuchen, eine Lösung zu finden?« Sein Blick wurde eindringlicher.

»Wie soll die denn aussehen? Willst du, dass ich das Baby wegmachen lasse?« Camellia zog die Brauen hoch. »Das werde ich nicht. Niemals.«

Natürlich hatte sie auch über eine Abtreibung nachgedacht, aber es war ihr nicht richtig vorgekommen. Tatsächlich konnte das Baby ja nichts dafür, dass Ricardo sich so schäbig aus der Affäre gezogen hatte. Außerdem wusste sie gar nicht so genau, ob es für so einen Eingriff nicht zu spät war. Noch nie hatte sie sich näher mit den Fristen für eine Abtreibung befassen müssen, und ehrlich gesagt wollte sie das auch gar nicht. Zumindest nicht jetzt. Wenn sie erst zu Hause in England war, konnte sie immer noch darüber nachdenken. Zumindest Ricardo gegenüber würde sie nichts von ihren Zweifeln preisgeben.

Er schüttelte ein weiteres Mal den Kopf. »Nein, das meine ich nicht, aber …«

»Ich fliege nach Hause«, unterbrach sie ihn wieder, da sie nichts mehr hören wollte. »So schnell wie möglich.«

»Camellia, das kannst du doch nicht machen.« Er klang hilflos, verunsichert.

Camellias Zorn wuchs. »Ich kann das nicht machen? Du willst mir tatsächlich erklären, was ich nicht machen kann? Du hast mir gar nichts zu sagen. Gar nichts, hörst du?« Ehe sie sich zum Gehen wandte, sah sie ihn ein letztes Mal an. »Lass mich ab sofort einfach in Ruhe. Das ist alles so erbärmlich.«

Camellia zitterte am ganzen Körper, als sie sich auf den Weg zum Ausgang machte. Sie konnte die Tränen nicht länger zurückhalten, taumelte blindlings Richtung Fußweg, als sie plötzlich etwas Hartes an ihrem rechten Fuß spürte, das Gleichgewicht verlor und mit dem Oberkörper voran zwei steile Steinstufen hinabstürzte. Ihr rechtes Schienbein prallte hart gegen die Kante, der im nächsten Moment einsetzende stechende Schmerz vernebelte jegliches weitere Denken.

Instinktiv legte Camellia die Hände auf ihren Unterleib. Während Ricardo hinter ihr etwas rief, knallte sie mit dem Kopf auf den staubigen Boden. Das Stechen in ihrem Körper wurde schlimmer. Ihr wurde schwindlig. Gott im Himmel, ihrem Baby durfte nichts passieren! Die Umgebung um sie herum versank in einem dichten Nebel.

36

Gegenwart
Tulum

»Buenos días.« Müde betrat Dalia das Geschäft von Fernanda. Die halbe Nacht hatte sie sich in ihrem Bett herumgewälzt, und ihre Gedanken waren Achterbahn gefahren. Sollte sie erneut auf Ricardo zugehen? Sollte sie Fernanda offenbaren, wer sie war? Außerdem hatte ihr Pablo unendlich gefehlt, sie vermisste ihn und wünschte sich nichts sehnlicher, als den blöden Streit zwischen ihnen aus dem Weg zu räumen.

»Buenos días, Dalia«, grüßte Fernanda sie und trat hinter dem Tresen hervor. »Wie geht es dir? Ich habe mir gestern etwas Sorgen um dich gemacht.«

Betroffen erwiderte Dalia ihren Blick. »Das tut mir leid, das wollte ich nicht.« Dalia wurde bewusst, dass sie am Vortag nicht ohne eine Verabschiedung einfach hätte verschwinden sollen. Doch die unschöne Auseinandersetzung mit Pablo war ihr mehr unter die Haut gegangen, als sie sich eingestehen wollte. Und danach hatte sie erst mal allein sein wollen.

»Ist alles in Ordnung?«

Dalia seufzte. »Du hast es ja mitbekommen, oder?«

»Der junge Mann«, entgegnete Fernanda. »Magst du reden oder malen?«

Angesichts dieser Direktheit musste Dalia wider Willen schmunzeln. »Wenn du so fragst: malen.«

Auch Fernanda lachte. »Dann komm.«

Im Atelier holte die ältere Frau eine Holzstaffelei hinter einem Regal hervor, stellte das Bild, das sich darauf befand, zur Seite und nahm eine unbenutzte Leinwand auf. »Größer oder kleiner?«

Dalia legte den Kopf schief und betrachtete die weiße Fläche. »Genau richtig.«

Fernanda nickte zufrieden und platzierte die Leinwand auf der Staffelei. »Öl oder Acryl?«

Wieder überlegte Dalia. »Acryl«, entschied sie schließlich.

»Das Motiv musst du dir aber selbst überlegen.« Fernanda legte mehrere Farbtuben auf einen kleinen Beistelltisch und rückte diesen neben die Staffelei. »Pinsel liegen auf dem Schreibtisch. Wasser gibt es dort hinten.« Sie zeigte zur Wand. »Wenn du etwas zum Überziehen brauchst ... Neben dem Waschbecken hängen mehrere Kittel, du kannst dir gern einen davon nehmen.«

Überwältigt von der selbstverständlichen Freundlichkeit und Zuvorkommenheit rang Dalia um Fassung. Fernanda ahnte nicht das Geringste, sie hatte keine Ahnung, wer Dalia war. Und doch behandelte sie sie, als wäre sie Familie. Ein klein wenig erinnerte sie Dalia an Granny. Sie hätte sich ähnlich verhalten.

»Was ist?« Fernandas Blick wurde eindringlicher. »Fehlt etwas?«

Hastig schüttelte Dalia den Kopf. »Nein, überhaupt nicht. Ich musste nur gerade an etwas … an jemanden denken.«

»An den jungen Mann?«

»Nein, nicht direkt. Ich musste an meine Großmutter denken«, gab Dalia zu. »Aber das mit Pablo ist so … kompliziert.«

Fernanda lächelte. »Das renkt sich schon wieder ein. Du wirst sehen.«

»Er lebt hier und ich in England«, erklärte Dalia leise.

»Liebe hält sich leider nicht an Grenzen«, sagte Fernanda ernst. »Mein Sohn …«, setzte sie an. Dann winkte sie ab.

Dalia horchte auf. »Was ist mit deinem Sohn?«

Sie schüttelte den Kopf. »Nichts«, erwiderte sie nach kurzem Zögern. »Gar nichts. Das ist sehr lange her.« Sie wollte offensichtlich nicht näher darauf eingehen.

Was hatte Fernanda andeuten wollen? Was wusste sie von Ricardos Liebe zu Dalias Mutter? Zu gern hätte Dalia weiter nachgefragt, doch damit hätte sie Fernanda nur irritiert.

»Kann ich dich allein lassen?«

Dalia nickte.

Nachdem Fernanda das Atelier verlassen hatte, zog sich Dalia einen Schemel hervor und setzte sich vor die weiße Leinwand. Sie schloss die Augen und hörte tief in sich hinein. Minutenlang verharrte sie in dieser Position, bevor sich vor ihrem inneren Auge das Castillo von Tulum formierte. Die Steilküste mit den schroffen Felsen, der helle Sand davor, das strahlende Blau des Meeres, das in der Ferne mit dem Horizont eins wurde. Die hellgrauen Mauern des alten Gebäudes. Dalia wartete, ob sich das Bild wieder verflüchtigte, doch seine Formen wurden immer konkreter. Sie begutachtete die Farben, nahm eine Palette zur Hand und begann, die einzelnen Töne zu mischen. Rechts das Meer, links die Klippe mit dem Castillo. Dazwischen der Sandstrand, der in der Sonne hell aufleuchtete. Beherzt griff Dalia nach einem breiteren Pinsel und begann mit der Grundierung der Leinwand.

Sie war so in ihre Malerei vertieft, dass sie gar nicht bemerkte, wie die Zeit verstrich. Als zwei helle Stimmen vom Laden her ertönten, sah Dalia zum ersten Mal auf und musste sich kurz orientieren, wo sie überhaupt war. So tief war sie bisher noch nie in ihre Kunst eingetaucht. Zufrieden betrachtete sie das bisher Entstandene. Das Meer war fast fertig, der Übergang zum blauen Himmel wirkte realistisch und harmonisch. Fast meinte Dalia, die salzgeschwängerte Luft riechen zu können.

»Dalia, hast du Hunger?« Fernanda erschien in der Tür. »Meine Enkelinnen sind gerade gekommen, wir wollen zusammen essen. Ich habe Burritos mit Thunfisch gemacht.«

»Du hast gekocht?« Dalia hatte gar nicht bemerkt, dass Fernanda aus dem Laden verschwunden war.

»Burritos brauchen nicht lange.« Fernanda lachte. »Scheint, dass du alles um dich herum vergessen hast. Ich hatte dir zugerufen, dass ich kurz den Laden zusperre.«

Ungläubig schüttelte Dalia den Kopf. »Das habe ich überhaupt nicht mitbekommen.«

»Gut so.« Ricardos Mutter zeigte auf das Bild. »Du bist noch nicht fertig, aber es ist jetzt schon viel besser als deine älteren Bilder. Dieses Bild hat … Seele.«

»Findest du wirklich?« Dalia sah sie an.

Fernanda nickte. »Ja, finde ich wirklich.« Sie winkte. »Und jetzt komm. Cristina und Valeria sind halb am Verhungern.«

Erst jetzt wurde Dalia bewusst, was Fernanda da gerade gesagt hatte. Ihre Enkelinnen. Womöglich die Töchter von Ricardo? Dann wären es ja ihre Halbschwestern. Bei dem Gedanken stockte Dalia fast der Atem. Sie legte den Pinsel zur Seite und erhob sich vom Hocker. »Ich muss mir nur kurz die Hände waschen.«

»Ist gut. Mach dich fertig, und dann komm.«

Als Dalia aus dem Atelier trat, saßen zwei Mädchen an einem gedeckten runden Tisch, die sie auf dreizehn oder vierzehn schätzte. Sie hatten ihr langes dunkles Haar zu Zöpfen geflochten. Beide hatten den gleichen olivfarbenen Teint wie Fernanda – und wie Dalia.

»Hola«, grüßte Dalia die beiden und stellte sich ihnen vor.

Die beiden Mädchen nannten ebenfalls ihre Namen.

»Habt ihr euch schon bekannt gemacht?«, wollte Fernanda wissen, als sie kurz darauf aus dem Laden trat, in den Händen zwei Platten voller duftender Burritos. Sie stellte das Essen auf dem Tisch ab und setzte sich. »Das sind die Töchter meines Ältesten.«

Dalia schluckte. Es waren tatsächlich Ricardos Töchter!

»Wie alt seid ihr?« Dalia hoffte, dass die drei das Zittern in ihrer Stimme nicht bemerkten.

»Ich bin dreizehn«, erklärte Valeria.

»Und ich bin zwölf«, merkte Cristina an.

»Ricardo ist erst spät Vater geworden«, erklärte Fernanda fast entschuldigend. »Er hat ...« Sie verstummte. Dann teilte sie die Teller aus und legte jedem einen Burrito darauf. »Lasst es euch schmecken.«

Der gefüllte Teigfladen war fantastisch. Dalias Liebe zur mexikanischen Küche wuchs von Tag zu Tag, von Mahlzeit zu Mahlzeit. »Superlecker«, merkte sie ehrlich an, obwohl ihr die Nervosität angesichts des ersten Treffens mit Ricardos Töchtern starkes Bauchkribbeln verursachte.

Ohne Umschweife legte Fernanda ihr den nächsten Burrito auf den Teller. »Dann iss!«

Dalia musste lachen.

»Abuelita macht die allerbesten Burritos«, behauptete Cristina mit einem verschmitzten Grinsen.

Dalia nickte. »Ich glaube, da könntest du recht haben.«

»Woher kommst du?«, wollte Valeria von ihr wissen.

Dalia erzählte ihnen von England. Von Cornwall. Von der Gärtnerei.

»Dalia sucht ihren Vater«, erklärte Fernanda ihren Enkelinnen. »Er kommt auch aus Mexiko.«

»Warum suchst du ihn?«

Dalia berichtete ihnen von Grannys Tod und dass ihre Mum schon vor sehr langer Zeit verstorben war.

»Das heißt, du bist jetzt ganz allein«, folgerte Cristina betroffen.

Dalia musste schlucken. »Na ja …«

»Dalia ist nicht allein«, griff Fernanda ein. »Sie hat hier schon sehr viele Leute kennengelernt. Euch, mich, Pablo …«

»Wer ist Pablo?« Valeria sah von ihrer Oma zu Dalia.

»Ein Freund«, erwiderte Dalia gedehnt. »Vielleicht.«

»Du weißt es nicht genau?« Cristinas Blick wurde prüfender.

»Manchmal ist das alles etwas komplizierter«, sprang Fernanda Dalia zur Seite. »Und jetzt esst, Mädchen.«

Dalia betrachtete Ricardos Töchter unauffällig von der Seite. Sie hatte tausend Fragen an die beiden, hätte sie gern auf ihren Vater angesprochen, doch sie musste vorsichtig sein, wollte die Mädchen und Fernanda nicht irritieren. Daher unterdrückte sie ihre Neugierde und widmete sich dem hervorragenden Essen.

Als Dalia sich am Nachmittag auf den Rückweg zu ihrer

Pension machte, war sie tief in Gedanken versunken. Sie hatte Valeria und Cristina auf Anhieb ins Herz geschlossen. Valeria hatte sich über mehrere Jungs in ihrer Schule ausgelassen, die ihre Mitschüler offenbar fast täglich drangsalierten. Cristina hatte von ihrem Spanischlehrer erzählt, der eine Mitschülerin ungerecht behandelt hatte. Während sie schimpfte und zeterte, hatte Fernanda geduldig zugehört und immer wieder verständnisvoll genickt oder eine entsprechende Bemerkung gemacht.

Und Dalia? Sie hatte sich mit den dreien rundum wohlgefühlt. Fernanda und die Mädchen hatten ihr das beruhigende Gefühl vermittelt dazuzugehören. Eine von ihnen zu sein. Obwohl keine ahnte, wer Dalia in Wahrheit war, hatten sie sie wie selbstverständlich in ihre Gespräche, in ihre Sorgen und Probleme, in ihren Alltag eingebunden.

»Dalia!«, wurde sie in diesem Moment aus ihren Gedanken gerissen.

Überrascht drehte Dalia sich um und kniff ungläubig die Augen zusammen, als sie Estella und Ruben sah, die auf sie zustürmten. »Was macht ihr denn hier?«

»Wir haben euch gesucht«, erklärte Estella. Als sie vor ihr anhielten, schnappte die junge Mexikanerin japsend nach Luft.

»Deine Kondition war auch schon mal besser«, frotzelte Ruben und grinste.

Estella versetzte ihm einen Stups in die Seite. »Man wird eben nicht jünger, oder?«

Er legte den Kopf schief. »Du nicht, aber bei mir bin ich da nicht so sicher.«

Sie lachten wieder.

Ihre gute Laune wirkte ansteckend. Dalia freute sich aufrichtig, die beiden zu sehen.

»Wir dachten, wir kommen noch ein paar Tage zu euch ans Meer, bevor wir wieder zurück an die Uni müssen«, beantwortete Estella Dalias Frage. »Ich soll dich übrigens ganz lieb von meiner Mama grüßen. Sie würde sich sehr freuen, wenn du uns mal wieder besuchen kämst.«

»Danke«, gab Dalia zurück. »Es war wirklich so schön bei euch.«

»Wo ist Pablo?«, wollte Ruben von ihr wissen.

»Er ist ...«, setzte Dalia zögernd an. »Ich weiß es nicht«, gab sie dann notgedrungen zu.

Estella musterte sie prüfend. »Ist etwas passiert? Habt ihr euch etwa gestritten?«

Dalia zuckte mit den Achseln. »Nicht direkt ... oder doch, irgendwie schon.«

»Oje.« Estella sah von Ruben zu Dalia. »Wie sieht es aus? Wollen wir etwas trinken gehen? Dann kannst du uns alles in Ruhe erzählen. Scheint, dass wir einiges verpasst haben.«

Ruben zeigte die Straße hinunter. »Dort vorne habe ich vorhin eine Saftbar gesehen. Lust auf Papaya, Melone oder Ananas?«

Dalia nickte dankbar. »Klingt gut.«

Als sie im Außenbereich des kleinen Ladens Platz genommen und Getränke bestellt hatten, spürte Dalia die Blicke der beiden Doktoranden auf sich ruhen.

»Ich habe meinen Vater gefunden«, platzte sie schließlich heraus. »Und ich habe Pablo ... Wir haben ... Wir sind ...«, stammelte sie unbeholfen. Verlegen senkte sie den Blick.

»Das zwischen euch habe ich schon bei der Fiesta von Abuelita gemerkt«, unterbrach Estella sie sanft. »Ihr beiden wart so süß zusammen. Auf der Tanzfläche ... Man hatte das Gefühl, die Welt um euch herum habe aufgehört zu existieren. Ihr hattet ja nur noch Augen füreinander.«

Dalia konnte kaum glauben, dass dieser Abend erst wenige Tage zurücklag. Was war seitdem nur alles geschehen!

»Magst du erzählen?« Estellas Gesicht hatte einen mitfühlenden Ausdruck angenommen.

Die Wärme in der Stimme der jungen Mexikanerin schnürte Dalia fast die Kehle zu. Doch die beiden kannten Pablo wesentlich besser als sie. Vielleicht konnten sie ihr sogar helfen, die Sache zwischen ihnen wieder geradezurücken. Dalia setzte sich aufrechter hin und begann zu erzählen.

»Ich weiß nicht, was ich jetzt tun soll«, schloss Dalia. »Seine Mutter hat ja recht. Wie soll das mit uns weitergehen?«

Estella wechselte einen kurzen Blick mit Ruben, bevor sie sich wieder an Dalia wandte. »Also erstens: Pablo und du, ihr habt euch ineinander verliebt. Das passiert. Gegen Gefühle kann man nun mal nichts tun.« Sie legte den

Kopf schief. »Oder zumindest nicht viel. Ich würde sagen, ihr müsst erst mal miteinander reden. Über euch. Wie ernst es euch ist, was ihr erwartet, wie es weitergehen könnte.« Sie lächelte. »Also ich finde, dass ihr echt gut zusammenpasst. Und dass du Pablo ganz schön beeindruckt hast, ist mir schon in Mexiko-Stadt aufgefallen.« Sie nickte nachdrücklich.

Überrascht sah Dalia sie an. War sie denn so blind gewesen?

»Zweitens«, fuhr Estella unbeeindruckt fort, »sehe ich die Sache mit deinem Vater ähnlich wie Pablo. Dieser Professor hat jahrzehntelang gedacht, du seist bei der Geburt gestorben. Dass du plötzlich vor ihm stehst und ihm erklärst, du seist seine tote Tochter ...« Sie sah wieder zu Ruben. »Starker Tobak, würde ich sagen.«

Ruben nickte zustimmend.

»Ich glaube nicht, dass er sich noch mal bei mir meldet«, erklärte Dalia leise.

»Warte ab.« Estella nahm einen Schluck von ihrem Saft. »Und was diese Fernanda angeht: Ich freue mich sehr, dass deine Abuelita offensichtlich eine so warmherzige und tolle Frau ist. Dass euch sogar ein ähnliches Talent verbindet. Aber ...« Ihr Blick wurde eindringlicher. »Ich denke, du solltest ihr die Wahrheit sagen.«

»Das sehe ich genauso«, pflichtete Ruben bei. »Sie hat es verdient, zu wissen, wer du bist.« Er machte eine Pause. »Und wovor hast du überhaupt Angst? Schließlich bist du ihre Enkelin. Denkst du, sie kann dich nicht mehr leiden, wenn sie die Wahrheit erfährt? Das Gegenteil wird wohl der Fall sein.«

Dalia wusste es selbst nicht. »Ich habe keine Ahnung, was damals zwischen Ricardo und meiner Mutter vorgefallen ist und warum Granny ihm geschrieben hat, dass ich gestorben wäre.«

»Du bist hier, Dalia.« Estella fuhr sich durchs Haar. »Und Ricardo ist ebenfalls hier. Du hast ihn gefunden. Allein das grenzt schon an ein kleines Wunder.« Sie schüttelte den Kopf. »Ich kann mir nicht vorstellen, dass er diese Tatsache dauerhaft ignorieren wird. Du bist seine Tochter, sein ältestes Kind.«

»Seine Töchter sind sehr nett«, meinte Dalia, während sie an Valeria und Cristina dachte. »Und Ricardo war genauso freundlich, als er noch nicht wusste, wer ich … wirklich bin.«

»Er hat sich bestimmt total überrumpelt gefühlt«, mutmaßte Ruben. »Also wenn ich mir vorstelle, da stünde plötzlich eine junge Frau vor mir, die behauptet, sie sei meine Tochter …«

»Ganz so abwegig ist diese Vorstellung bei dir aber nicht«, merkte Estella an und lachte. »Warte mal noch ein paar Jahre, dann könnte das durchaus Realität werden.«

»Éstupida«, entgegnete Ruben und lachte.

Dalia lehnte sich zurück und sah die beiden an. »Ich freue mich ehrlich, dass ihr da seid. Ich habe euch vermisst.« Und sie meinte es ernst.

»Pablo hat nächste Woche Geburtstag«, erklärte Estella. »Das wollten wir uns nicht entgehen lassen.«

Dalia zog die Brauen hoch. »Geburtstag? Das wusste ich gar nicht.«

»Jetzt weißt du es.« Estellas Mundwinkel zuckten. Sie zögerte. »Ihr solltet wirklich miteinander reden.«

Dalia nickte. »Irgendwie habe ich das Gefühl, im Moment einfach alles falsch zu machen. Aber ich werde nicht aufgeben.« Einige Augenblicke lang sah sie schweigend in die Ferne.

Ein kleiner grüner Gecko huschte über den Nachbartisch.

»Was hältst du von der Isla de Cozumel?«, durchbrach Estella schließlich das Schweigen und sah Ruben fragend an.

»Morgen?«

Sie nickte.

»Was ist das?«, wollte Dalia von ihnen wissen.

»Lass dich überraschen. Morgen machen wir einen Ausflug!«

37

Beeindruckt verfolgte Dalia, wie Fernanda die einzelnen Linien zu einem wunderschönen Muster zusammensetzte.

»Was ist?« Fernanda lächelte. »Hast du keine Lust mehr?«

Dalia schüttelte den Kopf. »Doch, ich ... brauche nur eine kurze Pause. Wenn ich dich so beobachte ... Der Pinsel und du ... ihr bildet eine richtige Einheit. Als ob er die Verlängerung deines Arms wäre.«

Fernanda nickte. »Das hast du sehr gut beschrieben. Genau so fühlt es sich für mich an. Der Pinsel ist kein Fremdkörper. Wenn ich male, gehört er zu mir, ist er ein Teil von mir. Wie meine Hand, wie mein Kopf, wie meine Füße.«

Dalia seufzte. »Ich glaube, so weit bin ich noch lange

nicht.« Fernanda ließ den Pinsel sinken und sah zu ihr herüber. »Doch, das bist du, Dalia.« Sie stand auf und stellte sich hinter sie. »Du weißt es nur noch nicht.« Dann deutete sie auf das Castillo, das Dalia in der letzten Stunde fertiggestellt hatte. »Dieses Bauwerk hier ... Das sind nicht nur Mauern. Du hast es geschafft, die Mystik und die Geheimnisse der Maya abzubilden. Dem Bauwerk Leben einzuhauchen.«

»Meinst du das ernst?« Dalia sah zu ihr auf.

»Ja, du hast ein sehr gutes und genaues Auge. Du siehst das Wesentliche, was viele Menschen heute gar nicht mehr erkennen. Das Leben besteht aus so viel Stress und Hektik. Besinnung auf sich selbst und genaues Beobachten haben viele Leute verlernt.« Sie kehrte zu ihrer Staffelei zurück. »Du hast ein großes Talent, Dalia. Das ist eine besondere Gabe, die es zu schätzen gilt.«

»Danke«, gab Dalia gerührt zurück. »Deine Worte bedeuten mir sehr viel.«

»Ich sage nur, was ich sehe.« Fernanda zuckte mit den Achseln. Dann wurde ihr Blick eindringlicher. »Ich habe das Gefühl, dass dir etwas auf dem Herzen liegt. Hat es mit ... Pablo zu tun?«

Dalia schloss kurz die Augen und dachte an ihre Unterhaltung mit Estella und Ruben. War jetzt der richtige Moment? Ihr Magen krampfte sich zusammen. Nein, sie konnte einfach nicht. Wie würde Fernanda auf ihre Offenbarung reagieren? Sicher wäre sie stinksauer und würde sie umgehend aus ihrem Atelier werfen. Kurz entschlossen nickte sie. »Ich habe heute ... zwei Bekannte getroffen. Aus Mexiko-Stadt«, begann sie zögernd.

»Das ist schön.«

»Ja, und wir haben auch über Pablo gesprochen. Estella meint, dass er mich ... schon länger mag.«

Fernanda runzelte die Stirn. »Wo liegt dann das Problem?«

»Wir machen morgen einen Ausflug. Zu viert«, fuhr Dalia fort. »Auf die Isla de Cozumel.«

Fernanda lächelte.

»Was ist?«, wollte Dalia verwundert wissen.

»Nichts«, erklärte die Ältere. »Das wird sicher ein toller Tag werden.«

»Ich habe Angst«, bekannte Dalia.

»Wegen des Ausflugs?«

»Wegen Pablo.«

»Wenn Estella meint, dass er dich mag, kann ich das Problem nicht erkennen.«

Dalia suchte nach den richtigen Worten. »Bisher lief mein Leben sehr geordnet ab. In England wusste ich, wie mein Alltag aussah. Ich hatte meine Familie, die Gärtnerei, meinen Job. Alles war ...«

» ... vorhersehbar«, ergänzte Fernanda ernst.

Dalia sah sie erstaunt an. »Ja, genau.«

»Und jetzt ist dein Leben völlig auf den Kopf gestellt«, fuhr Fernanda fort und betrachtete sie eingehend. »Und das macht dir Angst.«

Dalia wandte den Kopf ab. »Hier fühlt sich das Leben so leicht an. Die Sonne scheint immer, das Essen ist ein einziger Traum, die Natur und die Ruinenstätten sind überwältigend. Ich fühle mich schon fast heimisch, zugehörig. Aber ich komme aus Cornwall. All die Menschen, die mich in meinem Leben begleitet haben, leben Tausende Kilometer von hier entfernt. Und dann treffe ich Pablo und …« Ihre Stimme brach.

»… und verliebst dich in ihn.« Fernandas Gesicht nahm eine mitfühlende Miene an. »Ich kann dich sehr gut verstehen. Du fühlst dich hin- und hergerissen. Und dann noch die Suche nach deinem Vater …«

»Ich habe ihn gefunden«, presste Dalia hervor.

Fernanda beugte sich vor. »Du hast ihn gefunden?«

»Er will nichts von mir wissen.«

Die alte Frau schüttelte den Kopf. »Das glaube ich nicht. Jeder Mann kann sich doch glücklich schätzen, eine so liebenswerte, feinfühlige und intelligente Tochter wie dich zu haben.«

»Er nicht«, gab Dalia bekümmert zurück.

»Das wird sicher noch.«

»Ich wünsche mir so sehr, dass er sich für mich interessiert. Dass er mich seiner Familie vorstellt, dass er zu mir steht«, brach es aus Dalia heraus.

Bis zu diesem Moment war ihr nicht bewusst gewesen, wie sehr sie die ungeklärte Situation belastete. Der Ärger mit Pablo und die erfüllenden Gespräche mit Fernanda hatten die Enttäuschung über Ricardos Verhalten völlig überlagert.

»Ich kann mir nicht vorstellen, dass es ihn kaltlässt, zu wissen, dass er eine Tochter hat.«

Wieder hatte Dalia ein schlechtes Gewissen. Fernanda war ihr wichtig geworden. Warum belog sie sie weiterhin? Wäre jetzt nicht der richtige Zeitpunkt für die Wahrheit?

»Vielleicht muss er sich erst an den Gedanken gewöhnen«, mutmaßte Fernanda.

»Das haben Ruben und Estella auch gesagt«, entgegnete Dalia. »Und Pablo ebenfalls.« Und Nara und Soley, setzte sie im Stillen hinzu. Doch wie viel Zeit brauchte Ricardo? Hatten sie nicht schon viel zu viele Jahre vergeudet?

»Mein Vater war immer dagegen, dass ich male«, erzählte Fernanda. »Meine Mutter hat mich stets unterstützt, aber Papa hatte keinen Sinn fürs Kreative. Er war Fischer, genauso wie José. Das Meer war sein Zuhause. Er war oft fort. Ich war sehr traurig, dass er mich nicht sah.« Sie verzog ihr Gesicht. »Dass er *mich* nicht sah, mein Wesen, meine Malerei, meinen Charakter, alles, was mich ausmacht. Ich habe mein Leben lang darum gekämpft, nur einmal seine volle Aufmerksamkeit zu bekommen. Doch er konnte nicht aus seiner Haut. Er war ein einfacher Mann, der mit Kunst und Kultur eben nichts anzufangen wusste. Meine Mutter hingegen hat erkannt, dass ich das Kreative brauchte, um glücklich zu sein, um atmen zu können. Es war mein Weg, mich auszudrücken.« Sie machte eine Pause. »Ja, ich kann dich verstehen. Ich habe jahrzehntelang versucht, meinen Vater von mir zu überzeugen. Doch er hat nie verstanden, wer ich wirklich war. Bis zu seinem Tod nicht.«

»Das ist wirklich traurig«, meinte Dalia und bemerkte,

wie ein Schatten über Fernandas Gesicht zog. Sie dachte über ihre eigene Situation nach. Granny und Grandpa, Nara und Lilian, ihre komplette Familie hatte immer geschlossen hinter ihr gestanden, hatte sie unterstützt und ihr geholfen, wenn sie nicht mehr weitergewusst hatte. Auch bei der überstürzten Reise nach Mexiko hatte ihr niemand Steine in den Weg gelegt. Sie hatten sie vor möglichen Gefahren gewarnt, hatten sie gebeten, sich gründlicher vorzubereiten, doch gehindert hatte sie keiner, ganz im Gegenteil. Dieser Gedanke wärmte ihr Herz.

»Dein Vater hat dich nicht abgeschrieben, Dalia«, drang Fernandas Stimme wieder in ihr Bewusstsein. »Ich kenne die näheren Umstände nicht, aber ich bin mir sicher, dass er noch zur Vernunft kommen wird.« Sie sah auf die Uhr. »Kurz vor Mitternacht. Was hältst du davon, wenn wir für heute Feierabend machen?« Sie lächelte verschmitzt. »Immerhin hast du morgen Großes vor.«

Dalia kam aus dem Staunen nicht mehr heraus. Während sie durch das badewannenwarme Wasser vor der Isla de Cozumel schnorchelte, schwirrten Fische in allen erdenklichen Farben um sie herum. Sonnengelbe, azurblaue, kirschrote, grasgrüne. So hatte sich Dalia immer die Karibik vorgestellt. Und genau so sah sie nun auch aus. An manchen Klischees war eben doch etwas dran. Zwei rote Seesterne lagen mehrere Meter unter ihr auf dem Meeresboden. Das Wasser war glasklar, der weiße Sand am Grund wurde durch die Sonnenstrahlen in gleißendes Licht getaucht.

Als Dalia sich umdrehte, entdeckte sie Ruben und Estella in einiger Entfernung. Pablo schwamm etwa fünf Meter vor ihr.

Auf der knapp einstündigen Überfahrt von Playa del Carmen zur Insel hatten Estella und Ruben das Gespräch dominiert. Dalia hatte die meiste Zeit aufs Wasser geblickt. Noch nie in ihrem Leben hatte sie sich einerseits so frei gefühlt, auf der anderen Seite aber eine solch schwere Last mit sich herumgeschleppt. Pablos Blick hatte sie während der Schifffahrt tunlichst gemieden.

Eine Schildkröte schwamm an ihr vorbei. Fasziniert verfolgte sie, wie das etwa dreißig Zentimeter große Tier fast schwerelos durchs Wasser schwebte und seine Füße der Strömung des Meeres anpasste. Als die Schildkröte den Kopf drehte, meinte Dalia, sie sähe ihr direkt ins Gesicht. Ein berauschendes Glücksgefühl überkam sie. Die Welt konnte so wunderschön sein!

Als Pablo ihr mit den Händen bedeutete, ihm zu folgen, änderte sie ihre Richtung und schwamm mit kräftigen Zügen hinter ihm her. Nach wenigen Minuten zeigte er erst mehrfach nach unten, bevor er den rechten Arm ausstreckte und einen Daumen hob.

Filigrane orangefarbene Unterwasserpflanzen wuchsen auf schroffen Felsformationen. Vor ihnen erstreckte sich ein riesiges Korallenriff. Dalia meinte, ihren Augen nicht zu trauen. Hatte sie jemals etwas Schöneres, Einzigartigeres gesehen? Sie stellte ihre Bewegungen ein und ließ sich sachte durchs Wasser gleiten. Diese Unterwasserwelt glich einem wahren Paradies. Der Boden wurde von Seegraswiesen bedeckt. Krebse und Langusten versteckten sich in dem dichten Grün. Dalia entdeckte Schwämme, Würmer und unzählige Algenarten. Die Artenvielfalt schien grenzenlos. Fische in allen erdenklichen Farben und Größen schossen kreuz und quer durchs Wasser. Dazwischen glitten Rochen und Schildkröten in gemächlichem Tempo entlang. Dalia kam sich vor wie in einem riesigen Salzwasseraquarium.

Pablo winkte ihr ein weiteres Mal zu, und sie schwamm ihm erneut hinterher. Estella und Ruben konnte sie nirgends mehr sehen.

Als Pablo den Strand ansteuerte, hob Dalia ihren Kopf aus dem Wasser, zog die Schnorchelmaske ab und sah sich neugierig um. Der Strand befand sich nur etwa dreißig Meter von ihnen entfernt, er war völlig menschenleer.

»Wollen wir eine Pause machen, bevor wir zurückschwimmen?«, rief Pablo ihr in diesem Moment zu. Er hatte seine Maske ebenfalls abgenommen.

Dalia nickte und steuerte das Ufer an. Erschöpft ließ sie sich in den warmen, weichen Sand fallen. »Wo sind wir hier?« Sie sah sich um, konnte jedoch außer Strand und Palmen nichts entdecken. Langsam beruhigte sich ihr Atem.

»Ein Geheimtipp«, erklärte Pablo grinsend und setzte sich neben sie.

»Ich bin total überwältigt«, gab Dalia zu und grub ihre Zehen in den Sand.

»Das bin ich auch«, erwiderte Pablo leise.

Ihr war klar, dass er nicht die Natur um sie herum

meinte. Sie drehte ihren Kopf und sah ihn an. »Es tut mir leid, dass ich mich so blöd verhalten habe.«

Er hob eine Hand und strich sanft über ihre Wange. »Du hast mir so gefehlt.«

Dalia bekam eine Gänsehaut. »Ich bin eine Idiotin.«

Er lachte. »Nein, das bist du nicht.«

»Ich hätte das vor Fernanda nicht sagen sollen«, erklärte sie ernst. »Es ist nur ... Wir hatten noch nicht darüber gesprochen, wie es weitergeht. Was die Nacht ...« Sie atmete tief durch. »Ich weiß einfach nicht, wie wir ... ob wir ...«, stammelte sie unbeholfen. »Ach Mist. Es tut mir jedenfalls total leid.«

Pablo näherte sich ihrem Gesicht und küsste sie behutsam. Bei seiner liebevollen Berührung vergaß Dalia sämtliche Bedenken, die sie seit Tagen umtrieben. Die weite Entfernung zwischen ihnen war nicht mehr wichtig, die Enttäuschung über Ricardo rückte in den Hintergrund. In diesem Moment wollte Dalia nur Pablo. Seinen Geschmack, seinen Geruch, seinen Körper, seine Zärtlichkeiten, seine Liebkosungen. Sie schlang die Arme um seinen Nacken und zog ihn dichter an sich. Sofort war die Magie wieder da, die sie in ihrer ersten gemeinsamen Nacht gespürt hatte. Sie mussten jetzt nicht reden, sie mussten nicht über ihre komplizierte Situation nachdenken, Dalia wollte nur fühlen und spüren, schmecken und riechen. Mit allen Sinnen, mit jeder Faser ihres Körpers. Sie wollte von Pablo berührt werden, wollte seine Nähe und Geborgenheit auskosten. Die wärmenden Sonnenstrahlen und das leichte Brausen und Gurgeln des Wassers perfektionierten den zauberhaften Augenblick.

»Bist du dir noch immer unsicher?«, raunte Pablo an ihrem Ohr, als er sich Minuten später von ihr löste.

Dalia schüttelte den Kopf. »Ich war mir nie unsicher. Nicht, was meine Gefühle für dich betrifft. Es sind die Umstände ...«

Vorsichtig strich er ihr eine nasse Strähne aus dem Gesicht. »Ich dachte, ich sei nur ein Abenteuer für dich. Ein weiteres Erlebnis in deinem Urlaub, eine nette Anekdote.«

Dalia betrachtete sein wunderschönes Gesicht. Wassertropfen perlten auf seiner Stirn und seinen Wangen ab. Die dunklen Augen schimmerten im Sonnenlicht. »Du warst nie ein Abenteuer für mich«, erklärte sie mit Nachdruck. »Du bist ... der tollste Mann, der mir je begegnet ist.«

Wieder verzog er seine Lippen zu diesem verführerischen Grinsen. »Das klingt doch schon besser.«

Sie musste ebenfalls lachen. »Ich meine es ernst. Du bist ... einzigartig. Du hast mich vor diesen Mistkerlen gerettet und mir eine Übernachtungsmöglichkeit angeboten – einfach so. Dabei kanntest du mich gar nicht. Du bist mit mir quer durch Mexiko gereist, um mir bei der Suche nach meinem Vater zu helfen. Wenn ich die Hoffnung wieder einmal aufgegeben habe, hast du mir Mut zugesprochen. Wieder und wieder hast du mich aufgefangen. Und du siehst mich und unterstützt mich dabei, einen neuen Weg zu finden. Du hast mir die Ölfarben wie aus dem Nichts besorgt, um mir das Malen zu ermöglichen.« Sie schüttelte den Kopf. »Ich habe noch nie einen so selbstlosen Menschen wie dich getroffen. Ich könnte endlos weiter darüber reden, was für ein großartiger Mensch du bist.« Sie lächelte. »Und so ganz nebenbei kannst du phänomenal küssen.«

Er hauchte ihr einen Kuss auf die Nase. »Mehr.«

Sie legte den Kopf schief. »Okay, du kannst nicht nur phänomenal küssen …«

»Warum bleibst du nicht einfach hier bei mir?« Pablo setzte sich auf und sah sie von der Seite an.

Dalia seufzte. »Das klingt wundervoll.«

»Es *ist* wundervoll.« Er legte eine Hand auf ihren Rücken und streichelte sie sanft.

»Du lebst in Mexiko-Stadt«, stellte Dalia fest. »Ich weiß nicht, ob ich dort … glücklich sein könnte.« Sie sah aufs Meer. »Hier ist es absolut traumhaft. Tulum ist eine wunderschöne Stadt, aber eine Millionenmetropole … Blooming Hall liegt ja ebenfalls auf dem Land, und ich könnte mir auch nicht vorstellen, nach London zu ziehen, verstehst du?«

»Ja, das kann ich gut nachvollziehen. Für mich war es auch eine große Umstellung, als ich in die Hauptstadt gezogen bin. Mexiko-Stadt hat seine schönen Ecken, aber ich weiß auch nicht, ob ich dort für immer leben möchte.«

»Ich kann mir gar nicht mehr vorstellen, ohne dich zu sein, Pablo«, offenbarte Dalia ihm ihre Gedanken. »Du bist einfach immer da, seit ich hier angekommen bin.«

»Bis auf die letzten Tage …«

»Es tut mir leid, wenn ich dich verletzt habe. Kannst du mir verzeihen?« Schuldbewusst sah sie ihn an.

Er schüttelte den Kopf. »Es gibt nichts zu verzeihen, Dalia. Du hast dich entschuldigt, es war ein blödes Missverständnis. Du bist dir unsicher, wie unsere Beziehung weitergehen soll, und ich dachte, ich sei dir nicht wirklich wichtig. Wir haben doch alles geklärt, oder nicht?« Sanft strich er über ihren Oberarm.

Sie nickte. »Doch, das haben wir.«

»Was meinst du, sollen wir zurückschwimmen?« Sein Blick wurde intensiver. »Oder wollen wir die Einsamkeit noch etwas genießen?«

Dalia zwinkerte. »Was genau meinst du damit?«

Seine Mundwinkel zuckten. »Ich denke, da würde uns doch sicher etwas ... Nettes einfallen.«

»Etwas Nettes?« Sie wiegte ihren Kopf hin und her. »Ich dachte da eher an etwas Phänomenales.« Mit einer Hand löste sie ihr Bikinioberteil. »Was denkst du?«

»Denken?« Er schluckte. »Das Denken fällt mir angesichts dieses interessanten Ausblicks etwas schwer.«

Sie fuhr mit ihren Händen über seinen Oberkörper. »Denken wird in bestimmten Situationen auch überbewertet.«

Dalia ließ sich langsam in den Sand sinken und zog Pablo mit sich.

38

»Ich habe wochenlang auf den Tag hingefiebert, an dem Granny die große Wiedersehensfeier veranstalten würde«, erzählte Dalia wehmütig. »Und ich habe mich immer riesig gefreut, wenn Magnolia, Lali, Soley, Nara und ich endlich zusammen waren. Granny hat schon Tage zuvor Kuchen gebacken. Schoko, Zitrone, Erdbeer. Es gab Pudding, und sie machte verschiedene Limonaden.« Dalia schloss die Augen und schwelgte in ihren Erinnerungen. Als sie sie wieder öffnete, sah sie in Pablos lächelndes Gesicht.

»Das klingt wirklich schön«, befand er.

Dalia nickte. »Das war es. Wir fünf waren ein tolles Team und hatten unglaublich viel Spaß. Wir tobten durch die Gärtnerei, veranstalteten Picknicke auf den Wiesen, gingen zusammen an den Strand, wenn es warm genug war.« Sie seufzte. »Wir waren jung, und das Leben war so unfassbar unkompliziert.«

»Unfassbar unkompliziert?« Pablo lachte.

Dalia legte den Kopf in den Nacken und sah in den Sternenhimmel.

Nach ihrer Rückkehr von der Isla de Cozumel hatten sie sich von Estella und Ruben verabschiedet. Die beiden wünschten ihnen mit einem Augenzwinkern einen schönen Abend. Estella flüsterte Dalia noch zu, wie sehr sie sich freue, dass sie ihre Meinungsverschiedenheit hatten klären können.

Als Dalia an die Zweisamkeit am Strand von Cozumel dachte, spürte sie, wie ihre Wangen zu glühen begannen. Glücklicherweise war es schon dunkel, sodass Pablo es nicht sehen konnte.

Er hatte gefüllte Tortillas und Bier besorgt und war wie selbstverständlich mit Dalia auf ihr Zimmer gegangen.

»Du scheinst eine sehr nette Familie zu haben«, stellte er jetzt fest.

Sie nickte. »Ja, meine Verwandten sind toll. Granny und Grandpa waren der Dreh- und Angelpunkt der Carters. Ob Geburtstage, Weihnachten oder andere Feiertage – immer haben wir uns in Blooming Hall getroffen.« Ihr Blick schweifte über die Bäume vor der Terrasse. »Allerdings habe ich keine Ahnung, wie es nun weitergehen soll. Granny und Grandpa sind tot. Ich habe die starke Befürchtung, dass es sich nie wieder so anfühlen wird wie bisher.«

»Das Leben verändert sich«, gab Pablo mit ernster

Stimme zurück. »Immer, jeden Tag, jeden Moment. Manche Veränderungen empfinden wir als gut, andere sind einfach nur furchtbar. Aber wir müssen damit zurechtkommen. Irgendwie.« Er griff nach Dalias Hand und drückte sie leicht.

Sie folgte der Bewegung. »An dir ist ja ein Philosoph verloren gegangen.«

Er schüttelte den Kopf. »Nicht wirklich.«

»Ich würde dir so gern meine Heimat zeigen«, setzte sie vorsichtig an. »Und ich würde dich gern meiner Familie vorstellen.«

Er hob fragend die Brauen.

Sie nickte nachdrücklich. »Ich kenne deine Heimat, deine Familie, und nun …«

»Ein Flug nach England ist für mich leider sehr teuer, Dalia.« Sein Gesicht nahm eine bedauernde Miene an. »Ich habe dir erzählt, dass ich meine Eltern unterstütze.«

»Ich weiß«, gab sie kaum hörbar zurück. »Ich kann mir einfach nicht vorstellen, ohne dich zurückzukehren.«

Er strich mit seinen Fingern sanft über ihren Handrücken. »Wir finden eine Lösung, okay? Irgendwie wird sich alles einrenken«, fuhr er fort, doch Dalia war sich nicht sicher, ob er mit ihr sprach oder sich eigentlich nur selbst Mut machen wollte.

»Was sagen denn deine Eltern, wenn sie erfahren, dass wir beide …?« Sie musste an das Gespräch zwischen seiner Mutter und Clara denken.

»Wie meinst du das? Ich bin achtundzwanzig. Auch

bei uns ist es nicht üblich, seine Eltern vorab um Erlaubnis zu fragen.« Er lachte verschmitzt.

»Ich komme aus England, bin keine Mexikanerin, bin nicht einmal katholisch«, erklärte Dalia.

»Denkst du, deshalb haben sie etwas gegen dich?« Er verdrehte die Augen und winkte ab. »Sie werden sich freuen.«

Da war sich Dalia nicht so sicher, doch sie traute sich nicht, ihm zu erzählen, dass sie seine Mutter belauscht hatte.

»Du solltest mit deiner Abuelita reden«, wechselte Pablo unvermittelt das Thema.

»Morgen«, entgegnete Dalia. »Ich gehe morgen früh zu ihr und sage ihr, wer ich bin. Wenn sie dann nichts mehr mit mir zu tun haben will, ist es eben so.«

»Das wird nicht passieren«, widersprach Pablo bestimmt. »Immerhin bist du ihre Enkelin.«

»Übrigens habe ich gestern meine Halbschwestern kennengelernt, Cristina und Valeria.«

»Du hast Geschwister?« Er beugte sich vor und musterte sie.

Dalia erzählte ihm von dem gemeinsamen Mittagessen.

»Das freut mich sehr für dich, ehrlich.«

»Sie sind sehr nett. Und noch so jung«, erklärte Dalia schmunzelnd. »Teenies.«

»Sie werden staunen, wenn sie erfahren, dass sie eine tolle große Schwester haben.«

»*Wenn* sie es je erfahren ...«

»Wenn Fernanda es weiß, wird sie sich ihren Sohn definitiv zur Brust nehmen«, erklärte Pablo voller Überzeugung. »Wir sind Mexikaner. Und Familie bedeutet uns alles.«

»Offensichtlich gehöre ich aber nicht zu dieser Familie«, rutschte es Dalia heraus. »Tut mir leid. Ich kann mein Selbstmitleid selbst kaum noch hören.«

»Du musst dich nicht entschuldigen.« Er zog sanft an ihrer Hand und bedeutete ihr, zu ihm zu kommen.

Sie erhob sich und rutschte auf seinen Schoß. Verzückt ließ sie ihre Hände durch sein Haar gleiten. »Ich bin so froh, dass zwischen uns wieder alles gut ist«, wisperte sie an seinem Ohr.

Er legte eine Hand auf ihren Rücken. »Und alles andere wird auch in Ordnung kommen.«

Sie legte ihren Kopf an seine Schulter und genoss die Wärme, die von ihm ausging. Hatte sie sich je zuvor in ihrem Leben so vollkommen, so geborgen, so geliebt gefühlt? Dalia schloss die Augen und konzentrierte sich ganz auf die Gegenwart. In diesem Moment wollte sie nicht über ihre Sorgen und Ängste nachdenken. Jeder Augenblick mit Pablo war kostbar und wertvoll, sie wollte keinen einzigen davon vergeuden.

»Dein Vater wird dich nicht einfach so gehen lassen«, fuhr Pablo fort. »Und ich werde dich auch nicht ohne Weiteres gehen lassen«, murmelte er leiser.

Ein wohliger Schauer durchströmte ihren Körper bei seinen Worten. Konnte sie sich vorstellen, in Mexiko zu bleiben? Dalia wusste es nicht. Sie liebte dieses Land, hatte die Einwohner, die Kultur auf Anhieb in ihr Herz geschlossen. Sie fühlte sich den Menschen nahe, war schon rein optisch eine von ihnen. Doch würde sie es wirklich schaffen, England hinter sich zu lassen und hier neu anzufangen? »Ich bin nicht mutig«, erklärte sie nun, während ihre Kehle sich fast zuschnürte.

Pablo lachte heiser. »Oh doch, Dalia. Das bist du. Du bist sogar eine der mutigsten Frauen, denen ich je begegnet bin. Aber nicht nur das, du bist auch feinfühlig, charakterstark und sehr intelligent.« Er streichelte ihre Wange. »Du schaffst das, Dalia. *Wir* schaffen das – gemeinsam.«

»Gemeinsam«, wiederholte sie. »Das klingt wunderschön.«

Er küsste sie behutsam. »Es ist wunderschön, Dalia. Du bist wunderschön.«

Sie erwiderte die Berührung und genoss seine Hände auf ihrem Gesicht, ihren Schultern, ihrem Rücken, ihrer Taille. Der Zauber zwischen ihnen erwachte erneut zum Leben. Dalia fühlte sich leicht und glücklich. Sie war nicht allein, hatte mit Pablo den wundervollsten Mann an ihrer Seite, den sie sich nur vorstellen konnte. Mit ihm würde sie alles schaffen. Doch jetzt wollte sie seine Nähe auskosten, wollte von ihm begehrt und geliebt werden, wollte ihm zeigen, wie viel er ihr bedeutete und wie sehr sie sich nach ihm sehnte.

39

Neunundzwanzig Jahre zuvor
Chichén Itzá

Camellia starrte zum Fenster und kämpfte fieberhaft gegen die aufsteigenden Tränen an. Sie durfte nicht fliegen. Der Arzt war in seinen Ausführungen unmissverständlich gewesen. Mit dem mehrfach gebrochenen Bein durfte sie sich nicht stundenlang in ein Flugzeug Richtung England setzen. Sie legte ihre Hände auf den Bauch und schloss die Augen. Immerhin war dem Baby bei dem Sturz nichts passiert. Camellia hätte es sich niemals verziehen, wenn dem kleinen Wesen in ihrem Bauch etwas zugestoßen wäre, nur weil sie so unachtsam gewesen war. Weil sie sich so über Ricardo aufgeregt hatte.

Das spärlich möblierte Krankenzimmer war nicht klimatisiert, und der Schweiß lief ihr über die Stirn. Im Bett gegenüber lag eine junge Mexikanerin in Camellias Alter, die sich bei einem Sturz vom Pferd beide Ellbogen gebrochen hatte. Juanita war vor einer halben Stunde zu einer erneuten Untersuchung abgeholt worden.

Camellia blickte überrascht zur Tür, als es klopfte. »Ja?«

Saddie trat ein, in der rechten Hand einen riesigen farbenfrohen Blumenstrauß. »Hallo, Süße!«

Camellia bemühte sich um ein Lächeln. »Wie schön, dass du mich besuchen kommst.«

»Moment.« Saddie nahm eine Vase von der einzigen Kommode im Raum, verschwand in dem kleinen Bad und kam wenige Sekunden später wieder mit der gefüllten Vase zurück, in der sie den Strauß drapiert hatte.

»Der sieht wunderschön aus«, bemerkte Camellia, während sie verfolgte, wie Saddie das Arrangement auf die Fensterbank stellte.

»Er ist von uns allen. Giovanni, Armand ...« Sie stockte. » ... Ricardo und mir«, schloss sie und drückte Camellia kurz an sich.

»Danke schön. Bitte sag ihnen, dass ich mich sehr über die Blumen freue.«

»Das mache ich. Außerdem soll ich dir natürlich von allen gute Besserung ausrichten und dich schön grüßen«, fuhr Saddie fort. »Insbesondere von Ricardo.«

Wut stieg in Camellia auf. »Sicher hofft er, dass ...«

Saddie sah sie scharf an. »Was hofft er? Ricardo hat sich sehr große Sorgen um dich gemacht.« Sie nahm sich einen Stuhl und stellte ihn an Camellias Bett. »Er möchte dich gern besuchen kommen.«

Camellia schüttelte den Kopf. »Das will ich aber nicht.«

»Was ist eigentlich los zwischen euch?« Saddie nahm ihre rechte Hand und drückte sie sanft. »Ich komme gar nicht mehr mit.«

»Ich darf nicht fliegen«, meinte Camellia frustriert. »Frühestens in vier Wochen.«

Saddie musterte sie stirnrunzelnd. »Wo willst du hinfliegen? Ich verstehe immer noch nicht …«

Camellia zuckte mit den Schultern. »Du erfährst es ja doch früher oder später. Ich wollte nach Hause fliegen.«

»Warum denn das? Ist etwas mit deiner Familie?«

»Nein, mit meiner Familie ist alles in Ordnung.«

»Wolltest du etwa wegen Ricardo abreisen?« Saddie beugte sich vor. »Hattet ihr Streit?«

Camellia biss sich auf die Unterlippe. »Ja, ich … möchte ihn nicht mehr sehen. Ich halte es nicht mehr aus.«

»Was ist passiert?«

Saddies mitfühlender Ton ließ sämtliche Dämme in Camellia brechen. »Ich bin schwanger«, presste sie unter Tränen hervor.

»Was?« Saddies Augen weiteten sich.

Camellia nickte. »Ich bin schwanger, und Ricardo ist … einer anderen versprochen.«

Saddie fuhr sich über die Stirn. »Puh! Ich … weiß nicht, was ich sagen soll. Das ist ein bisschen viel auf einmal. Aber ich verstehe es immer noch nicht so ganz.«

Als Camellia sich wieder etwas beruhigt hatte, erzählte

sie Saddie, wie Ricardo auf ihre Schwangerschaft reagiert hatte.

»Ich kann das gar nicht glauben. Ricardo ist doch so ... bodenständig. Ehrlich, offen.« Saddie schnaufte. »Dachte ich zumindest.«

»Ich verstehe es auch nicht. Wir haben nächtelang zusammengesessen und geredet. Über uns, unsere Familien, unser Leben, unsere Träume, über unsere Forschungen, über die Maya ...« Sie sah zur Decke. »Ich dachte wirklich, er sei etwas ganz Besonderes. Ein intelligenter Mann, der so unglaublich viel weiß. Er ... konnte stundenlang reden. Ich liebte es, ihm einfach nur zuzuhören. Und er hat mich gesehen. Er hat mich ernst genommen und sich wirklich für meine Artikel interessiert. Er war einfach ... perfekt.«

»Vielleicht solltest du noch mal mit ihm reden«, schlug Saddie beherzt vor.

Camellia schüttelte den Kopf. »Auf keinen Fall. Ich will ihn nie wiedersehen.«

»Aber es ist doch auch sein Kind«, wandte Saddie vorsichtig ein.

»Aber das interessiert ihn ganz offensichtlich nicht.«

»Das glaube ich nicht«, widersprach Saddie in ernstem Ton. »Er hat sich echt große Sorgen gemacht. Ich wusste natürlich nicht, dass du ... ein Kind erwartest. Aber ich kann mir vorstellen, dass er Angst hatte, es könnte dem Baby etwas zugestoßen sein.«

»Sicher ist er eher enttäuscht, dass das Baby den Sturz überlebt hat«, entgegnete Camellia bitter.

Saddie schüttelte den Kopf. »Nein, so darfst du nicht reden.«

»Wer sollte mich daran hindern?« Camellia sah sehnsüchtig zum Fenster. Dann nahm sie Saddies Hand. »Würdest du bitte einen Rollstuhl besorgen? Wir könnten uns ein wenig in den Garten setzen. Ich ... mir fällt hier drinnen die Decke auf den Kopf. Seit drei Tagen starre ich gegen diese Wände.«

Saddie nickte. »Natürlich.«

»Auf dem Flur stehen immer ein paar Rollstühle herum. Vielleicht haben wir Glück, und einer ist gerade frei.«

Kurz darauf trat Saddie mit Camellia nach draußen.

Camellia hob eine Hand und beschattete ihre Augen gegen die grelle Mittagssonne. »Wow, hier ist es ja noch heißer als drinnen.«

Saddie lachte. »Was dachtest du denn?« Sie schob Camellia über den sandigen Weg, bis sie bei einer Ansammlung von Palmen ankamen. Gelbe Holzstühle standen in kleinen Grüppchen auf dem ausgetrockneten Rasen.

»Wollen wir hier im Schatten bleiben?«

Camellia nickte. »Auf jeden Fall. Ich zerfließe in der Sonne.«

Saddie stellte den Rollstuhl neben die Stühle und setzte sich.

»Ich kann nicht hierbleiben.« Camellia betrachtete den weißen Gips an ihrem Bein.

»Was sagen eigentlich die Ärzte? Wie lange wollen sie

dich im Krankenhaus behalten?« Saddie berührte vorsichtig Camellias Gips.

Camellia zuckte mit den Achseln. »Sie wissen es noch nicht. Kommt auf den Heilungsprozess an, meinen sie. Drei Wochen aber mindestens.« Sie stöhnte. »Warum muss das ausgerechnet mir passieren?«

»Scheint, dass unsere Studienreise nach Mexiko unter keinem besonders guten Stern steht. Erst Carmen …« Saddie verstummte. »Und jetzt noch dein Sturz.«

Camellia bekam ein schlechtes Gewissen. »Carmen ist tot. Und ich sitze hier und jammere.« Sie atmete tief durch. »Das Bein wird wieder, dem Baby geht es gut. Kein Grund also, den Kopf hängen zu lassen.«

Sie reckte das Gesicht in den Himmel und konzentrierte sich auf den süßen Duft der Blumen. »Dahlien«, stellte sie verzückt fest.

»Camellia«, begann Saddie sanft. »Was ist mit Ricardo? Dem Vater deines Kindes?«

»Ich möchte ihn nicht sehen«, wiederholte Camellia. »Und jetzt Ende der Diskussion. Erzähl mir lieber etwas Interessantes. Was habt ihr die letzten Tage gemacht? Habt ihr weitere Geheimnisse um die Maya gelüftet?«

Saddie lachte. »Du bist echt unmöglich, Camellia. Weißt du das eigentlich?«

Camellia musste grinsen. »Wieso?«

40

Gegenwart
Tulum

Auf dem Weg zu Fernandas Laden hätte Dalia die ganze Welt umarmen können. Sie strahlte die fremden Passanten an und musste aufpassen, dass sie nicht vor lauter Glück anfing, wie ein kleines Mädchen auf der Straße herumzuhüpfen. Pablo liebte sie. Das hatte er ihr letzte Nacht mehrfach gesagt. Und sie liebte ihn. So einfach konnte das Leben sein. So leicht, so unbeschwert. Dabei hätte Dalia es fast vermasselt. Weil sie sich viel zu viele Gedanken gemacht hatte. Weil sie oft ihren Kopf nicht ausschalten konnte, weil sie den zehnten Schritt vor dem zweiten plante.

Die Sonne schien von einem wolkenlosen Himmel herab. Noch immer wirkten die Erinnerungen an den gestrigen Tag auf der Isla de Cozumel in ihr nach. Ein

Paradies auf Erden. Mit einer Tierwelt, die ihresgleichen suchte. Sie war so dankbar für diese wundervolle Reise. Kurz schob sich Ricardos Gesicht vor ihr inneres Auge, ihr Vater, der sie ablehnte. Der nichts mit ihr zu tun haben wollte.

Als Fernandas Laden in ihr Blickfeld rückte, beschleunigte sich ihr Puls. Was würde die alte Frau sagen? Wie würde sie reagieren? Dalia musste behutsam vorgehen, durfte Fernanda auf keinen Fall überrumpeln oder vor den Kopf stoßen. Vielleicht war das ihr Fehler bei ihrem Gespräch mit Ricardo gewesen. Hätte sie die Sache mit ihm anders angehen sollen? Behutsamer? Diplomatischer? Dalia wusste es nicht. Aber nun war es sowieso zu spät.

Und wer dachte eigentlich an sie? Wie sie sich gefühlt hatte, als sie den Brief und die Ohrringe entdeckt hatte?

»Dalia!«, rief Fernanda schon von Weitem. Sie drapierte gerade eines ihrer Gemälde auf einer leeren Staffelei. »Was meinst du? Wirkt das Bild zwischen den anderen beiden?« Sie deutete auf die Leinwände rechts und links daneben.

Dalia blieb stehen, stemmte eine Hand in die Hüfte und nickte dann. »Passt perfekt.« Anerkennend betrachtete sie die Bilder. Ihre Großmutter war eine fantastische Malerin. »Du hast so viel Talent.«

Fernandas Gesicht verzog sich zu einem dankbaren Lächeln. »Ich vertraue dir. Du hast ein gutes Auge.«

Ihre Falten vertieften sich, und zum wiederholten Mal

dachte Dalia, welch ein wunderschönes Gesicht ihre Großmutter hatte. Sie räusperte sich.

»Wie war es eigentlich auf der Insel?«

»Sehr schön«, gab Dalia zurück, da sie ihr Glück kaum noch verbergen konnte.

Fernanda nickte zufrieden. »Die richtige Landschaft, der passende Mann … So eine Kombination kann wahre Wunder wirken.« Sie berührte Dalia am Arm. »Ich freue mich sehr für dich.«

»Ich würde gern mit dir reden. Hast du Zeit?«

Fernanda sah sie überrascht an. »Oh, das klingt aber ernst.«

Dalia nickte, während sich ihr Magen zusammenzog. Ihre Hände begannen zu zittern. »Können wir reingehen?«

»Natürlich.« Fernanda zeigte zum Eingang.

»Mama!«

Als Dalia die Stimme in ihrem Rücken hörte, schnürte sich ihre Kehle zu. Sie wollte sich hastig abwenden und im Inneren des Geschäfts verschwinden, doch es war zu spät.

»Ricardo«, erwiderte Fernanda und begrüßte ihren älteren Sohn mit einer langen Umarmung.

Als Dalia sich umdrehte, sah sie in Ricardos irritierte Miene.

»Was machst du denn hier?«, fragte er.

Dalia sah von Fernanda zu ihm und wieder zu Fernanda zurück.

Die runzelte die Stirn. »Ihr kennt euch?«

Ricardo sah überrascht aus. »Du hast ihr gar nichts gesagt?«, wollte er von Dalia wissen. »Was machst du überhaupt hier?«

»Ich …«, setzte Dalia unbeholfen an. »Ich wollte gerade …« Sie schluckte. Vor Aufregung brachte sie keinen Ton mehr heraus.

»Warum fährst du sie denn so an?« Verärgert musterte Fernanda ihren Sohn. »Kannst du mir mal erklären, was hier los ist?«

Als Dalia sich wieder etwas gefangen hatte, setzte sie leise an: »Ich wollte es ihr gerade sagen.«

Ricardo zog die Brauen hoch, Fernanda starrte sie fassungslos an. »Was? Was wolltest du mir sagen?«

»Dass sie deine Enkelin ist«, erklärte ihr Sohn in kühlem Ton.

Fernandas Gesichtszüge entgleisten. »Wie bitte?« Sie sah zwischen Dalia und Ricardo hin und her und schien nicht zu verstehen, was ihr Sohn gerade gesagt hatte. »Dalia ist eine Touristin, die ab und zu herkommt, um bei mir zu malen. Wir haben uns ein wenig angefreundet«, erklärte sie in Ricardos Richtung. »Ich verstehe überhaupt nicht …«

»Sie ist meine Tochter«, wiederholte Ricardo emotionslos.

»Deine Tochter?« Fernanda sah zu Dalia. »Wie … Aber warum … hast du nichts gesagt?«

Dalia schloss die Augen. »Ich hatte es doch gerade vor …«

»Du kommst seit Tagen hierher und …« Tränen traten

in die Augen der älteren Frau. Sie fuhr mit den Händen über ihr Gesicht, wandte sich ab und verschwand wortlos in ihrem Laden.

Dalia und Ricardo standen sich weiter gegenüber und sahen sich nur stumm an.

Als Dalia die Anspannung nicht länger aushielt, drehte sie sich um und lief davon. Tränenblind hastete sie durch die staubige Straße. Warum hatte sie bloß nicht früher mit Fernanda gesprochen? Nun hatte sie es sich auch noch mit ihrer Großmutter verdorben. Warum hatte Ricardo aber auch ausgerechnet in diesem Augenblick auftauchen müssen? Eine Viertelstunde später, und Fernanda hätte die Wahrheit aus Dalias Mund gehört. War nicht eben noch alles in Ordnung gewesen? Konnte ein einziger Augenblick wirklich alles zunichtemachen?

Dalia musste an die gemeinsamen Stunden mit Fernanda im Atelier denken. Wie sie Dalia motiviert hatte, auf ihr Inneres zu hören. Wie sie ihr Tipps für ein erfüllteres Zeichnen gegeben und sie für die Umsetzung gelobt hatte. Es war vorbei.

Dass ihr Vater nichts von ihr wissen wollte, war das eine. Fernanda hatte sie in den letzten Tagen jedoch näher kennengelernt, sie hatte die ältere Frau von der ersten Sekunde an in ihr Herz geschlossen, hatte sich ihr verbunden gefühlt. Doch nun war alles aus. Vor Fernanda stand Dalia wie eine Lügnerin da. Sie hatte sie hintergangen, während Fernanda sie mit offenen Armen empfangen, sie ahnungslos ihren Enkelinnen vorgestellt und ihr beigestanden hatte, als es Dalia wegen des Streits mit Pablo schlecht gegangen war. Zum Dank hatte sie ihr die ganze Zeit ihre wahre Identität verschwiegen.

Atemlos ließ sich Dalia auf eine Parkbank fallen. Wieder einmal war alles schiefgegangen. Sie hatte zu lange gewartet, hatte falsche Entscheidungen getroffen.

Und wie Ricardo sie angestarrt hatte! Was war ihm wohl durch den Kopf gegangen, als er Dalia bei seiner Mutter entdeckt hatte? Er musste aus allen Wolken gefallen sein. Dalia legte den Kopf in die Hände und begann zu schluchzen. Sie war selbst schuld an ihrer Situation. Sie hätte von Beginn an mit offenen Karten spielen sollen. Fernanda war ihre Oma, Cristina und Valeria ihre Halbschwestern. Lügen hatten in einer Familie nichts verloren. Die Mädchen und ihre Großmutter konnten schließlich nichts für Ricardos schäbiges Verhalten. Alle drei hatten sie vorbehaltlos wie eine von ihnen behandelt, obwohl keine die Wahrheit geahnt hatte. Was sollte sie jetzt tun? Zurückgehen und sich entschuldigen?

Nein, dafür war es zu früh. Außerdem war Ricardo wahrscheinlich noch bei seiner Mutter und erzählte ihr gerade in aller Ausführlichkeit, wie Dalia sich auch an ihn herangemacht hatte, ohne ihm gleich die Wahrheit zu sagen.

Die ganze Situation war völlig aus dem Ruder gelaufen. Doch niemand hatte Dalia erklärt, wie man sich verhielt, wenn man zum ersten Mal seinem unbekannten Vater gegenübertrat, den man achtundzwanzig Jahre lang nicht gesehen hatte. Auch sie hatte sich diese Umstände nicht ausgesucht.

Zögernd holte sie ihr Handy hervor. Pablo hatte den Tag mit seiner Mutter verbringen wollen. Nachdenklich sah Dalia aufs Display. Sollte sie ihn anrufen? Sie sehnte sich nach seiner Zuversicht, nach seiner Nähe. Schließlich wählte sie seine Nummer und wartete.

»Ich wollte dich nicht davon abhalten, den Tag mit deiner Mutter zu verbringen«, schluchzte Dalia verzweifelt an Pablos Schulter.

»Sch ... Du hast mich angerufen, weil du mich gebraucht hast«, erwiderte Pablo leise und streichelte Dalias Rücken. »Bitte mach dir keine Gedanken. Meine Mutter läuft nicht weg, wir hatten nichts Wichtiges vor.«

»Es tut mir trotzdem leid«, erwiderte Dalia mit erstickter Stimme. »Ich mache dir nur Probleme.«

Pablo löste sich von ihr und sah ihr ins Gesicht. »Das will ich nicht hören, verstanden? Du machst mir keine Probleme. Claro?«

Dalia blinzelte. »Ich glaube, ich fahre nach Hause.«

Pablo runzelte die Stirn. »Warum?«

Sie atmete tief durch. »Können wir ein paar Schritte gehen?«

»Sicher.« Er nahm ihre Hand, und sie schlenderten am Meer entlang.

Am Nachmittag war Wind aufgekommen. Die Wellen schlugen auf den feinen Sand. Das Wasser toste und gurgelte.

»Ich halte das nicht mehr aus«, bekannte Dalia. »Ja, ich weiß, dass ich Fehler gemacht habe. Ich hätte die ganze Angelegenheit anders angehen sollen. Aber ich wusste es doch nicht besser. Vor wenigen Wochen ahnte ich nicht einmal ansatzweise, wer mein Vater ist.«

Sie blieb stehen und beobachtete ein paar Pelikane auf dem Wasser. Die anmutigen Vögel schwammen seelenruhig zwischen den Menschen herum.

»Ich mag Fernanda wirklich sehr«, fuhr sie fort. »Sie ist … mir sehr ähnlich.«

»Dalia, du solltest nichts überstürzen«, erklärte Pablo und strich ihr übers Haar. »Das alles ist nicht leicht für dich. Eine fremde Kultur, fremde Menschen, die du nie zuvor gesehen hast. Dazu ein Vater, der sich nicht so verhält, wie du es dir gewünscht hast.« Er sah sie eindringlich an. »Gib jetzt nicht auf. Wir sind Mexikaner. Und die Familie …«

» … bedeutet alles für euch«, beendete Dalia ernüchtert den Satz. »Ich weiß. Aber ich sehe auch, dass ich eben doch nicht dazugehöre.« Sie machte eine Pause. »Weißt du, in England bin ich Teil einer Gemeinschaft. Meine Tanten, Onkel und Cousinen sind immer für mich da, doch keiner von ihnen sieht aus wie ich. Hier gehe ich in der Masse der Menschen unter. Ich sehe aus wie ihr, unterscheide mich nicht. Und doch …« Ihre Stimme versagte.

»Das sind Äußerlichkeiten, Dalia.« Pablo legte einen Arm um sie und zog sie an sich. »Du bist doch viel mehr als das, was man von außen sehen kann.« Er hauchte ihr einen Kuss auf die Wange. »Natürlich gehörst du zu deiner englischen Familie. Hast du mir nicht erzählt, dass deine Cousinen ebenfalls ausländische Wurzeln haben?«

Dalia nickte. »Soleys Papa kommt aus Island, Magnolias Mutter aus Neuseeland und Lalis Mutter aus Sri Lanka.«

»Ihr seid wirklich multikulti«, konstatierte Pablo und lächelte. »Die Welt ist bunt, Dalia. Ob dein Haar schwarz oder blond oder rot ist … Du bleibst immer die Gleiche.«

»Ich hatte mir so sehr gewünscht, hier eine zweite Familie zu finden«, bekannte Dalia traurig. »Grannys Tod hat mir den Boden unter den Füßen weggezogen.« Dalia begann erneut zu weinen.

Pablo umarmte sie fester und redete beruhigend auf sie ein.

Nach einer gefühlten Ewigkeit blickte sie zu ihm auf und versuchte sich an einem schwachen Lächeln. »Du hast dir eine richtige Heulsuse geangelt.«

Pablo lachte. »Ich habe mir die beste, klügste und schönste Frau der Welt geangelt.«

Verlegen schüttelte sie den Kopf. »Quatschkopf.«

»Ich sage nur die Wahrheit.«

Dalia wischte sich die Tränen weg.

»Ich habe nachgedacht«, setzte Pablo zögernd an. »Ich könnte probieren, einen Lehrauftrag für Englisch als Fremdsprache an einer Uni in eurer Nähe zu bekommen, in Exeter zum Beispiel.«

»Exeter?« Dalia kniff die Augen zusammen und musterte sein Gesicht. »Das ist wirklich nicht weit von Blooming Hall entfernt.«

Er legte eine Hand an ihre Wange. »Das weiß ich doch.«

»Könntest du dir denn ernsthaft vorstellen, nach England zu kommen?« Dalia konnte es kaum glauben.

Er zuckte mit den Achseln. »Wenn die Liebe meines Lebens nicht bei mir bleiben möchte, muss ich wohl eine andere Lösung finden.«

Dalia bekam ein schlechtes Gewissen. »Ich habe nicht gesagt, dass ich nicht …«

»Das war Spaß«, unterbrach er sie sanft. »Ich kann verstehen, dass Mexiko-Stadt keinen besonderen Reiz auf dich ausübt. Mir ging es ja zu Beginn meines Studiums nicht anders. Und auch, als ich die Stelle nach meiner Promotion angeboten bekam, habe ich lange überlegt, ob ich auf Dauer in der Hauptstadt leben will.« Sein Blick wurde eindringlicher. »Ich habe mir eine Dokumentation über Cornwall angesehen und …« Er grinste. »Ich muss sagen, die Region gefällt mir. Etwas zu kalt vielleicht, aber …« Er wiegte seinen Kopf hin und her. »Das Problem ist die Finanzierung.«

Dalia nahm seine Hände in ihre. »Vielleicht könntest du auf Blooming Hall mitarbeiten.«

»Als Gärtner?« Er wirkte skeptisch.

»Ich weiß nicht, als was«, gab Dalia zu. »Aber Arbeit ist mehr als genug vorhanden.«

»Ich muss es mir überlegen«, erwiderte Pablo. »Und ich muss einen Job finden, damit ich es mir leisten kann.«

»Das würdest du für mich tun?«, fragte Dalia gerührt.

Er nickte. »Ich kann dich doch nicht einfach gehen lassen. Du bist etwas ganz Besonderes für mich. Das mit uns … das darf nicht zu Ende sein. Nicht wegen etwas so Lapidarem wie ein paar Kilometern.«

Dalia schmunzelte. »Es wäre das Größte, wenn ich dir meine Heimat zeigen könnte. Unsere wunderschönen Strände, die Farbpracht von Blooming Hall, die kleinen Dörfer, die über die ganze Region verteilt sind.« Ihre Stimme nahm einen schwärmerischen Ton an. »Ich kann mir gar nicht vorstellen, wie es wäre, wieder ohne dich zu sein.«

»Dann stell es dir nicht vor«, gab Pablo leise zurück.

An diesem Abend tat Pablo alles in seiner Macht Stehende, um Dalia aufzuheitern. Er ging mit ihr essen und zeigte ihr ein paar seiner Lieblingsstellen in Tulum, die Touristen ohne Insiderwissen niemals entdeckten.

Als sie später auf der Terrasse des Gästehauses saß, konnte sie noch immer nicht fassen, dass sie einen so herzensguten und zuvorkommenden Mann kennenlernen durfte. Pablo war perfekt in allem, was er tat. Er wusste immer das Richtige zu sagen, heiterte sie auf, wenn ihre Enttäuschung wieder überhandnahm. Er war da, wenn Dalia ihn brauchte. Und er wollte sogar für sie nach England kommen.

Dalia verfolgte, wie der Himmel sich in der Dämmerung von den wunderschönen Lila- und Orangetönen verabschiedete und das dunkle Grau der Nacht annahm.

Pablo war zwar erst vor einer halben Stunde gegangen, da sein Vater noch etwas mit der Familie besprechen wollte, doch Dalia vermisste ihn jetzt schon. Benahm sie sich albern? Sie musste schmunzeln. Warum? Sie war verliebt. Sie hatte den tollsten Mann getroffen, den sie sich überhaupt vorstellen konnte, und er hatte sich still und heimlich in ihr Herz geschlichen. So einfach stellte sich die Situation dar. Doch einfach war natürlich gar nichts, ermahnte sie sich sofort. Was hatte Fernanda gesagt? Liebe kennt keine Grenzen. Dalia seufzte. Dieser Spruch war wohl wahr.

Als es an ihrer Tür klopfte, sah sie überrascht auf. War Pablo zurückgekommen? »Ja?«

»Dalia, ich bin es«, erklang Fernandas Stimme vom Flur her.

Dalia öffnete die Tür. »Hola.«

»Hola«, erwiderte Ricardos Mutter und betrachtete Dalia sekundenlang. »Darf ich reinkommen?«

Dalia atmete aus. Unwillkürlich hatte sie vor Aufregung die Luft angehalten. »Natürlich. Entschuldige bitte.« Sie zeigte zur Terrasse. »Wollen wir uns raussetzen?«

Fernanda erwiderte nichts, trat nach kurzem Zögern auf Dalia zu und umarmte sie voller Inbrunst. Überrascht erwiderte Dalia die liebevolle Berührung. Hatte Fernanda ihr etwa verziehen?

Nach einer gefühlten Ewigkeit löste sich Ricardos Mutter wieder von Dalia und sah sie erneut an. »Mein Mädchen.« Ihre Stimme zitterte.

Dalias Augen begannen zu brennen. Mit dieser emotionalen Reaktion hatte sie nicht gerechnet.

Fernanda beugte sich vor und nahm ihre rechte Hand

in ihre. »Du bist wunderschön, Dalia. Klug, talentiert, warmherzig, gütig.« Als sie ihre Lippen zu einem Lächeln verzog, vertieften sich die Falten in ihrem Gesicht. »Und du bist meine Enkelin.«

Wieder betrachtete Dalia fasziniert das hübsche Gesicht ihrer Oma. »Du bist mir nicht mehr böse?«

Fernanda schüttelte den Kopf. »Du hättest es mir gleich sagen sollen, aber ... ich verstehe, dass du dich nicht getraut hast. Nicht, nachdem dein Vater sich so unfreundlich verhalten hat.«

»Unfreundlich?« Dalia runzelte die Stirn.

»Er hat dich stehen lassen, hat er mir erzählt.«

Dalia besann sich trotz der Gefühlswirrungen ihrer guten Manieren. »Möchtest du etwas trinken?«

»Hast du Cola?«

Dalia schüttelte den Kopf. »Wasser. Oder ... Wasser.«

Fernanda schmunzelte. »Ach, ihr Engländer.« Sie winkte ab. »Gern ein Wasser.«

Dalia nahm eine Flasche Wasser und zwei Gläser von der Kommode und folgte ihrer Großmutter ins Freie. Nachdem sie ihnen eingeschenkt hatte, setzte sie sich. »Es tut mir leid.«

Fernanda nahm einen Schluck, dann verzog sie das Gesicht. »Brr!«

»Ihr Mexikaner und eure Vorliebe für Süßes«, bemerkte Dalia amüsiert. Auch Pablo trank selten Wasser, er bevorzugte Limonade oder andere süße Säfte.

»Nur Esel trinken Wasser«, erklärte Fernanda und verdrehte die Augen. »Und dein Vater ist ein ... Idiot!«

»Dem kann ich nicht widersprechen.« Dalia lehnte sich zurück.

»Aber er hat eine sehr schwere Zeit hinter sich«, fuhr Fernanda fort. »Ich will ihn nicht in Schutz nehmen, auf keinen Fall, und ich denke, er muss dringend einiges mit dir klären. Aber die Nachricht vom Tod deiner Mutter ... und von deinem Tod hat ihn damals sehr schwer getroffen.«

»Ich verstehe nicht, warum Granny ihm vermittelt hat, dass ich ebenfalls gestorben sei«, erwiderte Dalia ratlos. »Als ich diesen Brief gelesen habe, in dem er seine Trauer zum Ausdruck bringt, konnte ich es kaum glauben. Wieso?« Noch immer stand die alles entscheidende Frage unbeantwortet im Raum.

»Das kann ich mir auch nicht erklären«, meinte Fernanda. »Ricardo hat damals vieles falsch gemacht, was deine Mutter betrifft. Aber ...« Sie seufzte. »Er muss mit dir reden. Ich möchte ihm allerdings ungern vorgreifen. Das ist nicht meine Angelegenheit.« Sie blickte Dalia ins Gesicht. »Ich kann dir nur so viel sagen: Er hätte für Camellia alles getan. Er war zu allem bereit. Ihr Tod ...« Bekümmert schüttelte sie den Kopf. »Ich glaube, er ist nie wirklich darüber hinweggekommen.«

Dalia verstand überhaupt nichts mehr. »Aber warum hat er zugelassen, dass sie allein nach England zurückgereist ist, obwohl sie schwanger war? Warum war er bei meiner Geburt nicht an ihrer Seite?«

»All das muss er dir selbst sagen, Dalia.« Fernanda

starrte das Wasserglas vor sich an. »Die Begegnung heute früh hat ihn sehr aufgewühlt.«

»Warum kommt er nicht auf mich zu?«

»Ricardo war schon immer schlecht darin, über seine Gefühle zu reden.« Fernanda hob den Kopf. »Nein, das stimmt eigentlich nicht. Erst seit dem Tod deiner Mutter ist er so. Aber er ist kein spontaner Mensch. Er ist schnell überfordert bei Gefühlsdingen.«

»Aber er hat doch zwei Töchter«, gab Dalia zurück.

»Ja, er ist sehr spät noch mal Vater geworden. Bis er Camellias Tod einigermaßen verwunden hatte, sind viele Jahre ins Land gegangen. Seine Frau und er …« Sie seufzte. »Sie haben schwere Zeiten hinter sich.«

Dalia wagte nicht, nachzufragen, was Fernanda damit meinte.

»Aber jetzt bist du da. Du hast ihn gefunden. Und du bist seine Tochter«, fuhr Fernanda in bestimmtem Ton fort. »Er muss diese Chance nutzen.« Sie drückte Dalias Hand. »Und das wird er auch tun. Gib ihm etwas Zeit.«

Dalia seufzte. Hoffentlich würde ihre Oma recht behalten.

»Auch wenn ich deine Mutter nie kennenlernen durfte, hat mich ihr Tod damals sehr getroffen«, erzählte Fernanda. »Aber seit ich weiß, dass es dich gibt, bin ich so glücklich.«

»Das bin ich auch«, gab Dalia leise zu. »Und es tut mir wirklich leid«, betonte sie erneut. »Ich hätte es dir sofort sagen müssen.«

Fernanda sah sie nachdenklich an. »Du spürst diese Verbundenheit auch, nicht wahr?«

Dalia nickte beklommen. »Vom ersten Tag an.«

»Und ich dachte, du seist einfach ein nettes englisches Mädchen«, erklärte ihre Oma in heiterem Ton. »Ein *sehr* nettes englisches Mädchen.«

»Wissen Cristina und Valeria es schon?«

Fernanda schüttelte den Kopf. »Nein, ich glaube nicht, dass Ricardo mit seiner Familie gesprochen hat. Er ... ringt noch mit sich. Ich denke, er macht sich Vorwürfe, weil er nicht bei der Beerdigung deiner Mutter war. Und nun das Wissen, dass all die Jahre auf der anderen Seite des Atlantiks seine Tochter gelebt hat, die er für tot hielt ... Die er nicht hat aufwachsen sehen.« Sie legte den Kopf schief. »Das ist nicht einfach für ihn.«

»Ich habe mir ein Leben lang vorgestellt, wie es wäre, einen Vater zu haben«, erzählte Dalia voller Sehnsucht.

»Das war für dich sicher auch nicht leicht«, sagte ihre Oma mitfühlend. »Deine Mutter bei deiner Geburt verstorben und dein Vater unbekannt.«

Dalia nickte. »Bis ich diesen Brief gelesen habe, hätte ich nie gedacht, dass ich ihn jemals kennenlernen würde.«

Fernanda nahm Dalias Gesicht in ihre Hände. »Und das wirst du. Ganz bald. Ich verspreche es dir. Ich kenne doch meinen Ricardo. So klug und besonnen er auch bei seiner Arbeit ist – im Privaten brauchte er schon immer etwas länger, bis er wusste, was das Richtige für ihn ist.«

41

Neunundzwanzig Jahre zuvor
Chichén Itzá

Nachdem Camellia ihre Habseligkeiten in die Reisetasche gepackt hatte, sah sie sich ein letztes Mal in dem spärlich eingerichteten Krankenzimmer um, wo sie die letzten zweieinhalb Wochen verbracht hatte. Seit zwei Tagen hatte sie den Raum für sich allein, da ihre Bettnachbarin früher heimgedurft hatte.

Trotzdem war sie froh und erleichtert, das Krankenhaus verlassen zu dürfen, und zwar früher als gedacht. Noch vor drei Tagen waren die Ärzte der Meinung gewesen, dass sie noch mindestens eine Woche hierbleiben müsse. Doch gestern hatten sie ihr dann wider Erwarten grünes Licht gegeben. In einer halben Stunde würde es schnurstracks zum Flughafen gehen und dann auf direktem Weg zurück nach England.

Saddie trat wieder ins Zimmer und hielt Camellia einen Becher mit Kaffee hin.

»Danke.«

»Und du denkst weiterhin, dass du das Richtige tust?«, wollte Saddie wissen.

»Mein Entschluss steht fest. Mexiko hat mir kein Glück gebracht.« Camellia legte eine Hand auf ihren Bauch. »Nein, so kann ich das nicht sagen. Mexiko hat mir gezeigt, wie erbärmlich sich Menschen verhalten können.«

Saddie trat auf sie zu und nahm ihre freie Hand. Sanft zog sie Camellia zu dem kleinen Tisch am Fenster und bedeutete ihr, sich zu setzen.

»Was ist?« Camellia sah sie irritiert an.

Saddie kramte kurz in ihrer Handtasche, dann zog sie eine kleine Schachtel hervor, die sie auf den Tisch zwischen Camellia und sich legte.

»Was ist das?« Camellia zeigte mit dem Kinn auf die rote Schachtel.

»Das ist von Ricardo«, erklärte Saddie zögernd.

Ein Schauder durchfuhr Camellias Körper. Sie begann zu zittern. »Von Ricardo? Ich habe dir doch gesagt, dass ich nicht …«

Saddie hob beide Hände. »Ich weiß, was du gesagt hast, Camellia«, unterbrach sie sie. »Und Ricardo hat akzeptiert, dass du ihn nicht sehen willst. Was blieb ihm auch anderes übrig?«

»Wo ist er?«

Einige Sekunden lang herrschte Stille. »Er ist gestern

für ein paar Tage nach Mexiko-Stadt gefahren, weil er … Ricardo muss etwas Wichtiges mit dem Rektor der Universität bereden, hat er uns gesagt.« Sie machte eine Pause. »Und er ist davon ausgegangen, dass du erst in einigen Tagen entlassen wirst.« Saddie seufzte. »Ich habe vorhin mit ihm telefoniert. Er ist aus allen Wolken gefallen, als ich ihm erzählt habe, dass du schon heute nach Hause fliegst.«

Etwas Wichtiges mit dem Rektor bereden. Camellia lachte bitter auf, während sich tief in ihrem Inneren Enttäuschung breitmachte. Obwohl sie ihn nicht sehen wollte, hatte sie insgeheim doch gehofft, er würde sich mit größerer Anstrengung um eine Aussprache bemühen. Doch seine Karriere schien ihm wichtiger zu sein. »Der Feigling!«

Saddie verdrehte die Augen. »Seit dem Tag, an dem du hier eingeliefert wurdest, hat er darum gebeten, dich besuchen zu dürfen. Der Rektor ist sein Vorgesetzter. Da kann er ihm wohl kaum sagen: ›Tut mir leid, aber ich habe noch etwas Dringendes in Chichén Itzá zu erledigen. Meine störrische Freundin lässt mich seit Wochen zappeln und meint, in letzter Sekunde vor ihrem Abflug mit mir reden zu müssen.‹«

Trotz stieg in Camellia auf, sie fühlte sich von Saddie ertappt. »Das habe ich so nicht gesagt.«

»Aber gedacht«, widersprach Saddie und zeigte auf die Schachtel. »Sieh nach, was er dir schenken möchte.«

Camellia schluckte. Hatte sie einen Fehler gemacht? Hätte sie nicht längst das Gespräch mit Ricardo suchen sollen? Doch im nächsten Moment spürte sie wieder den Zorn, der sie seit dem letzten Gespräch mit ihm begleitete. Er war einer anderen versprochen. Er würde das Nachbarsmädchen Paula heiraten. Camellia und das Baby hatten keinen Platz in seinem Leben.

»Camellia«, mahnte Saddie. »Jetzt mach schon.«

Mit zitternden Fingern öffnete Camellia den kleinen Karton. Auf einem schwarzen Samtkissen thronten filigran gearbeitete Ohrringe in Form zweier Dahlien. Die Nationalblume Mexikos, schoss es Camellia durch den Kopf. Der Anblick trieb ihr gegen ihren Willen Tränen in die Augen.

»Magst du den Flug nicht verschieben?«, drang Saddies Stimme wieder in ihr Bewusstsein vor.

Hastig schüttelte Camellia den Kopf und fuhr sich über die Augen. »Nein. Er hatte seine Chance.«

»Hatte er die wirklich?«

Camellia zögerte nur einen Moment. »Ja, die hatte er.« Sie musste an all die Nächte denken, die sie gemeinsam verbracht hatten. Stundenlang hatten sie geredet. Camellia hatte sich verstanden gefühlt, angenommen, ja, sogar geborgen. Über ein Kind hatten sie zwar nie gesprochen, aber zu jenem Zeitpunkt hätte sich Camellia tatsächlich keinen besseren Vater für ihr Baby vorstellen können. Ricardo mit seiner ruhigen und zuvorkommenden Art. Er war klug, hatte den Blick für das große Ganze, wusste, worauf es im Leben ankam. Und dann hatte er sich wie ein Arschloch verhalten, als sie ihm beichtete, dass sie schwanger war.

»Ich glaube, du machst einen großen Fehler«, versuchte es Saddie ein letztes Mal.

»Und ich glaube, das geht dich nichts an«, gab Camellia patzig zurück, bereute ihren Ton aber sofort. »Entschuldige bitte. Es tut mir leid. Ich weiß doch, dass du nur mein Bestes willst, aber ... er wird eine andere heiraten.«

»Ich glaube, er liebt dich sehr«, widersprach Saddie sanft.

Camellia schüttelte den Kopf. Sie erhob sich. »Ich muss jetzt gehen.«

Saddie stand ebenfalls auf und seufzte. »Ich komme mit zum Flughafen.«

Überrascht blickte Camellia sie an. »Wirklich?«

Saddie nickte. »Natürlich. Ich begleite dich.«

Drei Stunden später sah Camellia aus dem kleinen Fenster neben sich und verfolgte, wie die Atlantikküste kleiner und kleiner wurde, bis sie ganz verschwand. Sie konnte es selbst noch nicht richtig glauben, dass das Abenteuer Mexiko für sie tatsächlich auf diese unspektakuläre Weise endete. Doch was hatte sie erwartet? Dass Ricardo in letzter Sekunde ans Gate eilte, um sie an ihrem Abflug zu hindern? Er befand sich in jenem Moment Hunderte von Kilometern von ihr entfernt. Hatte Saddie recht? Hatte Camellia einen Fehler gemacht?

Ihre Augen begannen zu brennen. Sie legte beide Hände auf ihren Unterleib und dachte an das kleine Wesen in ihrem Bauch. Weder ihren Geschwistern noch ihren Eltern hatte sie bisher von ihrer Schwangerschaft erzählt. Dass sie ein Kind bekam, hatte sie ihrer Familie nicht am Telefon sagen wollen. Camellia wischte sich eine Träne aus dem Augenwinkel. Würde sie es schaffen? Mum und Dad würden sie mit Sicherheit unterstützen. Sie wäre nicht die erste Mutter, die ein Kind ohne Vater aufzog. Camellia war fest entschlossen, dem Baby den besten Start ins Leben zu bereiten, der ihr möglich war. Das Kind sollte nichts vermissen, ihm sollte es an nichts fehlen. Dass es ohne Vater aufwuchs, würde Camellia mit allen Mitteln zu kompensieren versuchen. Sie war fest entschlossen, alles für dieses Baby zu tun. Und wenn sie ihr Studium dafür aufgeben musste. Ihr Kind hatte es verdient, geliebt, behütet und umsorgt zu werden. Was sie ihm eines Tages erzählen würde, wenn es nach seinem Vater fragen würde, konnte sie sich immer noch überlegen.

Camellia zog die kleine Schachtel aus der Hosentasche und nahm den Deckel ab. Behutsam fuhr sie mit dem rechten Zeigefinger sachte über die kleinen Dahlien. Wenn sie eine Tochter bekam, würde sie ihr diese Ohrringe in ein paar Jahren schenken. Das Einzige, was sie von ihrem Vater besaß. Camellia spürte Traurigkeit in sich aufsteigen. War sie zu hart gewesen? Hätte es nicht vielleicht doch eine andere Lösung gegeben, als sang- und klanglos das Land zu verlassen? Mit unzähligen ungeklärten Fragen im Gepäck? Mit einem gebrochenen Herzen und einem ungeborenen Kind, das doch ein Recht darauf hatte, seinen Vater kennenzulernen?

Hastig stülpte Camellia wieder den Deckel über die

Ohrringe und ließ sie in ihrer Tasche verschwinden. Sie legte den Kopf gegen die Lehne und schloss die Augen. Zu schmerzlich stürmten die Erinnerungen auf sie ein. An eine Zeit, in der sie das Gefühl gehabt hatte, ein echtes Glückskind zu sein. Mit einem Mann an ihrer Seite, der perfekter nicht hätte sein können. In einem Land, das auf Anhieb ihr Herz erobert hatte. Nun lag alles in Scherben. Wenn sie sich die letzten Monate ins Gedächtnis rief, konnte sie nur daran denken, wie tief Ricardo sie verletzt hatte. Sie musste diesen Mann vergessen. Doch gleichzeitig war Camellia klar, dass das Kind in ihrem Bauch sie ewig an den Mann erinnern würde, der so unendlich viel zerstört hatte. Sie begann, leise zu weinen. Und schwor sich, dieses Kind niemals in ihrem Leben im Stich zu lassen.

42

Gegenwart
Tulum

Aufgeregt zupfte Dalia an ihrer Bluse herum. Sie war bei Pablos Familie zum Essen eingeladen. Noch hatte sie nicht vergessen, was sie bei ihrer Lauschaktion gehört hatte. Wie würde sich seine Mutter heute Abend ihr gegenüber verhalten? Und wie sollte Dalia reagieren?

Sie hatte den Tag am Strand von Tulum verbracht. Nachdem sie sich gestern Abend mit Fernanda ausgesprochen hatte, war ihr ein riesiger Stein vom Herzen gefallen. Ihre neu gewonnene Großmutter war nicht mehr wütend auf sie. Im Gegenteil, Fernanda hatte ihr mehrfach versichert, wie stolz und dankbar sie sei, Dalia ihre Enkelin nennen zu dürfen. Es war noch immer ein merkwürdiges Gefühl, dass sie hier plötzlich eine weitere Familie hatte, so viele Tausend Kilometer von ihrem eigentlichen

Zuhause entfernt. Eine zweite Heimat, dachte Dalia glückselig und ging ins Badezimmer, um ihr Haar zusammenzubinden.

Als ihr Handy auf dem Bett klingelte, ließ sie die Bürste wieder sinken und eilte in den Schlafraum zurück. Es war Nara.

»Hola«, begrüßte Dalia ihre Tante gut gelaunt.

»Hi, mein Schatz«, erwiderte Nara. »Du klingst so fröhlich.«

»Es ist ja auch einiges passiert«, erklärte Dalia.

»Jetzt machst du mich neugierig. Ich habe aber auch Neuigkeiten.«

Dalia stockte. »Du zuerst oder ich?«

Nara lachte. »Du!«

Dalia erzählte ihr in Kurzfassung von ihren Begegnungen mit Fernanda und dem gestrigen Gespräch.

»Sehr gut«, resümierte Nara, nachdem Dalia ihre Ausführungen beendet hatte. »Das klingt wunderschön. Ich freue mich sehr für dich. Es scheint so, als hättest du deine große Liebe in Mexiko gefunden. Und Fernanda würde ich nur zu gern einmal persönlich treffen. Alles fügt sich für dich zu einem guten Ende. Wie toll ist das denn, bitte!« Sie klang richtig aufgekratzt.

»Jetzt du«, forderte Dalia sie ungeduldig auf. »Ich platze fast vor Neugier.«

Wieder erklang Naras helles Lachen. »Ich habe einen weiteren Brief gefunden«, verkündete sie in feierlichem Ton.

»Einen weiteren Brief?« Dalia fuhr sich über die Stirn. »Von wem?«

»Von deinem Vater«, entgegnete Nara triumphierend.

»Das gibt es doch nicht«, murmelte Dalia ungläubig und trat mit dem Telefon in der Hand auf die Terrasse. »Wo ist der denn jetzt plötzlich aufgetaucht?«

Nara seufzte. »Sein erster Brief war ja an Mum adressiert gewesen. Den hatte ich in einem Ordner in ihrem Büro entdeckt. Dieser nun ist, Achtung, an *deine* Mum gerichtet.«

»Du hast einen Brief von ihm an Mum?« Dalia konnte es nicht glauben.

»Ganz genau«, gab Nara zurück. »Ich glaube, wir werden noch einige Zeit damit beschäftigt sein, diese ganzen alten Dokumente zu sichten. Dalia, du kannst dir nicht vorstellen, wie viele Ordner sich im Lauf der Jahre angehäuft haben. Und wir müssen alles genau durchgehen, da wir ja sicher sein müssen, was damit geschehen soll. Können die alten Papiere weg, oder benötigt man sie eventuell noch mal?« Nara stöhnte leise. »Es ist ... furchtbar. In einem Schrank auf dem Dachboden habe ich alte Unterlagen deiner Mutter gefunden. Und beim Sichten der Dokumente bin ich auf den Brief gestoßen.«

»Hast du ihn gelesen?« Dalia hielt vor Nervosität den Atem an.

»Ja«, gab Nara kleinlaut zu, »es tut mir leid, aber ich war mir einfach nicht sicher, ob er wichtig sein könnte. Jetzt, wo du in Mexiko bist und nach Antworten suchst ...«

»Du musst dich nicht entschuldigen. Mum war deine

Schwester. Du hast das gleiche Recht wie ich, den Inhalt dieses Briefes zu erfahren.«

»Dalia, der Brief ist sehr ... rührend«, warnte Nara sie vor.

»Bitte lies ihn mir vor«, sagte Dalia.

»In Ordnung.« Nara räusperte sich. »Am besten setzt du dich hin.« Und dann begann sie vorzulesen.

Meine geliebte Camellia,
ich weiß gar nicht genau, wo ich anfangen soll. Erinnerst Du Dich an unsere gemeinsamen Nächte? An unsere stundenlangen Gespräche über die Maya, über uns, unser Leben, unsere Forschungen? Nie sind uns die Themen ausgegangen. Beinahe kam es mir so vor, als gäbe es nicht genügend Worte, um alles auszusprechen, was uns beschäftigte. Und jetzt finde ich nicht ansatzweise die richtigen Sätze, um Dir zu sagen, wie es in meinem Inneren aussieht. Camellia, Du fehlst mir unendlich. Ich vermisse Dich jeden Tag, jede Stunde, jede Minute, jeden Augenblick. Ich weiß, dass eine einfache Entschuldigung nicht ausreicht, um mein furchtbares Verhalten wiedergutzumachen. Doch es bleibt meine einzige Chance, ich muss es zumindest versuchen.
Dieses Kind ... unser Kind hat es verdient, mit beiden Elternteilen aufzuwachsen. Und Du, Camellia, hast es verdient, von mir in allen Belangen unterstützt zu werden. Ich möchte Dich glücklich machen, möchte immer an Deiner Seite sein, möchte keinen Tag meines Lebens mehr ohne Dich verbringen. Ich weiß noch nicht

genau, wie wir es bewerkstelligen können, aber ich bin mir sicher, dass wir einen guten Weg finden werden. Gemeinsam. Du, das Baby und ich. Wir drei als Familie. Als Du nach England zurückgeflogen bist, war ich in Mexiko-Stadt, um mit dem Rektor der Universität darüber zu sprechen, welche Möglichkeiten es für mich gäbe, an eine englische Universität zu wechseln. Ich wollte Dich bei Deiner Entlassung mit einem Plan für unsere Zukunft überraschen. Als Saddie mir dann erklärte, Du würdest früher fliegen als angenommen, ist für mich eine Welt zusammengebrochen. Ich saß in Mexiko-Stadt und Du am anderen Ende des Landes. Ich hatte keine Möglichkeit, in der Kürze der Zeit zu Dir zu gelangen. Bitte, Camellia, hör mich auf diesem Weg ein letztes Mal an. Ich habe in den letzten Wochen so viel falsch gemacht. Ich hätte dich niemals gehen lassen dürfen, doch ich hoffe, dass es noch nicht zu spät ist für uns. Ein einfaches Zeichen von Dir genügt, und ich nehme den nächsten Flug zu Dir. Ich weiß, dass der Geburtstermin nicht mehr weit ist, der Postweg nach England hingegen schon. Camellia, ich liebe Dich. Du bist die Frau, mit der ich mein Leben verbringen und mit der ich unser Kind aufziehen möchte. Ich kann mir eine Zukunft ohne Dich und das Kind nicht vorstellen. Du hast mein Herz erobert, jeden Tag ein Stück mehr davon. Ich habe nie zuvor eine so feinfühlige, herzensgute, intelligente, charmante und hübsche Frau wie Dich getroffen. Und ich war ein Idiot, dass ich es nicht rechtzeitig erkannt habe. Als Du den Unfall hattest, dachte ich, mein Herz setzt

aus. Natürlich konnte ich verstehen, dass Du mich nach all dem, was zwischen uns vorgefallen war, nicht sehen wolltest. Aber ich hatte solche Angst, dass Dir und dem Baby etwas zugestoßen sein könnte. Als Saddie mir dann die erlösende Nachricht überbrachte, sind mir vor lauter Erleichterung die Tränen gekommen. Camellia, meine große Liebe, gib mir eine letzte Chance. Lass mich Dir beweisen, dass ich der Mann sein kann, der Dich glücklich macht. Der Dich vollkommen macht. Der Dich liebt wie kein anderer.
Dein hoffnungsvoller Ricardo

Dalia schluchzte laut auf.

»Süße, es tut mir so leid«, sagte Nara voller Mitgefühl in der Stimme.

»Was hat das bloß zu bedeuten? Er scheint sie wirklich sehr geliebt zu haben. Und welche Fehler hat er gemacht? Er wollte doch für sie nach England gehen.« Dalia legte den Kopf in den Nacken und starrte in den wolkenlosen Himmel.

»Er hat sich nicht wieder bei dir gemeldet?«, wollte Nara vorsichtig wissen.

»Nein, seine Mutter meinte, er habe schon immer etwas länger gebraucht, um sich auf neue Situationen einzustellen.«

»Der Brief klingt ja auch ganz danach, als würde er nicht gerade zu den Blitzmerkern gehören, was Gefühle angeht«, sagte Nara.

»Er hat sie sehr geliebt«, wiederholte Dalia leise. »Und

er wollte mit ihr zusammen in England leben.« Ob ihre Mutter den Brief überhaupt noch rechtzeitig bekommen hatte? Oder war er erst nach Dalias Geburt angekommen? Nachdem ihre Mum gestorben war …

»Kannst du ein Datum erkennen?«, fragte Dalia.

Nara zögerte einen Moment. »Ricardo hat ihn sechs Wochen vor deiner Geburt geschrieben. Ich bin mir ziemlich sicher, dass sie den Brief noch lesen konnte. So lang war auch damals der Postweg nicht.«

»Es ist ein beruhigender Gedanke, zu wissen, dass sie von seinen Gefühlen noch erfahren hat, bevor sie …« Dalias Stimme brach. »Sie hat mich in dem Wissen bekommen, dass mein Vater kommen und mit uns zusammenleben wollte, oder?«

»Wenn du mit ihm sprichst, solltest du ihn danach fragen«, schlug Nara vor. »Vielleicht haben sie noch mal telefoniert oder … keine Ahnung.«

»Kannst du den Brief bitte abfotografieren und mir schicken?«

»Natürlich. Das mache ich gleich, nachdem wir aufgelegt haben, in Ordnung?«

»Danke«, hauchte Dalia wehmütig. An der Tür klopfte es. »Du, Pablo ist da.«

»Pablo? Ich freue mich wirklich für dich. Dann machen wir Schluss, ich wünsche dir einen wunderschönen Abend. Bei uns beginnt der Tag ja gerade erst.«

Dalia verabschiedete sich, schluckte den Kloß in ihrer Kehle hinunter und öffnete die Tür.

»Was ist los?« Pablo trat ein und nahm sie in seine Arme. »Geht es dir nicht gut?«

Dalia schüttelte den Kopf. »Doch, doch, es geht mir … gut. Ich …« Sie schloss kurz die Augen. »Ich bin froh, dass du da bist.« Sie küsste ihn sanft und fuhr ihm übers Haar. »Ich liebe dich.«

Pablos Lippen verzogen sich zu einem Lächeln. »Ich liebe dich auch.« Er betrachtete sie eingehend. »Meine Mutter freut sich sehr, dass du heute Abend zu uns kommst.«

»Ich freue mich auch über die Einladung«, gab Dalia ehrlich zurück. »Und ich werde ihr sagen, dass ich gut auf dich aufpasse, wenn du tatsächlich nach England kommst.«

Er nickte. »Das wird sie auf jeden Fall beruhigen.«

Als Dalia am nächsten Morgen unterwegs zu Fernanda war, schwelgte sie noch in Erinnerungen an den gestrigen Abend. Sie hatte lange mit Pablos Mutter geredet, die sie gleich zu Beginn herzlich umarmt und ihr mehrfach versichert hatte, wie sehr sie sich freue, dass Pablo eine so nette Frau gefunden habe. Vor lauter Verlegenheit hatte Dalia nicht gewusst, was sie noch sagen sollte. Es war ein wunderbarer Abend gewesen. Mit gutem Essen, viel Alkohol und noch mehr Gelächter.

Als sie aus einer Seitenstraße plötzlich eine verzweifelt klingende Mädchenstimme hörte, blieb Dalia stehen und lauschte. Sie ging zurück, um nachzusehen, was los war. Als sie Cristina und Valeria entdeckte, die von zwei etwa gleichaltrigen Jungen an eine Hauswand gedrückt wurden, stockte ihr der Atem.

»Wir haben kein Geld dabei«, wimmerte Cristina in diesem Moment, während der eine Junge seine Hand an ihren Hals legte und ihr dreckig ins Gesicht grinste.

»Dann holt es euch von eurem Vater, Princesas«, sagte er höhnisch.

Die Mädchen begannen zu weinen.

Dalia zögerte keine Sekunde. »He!«, rief sie wütend. »Lasst sofort die Mädchen in Ruhe.«

Überrascht drehten die beiden Jungen die Köpfe und sahen zu ihr herüber. Sie eilte auf die Gruppe zu. Wütend ergriff sie den Arm des Burschen, der Cristina bedrohte, und riss ihn von ihrer Schwester los. »Was soll das?«

»Wer bist du?« Der Junge sah sie irritiert an, während er versuchte, sich aus Dalias Griff zu befreien, doch sie ließ nicht locker. Der andere trat einen Schritt zurück.

Nun wandte sich Dalia an die Mädchen. »Wer sind die beiden?«

Cristina fasste sich an den Hals, und Valeria sah eingeschüchtert zur Seite.

»Name?«, schnauzte sie den Jugendlichen an, der etwa einen halben Kopf kleiner als sie war und dessen Arm sie noch immer fest umklammerte.

»Jorge«, erwiderte er kleinlaut.

»Seid ihr auf derselben Schule?« Wieder sah Dalia zu den Mädchen.

»Haltet euren Mund!«, wies sie der andere an.

»Sind die zwei auf eurer Schule?«, wiederholte Dalia ihre Frage lauter.

Valeria nickte.

»Gut«, gab Dalia grimmig zurück. »Da gehen wir jetzt gemeinsam hin.« Sie sah auf die Uhr. »Der Unterricht dürfte ohnehin gleich anfangen, oder nicht?«

Keiner der vier gab ihr eine Antwort.

»Cristina, geh bitte voran«, wies Dalia sie in sanftem Ton an, da sie keine Ahnung hatte, wo sich die Schule befand.

Während sie schweigend die Seitenstraße entlanggingen, entließ Dalia Jorge keine Sekunde lang aus ihrem Griff. Die beiden Jungen liefen mit gesenkten Blicken neben ihr her, keiner redete auch nur ein Wort.

An einem schmiedeeisernen Tor, das auf einen Schulhof führte, stand eine Frau mittleren Alters, vermutlich eine Lehrerin.

»Was ist denn mit euch los?«, fragte sie. »Valeria, Cristina?«

Die Mädchen drehten sich um und sahen Hilfe suchend zu Dalia.

»Jorge und sein Kumpel haben die beiden auf der Straße bedroht«, erklärte Dalia. »Ich kam zufällig dazu, als sie den Mädchen Geld abnehmen wollten.«

Die Lehrerin sah von Jorge zu dem anderen. »Habt ihr es immer noch nicht verstanden?« Sie kniff die Augen zusammen.

Erst jetzt bemerkte Dalia, dass sie Jorge noch immer

viel zu fest am Arm hielt. Hastig ließ sie ihn los und trat einen Schritt zur Seite.

»Ihr beiden geht auf direktem Weg zu Señor Lopez und meldet euch bei ihm.« Sie sah den Jungen fest ins Gesicht. »Habt ihr mich verstanden?«

Die beiden nickten wortlos und trabten mit eingezogenen Schultern Richtung Schulgebäude.

Die Lehrerin hielt Dalia die Hand hin. »Ich bin Carmen Ruíz.«

»Dalia Carter«, stellte Dalia sich vor.

Carmen Ruíz sah zu den beiden Mädchen. »Ihr wisst, dass ich eure Eltern anrufen muss? Wir müssen ihnen von dem Vorfall erzählen.«

Valeria und Cristina nickten.

»Würden Sie so lange mit den beiden hier warten?«, bat die Lehrerin Dalia. »Ich denke, die Eltern möchten sich bei Ihnen bedanken und kurz mit Ihnen sprechen, bevor die Mädchen in den Unterricht gehen.«

Dalia schluckte. Wie würde Ricardo reagieren, wenn er sie mit seinen Töchtern entdeckte? In Gegenwart seiner Frau, die höchstwahrscheinlich nichts von ihrer Existenz ahnte? Widerwillig nickte sie. Was blieb ihr anderes übrig?

Während sie vor dem Lehrerzimmer mit Valeria und Cristina wartete, beschleunigte sich ihr Puls. Die Lehrerin war zum Zimmer des Rektors geeilt. Wahrscheinlich hielt sie den beiden Jungen gemeinsam mit ihrem Vorgesetzten eine gepfefferte Standpauke.

»Haben die zwei das schon öfter gemacht?«, wandte Dalia sich an die Mädchen.

Valeria schüttelte den Kopf.

»Nicht bei uns, aber bei anderen«, erklärte Cristina mit belegter Stimme. »Wenn die so weitermachen, fliegen sie bald von der Schule.«

Dalia nickte grimmig. »Sollten sie es wieder versuchen, müsst ihr sofort mit Señora Ruíz oder euren Eltern darüber reden.«

»Jorge ist ... seine Mutter ist vor einem halben Jahr gestorben«, erklärte Cristina. »Und sein Vater ... trinkt sehr viel.«

Dalia musterte sie. »Das tut mir leid für den Jungen. Trotzdem darf er sich anderen gegenüber nicht so gemein verhalten.«

»Cristina! Valeria!«, ertönte in diesem Moment eine Frauenstimme vom Ende des Flurs. »Was ist denn passiert?«

Während die Mutter der Mädchen durch den Flur hastete, quietschten ihre Sohlen auf dem Boden. Sie war zierlich und trug ihr schwarzes Haar in einem kinnlangen Bob. Angespannt sah Dalia ihr und Ricardo entgegen, der seiner Frau mit etwas Abstand folgte.

Die Mutter drückte die beiden Mädchen an sich. Die Szene versetzte Dalia einen leichten Stich.

»Hola!«, grüßte Ricardo überrascht, als er Dalia erkannte.

»Haben Sie die beiden zur Schule gebracht?« Seine Frau drehte sich um und musterte sie interessiert.

Dalia nickte und reichte ihr die Hand. »Dalia Carter«, stellte sie sich vor.

»Ich bin Paula, und das ist mein Mann Ricardo.« Dann wandte sie sich wieder an die Mädchen. »Habt ihr euch bei der Frau schon für ihre Hilfe bedankt?«

Die Mädchen schüttelten die Köpfe.

»Das ist nicht nötig«, wehrte Dalia verlegen ab. »Ich kam zufällig vorbei und ...«

»Danke, Dalia«, sagte Cristina. »Da haben wir ja total Glück gehabt, dass du gerade da warst.«

»Kennt ihr euch?« Paula sah ihre Tochter stirnrunzelnd an.

Valeria nickte. »Dalia ist eine Freundin von Abuelita.«

Dalia wandte den Kopf ab. Freundin. Wieder überkam sie ein schlechtes Gewissen.

»Ach so.« Paula schien den Zusammenhang nicht zu verstehen.

Ricardo stand schweigend daneben.

In diesem Moment kam die Lehrerin zurück. »Der Rektor und ich haben uns die beiden Jungen vorgeknöpft. Sie haben sich entschuldigt, und ich gehe davon aus, dass so etwas nicht wieder vorkommen wird. Falls Sie doch etwas hören sollten, melden Sie sich bitte bei mir, ja?«, bat Señora Ruíz die Eltern der Mädchen. Dann wandte sie sich an Valeria und Cristina. »Ihr beide geht jetzt in den Unterricht.«

Die Mädchen machten sich auf den Weg zu ihren Klassenzimmern, und auch Señora Ruíz verabschiedete sich.

Paulas Handy klingelte. Sie warf einen Blick aufs Display. »Ricardo, nimm es mir nicht übel, aber ich muss sofort in die Arbeit. Bis später, ja?«

»Bis dann!«

Paula nickte Dalia zum Abschied kurz zu und eilte im Laufschritt davon.

Dann standen Dalia und Ricardo allein auf dem Flur.

»Ich habe auch gleich einen Termin«, sagte er, »aber hast du später etwas Zeit?«

Mit klopfendem Herzen nickte sie. »Ja, natürlich.«

Seine Mundwinkel zuckten. »Wie wäre es um drei?«

»Ja, das passt.«

»Kannst du an die Ruinenstätte kommen?«

Dalia nickte erneut, da sie fürchtete, vor Aufregung keinen Ton herauszubekommen.

»Ich denke, es ist höchste Zeit, dass wir miteinander reden.« Er sah sie lange an. »Vielen Dank, dass du Cristina und Valeria beigestanden hast.«

Sie schüttelte den Kopf. »Das war keine große Sache. Die beiden hätten das auch allein geschafft.«

»Trotzdem.« Er lächelte schwach. »Ich freue mich auf später.«

Ihr Herz machte bei seinen Worten einen kleinen Hüpfer. »Ich freue mich auch.«

43

Dalia schwebte wie auf Wolken in den Laden ihrer Oma.

»Was ist denn mit dir passiert?«, wollte Fernanda wissen.

Dalia konnte ein breites Grinsen nicht länger unterdrücken. »Ist das Leben nicht wunderschön?«

Fernanda lachte. »Es ist definitiv etwas passiert.« Sie umarmte Dalia und betrachtete eingehend ihr Gesicht. »Du siehst sehr glücklich aus.«

Dalia legte den Kopf schief. »Ich habe einen tollen Mann getroffen ...«

Fernanda nickte. »Pablo, ich weiß.«

»Ich habe eine superliebe Oma gefunden ...«, zählte Dalia weiter auf.

Fernanda nickte. »Damit bin dann wohl ich gemeint.«

»Und ich habe eine Verabredung mit meinem Vater«, schloss Dalia triumphierend.

»Ricardo hat sich endlich bei dir gemeldet?«

»Na ja, ganz so war es nicht«, relativierte Dalia.

»Wie war es dann?« Fernanda hakte sich bei ihr unter und steuerte mit ihr das Atelier an. »Ich glaube, heute ist ein guter Tag zum Malen.«

Dalia nickte. Dann erzählte sie Fernanda von dem Vorfall mit den Mädchen und der anschließenden Begegnung mit Ricardo und seiner Frau.

»Sie ahnt nichts«, überlegte Fernanda laut. »Er hat ihr wohl noch nichts gesagt.«

»Davon gehe ich auch aus«, stimmte Dalia zu, während sie sich die Pinsel richtete und die Farben mischte.

»Er will wahrscheinlich erst mit dir alles klären, bevor er es seiner Familie erzählt«, mutmaßte Fernanda.

Während die beiden Frauen konzentriert mit der Arbeit begannen, rief jemand im Laden nach Fernanda.

»Das ist doch Paula«, wisperte Dalia erschrocken.

Fernanda nickte. »Wir sind hier, Liebes. Im Atelier«, rief sie etwas lauter.

Ricardos Frau erschien in der Tür. »Ach, Dalia. Wie schön, dass ich Sie hier treffe. Ich wollte mich eigentlich bei Fernanda nach Ihrer Telefonnummer erkundigen. Die Mädchen sagten ja, Sie seien eine Freundin von Fernanda. Vielen Dank noch mal für Ihren Einsatz heute früh. Leider musste ich vorhin so schnell weg.« Sie stellte sich neben die Staffelei und betrachtete Dalias Gemälde. »Das

Bild ist wunderschön. Sehr ästhetisch, harmonisch.« Sie nickte bekräftigend.

»Möchten Sie es haben?«, fragte Dalia sie aus einem Impuls heraus.

Paula sah sie überrascht an. »Nein, das kann ich auf keinen Fall annehmen. Wir sind Ihnen etwas schuldig, nicht umgekehrt.«

Dalia atmete tief aus. »Wenn Ihnen das Bild so gut gefällt, wäre es mir eine große Ehre, wenn ich es Ihnen schenken dürfte. Natürlich erst, wenn es fertig ist.«

»Du solltest dir diese Gelegenheit nicht entgehen lassen, Paula«, bemerkte Fernanda. »Dalia hat großes Talent. In ein paar Jahren kannst du ihre Bilder nicht mehr bezahlen.«

Dalia lachte. »Ja, klar. Aber ernsthaft, ich schenke es Ihnen.«

Unschlüssig sah Paula zwischen Fernanda und Dalia hin und her. »Ich weiß nicht …«

»Du magst Dalias Malstil, und sie möchte dir eine Freude machen«, erklärte Fernanda. »Nach England kann sie es ohnehin nicht mitnehmen.«

Paula seufzte. »Na schön. Ich weiß gar nicht, was ich sagen soll. Vielen herzlichen Dank.« Sie überlegte. »Was halten Sie davon, wenn ich Sie morgen Abend als kleines Dankeschön zum Essen einlade?« Sie sah ihre Schwiegermutter an. »Und du kommst auch.«

»Hola, die Damen!« Die Stimme hätte Dalia aus einer Million anderer herausgehört. Ihr Herz begann zu galoppieren. Als sie sich umdrehte, entdeckte sie Pablo, der ebenfalls an der Ateliertür erschienen war.

Dalia erhob sich und steuerte auf ihn zu. »Wie schön, dass du vorbeikommst.«

Pablo zwinkerte Fernanda zu. »Ich wollte nur mal kurz Guten Tag sagen.« Dann hauchte er Dalia einen Kuss auf die Lippen.

»Sie sind natürlich auch eingeladen«, erklärte Paula lächelnd. »Als Dalias Freund.«

Pablos Gesicht nahm einen fragenden Ausdruck an. »Ich verstehe nicht ganz …«

Dalia nahm seine Hand und drückte sie. »Ich erkläre es dir später. Wir sind morgen Abend zum Essen bei meinem … bei Paula und Ricardo eingeladen.«

»Ricardo?« Pablos Blick wurde intensiver. »Bei deinem …«

»Bei Paula und Ricardo«, wiederholte Dalia nachdrücklich und zwinkerte ihm zu. »Wie wir zu dieser Einladung kommen, erzähle ich dir gleich, in Ordnung?«

Pablo schien zu begreifen, dass Paula nichts von Dalias Verwandtschaftsverhältnis zu deren Mann wusste. »Alles klar. Vielen Dank für die Einladung!«

»Ich muss dann auch weiter«, sagte Paula und umarmte Fernanda zum Abschied. »Die Mädchen kommen nach der Schule zu dir, richtig?«

Fernanda nickte. »Wie jeden Mittwoch.«

Als Paula das Atelier verlassen hatte, berichtete Dalia Pablo von den Ereignissen des heutigen Vormittags.

»Da lässt man dich ein Mal allein, und schon musst

du deine Geschwister aus den Klauen dieser Halbstarken retten«, neckte er sie.

»Cristina hat schon öfter von Jorge und dessen Freund erzählt«, sagte Fernanda ernst. »Ich meine, der andere heißt Ramón.«

»Jorge scheint eine schwere Zeit durchzumachen.« Dalia setzte sich wieder auf den Hocker.

»Sein Vater sollte sich dringend mehr um ihn kümmern«, befand Fernanda. »Sonst landet der Junge noch in der Gosse.«

»Die Familie scheint Probleme zu haben«, gab Dalia zurück, während sie begann, das Licht der Sonne zu malen, das sich auf dem Meer spiegelte. Dann sah sie kurz zu Fernanda. »Diese Einladung ... Wie soll das denn funktionieren?«

»Das ist doch eine tolle Gelegenheit, Paula die Wahrheit zu sagen. Du siehst deinen Vater ja gleich noch. Besprich es mit ihm.«

Pablo sah Dalia stirnrunzelnd an. »Wie? Du siehst deinen Vater gleich? Du rettest deine Schwestern, verabredest dich mit deinem Vater ...« Er stemmte die Hände in die Taille. »Und ich bekomme es als Letzter mit.«

Dalia strich ihm sanft über die Wange. »Tut mir leid.«

Er schüttelte den Kopf. »Das war doch nur Spaß. Ich freue mich, dass sich jetzt alles noch zum Guten wendet.« Er nahm ihre Hand. »Du hast es verdient.«

Fernanda nickte nachdrücklich. »Das hast du wirklich. Und Ricardo hat es ebenfalls verdient, endlich seine erwachsene Tochter kennenzulernen.«

44

Mit pochendem Herzen näherte sich Dalia dem Castillo, wo sie mit Ricardo verabredet war. Sie entdeckte ihn nah der Klippen.

»Hola«, grüßte sie ihn.

Er drehte sich um und lächelte. »Hola, Dalia.« Er zeigte zum Strand hinab. »Ich habe ein Boot ausgeliehen. Hast du Lust, aufs Meer hinauszufahren?«

Dalia zog die Brauen hoch. Mit einem Ausflug hatte sie nicht gerechnet. »Ja, klar. Das klingt super.«

Schweigend machten sie sich auf den Weg zum Strand.

»Es ist das Boot eines alten Freundes«, durchbrach Ricardo schließlich die Stille, als sie an der kleinen Jacht ankamen. »Wir kennen uns schon ewig. Und ab und zu leihe ich es mir aus. Manchmal nehme ich meine Töchter mit, manchmal fahre ich allein raus, wenn ich meine Gedanken ordnen muss. Ich dachte, wir hätten auf dem Meer Zeit und Ruhe, über alles zu reden.«

Dalia nickte. »Das ist eine gute Idee. Ich kann dich gut verstehen. Auf mich wirkt das Meer auch inspirierend und beruhigend.«

Ricardo hielt ihr die Hand hin, um ihr aufs Boot zu helfen. Dann machte er die Leinen los, sprang selbst auf die Jacht und startete den Motor. »Lass uns ein Stück fahren, dann können wir haltmachen und den Ozean genießen.« Er zeigte nach unten Richtung Kajüte. »Ich habe ein paar Burritos besorgt. Ich hoffe, du hast ordentlich Hunger.«

Wie auf Kommando begann Dalias Magen zu knurren. Sie lachte. »Scheint so.« Sie räusperte sich. »Ich war so aufgeregt, dass ich heute noch gar nichts Ordentliches gegessen habe.«

Ricardo betrachtete sie. Seine Augen funkelten. »Es tut mir sehr leid. Die Situation fühlt sich irgendwie unwirklich für mich an.« Er schüttelte den Kopf, dann winkte er sie zu sich. »Komm, setz dich hier neben mich, solange wir aufs Meer hinausfahren.«

Ein paar Pelikane flogen an ihnen vorbei. Die Sonne ließ die Wasseroberfläche um sie herum glitzern. Dalia schloss die Augen und genoss den Wind auf den heißen Wangen. Sie konnte es kaum glauben, dass sie wirklich und wahrhaftig neben ihrem Vater saß und mit ihm redete. Einem Vater, von dem sie bis vor Kurzem fast nichts gewusst hatte.

»Ich habe so viele Fehler gemacht, Dalia. Ich weiß gar nicht, wo ich anfangen soll. In den letzten Tagen habe ich die Zeit mit Camellia wieder und wieder Revue passieren lassen. Zehnmal, zwanzigmal ... Ich weiß nicht, wie oft.« Er sah sie kurz von der Seite an. »Was ich nach wie vor nicht verstehe, ist, warum Camellias Mutter mir mitgeteilt hat, dass du ebenfalls bei der Geburt gestorben seist.«

Hörte Dalia ein Zittern in seiner Stimme? Sie nickte.

»Ich kann es auch nicht nachvollziehen«, sagte sie. »Vielleicht hatte sie Angst um mich?«

Er lachte auf, doch es klang freudlos. »Ich bin dein Vater. Sie hätte mich nicht anlügen dürfen.«

»Die Antwort auf diese Frage hat sie leider mit ins Grab genommen«, gab Dalia zurück. »Ich wünschte, ich könnte mit ihr über damals sprechen. Oder mit Grandpa.«

Ricardo drosselte die Geschwindigkeit. »Wollen wir eine Pause einlegen?«

Dalia nickte, und das Motorgeräusch erstarb.

»Ich hole unser Essen, und du kannst es dir schon mal in der Lounge gemütlich machen«, meinte Ricardo und verschwand unter Deck.

Dalia stand auf und steuerte auf den hinteren Teil des Schiffes zu, wo der Eigentümer eine großzügige Sitzecke installiert hatte. Sie ließ sich auf die Bank fallen, die mit dicken grauen Kissen ausgepolstert war. Als sie sich umschaute, kam sie sich vor wie in einem Traum. Um sie herum war nichts als das weite dunkle Blau des Atlantiks. Ein paar Möwen kreisten über der Jacht und stießen ihre gellenden Schreie aus. Die Sonne brannte unerbittlich vom wolkenlosen Himmel. Dalia war dankbar für den Schatten, den das Dach ihnen spendete.

Ricardo kehrte mit einem braunen Holztablett zurück, auf dem sich mehrere in Alufolie eingewickelte Rollen befanden. Daneben standen Limonade, Wasser und zwei Gläser. »Ich hoffe, ich habe an alles gedacht. Ansonsten gehe ich noch mal nach unten und plündere Ernestos Kühlschrank.« Er lachte.

Dalia zählte zehn Burritos. »Sind die etwa alle für uns?«

»Ich wusste nicht, was du magst, daher habe ich verschiedene Füllungen gewählt«, erklärte Ricardo. »Aber ich hoffe, dass ich ganz bald ganz viel von dir erfahre«, setzte er leise nach.

Dalia sah auf. »Das wünsche ich mir ebenfalls.«

»Es tut mir ehrlich leid, dass ich so lange gebraucht habe. Paula und ich ... sie weiß noch nichts von dir. Sie denkt auch, du seist damals gestorben.«

»Du kennst sie schon so lange?«, hakte Dalia verwundert nach.

Er seufzte. »Ich denke, das Beste wird sein, wenn ich dir alles von Anfang an erzähle. Wie deine Mutter mit einem Stipendium nach Mexiko kam, um an einer Studienreise teilzunehmen. Wie wir uns auf der Exkursion näher kennengelernt haben ...« Er verharrte kurz und zeigte auf das Tablett. »Nimm dir.«

Dalia nickte und entschied sich für einen Burrito mit Hähnchen.

»Und wie ich mich wie der letzte Idiot verhalten habe, als sie mir erzählte, dass sie schwanger ist.« Er seufzte. »Es wird eine sehr lange Geschichte. Ich hoffe, du hast etwas Zeit mitgebracht.«

»Alle Zeit der Welt. Dafür bin ich ja hier. Ich möchte wirklich alles wissen. Erzähl mir, wie Mum damals war. Was sie gesagt, was sie sich gewünscht, was sie interessiert hat«, forderte Dalia ihn wissbegierig auf und lehnte sich entspannt zurück. »Leider durfte ich sie nie kennenlernen.«

Ein zweites Mal musste sie Ricardo nicht bitten. Ihr Vater begann zu erzählen, während Dalia wie gebannt an seinen Lippen hing. Er berichtete von Camellias Ankunft an der Universität, von ihrem gemeinsamen Aufenthalt in Chichén Itzá, von ihrem unglaublichen Interesse an den Maya, von den Diskussionen über wissenschaftliche Theorien. Von ihren heimlichen Treffen und der wunderschönen gemeinsamen Zeit, die abrupt endete, als Camellia ihm eröffnete, dass sie schwanger sei. Ricardo räumte ein, von dieser Situation völlig überfordert gewesen zu sein. Er erzählte von Camellias Unfall und dass sie ihn danach nicht mehr sehen wollte. Während sie im Krankenhaus lag, war er selbst nach Mexiko-Stadt gereist, um mit dem Rektor über einen möglichen Wechsel an eine englische Uni zu sprechen. Dann hatte eine Studentin ihn angerufen und erzählt, dass Camellia die Klinik schon früher verlassen und nach England zurückfliegen werde. Ricardo erzählte, wie ihn die Aussicht, seine große Liebe nie wiederzusehen, damals in tiefe Verzweiflung gestürzt hatte.

Während er redete, vertilgte Dalia drei Burritos und leerte die komplette Wasserflasche. Als er nach einer gefühlten Ewigkeit seinen Bericht beendete, wusste sie im ersten Moment nichts zu sagen, so überwältigt und berührt war sie von seinen Erinnerungen.

»Ich habe mich Camellia gegenüber genauso unsensibel verhalten wie dir gegenüber. Es scheint, dass ich mit überraschenden Offenbarungen nicht gut umgehen kann«, gab Ricardo selbstkritisch zu. »Ich konnte sie damals einfach nicht vergessen. also habe ich ihr einen Brief geschrieben, in dem ich sie um Verzeihung gebeten habe, nachdem sie meine Telefonanrufe nicht angenommen hatte.«

»Diesen Brief hat meine Tante erst vor Kurzem gefunden«, sagte Dalia atemlos. »Er muss Mum kurz vor meiner Geburt erreicht haben.«

»Das hat er«, bestätigte Ricardo ernst. »Sie hat mir zurückgeschrieben, dass sie mich noch immer liebe und sich sehr gut vorstellen könne, mit mir und ... dir eine Familie zu gründen. Ich war danach unfassbar glücklich und hätte niemals damit gerechnet, dass das Schicksal mir einen so furchtbaren Schlag versetzen würde.«

Dalia traten Tränen in die Augen. »Sie hat es gewusst«, murmelte sie erleichtert. »Sie ist in dem Wissen gestorben, dass du sie liebst und sie nicht im Stich gelassen hast.« Erst jetzt merkte Dalia, wie wichtig ihr dieser Aspekt all die Jahre gewesen war. Wie sehr sie der Gedanke geschmerzt hatte, dass ihre Mutter allein, ohne den Vater ihres Kindes, gestorben war. Doch ihre Annahme war falsch gewesen. Ihre Mutter war glücklich gestorben. Mit Ricardo in ihrem Herzen.

»Ja, das ist sie wohl«, pflichtete ihr Vater bei. »Und trotzdem … gebe ich mir die Schuld an ihrem Tod. Ich hätte an jenem Tag bei ihr sein müssen. Ich hätte zu ihrer Beerdigung gehen müssen.«

»Du hättest nichts tun können«, erklärte Dalia mit trauriger Stimme. »Meine Mutter hat plötzlich sehr starke Blutungen bekommen, die nicht mehr zu stillen waren.«

»Es fühlt sich aber anders an«, widersprach Ricardo. »Hier drinnen.« Er legte eine Hand auf seine linke Brust. »Camellia war ein ganz besonderer Mensch, Dalia. Ich wünschte, du hättest sie kennengelernt. Sie wäre dir eine fantastische Mutter gewesen.« Er sah aufs Meer hinaus. »Und ich wünschte, zumindest ich hätte für dich da sein können.«

Dalia zog die Ohrringe aus ihrer Hosentasche und legte sie auf den Tisch.

Ricardos Augen weiteten sich. »Wo hast du die her?«

»Die hat meine Granny aufbewahrt. Zusammen mit deinem Brief, den du nach Mums Tod an sie geschickt hast.«

Er nickte abwesend. »Ja, ich habe ihr geschrieben, nachdem sie mir mitgeteilt hat, dass Camellia und … du, dass ihr gestorben wärt.«

Dalia nahm die kleinen Blumen und steckte sie sich

an die Ohren. »Der Brief von dir ist der Grund, warum ich heute hier sitze.«

»Und du ahnst nicht, wie froh ich darüber bin. Sie hat dich Dalia genannt«, erklärte Ricardo mit einem schwachen Lächeln, während er die Ohrringe betrachtete. »Sie passen zu dir.«

»Das mit den Namen ist eine Tradition in unserer Familie«, erklärte Dalia ihm. »Die Kinder meiner Großeltern und all meine Cousinen tragen Namen von Pflanzen oder Blumen. Granny liebte Blumen über alles. Dass sie den Sohn eines Gärtners kennenlernte, war wohl eine wundervolle Fügung des Schicksals. Blooming Hall ist ihr Vermächtnis.«

»Das klingt sehr schön. Ich hätte deine Großeltern gern kennengelernt.« Ricardo nahm sich einen Burrito und biss hinein. »Die Zeit muss sein«, sagte er grinsend. Während er kaute, betrachtete er Dalia. »Ich kann es gar nicht glauben, dass ich eine so hübsche erwachsene Tochter habe.«

»Was wird deine Frau dazu sagen?«, äußerte Dalia die Frage, die sie schon seit heute früh beschäftigte.

»Paula und ich haben lange gebraucht, um endlich zueinanderzufinden. Ich hatte ihr damals unmissverständlich klargemacht, dass ich mich für Camellia entschieden habe. Auch wenn Paula und ich zu jenem Zeitpunkt noch kein Paar waren, war es immer klar gewesen, dass wir eines Tages heiraten und eine Familie gründen würden. Ich habe sie damals sehr verletzt. Es hat Jahre gedauert, bis wir uns noch mal angenähert haben. Und dann hatte Paula mehrere Fehlgeburten.« Er klang traurig.

»Das tut mir leid.« Dalia musterte sein Gesicht, die grauen Schläfen im ansonsten dunklen Haar, die Schatten unter seinen Augen. Ihr Vater war kein junger Mann mehr, doch sie konnte immer noch sehen, was seine Mutter an ihm fasziniert haben musste.

»Danke.« Er schwieg, bis er den Burrito aufgegessen hatte. Dann wischte er sich mit einer Serviette über den Mund. »Als wir die Mädchen bekamen ...« Er schüttelte den Kopf. »Ich kann dir gar nicht sagen, wie glücklich ich war. Wir hatten beide nicht mehr damit gerechnet, doch noch Eltern zu werden.« Er lächelte wieder. »Dass ich zu jenem Zeitpunkt schon eine wunderbare Tochter hatte, konnte ich ja nicht ahnen. Ich habe so viel von deinem Leben verpasst.« Er machte eine Pause. »Du hast mir erzählt, dass dich die Ruinenstätten sehr berührt haben.« Er blinzelte vergnügt. »Dann freut es dich sicher, zu hören, dass auch du Mayablut in dir trägst.«

Dalias Augen weiteten sich überrascht. »Wie meinst du das?«

»Meine Vorfahren stammen vorwiegend aus Spanien, aber mein Ururgroßvater war ein echter Maya«, erklärte Ricardo mit Stolz in seiner Stimme.

Dalia konnte es nicht glauben. »Ich stamme von den Maya ab«, murmelte sie andächtig. »Das ist ... etwas ganz Besonderes.«

Er nickte. »Ja, es ist ein besonderes Erbe.«

Einige Minuten herrschte Schweigen, da sie beide das eben Gehörte verarbeiten mussten.

»Paula hat Pablo und mich für morgen zum Essen eingeladen«, sagte Dalia schließlich und schilderte ihm die Begegnung bei Fernanda.

»Das heißt, wir kommen in den Genuss, einen echten Dalia Carter in unser Haus hängen zu dürfen«, sagte er sichtlich vergnügt. »Welch Ehre!«

»Sieht ganz so aus.«

»Dann sagen wir es ihr gemeinsam«, beschloss Ricardo mit fester Stimme. »Das Essen wird somit offiziell zu einer ersten Familienzusammenführung. Cristina und Valeria werden sich freuen.« Er zwinkerte. »Und ich bin sehr gespannt darauf, deinen Pablo näher kennenzulernen. Dass du einen mexikanischen Freund hast, macht mich sehr glücklich.«

»Mich auch«, stimmte Dalia zu, während ihre Augen feucht wurden. »Mich macht es auch sehr glücklich. Und dass ich einen mexikanischen Papa habe, ebenfalls.«

Er streckte seinen Arm aus und nahm ihre Hand in seine. »Lass uns so viel Zeit wie möglich miteinander verbringen. Ich möchte alles von dir wissen. Und bitte zeig mir auch deine Bilder.«

45

»Ich muss mich beruflich umorientieren, Lilian«, erklärte Dalia am Telefon ihrer Tante, die sie am späten Nachmittag angerufen hatte. »Wenn ich bei Fernanda male, fühle ich eine innere Ruhe, eine Balance, die ich in dieser Form noch nie erlebt habe«, versuchte sie sich an einer Erklärung. »Es klingt blöd, aber ich habe keine Ahnung, wie ich es sonst beschreiben kann.«

»Dann solltest du unbedingt etwas verändern, Dalia.« Lilian zögerte kurz. »Soley geht es momentan ähnlich. Glaube ich zumindest.«

Dalia horchte auf. Sie erinnerte sich daran, dass ihre Cousine vor Dalias Abreise tatsächlich Bemerkungen in diese Richtung gemacht hatte.

»Aber das ist ein anderes Thema«, fuhr Lilian seufzend fort. »Ich freue mich so für dich, dass du deine mexikanische Familie gefunden hast. Dass sie nett sind und dich mit offenen Armen aufgenommen haben.«

»Sie sind toll, alle miteinander«, bestätigte Dalia, während ihr warm ums Herz wurde. Der Nachmittag mit ihrem Vater war so schön gewesen. Ricardo war ein so einfühlsamer und empathischer Mensch. Sein Wissen schien unermesslich, er hatte zu jedem Thema eine Meinung. Dalia hatte die Stunden mit ihm sehr genossen. Er wollte von ihr wissen, was ihre Lieblingsfächer in der Schule waren, was sie als Kind gespielt hatte, welche Bücher sie las, welche Filme sie mochte, was ihre Lieblingsspeisen waren und tausend andere Dinge. »Und Ricardo ist wirklich außergewöhnlich.«

»Etwas anderes hätte ich bei Camellia auch nicht erwartet.« Lilian lachte. »Deine Mutter war immer sehr anspruchsvoll. Männer hatten es bei ihr nie leicht.«

»Ich hätte sie so gern zusammen erlebt.«

»Ach, Süße«, erwiderte ihre Tante mit belegter Stimme. »Ich bin sicher, dass Ricardo dir viel über sie erzählen kann. Sie waren ja eine ganze Zeit zusammen in Chichén Itzá.«

Dalia sah nach draußen. »Du hast recht. Wenn er von ihr redet, bekomme ich fast das Gefühl, sie gekannt zu haben. Ihr nah zu sein.«

»Du wirst ihr immer nah sein, Dalia. Sie ist deine Mum. Und sie hätte sich sehr darüber gefreut, dass du deinen Vater ausfindig gemacht hast. Das war wirklich mutig von dir.«

»Ach was«, wiegelte Dalia ab. »Die Leute machen es

mir wirklich einfach. Sie sind so ehrlich ... so unkompliziert, herzlich und offen.«

»Melde dich wieder, wenn es Neuigkeiten gibt, okay?«, bat Lilian sie.

Gerade als Dalia sich von ihrer Tante verabschiedet hatte, klopfte es an ihre Tür.

»Fernanda.« Überrascht sah sie ins Gesicht ihrer Oma, die im Türrahmen stand.

Fernanda zuckte entschuldigend mit den Achseln. »Ich wollte dich nicht stören, aber ... ich war so neugierig.« Sie grinste fast etwas verlegen.

»Komm rein.« Dalia bot ihr einen Platz auf der Terrasse an und stellte eine Flasche Cola auf den Tisch. »Ich bin ja lernfähig.«

Ihre Großmutter lachte und schenkte ihnen ein. »Jetzt erzähl mal.«

Dalia setzte sich und berichtete ausführlich von dem Bootsausflug am Nachmittag.

»Ricardo war monatelang kaum ansprechbar, nachdem er damals den Brief deiner Granny erhalten hatte«, erzählte Fernanda, als Dalia fertig war. »Er hat getrauert. Um Camellia. Um dich. Um das Leben, das er sich mit euch beiden in England hatte aufbauen wollen. Er hatte sogar schon mit dem Rektor der Universität über einen möglichen Wechsel an eine englische Uni gesprochen.« Fernanda trank einen Schluck. »Es war eine sehr merkwürdige Zeit damals. Im einen Moment hat er mir noch erzählt, wie glücklich er sei, dass sie ihm verziehen habe. Und keinen Monat später brach für ihn die Welt zusammen. So wie damals hatte ich ihn nie zuvor erlebt. Als Paula viele Jahre später diese Fehlgeburten hatte …« Sie beugte sich vor. »Da verhielt er sich ganz ähnlich.«

»Aber jetzt hat er zwei tolle Töchter«, erwiderte Dalia.

»Drei Töchter«, verbesserte Fernanda lächelnd. »Er hat drei tolle Töchter.«

»Es ist ein komisches Gefühl, plötzlich zu wissen, wo man herkommt. Dass ich eure Kultur in mir trage, eure Vergangenheit. Vieles ist so anders als in England.«

»Wir sind Menschen. Auf dieser und auch auf der anderen Seite des Atlantiks«, gab Fernanda zurück. »Wir alle haben Träume und Wünsche, Sehnsüchte und Hoffnungen. Das hat nichts mit der Nationalität zu tun. Ja, unsere Speisen sehen anders aus als eure, unsere Früchte schmecken anders als euer Obst, aber im Grunde sind wir doch alle gleich.«

»Das hast du schön gesagt.« Aus einem Impuls heraus erhob sich Dalia und ging neben Fernandas Stuhl in die Hocke. Ihre Großmutter zog sie an sich und legte eine Hand auf ihren Kopf. »Du bist hier immer willkommen, Dalia. Wo auch immer dein Weg dich noch hinführt, hier in Tulum liegen deine Wurzeln. Dies ist die Heimat deines Vaters und deiner Großeltern. Ich wünschte, dein Großvater könnte dich so sehen.« Sie strich über Dalias Haar.

Dalia schloss die Augen und genoss die warmherzige Berührung. Noch hatte sie all die Eindrücke und Erlebnisse der letzten Tage nicht einmal annähernd verarbeitet. Doch was sie bereits jetzt spürte, war, dass sie hier die

Antworten auf ihre offenen Fragen finden würde, zum Teil schon gefunden hatte. Wer war sie? Wo kam sie her? Wo wollte sie noch hin? Erst jetzt fühlte sie sich vollständig, kannte die andere Hälfte ihrer Familie, hatte ihre mexikanischen Wurzeln gefunden. Ihre Familie in England liebte sie über alles. Ihre Großeltern, Tanten, Onkel und Cousinen waren immer für sie da, liebten und unterstützten sie, wo sie nur konnten. Und nun hatte Dalia endlich die zweite Hälfte gefunden, die sie vollkommen machte. Sie hatte ihren Vater getroffen, hatte zwei Halbschwestern und eine Großmutter hinzugewonnen. Dieses Gefühl hatte sie nie zuvor erlebt. Dankbarkeit durchströmte sie.

Als es erneut an der Tür klopfte, schrak Dalia zusammen. Hastig erhob sie sich.

Fernanda zwinkerte ihr zu. »Pablo?«

»Ich denke schon.« Dalia sah auf die Uhr und öffnete.

»Na, Süße?« Pablo zog sie augenblicklich an sich und küsste sie voller Leidenschaft. »Du hast mir so gefehlt.«

Dalia zeigte mit dem Kinn zur Terrasse. »Meine Großmutter ist hier.«

Er löste sich wieder von ihr und steuerte auf den Außenbereich zu. »Wie schön! Hola, Fernanda.«

Die ältere Frau erhob sich und sah von Pablo zu Dalia. »Ich werde jetzt wieder gehen. Wir können morgen weiterreden.«

»Ich wollte dich auf keinen Fall vertreiben«, widersprach Pablo mit Nachdruck.

»Das hast du nicht.« Fernanda winkte ab. »Aber ihr

jungen Leute wollt jetzt ein wenig allein sein. Für euch.« Sie nickte. »Und das ist auch gut so. Denkt ja nicht, ich sei nie jung gewesen.«

Dalia musste lachen. »Ich kann mir dich sogar sehr gut als junge Frau vorstellen. So viel Energie, wie noch immer in dir steckt … Mein Großvater hatte sicherlich alle Hände voll mit dir zu tun.«

Fernanda nickte schelmisch. »Das hatte er in der Tat.« Sie machte drei Schritte Richtung Zimmer. »Bleibt ruhig hier draußen. Ich finde mich allein zurecht.« Sie umarmte erst Dalia und dann Pablo, bevor sie ihnen eine gute Nacht wünschte und ging.

»Wollen wir wirklich allein sein?« Pablo trat auf Dalia zu und zog sie erneut an sich.

Sie klimperte mit ihren Wimpern. »Ich denke schon.«

»Um was genau zu tun?«, wollte er mit heiserem Ton von ihr wissen, während seine Lippen an ihrem Hals entlangwanderten.

»Ich denke, da wird uns doch etwas einfallen. Meinst du nicht?«, neckte sie ihn und vergrub ihre Finger in seinem Haar.

»Möglich«, raunte er an ihrem Ohr, bevor seine Hände unter ihre Bluse wanderten.

Dalia drängte sich dichter an ihn, genoss seine warme Haut auf ihrer, seine Lippen an ihren, seinen Körper unter ihren Handflächen. Womit hatte sie dieses Glück verdient? Konnte ein Moment noch perfekter sein? Hatte sie sich je glücklicher gefühlt? Pablo begehrte und liebte sie, und Dalia konnte von seinen Zärtlichkeiten nicht genug bekommen. Er war die Liebe ihres Lebens, sie hatte nie zuvor einen Mann getroffen, der ihr Herz mehr berührt hatte, der ihr tiefer in die Seele geschaut hatte, der sie mehr gesehen hatte als er.

Am nächsten Morgen entschloss Dalia sich spontan dazu, eine Schnorchelausrüstung zu leihen und etwas an der Küste entlangzuschwimmen. Erneut überwältigte sie das farbenfrohe Unterwasserparadies an der mexikanischen Küste um sie herum. Blaue, gelbe, rote, orangefarbene und violette Fische schwammen kreuz und quer durchs Wasser, und auch die Korallen leuchteten in den unglaublichsten Farben. Als sie einer Schildkröte hinterherschaute, die an ihr vorbeiglitt und dann gemächlich in den Tiefen des Ozeans verschwand, kam ihr eine Idee. Sie drehte sich um die eigene Achse und betrachtete den Meeresgrund aus unterschiedlichen Perspektiven.

Würde sie es schaffen, die Vielfalt und Schönheit dieser Unterwasserwelt auf Leinwand zu bannen? In Gedanken mischte sie bereits die passenden Farben, um den Ton des hell scheinenden Wassers realistisch darstellen zu können. Dalia bewegte sich nicht mehr, sondern konzentrierte sich ganz auf das Bild, das sich vor ihr auftat. Die filigranen Wasserpflanzen, die sanft im Rhythmus der leichten Strömung tanzten. Die Krabben, Seeigel und Fische, die wie bunte Farbkleckse durchs Wasser schossen. Die grell leuchtenden Korallen, die in unendlich vielen Nuancen erstrahlten. Hier unten herrschten ganz eigene Gesetze, es war eine Art Paralleluniversum. Jede Pflanze und jedes Lebewesen wirkten, als schwebten sie in einer Luftblase.

Dalia überlegte, wie sie die gleitenden, fast unwirklich erscheinenden Bewegungen der Tiere und Pflanzen festhalten und abbilden konnte. Das Leben im Ozean zu malen stellte eine neue Herausforderung für sie dar, der sie sich jedoch mit Neugier und Wissensdurst unbedingt stellen wollte.

Als sie das Gefühl hatte, genug gesehen zu haben, drehte sie ab und schwamm mit kräftigen Armzügen zum Strand zurück. Während sie aus dem Wasser stieg, war sie dankbar für die wärmende Sonne und die leichte Brise, die ihre Haut wie zarte Schmetterlingsflügel umschmeichelte. Sie ließ sich auf ihr Handtuch sinken, nahm den Schnorchel vom Kopf und legte ihn neben sich aufs Handtuch.

»Dalia!«

Überrascht drehte sie sich um. Cristina und Valeria kamen auf sie zu. Sie trugen bunte Bikinis und darüber weite hellblaue Tuniken.

»Was macht ihr denn hier?«

»Die Lehrer sind auf Fortbildung, deshalb haben wir früher aus.«

Sie legten ihre Handtücher neben Dalias und setzten sich.

»Wie geht es euch?« Dalia beschattete mit der rechten Hand ihre Augen, um die Mädchen besser ansehen zu können.

»Gut«, antwortete Cristina grinsend. »Jorge hat eine

letzte Verwarnung bekommen. Wenn er sich noch mal was zuschulden kommen lässt, fliegt er.«

»Was er und sein Kumpel getan haben, war natürlich falsch«, stimmte Dalia zu. »Trotzdem tut er mir irgendwie leid.«

Valeria nickte, während sie ihr langes Haar zu einem Dutt hochsteckte. »Das mit seiner Mutter ist echt schlimm. Und sein Vater …« Sie winkte ab.

»Vielleicht hat er es jetzt endlich kapiert«, merkte Cristina nachdenklich an. »Warst du gerade im Wasser?« Sie zeigte auf Dalias nasses Haar.

»Ich war schnorcheln«, erzählte Dalia. »Es war phänomenal. Ich habe noch nie so intensive Farben in der Natur gesehen wie hier.«

»Papa war mit uns auch schon öfter schnorcheln«, berichtete Cristina mit Stolz in der Stimme. »Es gibt hier einige tolle Korallenriffe, die man sehr gut von der Wasseroberfläche aus sehen kann.« Sie erhob sich. »Wenn du nachher zum Essen zu uns kommst, kann Papa dir sicher sagen, wo diese Stellen genau liegen.« Dann sah sie zu ihrer Schwester. »Gehen wir ins Wasser?«

Valeria erhob sich ebenfalls, und dann stürmten die beiden Hand in Hand zum Ufer.

Dalia musste schmunzeln. Die zwei wussten noch nichts von ihrer älteren Halbschwester, am liebsten hätte sie es ihnen auf der Stelle gesagt. Doch sie hatte eine Abmachung mit Ricardo. Also musste sie sich noch etwas gedulden. Sie stützte sich auf den Ellbogen ab und beobachtete, wie die beiden Mädchen im Wasser herumschwammen und sich gegenseitig nass spritzten. Dalia legte den Kopf in den Nacken und schloss die Augen. Zum ersten Mal kam so etwas wie Urlaubsfeeling in ihr auf. Sie dachte an den gestrigen Nachmittag mit ihrem Vater, an den Abend mit Fernanda und Pablo. Bei ihrer Ankunft in Mexiko hatte sie niemanden gekannt. Wie schnell hatte sie Menschen gefunden, die sie in ihr Herz schließen konnte!

Eigentlich war sie kein Mensch, der ständig auf der Suche nach neuen Bekanntschaften war. Sie brauchte die Abwechslung nicht, liebte es, vertraute Gesichter um sich zu haben. Umso erstaunlicher kam ihr nun ihre Reise durch Mexiko vor, wenn sie darüber nachdachte.

»Hola, meine Süße.«

Dalia öffnete erschrocken die Augen und blickte direkt in Pablos Gesicht. »Hola.«

Liebevoll strich er über ihren Kopf, bevor er sich neben sie in den Sand setzte. »Du bist in Begleitung?« Er zeigte auf die Handtücher.

»Cristina und Valeria sind zufällig vorbeigekommen«, erklärte sie ihm, während sie sich zu ihm beugte und ihn küsste. »Hm, das hat gerade noch gefehlt zu meinem perfekten Moment«, murmelte sie an seinem Ohr.

Seine Miene verdüsterte sich. »Ich möchte dir deine gute Stimmung wirklich nicht zerstören, aber ich fürchte, ich habe schlechte Nachrichten«, erklärte er in ernstem Ton.

Dalia setzte sich auf und sah ihn fragend an. »Was ist los?«

Er sah zum Wasser. »Ich kann es mir nicht leisten, nach England zu kommen«, verkündete er leise.

Dalia wusste im ersten Moment nichts zu erwidern.

»Die Wohnung in Mexiko-Stadt ...«, setzte er zu einer Erklärung an. »Die kann ich nicht aufgeben. Zum einen würden Ruben und Estella sie allein nicht bezahlen können, zum anderen fände ich nichts Ähnliches, wenn ich zurückkäme. Freie Wohnungen in der Hauptstadt sind rar gesät, vor allem, wenn sie sauber und dazu noch bezahlbar sein sollen.« Er schüttelte bedauernd den Kopf. »Ich habe keine Ahnung, wo ich sparen soll. Es ist auch viel schwieriger, als ich dachte, einen Lehrauftrag an einer Uni in deiner Nähe zu finden. Und ich muss ja weiterhin meine Eltern finanziell unterstützen.« Kraftlos ließ er die Schultern sacken.

Dalia griff nach seiner Hand und drückte sie. »Wir schaffen das. Irgendwie. Wir finden eine Lösung.« Doch auch wenn sie ihm Mut zusprach, wusste sie im Moment selbst nicht genau, wie diese Lösung aussehen sollte. Sie hatte zwar ein wenig gespart, doch ihr war klar, dass Pablo niemals Geld von ihr annehmen würde.

»Was ist denn mit euch los?« Valeria stürmte mit nassem Haar auf sie zu und ließ sich auf ihr Handtuch fallen. »Ist echt cool im Wasser!«

Cristina stand noch vorne am Ufer und sah aufs Meer hinaus.

Valeria setzte sich auf und schaute von Pablo zu Dalia. »Hat es euch die Sprache verschlagen?«

»Wir grübeln über ein Problem nach«, gab Dalia mit einem schwachen Lächeln zurück.

»Mama sagt immer, es gibt keine Probleme, für die es keine Lösung gibt.« Valeria wrang ihr Haar aus. Dicke Tropfen fielen auf den Sand neben ihr.

»Deine Mutter scheint eine sehr kluge Frau zu sein«, erwiderte Dalia nachdenklich. »Aber manchmal ist es leider etwas schwieriger, eine Lösung zu finden.«

Pablo strich über ihren Rücken und sah sie von der Seite an. »Ich kann dich nicht einfach gehen lassen.«

»Noch bin ich ja da«, erwiderte Dalia. »Und wie Valerias Mutter sagt: Es gibt eine Lösung. Wir müssen sie nur noch finden.«

46

Am Nachmittag tauchte Dalia in das rege Treiben des Marktes von Tulum ein, wo sie sich auf die Suche nach kleinen Geschenken für ihre Halbschwestern und für Paula machte. Sie schlenderte an den Ständen vorbei, die unterschiedlichste Produkte anboten. Dalia entdeckte bunte Hängematten, die ihr bisher auf jedem Markt begegnet waren. Sie bewunderte bemalte Holzfiguren, die aus dem Holz des Weißgummibaums geschnitzt waren. Ihr wurden wunderschöne traditionelle Schuhe und bunt bestickte Textilien angeboten. An einem Stand mit Keramik verweilte sie länger und betrachtete filigran gefertigte Henkelkrüge, farbenfrohe Schüsseln in allen möglichen Größen und wunderschöne Blumenvasen. Sie konnte sich gar nicht entscheiden, wo sie zuerst hinsehen sollte. Eine violette Vase mit gelben Blumen unter einem blauen

Himmel fand sie besonders hübsch. Sie zahlte und bat den Händler, einen alten Mann, den sie auf annähernd neunzig schätzte, die Vase gut einzupacken. Hoffentlich würde sie Paula genauso gut gefallen wie ihr.

Am Stand nebenan verkaufte eine junge Frau Huipiles, die traditionellen Blusen aus Yucatán. Behutsam fuhr Dalia mit der Hand über den weichen Stoff.

»Möchtest du eine anprobieren?« Die Verkäuferin trat näher.

Dalia überlegte. »Ich suche zwei hübsche Blusen für meine ... Schwestern«, erklärte sie und konnte den Stolz in ihrer Stimme nicht verbergen.

»Wie alt sind sie?«

»Jünger als ich, aber fast genauso groß«, antwortete Dalia.

Die Verkäuferin zog eine weiße ärmellose Bluse hervor, deren Ausschnitt mit grünem, orangem, violettem und rotem Garn bestickt war. Auf der Vorderseite des Kleidungsstücks wiederholten sich die Farben in großflächigen, kunstvoll gearbeiteten Blumen.

»Das ist etwas Schönes für jüngere Frauen«, sagte die Verkäuferin.

Dalia nahm die Bluse entgegen und betrachtete sie eingehend. »Hast du zwei davon?«

Das Mädchen nickte und kramte unter ihrem Tresen, bis sie eine weitere identische Bluse hervorzog, die noch in Plastikfolie verpackt war. »Das ist die gleiche Größe.«

»Die nehme ich«, entschied Dalia.

Während sie die anderen Blusen begutachtete, fiel ihr

eine ähnlich gearbeitete in dunkleren Farben auf. Sie hielt sich das Kleidungsstück vor den Oberkörper.

»Hübsche Farben«, bemerkte die Händlerin mit einem Lächeln. »Die Kombination von verschiedenen Blautönen und dunklem Rot passt gut zu dir und deinem Teint.«

Dalia nickte. Ihr gefiel die Farbkombination ebenfalls. »Dann nehme ich die für mich.« Sie holte ihren Geldbeutel hervor und bezahlte die drei Blusen.

An einem anderen Stand wurden Tonskulpturen verkauft. Eine davon stellte einen Strauß Dahlien dar, die sehr fein herausgearbeitet waren. Dalia konnte sich an den Blumen nicht sattsehen. Sie fragte den Verkäufer nach dem Preis und entschied sich, die Dahlien zu kaufen und Ricardo zu schenken.

Ihre Aufregung wuchs, wenn sie an den bevorstehenden Abend dachte. Bepackt mit ihren Errungenschaften lief sie in gemächlichem Tempo weiter und genoss die Fülle von Farben und Düften auf dem Markt.

Als ihr Handy klingelte und sie Naras Namen las, musste sie schmunzeln.

»Gerade habe ich an euch gedacht«, sagte sie, nachdem sie das Gespräch angenommen hatte.

»Ich hatte befürchtet, du seist so mit deiner mexikanischen Familie beschäftigt, dass du uns schon vergessen hast«, neckte Nara sie.

»Euch würde ich doch niemals vergessen«, erklärte Dalia im Brustton der Überzeugung.

»Was gibt es Neues?«, wollte ihre Tante von ihr wissen.

Dalia wusste gar nicht, wo sie anfangen sollte. In kurzen Sätzen berichtete sie von ihrem Treffen mit Ricardo, den neuesten Entwicklungen mit Pablo und ihrer Verbundenheit mit Fernanda.

»Das ist ja wunderbar!«, rief Nara. »Ich freue mich so für dich. Dass du deinen Vater wirklich gefunden hast ... Wie toll ist das denn?«

»Ohne Pablo hätte ich das niemals geschafft«, gab Dalia ehrlich zu.

»Dieser Pablo ...« Nara lachte. »Auf den bin ich schon mächtig neugierig.«

Dalia musste an ihr Gespräch vorhin am Strand denken. »Das könnte ein Problem werden«, gab sie mit düsterer Stimme zurück.

»Warum?«

»Er kann es sich nicht leisten, nach England zu kommen«, erklärte Dalia leise. »Ich denke wirklich, dass da etwas Besonderes zwischen uns ist. Aber ich habe keine Ahnung, wie es weitergehen soll. Ich kann schließlich nicht ewig hierbleiben. Irgendwann muss ich doch zurück, um zu arbeiten. Aber ich kann auch nicht alle vier Wochen mal kurz nach Mexiko düsen.«

»Ach, Dalia«, erwiderte Nara mitfühlend. »Denkst du nicht, dass ihr einen Ausweg findet?«

»Ich wünsche es mir, aber momentan kann ich mir einfach nicht vorstellen, wie es gehen soll. Aber genug von mir. Was gibt es bei euch Neues?«

»Soley kommt morgen nach Blooming Hall. Sie hat einen Auftritt in Exeter und verbindet das mit einem Besuch bei uns«, erzählte Nara. »Lali geht es nicht so besonders. Ich habe gestern mit ihr telefoniert und mache mir ein wenig Sorgen um sie. Sie ist noch stiller als sonst. Ich glaube, irgendetwas bedrückt sie, aber du weißt ja, wie schwer es ist, an sie heranzukommen. Wenn sie dichtmacht, hast du keine Chance. Ich versuche es natürlich weiter.«

»Ach je, die Arme«, warf Dalia ein, die sich vorstellen konnte, was ihre Cousine beschäftigte.

»Magnolia ist in London festgenommen worden, weil sie sich irgendwo angekettet und den Verkehr lahmgelegt hat.«

Dalia verdrehte die Augen. »Im Namen ihrer Umweltschutzorganisation?«

»Ich glaube schon. So genau habe ich nicht nachgefragt.« Nara lachte. »Du siehst, es hat sich nichts geändert. Magnolia ist übrigens wieder auf freiem Fuß.«

»Was für ein Glück.«

»Und ich soll dich ganz lieb von Welwitschie grüßen. Sie vermisst dich und möchte, dass du ganz schnell wieder nach Hause kommst.«

Gerührt musste Dalia grinsen. »Sag ihr bitte viele Grüße zurück und dass ich mich beeilen werde.«

»Regle du erst mal in Ruhe deine Angelegenheiten in Mexiko. Noch bist du vor Ort. Nutze die Zeit mit deiner zweiten Familie«, riet Nara ihr.

»Das werde ich auf jeden Fall«, meinte Dalia, bevor sie das Telefonat beendeten.

Als vor ihr mehr und mehr Menschen zusammenströmten, trat Dalia näher und verfolgte, wie fünf Männer in weißen Hemden und roten Hosen einen etwa zwanzig Meter hohen Pfahl erklommen. Was war das?

An der Spitze des Pfostens befand sich eine kleine runde Plattform, knapp darunter hing ein quadratischer Holzrahmen, auf dem vier der Mexikaner Platz nahmen. Der fünfte kletterte auf die Spitze und begann, eine fröhliche Melodie auf einer Flöte zu spielen.

Die Leute um Dalia herum blickten wie gebannt nach oben und besahen sich das Spektakel. Als die vier Männer sich kopfüber, an Seilen hängend, in den Abgrund gleiten ließen, stockte Dalia fast der Atem. »Was passiert da?«, wandte sie sich an eine junge Frau neben ihr.

»Das sind Voladores«, erklärte diese bereitwillig. »Sie führen ein jahrhundertealtes Ritual auf. Die vier Männer stellen die Wiedergeburt von Kriegern und Geopferten dar, die als Vögel zur Erde schweben.«

Und tatsächlich glitten die vier an den Seilen hängenden Männer dem Erdboden immer näher. Durch die Bewegungen des Mannes auf der Plattform wickelten sich die Seile langsam von der Achse, und seine Mitstreiter flogen spiralförmig Richtung Erde, den Zuschauern entgegen.

Dalia sah fasziniert zu. Sie war zwar kein Vogel, der zur Erde zurückschwebte, aber sie kam sich vor wie eine verlorene Tochter, die endlich in den Schoß ihrer Familie zurückgekehrt war.

Beim Anblick des reich gedeckten Tisches fühlte Dalia sich wie im Schlaraffenland. Ricardos Frau musste Stunden in der Küche verbracht haben, um all die lecker aussehenden Köstlichkeiten vorzubereiten. Eine große Pfanne Reis mit Meeresfrüchten, das mexikanische Pendant zur spanischen Paella, wie Dalia hier erfahren hatte, stand neben einer Platte gebratener, knusprig aussehender Garnelen mit Knoblauch. Am Tischende befand sich ein Stapel Tortillas, und ein Topf mit Pozole aus Schweinefleisch, Chilis und kleinen, würzigen Tomaten ergänzte die Hauptspeisen.

Als Vorspeise hatte Paula eine exotisch duftende Limettensuppe zubereitet. Außerdem zählte Dalia vier verschiedene Soßen in den Farben Grün, Orange, Dunkelrot und Weiß. Daneben reihten sich Teller mit Langusten, gebratenem roten Bohnenbrei, geräuchertem Fisch und gebratenen Kochbananen ein.

»Wer soll das alles essen?«, wollte sie ungläubig wissen und sah in die Runde. An die opulent gedeckten Tische hatte sie sich immer noch nicht gewöhnt. Valeria und Cristina saßen rechts und links neben ihrer Mutter, Dalia gegenüber. Ricardo hatte am rechten Tischende Platz genommen, Fernanda am linken. Pablo saß neben Dalia.

»Du wirst es schon noch lernen«, gab Pablo grinsend

zurück. »Essen ist für uns Mexikaner keine lästige Nahrungsaufnahme, sondern Genuss und Leidenschaft.«

Dalia hob die Brauen. »Also, wenn ich das alles hier gegessen habe, kann ich weder an Genuss noch an Leidenschaft denken.«

Die Familie lachte.

»Es ist übrigens alles sehr lecker«, ergänzte Fernanda augenzwinkernd. »Meine Schwiegertochter ist eine der besten Köchinnen, die ich kenne.«

Ricardo nickte zustimmend.

»Ach, Fernanda«, wiegelte Paula sichtlich verlegen ab.

Die Frau ihres Vaters war Dalia sofort sympathisch gewesen. Sie hatte sich mehrmals für die mitgebrachte Vase bedankt, und Dalia meinte sogar, Tränen der Freude in ihren Augen erkannt zu haben. Auch die Mädchen waren von ihren Blusen hellauf begeistert gewesen und hatten beide darauf bestanden, sie an Ort und Stelle anzuprobieren und mit Dalia im Partnerlook zu gehen, die zu diesem besonderen Anlass ihre eigene Huipile angezogen hatte. Ricardo war für einige Augenblicke lang sprachlos gewesen, als Dalia ihm die Skulptur überreichte. Dann hatte er sie wortlos in den Arm genommen und an sich gedrückt. Wenn Paula diese Geste irgendwie unangemessen gefunden hatte, so hatte sie sich zumindest nichts anmerken lassen.

Anders als bei ihrer Familie in Cornwall, wo am Tisch eher Schweigen herrschte, solange gegessen wurde, redeten hier alle durcheinander. Der Lärmpegel stieg, je mehr Leute sich ins Gespräch einklinkten. Valeria erzählte von einem nervigen Aufsatz, den sie bis übermorgen fertigstellen musste, Fernanda unterhielt sich mit Cristina über ein Thema aus deren Kunstunterricht. Pablo stapelte indes drei Tortillas auf seinen Teller und sah sich auf dem Tisch um.

»Das ist jetzt nicht dein Ernst, oder?«, raunte Dalia ihm zu, da ihr schwante, wonach er suchte.

Er hob entschuldigend die Achseln. »Du meinst, ich soll mich in der Öffentlichkeit zusammenreißen?«

»Ja, das meine ich. Keine Schokocreme«, mahnte Dalia grinsend.

»Schokocreme?«, wiederholte Cristina stirnrunzelnd. »Möchtest du welche?« Sie sah Pablo fragend an.

Dalia fuhr sich stöhnend über die Stirn.

»Also, wenn es keine allzu großen Umstände macht …«, setzte Pablo vorsichtig an.

Paula erhob sich. »Kein Problem. Ich hole sie.«

»Interessante Kombination«, merkte Ricardo an, während er kurz darauf verfolgte, wie Pablo die Creme zentimeterdick auf seine Tortillas strich.

»Interessant«, wiederholte Dalia kopfschüttelnd. »So kann man das natürlich auch ausdrücken.«

Cristina nahm sich eine Tortilla und tat es Pablo gleich. Nachdem sie den ersten Bissen hinuntergeschluckt hatte, nickte sie begeistert. »Total lecker.«

Dalia verdrehte die Augen. »Ihr habt so tolle traditionelle Speisen, würzig und aromatisch, vielseitig und außergewöhnlich. Ich weiß gar nicht, was ich zuerst probieren soll. Und ihr schwört tatsächlich auf Tortillas mit Schokocreme?« Sie rümpfte die Nase.

Pablo lachte. »Das kann sie noch immer nicht verkraften.« Dann legte er einen Arm um ihre Schultern. »Du gewöhnst dich noch dran, ganz bestimmt.«

Dalia schnaufte. »Sicher nicht. Genauso wenig wie an all diese süßen Getränke.«

Valeria lachte. »Ohne Limonade und Cola geht hier gar nichts.«

Dalia schmunzelte. »Das habe ich in der Zwischenzeit auch festgestellt. Und deshalb habe ich jetzt immer eine Flasche Cola auf meinem Zimmer.« Sie sah Fernanda vielsagend an. »Falls ich unerwartet Besuch bekomme.«

»Woher kennt ihr beiden euch überhaupt so gut?«, wollte Paula wissen, nachdem der erste Hunger bei allen gestillt war.

Dalia wechselte hilflose Blicke mit Fernanda und Ricardo, der ihr beruhigend zunickte und sich dann räusperte. »Ich denke, es ist an der Zeit, euch etwas Wichtiges mitzuteilen.« Er sah erst seine Frau, dann Valeria und Cristina an.

Paula wirkte irritiert, auch die Mädchen schienen verunsichert.

»Ist etwas passiert, Ricardo?«, wollte seine Frau wissen.

Er nickte langsam. »Ja, in der Tat.« Dann hob er seine Hände. »Nichts Schlimmes. Nicht, was ihr denkt.« Er sah seiner Frau offen ins Gesicht. »Du erinnerst dich sicher noch an unsere … Probleme vor vielen Jahren.«

Die Mädchen hingen wie gebannt an den Lippen ihres Vaters.

Paula sah ratlos aus. »Was meinst du?«

»Meine damalige Beziehung mit Camellia Carter.«

»Natürlich erinnere ich mich an die Studentin aus England. Aber was hat das mit Dalia und Fernanda zu tun?«

»Dalia ist Camellias Tochter«, erklärte Ricardo mit ernstem Unterton. »Und meine«, fügte er nach einer kurzen Pause hinzu.

»Wie bitte?«

Dalia konnte förmlich sehen, wie es in Paulas Kopf zu rattern begann.

Die Mädchen sahen sich nur stumm an und schienen überhaupt nichts mehr zu verstehen.

»Das Baby kam doch damals tot auf die Welt«, sagte Paula und blinzelte nervös.

»Nein«, mischte sich Dalia ins Gespräch ein. »Meine Granny hat gelogen, als sie Ricardo geschrieben hat, ich sei tot. Ich habe keine Ahnung, warum sie das getan hat.«

»Dalia ist deine Tochter?« Paula schloss die Augen und schien zu überlegen.

»Dann ist Dalia unsere Schwester?«, folgerte Cristina. »Im Ernst?«

Ricardo nickte. »Ja, Dalia ist meine Tochter und eure Schwester.«

Nach seiner Offenbarung herrschte für einen Moment Schweigen am Tisch. Keiner wusste etwas zu sagen.

»Wow, eine große Schwester aus England«, meinte Valeria schließlich. »Das ist echt cool.«

»Wie lange weißt du es schon?«, wollte Paula leise von ihrem Mann wissen.

Er zögerte. »Ein paar Tage. Als Dalia vor mir stand und den Namen ihrer Mutter nannte, dachte ich, die Welt bliebe einen Moment lang stehen. Ich war ... total geschockt und überrumpelt.« Er sah entschuldigend zu Dalia. »Tut mir leid, aber deine Enthüllung hat mir komplett den Boden unter den Füßen weggezogen. Erst dachte ich, du seist eine Betrügerin.« Er verzog das Gesicht. »Was natürlich Quatsch war, das wurde mir dann auch sehr schnell bewusst. Und dann ... Ich konnte es einfach nicht glauben. Ich fragte mich immer wieder, warum Camellias Mutter mir damals geschrieben hatte, dass Dalia ebenfalls gestorben sei. Ich musste immerzu daran denken, was wir alles mit Valeria und Cristina erlebt hatten«, er sah zu seiner Frau, »all die Jahre, die verloren schienen. Ich ... hatte einfach keine Ahnung, wie ich mit der neuen Situation umgehen sollte.«

»Ist ja nicht das erste Mal, dass du von einer Situation überfordert bist«, merkte Fernanda gutmütig an.

Er nickte. »Ja, da hast du wohl recht.« Dann suchte er Paulas Blick. »Und ich hatte furchtbare Angst, wie du reagieren würdest, wenn du davon erfährst.«

Paulas Lippen verzogen sich zu einem weichen Lächeln. »Wie ich reagieren würde?« Sie sah zu Dalia. »Willkommen in unserer Familie!« Sie erhob sich, umrundete den Tisch und umarmte Dalia von hinten.

Dalia traten Tränen in die Augen. Verstohlen wischte sie sie beiseite. »Danke!« Sie schluckte.

Paula richtete sich wieder auf.

Pablo strich Dalia beruhigend über den Rücken.

»Ich kann mich Paulas Worten nur anschließen«, ergriff Ricardo wieder das Wort. »Willkommen in unserer Familie!« Auch er stand auf und trat auf Dalia zu. Sie erhob sich ebenfalls und ließ sich von Paula und Ricardo erneut in den Arm nehmen. Ein Gefühl der Zugehörigkeit breitete sich in ihr aus. Das Gefühl, angekommen zu sein und gefunden zu haben, wonach sie sich ihr Leben lang gesehnt hatte.

»Ich weiß gar nicht, was ich sagen soll«, bekannte Dalia mit erstickter Stimme. »Es ist ...« Sie schniefte. »Ich freue mich, dass ich hier sein darf. Dass ich zu euch gehören darf, dass ich so tolle Schwestern habe, einen so klugen Vater und eine so warmherzige ... Stiefmama.«

»Na ja, mein Verhalten in den letzten Tagen war wohl alles andere als klug«, warf Ricardo ein.

»Das kannst du laut sagen«, bemerkte seine Mutter, doch dann lachte sie wieder.

»Und dass ich eine so liebenswürdige und kreative mexikanische Abuelita habe«, schloss Dalia dankbar.

47

Am nächsten Tag saß Dalia mit ihrer Großmutter im Atelier und malte, doch sie war nicht ganz bei der Sache. Immer wieder musste sie an das Gespräch zwischen Pablo und Ricardo am Vorabend denken, das sie mit halbem Ohr mitgehört hatte. Pablo hatte Ricardo von seinen Schwierigkeiten erzählt, eine Arbeit in England zu finden, weshalb seine Pläne zu scheitern drohten.

»Was denkst du?«, fragte ihre Großmutter. Sie schien gemerkt zu haben, dass Dalia mit ihren Gedanken ganz woanders war. »Es ist doch prima gelaufen gestern, oder nicht?«

Dalia seufzte. »Es war ein wunderschöner Abend. Ich hätte nie zu träumen gewagt, Teil einer so harmonischen Familie zu sein.«

Fernanda lachte. »Harmonisch?« Sie schüttelte den

Kopf. »Wir haben uns gestern alle von unserer Schokoladenseite gezeigt. Warte mal ab, bis du uns näher kennenlernst.« Sie zog eine Grimasse.

Dalia schmunzelte. »Zumindest bei dir habe ich das Gefühl, dich schon ewig zu kennen. Ich fühle mich einfach wohl, wenn ich hier bin.«

Fernanda schenkte ihr ein warmes Lächeln. »Das freut mich, Dalia. Mir geht es genauso. Nimm meine Worte nicht zu ernst. Du hast durchaus recht. Ricardo hat eine wunderbare Familie. Und er hat es verdient, glücklich zu sein. Genauso wie du. Er hat mir übrigens erklärt, dass er nächste Woche seinen Bruder und dessen Familie einladen und dir vorstellen möchte. Warte mal ab, was dann los ist.«

Dalia grinste. »Ich kann es mir ansatzweise vorstellen.« Sie musste an die unbändige Energie denken, die die Familie gestern umgeben hatte. Eine noch größere Menschenmenge würde die Lebensfreude der Runde mit Sicherheit weiter anheizen. Dalia liebte den Enthusiasmus und die Lautstärke, die mexikanische Familientreffen stets zu begleiten schienen. In dieser temperamentvollen Atmosphäre fühlte sie sich wohl.

Doch dann wurde sie wieder ernst.

»Was ist los, Dalia?«, erkundigte sich Fernanda. »Ich merke doch, dass dich irgendetwas beschäftigt.«

»Es ist wegen Pablo«, begann Dalia zögernd. »Ich mag mir gar nicht vorstellen, dass ich bald nicht mehr hier sein werde.«

»Du kannst uns jederzeit besuchen kommen«, versuchte Fernanda, sie aufzumuntern, doch auch ihre Augen glänzten verdächtig.

»Wie soll das mit Pablo und mir weitergehen?«, warf Dalia die Frage in den Raum, die ihr letzte Nacht den Schlaf geraubt hatte. »Ich ... Er ist mir wichtig.«

Fernanda nickte bedächtig. »Er ist ein wunderbarer Mann.«

»Das ist er«, bestätigte Dalia und senkte den Kopf. »Was soll ich nur tun?« Sie konnte ihre Verzweiflung kaum noch unterdrücken.

Fernanda erhob sich von ihrem Schemel und trat zu Dalia. Sie legte ihr eine Hand auf den Rücken und blieb wortlos neben ihr stehen.

»Ich kann nicht ohne ihn nach England zurückgehen«, stieß Dalia frustriert hervor.

»Buenos días«, ertönte in diesem Moment Ricardos Stimme aus dem Geschäft. »Mama?«

»Wir sind hier hinten«, rief Fernanda in seine Richtung. »Im Atelier.«

Im nächsten Moment tauchte Dalias Vater im Türrahmen auf. »Was ist denn hier los?«

Dalia drehte sich um und sah ihn aus tränenverhangenen Augen an.

»Was ist passiert?« Stirnrunzelnd sah er von ihr zu seiner Mutter. »Ist es wegen ... gestern Abend?«

Dalia schüttelte den Kopf. »Es war sehr schön gestern bei euch.«

Er trat zu ihnen und ging in die Hocke, um mit Dalia auf Augenhöhe zu sein. »Was ist dann los?«

»Es ist wegen Pablo«, antwortete Fernanda anstelle ihrer Enkelin. »Deine Tochter mag den jungen Mann sehr.«

»Ist das so?«, wollte er in eindringlichem Ton von Dalia wissen und sah ihr fest in die Augen. »Was genau bedeutet dir Pablo?«

Dalia rang um Fassung. Dann erwiderte sie seinen Blick. »Pablo bedeutet mir ... sehr viel«, antwortete sie ehrlich. »Einem Mann wie ihm bin ich noch nie begegnet.«

Ricardo nickte sichtlich zufrieden. »Das wollte ich hören.«

Verdattert sah Dalia zu Fernanda auf, die mit den Achseln zuckte. Offenbar wusste sie nicht mehr als ihre Enkelin.

»Ich habe mich gestern lange mit Pablo unterhalten«, sagte Ricardo, während er sich wieder erhob. Stöhnend rieb er sich eine Schulter. »Er hat mir erzählt, was seine Eltern alles für ihn getan haben und dass er sie seit Jahren finanziell unterstützt. Was die Wohnung in Mexiko-Stadt kostet und ...« Er winkte ab. »Na ja, egal.«

»Ich könnte ihm Geld leihen, damit er nach England kommen kann«, merkte Dalia an.

»Ich weiß. Das hat er mir auch erzählt, aber er will das Angebot nicht annehmen.«

»Leider nicht, nein.«

»Diese Männer und ihr verdammter Stolz«, brummte Fernanda.

»Ich kann ihn verstehen«, erklärte Ricardo ernst. »Also habe ich heute früh ein wenig herumtelefoniert.

Wozu kenne ich viele Wissenschaftler? Für irgendetwas müssen meine Verbindungen auch mal gut sein.« Er grinste fast entschuldigend.

Dalia hielt den Atem an.

»Jedenfalls gäbe es eine Stelle für ihn an der Universität in Exeter.«

»Wie hast du das denn so schnell geschafft?« Dalia sah ihn ungläubig an.

»War nicht allzu schwer. Es ist ein Lehrauftrag für Englisch als Fremdsprache. Der Job ist erst mal befristet, aber das ist ja öfter mal so an der Universität.«

Dalia konnte die Tränen nicht länger zurückhalten. »Wie sicher ist dieses Angebot?«

»So sicher, wie ein Angebot nur sein kann«, gab Ricardo lächelnd zurück.

Sie erhob sich und umarmte ihn stürmisch. Als sie seine Arme an ihrem Körper spürte, meinte sie beinahe, so viel Glück und Geborgenheit nicht aushalten zu können. »Das heißt, er muss nur das Geld für den Flug aufbringen.«

Ricardo schüttelte den Kopf. »Jein. Ein Teil wird von der Universität als eine Art Reisestipendium übernommen, der Rest von seinem ... Schwiegervater in spe.«

»Wie bitte?« Dalia meinte, sich verhört zu haben.

Fernanda schmunzelte vergnügt und nickte zufrieden.

»Ich war achtundzwanzig Jahre lang nicht für dich da«, erklärte Ricardo mit ernster Miene. »Pablo ist der Mann, der dich augenscheinlich sehr glücklich macht. Und es ist nur ein klitzekleiner Beitrag, den ich leisten kann. Ich werde ihm klarmachen, dass er mir nicht verwehren kann, meine Tochter auf diese Art zu unterstützen.«

Dalia meinte, die ganze Welt umarmen zu müssen. »Du bist …« Sie begann zu schluchzen. All die aufgestauten Emotionen der letzten Tage vermischten sich zu einer gewaltigen Gefühlsexplosion. Ricardo nahm sie erneut in den Arm.

Dalia schmiegte sich an ihren Vater und genoss die Nähe des Mannes, der sie so warmherzig in seine Familie aufgenommen hatte. Ihr Start war holprig gewesen, was danach folgte, war jedoch so viel mehr, als sie sich je erträumt hätte.

Nach einer halben Ewigkeit löste sie sich von ihm.

»Darf ich es Pablo sagen?«

Er betrachtete ihr Gesicht. »Bist du glücklich?«

Sie nickte.

»Dann kannst du es ihm sagen.« Er strich ihr übers Haar. »Ich bin sehr stolz auf dich.« Er deutete mit dem Kinn hinter sie auf das Bild von Tulum. »Paula kann es kaum erwarten, das Gemälde in unserem Esszimmer aufzuhängen.«

»Ich male ihr zehn weitere, ach was, hundert weitere Bilder«, gab Dalia übermütig zurück.

»Das sage ich ihr aber besser nicht, sonst nimmt sie dich noch beim Wort«, scherzte Ricardo und sah zu seiner Mutter. »Danke, dass du Dalia unter deine Fittiche genommen hast.«

»Sie ist meine Enkelin«, erwiderte Fernanda nicht

ohne Stolz. »Und sie kann hier jederzeit malen. Mein Atelier ist ab sofort auch ihr Atelier.«

Dalia war überwältigt. »Ihr seid die Besten.« Sie streckte einen Arm aus und bedeutete Fernanda, zu ihnen zu kommen. Ihre Oma trat lächelnd auf sie zu und legte ihre Arme um Sohn und Enkelin. In diesem Augenblick hätte Dalia am liebsten die Zeit angehalten. Sie war angekommen. Sie wurde geliebt. Und sie hatte die beste Familie der Welt gefunden.

Gedankenverloren blickte Dalia am Abend aufs Meer hinaus. Ein wundervoller Tag mit ihrer Familie lag hinter ihr. Am Vormittag hatte sie in Anwesenheit ihrer Großmutter ihr Gemälde fertiggestellt. Die Komposition der Farben, die Anordnung und Abstimmung der Motive aufeinander, all das war Dalia noch nie so leichtgefallen wie bei dem Bild von Tulums Klippen.

Sie drehte sich um und betrachtete die schroffe Steilküste, auf der hoch oben das Castillo der Maya thronte. Ja, sie hatte die Stimmung dieses Fleckchens Erde perfekt eingefangen. Dalia war mehr als zufrieden mit ihrem Werk. Die Farben würden einige Zeit trocknen müssen, doch dann konnte Paula das Bild abholen und bei sich zu Hause aufhängen.

Dalia war fast allein am Strand. In einiger Entfernung schlenderte ein junges Paar am Wasser entlang. Ein Junge spielte mit seinem Hund und warf ihm immer wieder einen Stock hin. Dalia liebte diese Zeit zwischen Nachmittag und Abend. Und sie konnte es kaum noch abwarten,

Pablo endlich zu sehen. Er hatte den Tag erst mit seinem Bruder verbracht, dem er bei einer behördlichen Angelegenheit helfen musste, im Anschluss wollte er sich mit Ruben und Estella treffen. Dalia war am Nachmittag mit Ricardo und den Mädchen in der Ruinenstätte gewesen. Sie hatten zusammengesessen und pausenlos geredet. Die Stunden waren geradezu verflogen.

Wenn sie jetzt an die gemeinsame Zeit dachte, schossen ihr erneut Tränen in die Augen. Sie hatte zwei Schwestern. Richtige Schwestern. Und sie hatte einen wundervollen Vater. Der sich für sie interessierte, der sich für ihr Glück verantwortlich fühlte. Der für sie da war und ihr Ratschläge gab. Sie hatte den dreien erzählt, dass ihr Job als Grafikdesignerin sie nicht mehr so erfüllte wie früher, und ihr Vater hatte ihr geraten, das zu tun, wonach ihr Herz sich sehne. Wenn sie in sich hineinlausche, werde sie ihre wahre Berufung erkennen, hatte er gesagt.

Dalia schloss die Augen und ließ die Arbeit an dem aktuellen Gemälde Revue passieren. Sie hatte nicht darüber nachgedacht, hatte einfach begonnen und die Farben fließen lassen. Natürlich hatte sie vorher überlegen müssen, welchen Abschnitt genau sie abbilden wollte, aber das Malen kam ihr viel natürlicher vor als die ewige Arbeit am Computer.

Außerdem hatte sich ihr Malstil verändert. Wie hatte Fernanda gesagt? Ihre Blumenbilder von früher hätten keine Seele gehabt. Und ihre Oma hatte recht. Das Castillo von Tulum hingegen hatte eine Seele, und Dalia war es gelungen, sie auf die Leinwand zu bringen. Sie hatte die Atmosphäre des alten Gebäudes bis ins kleinste Detail eingefangen, hatte die Aura der Mayastätte auf Leinwand gebannt und somit den Charakter dieses besonderen Ortes abgebildet. Dalia war davon überzeugt, dass sie noch besser werden konnte. Viel besser. Wie viele dieser Motive gab ihre Heimat her? Auf Anhieb fielen ihr Dutzende ein. Purthcurno Beach, das Minack Theatre, die Dolmen, die überall in Cornwall verteilt standen. Wenn sie an die unterschiedlichen Perspektiven dachte, von denen aus sie diese wundervollen Orte betrachten konnte, vervielfachten sich die Möglichkeiten mit einem Schlag. Und wer hielt sie davon ab, nach Mexiko zurückzukehren und weitere Motive zu finden?

»So tief in Gedanken versunken, Mylady?«

Überrascht sah Dalia auf und blickte direkt in Pablos Gesicht. Er hielt ihr einen Pappbecher hin. »Teatime.«

Dalia musste lachen. »Die hatte ich nicht mehr, seit ich mexikanischen Boden betreten habe.« Dankend nahm sie das Getränk entgegen und schnupperte. »Teatime?«

»Eistee.« Er lachte.

Dalia verdrehte die Augen. »Klar, warum frage ich überhaupt?«

Pablo küsste sie behutsam, bevor er sich neben ihr in den Sand sinken ließ. »Nichts mehr los hier.«

»Ich liebe die Stille vor der Nacht.«

Er legte einen Arm um ihre Schultern und zog sie an sich. »Und ich liebe meine Freundin so dicht neben mir.«

»Wie war dein Tag?«

Er zuckte mit den Schultern. »Ganz gut. Mit meinem

Bruder konnte ich alles regeln. Und Estella und Ruben ...« Er schüttelte den Kopf. »Ich soll dich von ihnen grüßen. Sie fragen, ob wir morgen etwas mit ihnen unternehmen wollen.«

»Sehr gern«, gab Dalia zurück.

»Vielleicht sehen wir uns eine der Höhlen an«, überlegte Pablo. »Mal schauen. Estella kommt übrigens gut voran mit ihrer Doktorarbeit, sie ist so gut wie fertig. Ich denke, in einem halben Jahr hat sie es geschafft. Aber Ruben ...« Er seufzte. »Er hat hier ein Mädchen kennengelernt und ...« Pablo winkte ab. »Lassen wir das.«

»Er hat anderes im Kopf als seine Doktorarbeit«, ergänzte Dalia.

»So in etwa.«

»Wann geht das Semester los?« Sie sah ihn von der Seite an.

»In zwei Wochen«, gab er kurz angebunden zurück.

»Dann fliege ich heim«, sagte Dalia mit zitternder Stimme. »Ich muss einen größeren Auftrag fertigstellen. Das geht nicht von hier aus am PC.«

»Zwei Wochen also«, wiederholte Pablo hörbar niedergeschlagen.

»Wir haben in Cornwall einen ähnlich schönen Strand wie diesen hier.« Dalia musste sich regelrecht beherrschen, um nicht gleich mit der guten Nachricht herauszuplatzen. »Den würde ich dir gern zeigen.«

»Dalia, ich habe dir doch gesagt, dass ich ...«

Dalia konnte ihr Lächeln nicht länger unterdrücken.

»Was ist?« Pablo sah sie stirnrunzelnd an.

»Ricardo möchte seine Tochter glücklich machen«, setzte sie geheimnisvoll an.

»Das möchte ich auch«, gab Pablo finster zurück.

»Er hat sich umgehört. Anscheinend ist kurzfristig eine Stelle für Englisch als Fremdsprache frei geworden«, fuhr Dalia fort. »An der Universität von Exeter. Die Stadt liegt …«

»Ich weiß, wo Exeter liegt«, fiel ihr Pablo ins Wort. »Aber du weißt auch, dass …«

»Dein Flug wird von der Uni und von meinem Vater bezahlt«, erklärte Dalia weiter. »Und da er sich nicht vorstellen kann, dass du es nicht unterstützt, wenn er seiner Tochter etwas Gutes zukommen lassen möchte, gehen wir beide davon aus, dass du bald Studierende in Exeter unterrichten wirst.«

Mit offenem Mund sah Pablo sie an. »Das ist nicht dein Ernst!«

»Doch.«

»Aber das kann ich nicht …«

»Doch«, wiederholte Dalia. »Du kannst. Vor zwei Minuten hast du nämlich gesagt, du möchtest mich glücklich machen.«

»Das ist … Wahnsinn.« Pablo klang aufgewühlt. Er sah zum Wasser, dann wieder zu Dalia. Fahrig strich er sich über die Wange. »Das ist … Ich weiß nicht, was ich sagen soll.«

Sie legte den Kopf schief. »Du könntest zum Beispiel sagen, dass du dich freust. Dass du dich sehr freust.« Sie sah ihn grinsend an.

Er umfasste ihr Gesicht mit beiden Händen. »Ich freue mich riesig«, gab er mit rauer Stimme zurück. »Aber bitte gib mir etwas Zeit, das alles zu verarbeiten.«

Dalia lachte. »Das geht mir genauso. Was die letzten Tage alles geschehen ist …«

»Ich komme zu dir nach England«, wiederholte Pablo andächtig und ließ seinen Blick über ihr Gesicht gleiten. »Kann man so viel Glück haben?«

Sie nahm seine Hand und zog ihn zu sich. »Ja, kann man.«

Er küsste sie, erst sanft, dann fordernder. Dalia meinte zu schweben. Ihr Unterleib zog sich sehnsüchtig zusammen. Als sie sich voneinander lösten, flüsterte sie ihm ins Ohr: »Wir sind nicht an einem einsamen Strand auf der Isla de Cozumel.«

Pablo lachte leise. »Du hast recht. Und wir wollen ja niemanden in Verlegenheit bringen. Aber …« Er erhob sich und zog Dalia mit sich. »Es spricht doch nichts dagegen, wenn wir uns ein wenig zurückziehen.« Sein Blick flackerte, seine dunklen Augen blitzten auf. »Was meinst du?«

Dalia hauchte ihm einen Kuss auf die Wange. »Ich meine, das ist die beste Idee seit Langem.« Sie zögerte. »Gibst du mir zehn Minuten?«

Er musterte ihr Gesicht, dann nickte er. »Nimm dir alle Zeit der Welt.«

Als Dalia allein war, fasste sie sich an die Ohren, an denen sie die Dahlien-Ohrringe trug. Vorsichtig strich sie über die zarten Blüten. Sie würde den Schmuck ihrer

Mutter hüten wie einen Schatz. Während sie aufs Meer blickte, fühlte sie sich ihrer Mum so nah wie noch nie.

Dalia war endlich angekommen. Bei ihrer mexikanischen Familie, ihrem Vater, bei einem Mann, den sie sehr liebte, und bei ihrer Mutter, der sie so viel zu verdanken hatte. Die ihr all das, was sie in den letzten Tagen erlebt hatte, beschert hatte.

Wo auch immer du gerade bist, Mum, dachte Dalia, in meinem Herzen lebst du ewig weiter. Ich liebe dich über alles. Danke!

Epilog

Acht Wochen später
Cornwall

Dalia saß mit Pablo auf der Terrasse von Blooming Hall und nippte an ihrem Tee. »Die Frau ist Deutsche und möchte bei Truro eine Art Gästehaus eröffnen«, erzählte sie mit wachsender Begeisterung. »Sie wird in vier Monaten nach Cornwall auswandern.«

»Mutig«, merkte Pablo an und grinste.

»Na ja, der Kulturschock, unter dem du leiden musstest, wird für sie nicht ganz so gravierend ausfallen«, gab Dalia schmunzelnd zurück. »Sie kommt aus dem Norden von Deutschland, aus der Nähe von Hamburg. Da ist sie das englische Wetter ja im Prinzip gewohnt.«

»Wie ist sie auf dich gekommen?«

Dalia zuckte mit den Schultern. »Sie war letzten Sommer hier in der Nähe, um Urlaub zu machen und um sich nach passenden Gebäuden umzusehen. Dabei hat sie irgendwo meinen Namen aufgeschnappt.«

»Und jetzt darfst du die schönsten Sehenswürdigkeiten der Region auf Leinwand einfangen und in ihre Apartments hängen«, folgerte Pablo, während er ihr einen anerkennenden Blick zuwarf. »Das klingt toll, Dalia. Ich freue mich riesig für dich.«

»Ich telefoniere später mit Papa«, fuhr Dalia fort. Das Wort ging ihr immer leichter von den Lippen. »Und dann muss ich unbedingt noch Abuelita davon erzählen.«

Dalia sah zum Himmel. Es war Anfang Mai, und seit einigen Tagen setzte sich mehr und mehr die Sonne gegen einen wolkenverhangenen grauen Himmel durch.

Als Pablo vor anderthalb Monaten in England angekommen war, hatte es in Strömen geregnet. Er hatte gescherzt, dass sich England nach allen Kräften bemühe, sich gleich zu Beginn von seiner besten Seite zu zeigen. Dalia konnte es immer noch nicht richtig glauben, wie problemlos sich alles gefügt hatte.

Unter der Woche blieb Pablo in einer kleinen Pension in der Nähe der Universität, aber donnerstagabends fuhr er nach Blooming Hall, um das Wochenende mit Dalia zu verbringen. Freitags arbeitete er dann vom Anwesen von Dalias Großeltern aus.

»Das ist mein erster richtiger Auftrag in dieser Richtung«, schwärmte Dalia begeistert. »Das Haus hat fünf Wohnungen. Ich denke, da bin ich erst mal ein Weilchen beschäftigt.«

»Hat die Dame auch einen Frühstücksraum vorgesehen?« Pablo biss in seinen Teekuchen.

»Ja, wieso?«

»Du könntest dort wechselnde Bilder aushängen, zum Verkauf. Für die Touristen, die dort übernachten. So findest du möglicherweise neue Kundschaft. Wie heißt die Besitzerin?«

»Angelika Moor.«

»Wenn du mit Mrs Moor eine kleine Verkaufsprovision vereinbarst, hat sie sicherlich nichts dagegen.«

Überrascht sah Dalia ihn an. »Das ist eine tolle Idee.«

Er grinste, während er kaute.

»Wenn ich dich nicht hätte …« Sie legte den Kopf schief. »Ich treffe mich übermorgen eh noch mal mit ihr, um erste Motive zu besprechen. Dann nehme ich auf jeden Fall deinen Vorschlag auf. Ach, ich freue mich so darauf, endlich mit den Ölgemälden anfangen zu können. Nicht mehr stundenlang am Laptop zu sitzen und mit Grafikprogrammen herumzuhantieren. Nein, wieder einen Pinsel in die Hand zu nehmen und dieses Gefühl des Entstehens, des Entwickelns zu genießen.«

»Du hast gefunden, was dir Spaß macht, was dich erfüllt.« Pablo lehnte sich zufrieden zurück. »Und du könntest in anderen Gästehäusern der Region ebenfalls anfragen, ob sie Interesse haben. Einmal zum Neudekorieren ihrer Zimmer, zum anderen, ob sie Verkaufsfläche zur Verfügung stellen möchten.«

»Mein geschäftstüchtiger Freund.« Dalia nahm lächelnd seine Hand und legte sie an ihre Wange. »Ich bin so unfassbar froh, dass du hier bist.«

»Das bin ich auch«, erwiderte Pablo und schenkte ihr einen liebevollen Blick.

Lilian lief in einiger Entfernung von ihnen über die Wiese und winkte herüber. Auch Dalia hob die Hand und grüßte zurück.

»Sie sind alle sehr nett«, erklärte Pablo, während er Dalias Tante zunickte.

»Warte ab, bis sich mal wieder die ganze Familie hier versammelt.«

»Ich freu mich drauf.« Er strich über Dalias Wange.

»Na, ihr zwei süßen Turteltäubchen.« Nara kam mit einem Eimer in der einen und einer Harke in der anderen Hand auf sie zu. »Habt ihr schon Feierabend?«

»Ich muss später noch einen Aufsatz korrigieren«, seufzte Pablo und zog die Brauen hoch. »Aber die berühmte Teatime lasse ich mir auf keinen Fall entgehen, wenn ich auf Blooming Hall bin.«

Dalia und Nara lachten.

»Übrigens hat mich mein Vorgesetzter heute gefragt, ob ich Interesse an der Mitarbeit in einem Forschungsprojekt hätte, das im Herbst starten soll. Der Projektantrag müsste noch ein bisschen umformuliert werden, aber wenn es klappt, hätte ich eine feste Stelle für die nächsten fünf Jahre.«

»Das klingt ja fantastisch«, meinte Dalia begeistert.

Pablo ließ seinen Blick über das Anwesen schweifen. »Es gefällt mir hier.« Dann sah er Dalia lächelnd an. »Und ich kann mir sehr gut vorstellen, noch ein Weilchen hierzubleiben.«

»Das heißt, du würdest ab Herbst an dem Forschungsprojekt mitarbeiten?«, vergewisserte sich Dalia.

»Wenn du dir wiederum vorstellen kannst, mich noch fünf Jahre zu ertragen.«

»Ich ertrage dich noch viel, viel länger«, gab Dalia glückselig zurück.

Nara verdrehte die Augen. »Muss Liebe schön sein.«

Dalia betrachtete ihre Tante, die noch immer mit dem Eimer und der Harke dastand. Ihr kam eine Idee. »Bist du gerade auf dem Weg zum Lager?«

»Ja, warum?«

Dalia erhob sich. »Ich wollte Pablo meine ersten Malversuche zeigen. Und ich glaube, dass Granny die Bilder irgendwo im Lager aufbewahrt hat.« Sie sah zu Pablo. »Wollen wir uns Nara anschließen?«

Er stopfte sich hastig das letzte Stück Kuchen in den Mund, bevor er ebenfalls aufstand. »Klar. Ich bin schon gespannt.«

Zu dritt umrundeten sie mehrere großflächige Beete, als der Anbau in ihr Blickfeld rückte. Nara öffnete die Tür und ließ Dalia und Pablo den Vortritt. »Seht euch ruhig um. Ich muss einige Sämereien zusammensuchen. Das dauert ein Weilchen.«

Dalia bedeutete Pablo, ihr zu folgen. Das Lagergebäude bestand aus mehreren Parzellen, die durch einfache Holzwände voneinander getrennt waren.

»Mal sehen«, murmelte Dalia, während sie die Regale

überflog, die bis unter die Decke mit Gerümpel vollgestellt waren. Dutzende Ordner befanden sich neben Notizbüchern und allerlei Zubehör zur Blumenzucht. Alte Kochbücher lagen neben noch betagteren Fotoalben. Als sie vorsichtig mit einer Hand über die Akten fuhr, wurde Staub aufgewirbelt, und Pablo musste niesen.

»Ich habe keine Ahnung, aus wie vielen Jahrzehnten diese ganzen Unterlagen stammen«, meinte Dalia ungläubig. »Wer soll das alles jemals sortieren?«

»Da könnte sicherlich einiges an Museen abgegeben werden«, schlug Pablo vor und stellte sich neben sie.

»Keine schlechte Idee«, meinte Dalia, während sie weiter die Regale durchforstete. »Es kann sich nur noch um Stunden handeln.«

Pablo schmunzelte. »Ich habe Zeit.«

»Ich bin mir ganz sicher, dass sie die Bilder hier irgendwo aufbewahrt hat«, sagte Dalia mehr zu sich selbst.

»Ich denke, das entscheidende Wort ist *irgendwo*«, frotzelte Pablo.

Als Dalia schließlich in einer Ecke ein paar Bilderrahmen und Leinwände entdeckte, drehte sie sich mit triumphierendem Gesichtsausdruck um. »Ha, wer sucht, der findet!« Sie zog die Bilder einzeln hervor und begutachtete sie. »Das ist eins meiner Frühwerke«, merkte sie schmunzelnd an und zeigte Pablo ein gerahmtes Bild, das zwei vierblättrige Kleeblätter mit einem Hufeisen in der Mitte zeigte. »Meine erste Pflanzenzeichnung.«

Er betrachtete das Motiv und nickte. »Sehr hübsch. Wie alt warst du damals?«

Dalia drehte den Rahmen in seiner Hand so, dass sie den kleinen Aufkleber auf der Rückseite erkennen konnte. »Meine Großeltern haben das Datum notiert. Ich war damals neun.«

Sie gab ihm auch die anderen Kunstwerke und wandte sich wieder dem Regal zu. Neben einigen alten Büchern stapelten sich weitere Leinwände. Dalia zog sie ebenfalls heraus und legte sie auf einen Tisch, der gegenüber der Regalwand stand. »Das Frühwerk von Dalia Carter«, scherzte sie.

»Das ist aber nicht von dir, oder?« Pablo hielt ihr eines der Bilder hin.

Dalia machte einen Schritt auf ihn zu und kniff die Augen zusammen. »Nein, das ist nicht von mir«, erklärte sie überrascht. »Das auf dem Bild ist meine Cousine Soley.«

»Deine Cousine?« Pablo drehte die Leinwand um. »Sie trägt aber ein sehr merkwürdiges Kleid, findest du nicht?«

Dalia stellte sich neben ihn, sodass sie das Bild zusammen betrachten konnten. Die Frau auf der Leinwand trug ein hochgeschlossenes Kleid mit einer filigranen Spitzenbordüre am Hals. Pablo hatte recht. So etwas würde Soley niemals anziehen.

»Das ist Soley«, wiederholte sie irritiert, »aber ... irgendetwas stimmt da nicht.« Sie besah sich die Rückseite. »Neunzehnhundert ... und irgendetwas mit vierzig.« Sie hob den Blick. »Nara?«

»Was ist?«, erklang es aus den hinteren Tiefen des Lagers.

»Kannst du bitte mal kurz kommen?« Dalia wechselte einen beunruhigten Blick mit Pablo.

Als ihre Tante auftauchte, streckte sie ihr das Bild hin.

»Wo hast du das her?« Nara musterte zuerst das Motiv, dann drehte auch sie die Leinwand um und starrte auf das unleserliche Datum.

»Das steckte zwischen meinen Bildern«, erklärte Dalia atemlos. »Aber das ist doch Soley.«

Nara lachte kurz auf. »Zumindest sieht die Frau auf dem Bild so aus wie sie. Ob sie es tatsächlich ist …« Sie tippte auf die Rückseite. »Das Datum passt natürlich nicht. Und auch die Kleidung …«

»Könnte das von einem Kostümfest sein?«, mutmaßte Dalia skeptisch.

Nara schüttelte den Kopf. »Keine Ahnung. Theoretisch schon.«

»Sollen wir Soley das Gemälde zeigen?«, wollte Nara wissen und sah von Pablo zu Dalia.

»Warum nicht?«, gab Dalia nach kurzem Zögern zurück.

»Sie kommt nächste Woche nach ihrer Tour ohnehin hierher. Dann zeigen wir ihr das Bild. Sicherlich weiß sie etwas dazu.«

Sie legten die Bilder zurück, verließen das Lager wieder, und Nara verabschiedete sich von ihnen, da sie noch einige Anpflanzungen zu erledigen hatte.

»Was es wohl mit diesem Bild auf sich hat?«, überlegte Dalia laut.

»Ihr seid offensichtlich eine Familie voller Geheimnisse«, bemerkte Pablo amüsiert. »Dieses Lager … darin scheint sich ja ein wahres Sammelsurium an alten Erinnerungsstücken zu befinden.«

Dalia sah abwesend in die Ferne. »Du könntest recht haben. Warum hat Granny dieses Bild dort aufbewahrt? Wenn wirklich Soley darauf zu sehen ist, hätte sie es doch im Haus aufgehängt. Ich verstehe das nicht.«

»Wenn deine Cousine bald herkommt, werdet ihr die Fragen sicherlich klären können«, versuchte Pablo, sie zu beruhigen. »Was hältst du davon, wenn ich mich noch mal an den Schreibtisch setze und wir danach an den Strand gehen?«

Dalia küsste ihn. »Mit einem kleinen Picknick?«

»Gern auch mit einem etwas größeren Picknick«, gab Pablo belustigt zurück.

»Ich kenne da eine gemütliche Bucht, die zu dieser Jahreszeit kaum besucht ist«, flüsterte Dalia und schenkte ihm einen koketten Augenaufschlag.

»So ähnlich wie auf der Isla de Cozumel?« Pablo zog sie an sich.

Dalia nickte. »So ähnlich wie auf der Isla de Cozumel.«

Er küsste sie auf die Nasenspitze. »Ich beeile mich. Treffen wir uns in einer Stunde am Wagen?«

»Ich werde da sein.« Sie schlang die Arme um seinen Nacken und schmiegte sich glücklich an ihn.

Liebe Leserinnen …

Liebe Leserinnen und Leser,

die Entstehung eines neuen Buches ist für mich immer wieder ein kleines, manchmal auch ein etwas größeres Abenteuer.

Als der Ullstein-Verlag mit der Idee einer Saga über fünf Frauen auf fünf Kontinenten auf mich zukam, war sofort mein Abenteuersinn geweckt. Ein neues Genre bedeutet eine neue Herausforderung. Die Anfrage kam genau zur richtigen Zeit, da ich in dem Moment die Muse hatte, mich auf neue Länder, neue Charaktere und deren einzigartige Geschichten einzulassen. Sehr schnell formten sich in meinem Kopf die ersten Ideen zu den einzelnen Schicksalen. Auch die Länder standen wenig später fest, sodass ich bereits einige Bilder vor Augen hatte, als ich mit dem Plotten und dem Gestalten der einzelnen Lebensgeschichten begann. Das Schreiben hat unheimlich viel Spaß gemacht, das Beschäftigen mit einem fremden Land, einer frühen Hochkultur. Fast fühlte es sich so an, als wäre ich in Mexiko vor Ort.

Und nun halten Sie den ersten Band der »Blumentöchter« in den Händen und haben die Geschichte von Dalia und Camellia wahrscheinlich bereits gelesen.

Von der ersten Idee zum fertigen Buch ist es ein längerer Weg, an dem sehr viele Menschen beteiligt sind. Diesen möchte ich hier ausdrücklich danken.

An erster Stelle steht meine Familie, mein Mann und meine zwei Kinder, die mir immer wieder aufs Neue den Rücken frei hält, damit ich Zeit und Ruhe habe, um komplett in meine Geschichten eintauchen zu können. Ohne Euch wäre mein Leben um so vieles ärmer.

Danken möchte ich auch meinen lieben Eltern, die mich schon mein Leben lang unterstützen und immer für mich da sind.

Ein besonderes Dankeschön geht auch diesmal wieder an meine liebe Testleserin Claudia Hugo, die als eine der Ersten die »Blumentöchter« gelesen hat. Danke für Deine Meinung, danke für unsere gemeinsamen Abende, die immer etwas ganz Besonderes sind.

Ein riesengroßes Dankeschön geht an meine liebe Lektorin Tabea Horst, die mir gemeinsam mit dem Verlag diese wundervolle Chance eröffnet hat. Danke für Deine Unterstützung und Begleitung, für Deine Vorschläge und Anregungen, für Dein intensives Auseinandersetzen mit dem Text. Danke für eine tolle und sehr bereichernde Zusammenarbeit.

Vielen Dank an alle Mitarbeiter bei Ullstein, die an diesem Projekt beteiligt sind. Annika Krummacher, meine Zweitlektorin, Stephanie Martin, die wunderbare Vertriebschefin und ihr Team, die Grafiker, die ein so zauberhaftes Cover entworfen haben, und alle, die ich vergessen habe. Danke, dass ihr meine Idee in ein so wunderschönes Buch verwandelt habt.

Ein herzliches Dankeschön möchte ich meiner Agentin Antje Hartmann und der Literaturagentur Kossack aussprechen. Danke, dass Du mich auf diesem langen Weg begleitest. Dass Du immer ein offenes Ohr für mich hast, dass Du mir immer wieder Mut machst und mich ermunterst. Dieses Buch, dieses Projekt habe ich zu einem ganz großen Teil Dir zu verdanken.

Liebe Buchhändlerinnen und Buchhändler, danke, dass Sie dieses Buch in Ihr Sortiment aufgenommen haben. Dass es einen Platz bei Ihnen bekommt, dass Sie es empfehlen und darüber sprechen. Danke für Ihre tolle Unterstützung.

Liebe Leserinnen und Leser, vielen lieben Dank, dass Sie sich genau für dieses Buch entschieden haben. Ich freue mich sehr, dass ich Ihnen ein paar hoffentlich schöne Lesestunden bescheren durfte. Dass Sie Dalia und Camellia nach Mexiko begleitet und mit ihnen gelitten und gelacht haben. Vielen Dank für Ihre wundervolle Unterstützung und Ihre schönen und so vielfältigen Rückmeldungen.

Vielleicht möchten Sie Dalias Cousinen ebenfalls näher kennenlernen, dann würde ich mich sehr freuen, wenn wir uns an anderer Stelle erneut lesen.

Liebe Grüße
Ihre Tessa Collins